Mentiras susurradas

TERCIOPELO

Mentiras susurradas

Sherrilyn Kenyon y Dianna Love

Traducción de
Denise Despeyroux

TERCIOPELO

Título original: *Whispered Lies*
Copyright © 2009 by Sherrilyn Kenyon and Dianna Love

Primera edición en este formato: enero de 2012

© de la traducción: Denise Despeyroux
© de esta edición: Libros del Atril, S.L.
Av. Marquès de l'Argentera, 17, pral.
08003 Barcelona
info@terciopelo.net
www.terciopelo.net

Impreso por Liberduplex, s.l.u.
Crta. BV-2249, km 7,4, Pol. Ind. Torrentfondo
Sant Llorenç d'Hortons (Barcelona)

ISBN: 978-84-15410-08-9
Depósito legal: B. 40.251-2011

El papel utilizado para la impresión de este libro ha sido fabricado a partir de madera
procedente de bosques y plantaciones gestionados con los más altos estándares ambientales,
garantizando una explotación de los recursos sostenible con el medio ambiente y beneficiosa
para las personas. Por este motivo, Greenpeace acredita que este libro cumple los requisitos
ambientales y sociales necesarios para ser considerado un libro «amigo de los bosques».
El proyecto «Libros amigos de los bosques» promueve la conservación y el uso sostenible
de los bosques, en especial de los Bosques Primarios, los últimos bosques vírgenes del planeta.

Algunas personas son una fuerza de la naturaleza.
Igual que el viento o el agua erosionan la piedra,
ellas también remodelan vidas.
Este libro está dedicado a Amy Berkower.

Nos gustaría dedicar este libro a los miles de maravillosos admiradores que salen a nuestro encuentro en el camino y que hacen que todo viaje tenga sentido; ¡sois los mejores!

Capítulo 1

*S*i tenía que morir hoy habría preferido un clima cálido y una bala entre ceja y ceja antes que aquello.

Carlos Delgado no podía culpar a nadie salvo a sí mismo. Era él quien había aceptado liderar aquella maldita misión.

El salto de rutina AAAA —alta altura, alta apertura— desde un C-130 conllevaba los riesgos habituales. Para empezar, su equipo tenía que llegar a un punto muy concreto de los Alpes franceses, cerca de Saint Gervais. En segundo lugar, saltar a medianoche aumentaba el peligro. Por último, hacer paracaidismo en medio de una tormenta de nieve ya era sencillamente el colmo.

Y esas no eran ni siquiera las principales razones para etiquetar la misión de altamente suicida.

Estiró las piernas y levantó una mano para rascarse la cara, pero se detuvo. La máscara que llevaba picaba como el demonio, pero romper el precinto entre la piel y la máscara bajaría inmediatamente el nivel elevado de nitrógeno en su sangre. Eso significaría que tendría que abortar el salto y anular la misión, porque todo estaba organizado con un número mínimo de agentes.

Teniendo en cuenta el humor de sus tres compañeros cuando iban en el coche, alguno de ellos inmediatamente atendería su deseo de una muerte rápida.

Aunque mostrarían ciertas reticencias, ya que ninguno de ellos querría desperdiciar un día en su funeral.

Carlos comprobó su reloj. Era justo la hora de después de comer un domingo en Estados Unidos. El cuartel tendría ya novedades. Estaba preparado para entrar en acción, por mucho que odiara tener que dar el salto.

Lo había hecho en más ocasiones de lo que quisiera recordar, pero el riesgo era más alto esta vez. Lo único peor que volar en un aeroplano era salir al exterior durante el vuelo... y más todavía a esa altura. Un sueño para un adicto a la adrenalina. Pero no para él.

Lanzó una mirada de soslayo a Korbin Maximus, sentado junto a él en otro de los incómodos asientos de lona. Su vecino adicto a la adrenalina y especialista en inserción de la Oficina de Defensa Americana (*Bureau of American Defense*, BAD) llevaba una máscara de oxígeno idéntica. Se subió a la frente sus gafas de visión nocturna.

Encorvado, con los ojos cerrados, sin afeitar, como siempre, y con los brazos cruzados de forma relajada, Korbin se parecía a los demás, pero Carlos sabía que su hombre clave no estaba dormido.

—¿Qué pasa, Korbin? ¿El trabajo te da sueño? —La cadencia británica de Reagan Graham, «Rae», se oyó a través de los auriculares que todos llevaban. Sentada frente a Carlos y Korbin, Rae era la única mujer en aquella operación y era mucho más que una delicada señorita con su metro setenta y cinco de altura. Podía manejarse sobradamente en un combate cuerpo a cuerpo y era tan fría como el hielo cuando se hallaba bajo presión. Pocos hombres sospecharían que esa esbelta mujer equipada con lujuriosas curvas fuera tan letal, pero se trataba de una criatura dura desde las puntas de su cabello corto de un rubio rojizo hasta sus piernas kilométricas, incluyendo también el rifle G36C colgado cruzado sobre la gran delantera de su traje de vuelo.

—No hago más que reservar mis fuerzas para después. —Korbin levantó las oscuras pestañas solo lo suficiente para hacer un pequeño guiño a Rae.

—¿Para la operación o para algo más apetitoso? —lo reprendió Rae con una pobre imitación del acento de Texas que a veces se hacía notar por la herencia mexicana de Korbin.

—Siempre estoy preparado para las cosas dulces, especialmente cuando se trata de ti. —Korbin frunció el ceño con aire desafiante.

—Sí, claro, en tus sueños. —Rae le lanzó una mirada de «no-malgastes-tu-tiempo-conmigo».

Carlos puso los ojos en blanco ante aquel par. Llevaban seis meses con ese tipo de bromas y juegos verbales. ¿Por qué no habían encontrado todavía una habitación? Harían una pareja perfecta teniendo en cuenta que ambos consideraban que una simple reserva para la cena significaba un compromiso a largo plazo.

BAD tenía una regla muy clara: «No confraternizar con miembros del equipo». Esta no solía perturbar a la mayoría de las agencias operativas, pues consideraban que romper las reglas era prácticamente una parte de su trabajo.

Pero la primera responsabilidad de todo agente de BAD era proteger a sus compañeros de equipo, y eso resultaría muy difícil si uno de los agentes en fuego cruzado era la persona amada.

Carlos no tenía ningún problema en evitar las relaciones con mujeres en una misión. Las emociones complicaban una operación y ponían vidas en peligro.

Había aprendido esa lección de una forma muy dura y no volvería a cometer el mismo error. Nunca jamás.

—Además, Korbin, aún no has llegado a la «R» —soltó Rae—. ¿Quién es esta semana? ¿Jasmine, Kelly o Lisa?

Korbin frunció el ceño, con los párpados todavía entrecerrados.

A Rae le brilló la mirada con evidente regodeo por el golpe directo.

—¿Eso es lo que estás haciendo? —intervino Gotthard Heinrich, el cuarto operativo. Siendo el miembro más fornido del equipo albergaba fácilmente unos ciento veinticinco kilos de puro músculo en aquel cuerpo de granito y un carácter que convenía no poner a prueba—. Hace dos semanas fue Gayle... —Por encima de la máscara de oxígeno, los ojos azul diamante de Gotthard se estrecharon por el esfuerzo de concentración—. Isabelle... hace dos días. ¡Maldita sea! Estás recorriendo todo el alfabeto. ¡Serás hijo de puta! —Hablaba en perfecto inglés, francés, alemán, ruso e italiano siempre que quería, y un ligero acento alemán se colaba en su inglés solo cuando se encontraba en una situación segura.

—Gracias, Rae —gruñó Korbin, de cualquier manera menos agradecida.

—Hey. Eres tú el que tiene debilidad y predilección por el orden.

—Debe de ser agradable estar soltero —murmuró Gotthard.

—Depende. —Korbin se enderezó—. Yo no tengo a nadie con quien irme a casa cada noche.

—Como nosotros dos. —Gotthard dejó caer la cabeza hacia atrás y cerró los ojos.

Las bromas relajaban la tensión durante una misión, pero Carlos hizo una mueca de dolor ante el desliz de Gotthard. Los pocos agentes que estaban al tanto del turbulento matrimonio del enorme muchacho también sabían que a Gotthard no le gustaba hablar de ello abiertamente.

BAD era una organización encubierta. El gobierno de Estados Unidos nunca reconocería que esta protegía la seguridad nacional y salvaba vidas, para decirlo en términos claros, pero el balance final era que BAD hacía lo necesario para cumplir con su trabajo. El modo de vida requerido para pertenecer a una organización encubierta generalmente torpedeaba los compromisos serios, a excepción de unas pocas parejas que demostraban que la vida en común era posible. La mayoría de las veces las mejores relaciones morían víctimas de heridas inevitables.

El único miembro del equipo casado de aquella misión se estaba dando cuenta de eso lentamente y sabía que le iba a caer una bronca de su mujer sobre la posibilidad pasar el día de Acción de Gracia en casa en cuatro semanas.

No hubiera sido tan grave si Gotthard pudiera contarle a su esposa la verdadera razón de haber estado ausente durante los dos últimos periodos de vacaciones. Si pudiera decirle que en realidad no diseñaba interiores de aviones, sino que eso funcionaba como una tapadera…

Gotthard se levantó, y unas arrugas de tensión se dibujaron en el puente de su nariz.

—¿Un mensaje? —preguntó Carlos antes de poder detenerse, pero él ya necesitaba nueva información. Gotthard era el único que tenía conexión con el cuartel y probablemente acababa de recibir una vibración del equipo conectado a su muñeca.

El hombre corpulento asintió con la cabeza al tiempo que levantaba la manga gris clara de su traje de vuelo, dejando expuesta la pequeña pantalla de su muñeca. El aparato de conexión de vídeo por satélite parecía un reloj de pulsera cuadrado y extragrande similar al de la unidad V-Rambo que llevaban los soldados israelíes, y alertaba de que entraba un mensaje a través de una vibración.

Pero aquella criatura electrónica había sido adaptada y desarrollada solo para operaciones de BAD, todas financiadas por un socio capitalista, conocido como Joe. Con un nombre como Joe Q. Public, sin el mínimo atisbo de sentido del humor y una experiencia acerca de la cual la mayoría de los agentes solo especulaban en conversaciones sigilosas, nadie se atrevía a cuestionar al director proveedor de los juguetes de BAD.

Gotthard era su especialista en comunicaciones, capaz de hablar hasta con la NASA mediante una lámina de aluminio y una lata si necesitaban contactar con un astronauta. Cuando el robusto agente terminó de leer el texto del aparato de su brazo, levantó la vista hacia Carlos, y luego su profunda voz de barítono se oyó a través de los auriculares que todos llevaban.

—Todo el mundo atento. —El acento era esta vez perfectamente inglés.

Korbin se enderezó junto a Carlos, alerta y preparado. Rae clavó sus ojos en Gotthard, que continuó hablando en cuanto estuvo seguro de ser el foco de atención de todos.

—Está llegando nueva información a pedazos. La transmisión se ve interrumpida mientras nos movemos entre dos satélites. —Gotthard dirigió la mirada a la pantalla de su muñeca—. Paquete... se confirma desde el punto de origen que está perdido... bienes robados.

Carlos asintió cuando Gotthard alzó la mirada para comprobar si él había entendido. El paquete era Mandy Massey, la joven de diecisiete años desaparecida, hija de un diplomático que se hallaba actualmente en Uruguay trabajando en un acuerdo para una base militar que Estados Unidos necesitaba en esa región. El diplomático creía que su hija estaba todavía viajando a través de Sudamérica con unos amigos, pero era también conocida como un demonio que de vez en cuando se escapaba de su escuela privada en Europa.

BAD interceptó el aviso de un secuestro por parte de una fuente anónima conocida como «Espejismo». El mensaje indicaba que Mandy era un blanco para secuestradores y había sido enviado con indicadores informáticos específicos, lo cual obviamente significaba que estaba dirigido a agencias de espionaje internacionales a la búsqueda de información sospechosa. BAD inició una investigación secreta a través de Sudamérica, que empezó en el último lugar donde había sido vista Mandy. Horas más tarde otro aviso informático advertía de que si la joven se perdiera, habría que buscarla en un castillo en la zona de Saint Gervais, en los Alpes franceses.

La sala de misiones de BAD sonaba más bien como una taberna en la que tras unas doce horas estuviera a punto de haber una reyerta, cuando Joe les informó de aquel salto por primera vez. Carlos no podía culpar a sus compañeros por protestar contra el hecho de que hicieran saltar a un equipo en medio de una ventisca cuando la hija díscola ya había desaparecido anteriormente en dos ocasiones para volver a aparecer más tarde como si no hubiera ocurrido nada. Pero en el momento en que Joe comunicó que la segunda misiva interceptada de Espejismo indicaba que Mandy sería entregada a una organización llamada Fratelli, la habitación había quedado en silencio, y todos los agentes dispuestos para partir.

A eso había que añadir que Espejismo había acertado demasiadas veces como para ignorar la validez del mensaje. Esa era la verdadera razón por la que todas las agencias de espionaje del mundo buscaban a aquella persona desconocida. Ningún informante había demostrado jamás tanta inteligencia.

Todos ellos tenían una agenda.

BAD necesitaba averiguar cuál era el beneficio que sacaba Espejismo al compartir esa información. ¿De qué iba aquel juego?

El equipo sabía demasiado bien que la referencia a Fratelli en el mensaje podía ser perfectamente Fratelli de il Sovrano, que podía traducirse como «hermandad soberana», la número uno de la lista de organizaciones peligrosas más buscadas de BAD.

En el transcurso del año anterior todos los agentes habían visto lo que aquel grupo de maníacos hacía a los seres humanos. Hombres, mujeres y niños habían sido usados como cobayas para los ataques de terrorismo biológico de los Fratelli. Los virus desatados habían convertido los cuerpos de las víctimas en formas espantosas que dejaban escapar sus últimos suspiros implorando la muerte.

Hacer aquella noche el salto AAAA no era un asunto que cuestionar si se entendía que esa era la posibilidad de salvar a aquella joven de los Fratelli, con el incentivo añadido de encontrar una conexión con esa organización de monstruos.

Hasta el momento nadie había localizado a Mandy en Sudamérica, así que la segunda y posiblemente última oportunidad que tenían para rescatarla era esa noche.

Carlos repasó de nuevo todos los pasos en su mente, atento a cualquier detalle que pudiera haber olvidado. Había pasado los últimos cinco días coordinando esa operación desde el cuartel de BAD en Nashville. Había enviado a agentes para investigar posibles castillos en Saint Gervais basándose en su ocupación y actividad. Los equipos de tierra habían reducido rápidamente las opciones a seis y mantenían cada emplazamiento bajo vigilancia, atentos a cualquier movimiento inusual.

Doce horas atrás le comunicaron que cuatro motonieves y un Range Rover habían llegado a un castillo que ahora se hallaba protegido con guardias armados. Bingo.

Treinta minutos más tarde, Carlos y su equipo estaban en marcha. La misión fue apresurada y no bienn planificada, pero así resultaban las cosas en manos de BAD. Podían moverse guiados por una corazonada —y así lo hacían—, mientras que otras agencias debían seguir los canales adecuados.

—Aún hay más —dijo Gotthard, con los ojos fijos en la pequeña pantalla—. Estoy recibiendo otra noticia... esta vez identifica al mensajero.

La palabra «mensajero» era el código de identificación de los secuestradores sospechosos de entregar a Mandy a los Fratelli.

—¿Han encontrado al mensajero? —preguntó Carlos, refiriéndose a la identidad o localización del misterioso informante llamado «Espejismo».

—Todavía no —respondió Gotthard sin levantar la vista mientras rayaba en su bloc de notas.

Si la falta de información sobre ese tal Espejismo llevaba a su equipo a una emboscada o ponía a Mandy en peligro, Carlos tendría ganas de derramar sangre cuando regresara.

Si regresaban.

Gotthard pulsó un botón del aparato de su muñeca para terminar la conexión.

—Aquí está el mensajero. —Levantó el papel donde había escrito el nombre del secuestrador para que todos lo vieran.

Anguis.

Rae movió los labios articulando el nombre en silencio mientras asimilaba la información.

Carlos pestañeó. Miró fijamente las letras, tratando de que significaran otra cosa, pero no había duda de que decían «Anguis». No se trataba de la mafia de crimen organizado más grande de Sudamérica, pero sí una de las más peligrosas. ¡Mierda! Si la información era correcta y los hombres que vigilaban el castillo trabajaban para Durand Anguis, estos podrían reconocer a Carlos. Y si lo hacían...

—El piloto acaba de anunciar por radio que faltan diez minutos —comunicó Gotthard.

Todo el mundo se puso en movimiento, obligando a Carlos a salir de su estado de aturdimiento. ¿Era posible que Anguis estuviera realmente relacionado con los Fratelli? Aquello olía a trampa, pero ¿quien sabría tenderle una trampa a él? Cambió su tubo de oxígeno de la consola unida a la botella a su traje de saltar y aceptó que la suerte estaba echada. Luego se concentró en su papel de líder del equipo.

—Control.

Tras hacer el mismo cambio con el suministro de oxígeno, Korbin asintió.

—Preparado.

Rae y Gotthard dieron también su visto bueno.

—Sincronizando los altímetros. —Carlos dio su lectura y acabó diciendo «seis minutos».

El segundo control sería en dos minutos, luego comenzarían y ya no habría vuelta atrás.

Carlos se ajustó las gafas y se apretó el casco.

—Korbin será el primero, después yo, luego Rae. Gotthard es el último.

La mirada de Rae se llenó de irritación.

A Carlos no le importaba lo que pensara de él por ponerla en la posición privilegiada, la más segura en caso de un asalto.

Una mujer había muerto en sus brazos años atrás.

No sería responsable de la muerte de otra.

Altamente entrenada y letal como cualquier hombre de ese equipo, Rae era más que capaz de protegerse a sí misma. Una agente condenadamente buena. Pero Carlos había visto morir a demasiadas mujeres de maneras inhumanas; un grotesco ejemplo de ello había ocurrido apenas tres meses atrás. Una mujer informante había faltado a una reunión y había desaparecido, hasta que Carlos la descubrió dentro de un edificio de una remota montaña de Brasil, donde los rebeldes escondían un alijo de armas. Y tenían enjauladas a varias mujeres.

Pero los rebeldes fueron asesinados durante una escaramuza aproximadamente una semana antes de que Carlos y su equipo localizaran el edificio.

Carlos todavía podía oler el hedor de los cuerpos en avanzado estado de descomposición. Encontró las armas y a la informante, junto con otras siete mujeres más, encerradas en jaulas con alambradas, a la espera de ser vendidas. La construcción metálica se había convertido en un infierno con temperaturas que superaban los cuarenta grados cada día. Una mujer de noventa años tenía los dedos aferrados a la alambrada, como implorando ayuda.

Las pesadillas eran desde entonces la vanguardia de su conciencia y de cada decisión que tomaba.

Carlos trató de apartar de su mente la macabra visión y se concentró en el trabajo.

—Dos minutos. —Era la hora de dirigirse a la parte trasera.

Korbin fue el primero en moverse, con cuidado de no enredar sus pies en las cuerdas sueltas. Todos se pusieron en fila y avanzaron detrás de Korbin hacia la parte trasera del cavernoso fuselaje; el silencio solo era interrumpido por el rugido de los motores. La radio del avión hizo una señal

SHERRILYN KENYON Y DIANNA LOVE

al tráfico de aire local para indicar que el vuelo comenzaba a liberar su carga.

La señal no informó sobre la capacidad letal de dicha carga.

Carlos respiró profunda y largamente para llenar sus pulmones de aire. Cualquier cosa para tratar de ralentizar el ritmo de la sangre que golpeaba en sus venas. Los soldados de Anguis podrían estar esperando en el castillo. En los últimos dieciséis años solo uno de ellos había llegado a verlo y a reconocerlo. Aquel hombre no había sobrevivido para contárselo a nadie.

Por culpa de ese incidente tres años atrás, había sido necesaria atención quirúrgica. Un imponente soldado de Durand apodado «el Toro» había reconocido a Carlos durante una operación secreta en Argentina antes de que Carlos lo viera. Aquel soldado de dos metros le había enseñado cómo golpear el balón cuando era un adolescente, pero al encontrar a Carlos en una operación secreta, lo único que el Toro vio fue la recompensa de medio millón de dólares que Durand le había ofrecido si lo entregaba con vida. El soldado de Anguis le tendió una emboscada perfecta con un hombre adicional. Sorprendido en su camino para encontrarse con Gotthard, Carlos se negó a rendirse sin derramar sangre, y la mayor parte resultó ser suya. Pero logró enviar una señal de radio a Gotthard pidiendo refuerzos. Minutos más tarde este llegó, neutralizó a los hombres y halló a Carlos golpeado casi hasta morir, con la cara como una hamburguesa.

Los agentes están en su momento más vulnerable cuando trabajan en secreto, lo cual influyó para que Joe ordenara al cirujano plástico que le diera a su hombre un nuevo rostro para protegerlo en el futuro.

La cara que contemplaba Carlos al reflejarse en el espejo a veces le resultaba parecida y otras veces sorprendente. En todo caso era lo bastante distinta a la anterior como para que nadie pudiera reconocerlo fácilmente y poner su equipo en peligro, lo cual era en realidad su única preocupación. Arriesgaría su vida por ellos, y lo había hecho muchas veces.

No podía pedir un equipo mejor para esa noche.

Pero Durand Anguis operaba de un modo distinto a cualquier otra organización criminal, usando las tácticas más inesperadas.

La rampa de carga posterior crujió al abrirse. Entró una ráfaga de aire helado como precursora de lo que les esperaba. Cuando Korbin avanzó hacia delante, el resto del equipo hizo lo mismo. Un vacío negro y sin fondo los acechaba desde el enorme agujero que los succionaba hacia el exterior del avión. Carlos se acercó al viento rugiente. La media luna brillaba por debajo de una espesa capa de nubes que vertían nieve fresca sobre los Alpes franceses.

Doblando cada uno de los dedos de su mano enguantada mientras contaba en silencio, Korbin cerró el puño al llegar a cinco: la señal para saltar.

Carlos lo siguió inmediatamente, sintiendo el impacto de un viento de treinta grados bajo cero. Colocó las piernas en posición de sentado y tiró del cordón de apertura, desplegando su paracaídas de impacto. Cuando la gruesa tela cuadrada cobró su forma, el cambio repentino en la velocidad del aire tiró de su cuerpo hacia atrás y hacia arriba. Apretó la mandíbula para no golpearse los dientes y levantó las manos para agarrar los tirantes, maniobrando instintivamente con el paracaídas.

El corazón le latía más rápido que la maquinaria de un revólver con el gatillo pulsado. Sintió la adrenalina estallando en su interior, luego respiró profundamente y se acomodó para el viaje. Para ser honesto, disfrutaba de aquella parte del salto, le encantaba la súbita sensación de estar inmóvil flotando en el aire en una paz etérea. Segundos que se evaporaban más deprisa que la humedad de sus gafas mientras el equipo se deslizaba veinte kilómetros hacia la zona de aterrizaje. Vivía su vida en minutos, desde una operación hasta la siguiente, observando por encima de su hombro los últimos dieciséis años, esperando que lo mataran.

Si las cosas se jodían esa noche, la espera habría acabado.

Entrecerró los ojos. Dos luces diminutas aparecieron en la verdosa imagen de sus gafas de visión nocturna antes de lograr enfocar la ancha figura de Gotthard y la esbelta figura de Rae. ¿Dónde estaba Korbin?

Finalmente, una luz parpadeante descendió en diagonal a

través de su camino. El adicto a la adrenalina se incorporó en el lugar más adelantado. Todas las luces se extinguieron, la radio estaba puesta en el modo silencio.

Alex Sanderson, el quinto operativo, conocido como Sandman por hacer dormir a sus enemigos, era exdirector de combate de las Fuerzas Aéreas, altamente entrenado. Sandman estaría ya en la zona colocando un estroboscopio de infrarrojos para señalar el lugar de aterrizaje. Había pasado la última semana a poca distancia del lugar, en una tienda camuflada, invisible para todo el mundo mientras se encargaba de un trabajo de reconocimiento fundamental para la misión.

Si Sandman no se hallaba donde esperaban es que estaba muerto.

Korbin, con sus dos metros de estatura, se inclinó hacia la izquierda, y Carlos lo siguió. Todavía no se veía el estroboscopio, pero la confianza de aquel equipo era muy profunda. Cada uno de los agentes continuaría dirigiéndose hacia el objetivo con la absoluta certeza de que los demás cumplirían con su parte de la misión sin ningún fallo.

Carlos tuvo que entrecerrar los ojos cuando traspasaron el muro de blancas nubes y se acercaron al pedazo indetectable de tierra, el lugar diminuto donde tenían que aterrizar.

Una luz estroboscópica surgió a la vista. «Gracias, Sandman.»

En los últimos mil metros de caída a la montaña, una ráfaga de viento feroz surgió del valle rocoso debajo de ellos. Carlos golpeó y giró sobre medio metro de nieve. Soltó el paracaídas que lo estaba arrastrando y se plantó sobre sus pies. Cuando miró a su alrededor, en busca de su equipo, Gotthard ya estaba de pie y consultaba el monitor de su muñeca. Korbin avanzaba hacia Rae, que estaba tendida de espaldas sobre la nieve.

Carlos fue hacia ella. La terrible idea de que su cuerpo pudiera haberse golpeado con una piedra en la nieve surgió en su cabeza. Pero cuando Korbin llegó junto a ella, Rae ya estaba sentada y rechazó la mano que este le ofrecía. Era una mujer testaruda cuando se trataba de recibir cualquier tipo de ayuda.

Ella y Korbin se unieron a Carlos mientras Sandman se dirigía hacia ellos a grandes zancadas, con el arma cruzada sobre el pecho. Sandman levantó una mano enguantada y Rae le dio con la palma abierta; era su modo habitual de decirse «hola». Dentro de esa oscura piel de color caoba y por debajo de ese traje de camuflaje había un hombre que Carlos preferiría tener siempre de su lado.

Sandman tenía dos personalidades. Una de ellas podía convertir a una mujer en su ángel por una noche con tan solo un pestañeo, y la otra podía conseguir que un terrorista se meara encima.

En cuanto todos los paracaídas estuvieron escondidos fuera de la vista, Korbin esperó a que todos señalaran con el pulgar hacia arriba, luego se puso en marcha, liderando la excursión. A cien metros de distancia de la casa de tres pisos, Carlos hizo una seña para que se reunieran. El equipo se congregó detrás de un montículo de rocas desnudas.

Gotthard hizo una foto con una cámara compacta de luces infrarrojas y la levantó a la altura de su rostro. Comenzó a pasar información a través de signos con la mano: «Hay dos guardias fuera, caminando... uno del lado este, otro al oeste. Dentro hay cuatro cuerpos, dos en la segunda planta. Dos en la tercera planta, uno de ellos horizontal e inmóvil». Probablemente, la mujer rehén.

Carlos hizo señas a cada operativo para indicarles la posición. Primero rescataría a la joven y protegería a su equipo. Salvar el propio pellejo vendría más tarde... si es que la suerte volvía a acompañarlo.

Se armó de valor y comenzó a avanzar, preparado para descubrir si los hombres que vigilaban aquel castillo de verdad pertenecían a Durand Anguis.

Capítulo 2

¿Llegarían a tiempo sus correos electrónicos?

¿A las personas adecuadas?

Gabrielle Saxe se levantó y caminó inquieta desde la zona de trabajo de su casa de alquiler hasta la ventana. Un domingo deprimente. Una espesa niebla y una lluvia lenta se cernían sobre el lago Peachtree, dejando borrosas las luces del muelle. La ciudad de Peachtree, una comunidad planificada en Georgia, al sur de Atlanta, era el mejor lugar que había encontrado para esconderse desde que vivía peligrosamente, ahora hacía ya diez años. Echaba de menos su hogar familiar en Francia, pero la niebla que había ocasionalmente allí en el sur la hacía añorar todavía más su apartamento de Londres.

También echaba de menos su libertad, pero la seguridad tenía un coste.

Y no solo para ella. Hacía todo lo posible por mantener a salvo también a su familia en Francia. Esa era una de las razones que la habían llevado a esconderse diez años atrás. Justo después de divorciarse de una estrella de la pantalla italiana en alza que la había encandilado para casarse con una única intención: utilizarla. La luna de miel había durado dos meses, luego las cosas comenzaron a estropearse entre ellos. Conoció al verdadero Roberto Delacourte. Primero vinieron los abusos verbales, los comentarios acerca de lo mala que era en la cama, por más que ella tratara de cumplir con sus expectativas. Ella no tenía experiencia, y ocultaba el asco que sentía por algunas de las ideas de él. El día que se despertó atada a la cama y sufrió lo equivalente a una violación comenzó a esconderse de él.

Seis meses después del inicio de esa turbulenta relación él le dio una bofetada en la cara y un puñetazo en el vientre.

Gabrielle se había preparado para recibir más violencia cuando le pidió el divorcio y lo amenazó con denunciarlo para que fuera a la cárcel.

Él dispuso tranquilamente los términos del divorcio con intrincado detalle, demostrando claramente que había planeado muchas cosas por adelantado. Mientras él hablaba, ella se dio cuenta de cómo, en su inocencia, había aportado dinero y contactos sociales que él usaría para llegar más lejos con su carrera. Le explicó cómo informaría a los medios que era él quien pedía el divorcio, y exigió que le pagara una suma exorbitante de un fondo fiduciario que su madre le había dejado. Todos los detalles del divorcio permanecerían ocultos a menos que él decidiera compartir algo, y ella no podría pronunciar jamás una sola palabra negativa contra él.

Ella gritó que estaba loco, con lo cual se ganó otro puñetazo en las costillas. Luego él le advirtió lo que le haría a ella y a su familia si no aceptaba sus condiciones. Enumeró una lista que incluía el derecho a relatar historias morbosas sobre sus supuestas perversiones sexuales. Para satisfacción de los *paparazzi* dichas historias irían acompañadas de fotos falsificadas que la mostrarían en situaciones comprometidas, y en ellas se aludiría a sus sucios contactos con gente a la que le gustan los niños pequeños, como las dos niñas que su padre y su nueva esposa habían tenido. Ella no permitiría que les ocurriera nada a aquellas niñas. Y con su padre en plena campaña para ascender de posición en el gobierno francés, simplemente el escándalo habría arruinado su carrera.

Ella era entonces muy joven y verdaderamente temía a Roberto, la asustaba pensar lo lejos que podría llegar para conseguir lo que quería.

Gabrielle habría luchado contra Roberto si hubiera sido solo su vida y su reputación lo que estuviera en juego, pero no la de su familia. Y Roberto había recogido una lista de gente relevante que respondería por él en una vista pública. Era culpa de ella. Había sido ella quien lo presentó a las personas más distinguidas de Londres y de París. Todos creían que era un marido maravilloso, puesto que ella se había esforzado por mantener su vida personal en privado. Él era una estrella en auge que quería dinero suficiente e importantes contactos que lo empujaran a la gran pantalla.

Y sabía que ella se sacrificaría por las personas que amaba.

A diferencia de él, ella no había planeado sus movimientos ni había tenido cuidado de protegerse contra ese monstruo. Gabrielle lo había introducido en el mundo de su familia, así que ahora tenía que sacarlo. Se tragó el orgullo y aceptó su ultimátum; pensaba que dándole el dinero se lo quitaría de encima.

Si hubiera sabido lo despiadado que podía llegar a ser se habría dado cuenta de que nunca quedaría satisfecho con un simple acuerdo de divorcio de cinco millones de dólares.

Regresó de la ventana y miró su portátil, deseando que le diera una respuesta. Agarró con los dedos el medallón que llevaba colgado al cuello, con una fina cadena de oro, y revisó de nuevo la página de Internet.

¿Por qué alguien, alguien como la CIA, se negaría a poner el mensaje en el boletín de anuncios tal como ella había pedido? Vaya agradecimiento por los riesgos que había corrido al introducir un mensaje en los canales correctos, hasta con las palabras claves necesarias para un ojo suspicaz. Cualquier persona de un servicio de inteligencia sabría entenderlo. Había ayudado secretamente a otras agencias en el pasado, pero no saldría de su escondite de nuevo por los estadounidenses si estos no iban a ponerse de su parte.

Mon Dieu! ¿Qué problema tenían?

Cucú...

Gabrielle se sobresaltó al verse interrumpido el silencio. Tenía que apagar ese reloj cuando se iba a la cama. Nunca dormía por la tarde, pero su cuerpo suplicaba tener un respiro en aquel mismo momento. Le había sido imposible descansar en las últimas cincuenta horas, desde que había recibido una postal que casi le paró el corazón en mitad de un latido.

Se frotó el estómago, allí donde una masa de nervios retorcidos estaba haciendo todo lo posible para provocarle náuseas.

Quizás un té le asentaría el estómago.

Dormir dos días enteros le vendría aún mejor.

Revisó de nuevo el correo electrónico. Nada, solo los mensajes de siempre, desde las preguntas del Centro de Tecnología Informática generadas por artículos que ella escribía de manera anónima para publicaciones digitales, hasta los poco habituales correos personales.

Detuvo la mirada en un correo de Fauteur de Trouble que decía: «Llámame pronto, estoy siendo desterrado y tú eres la única que me entenderá...». Gabrielle sonrió. Babette había escogido un nombre electrónico muy acertado. Era definitivamente una alborotadora, pero de una forma adorable. Gabrielle dudaba de que el drama de la reina Babette, una de las dos hermanastras del segundo matrimonio de su padre, fuera de verdad el destierro.

Lo más probable era que aquella rebelde de catorce años se enfrentara al hecho de ser enviada a pasar las vacaciones con algún pariente para dar a su padre un poco de paz. Aquella adolescente tan testaruda le estaba llenando el pelo de canas, algo que Gabrielle encontraba muy divertido.

Vamos, Babette. Por desgracia para su padre, había engendrado otra hija que también se negaba a ser metida en un molde y salir de él convertida en una niña perfecta. Se trataba de Cora, que tenía once años y era la más joven de las dos hermanastras de Gabrielle.

Odiaba ese término... hermanastras. Sonaba tan despectivo... Sus dos hermanas lo eran todo para ella, con independencia del porcentaje de sangre que compartieran. Si fuera seguro hacerlo, Gabrielle disfrutaría viendo a sus hermanas mucho más a menudo.

Fingía ser una solitaria, y su padre lo interpretaba como que nunca se había recuperado de la muerte de su madre. Ella entendía su confusión y su dolor, pero todavía estaba herida por el hecho de que después del funeral él la hubiera enviado a vivir a un colegio con extraños, para evitar tener que tratar a una niña con el corazón roto.

El primer pensamiento de Gabrielle cada vez que se despertaba cada mañana en la escuela era que el asesino de su madre caminaba libre. El segundo era un juramento: algún día Anguis pagaría por sus crímenes.

Gabrielle tocó la rígida postal de Linette apoyada contra

la base de la pantalla. Sonrió por los recuerdos que acudían a su mente de aquella joven que había conocido en el colegio privado... Linette Tassone, su única familia durante varios años. Que luego desapareció.

¿Dónde estaba ahora su más querida amiga, y cómo era posible que Linette se hubiera enterado de que esa chica, Mandy, había sido secuestrada?

La parte delantera de la postal estaba decorada con la foto de un caballo color bronce que corría en libertad. Linette amaba los caballos, siempre había soñado con ser dueña de un rancho. Pero aparte de ese recuerdo, lo que había servido como absoluta confirmación de que la postal venía de Linette eran las palabras escritas al final con letra diminuta: «Que seas feeliz», con esa doble «e» que a Gabrielle la había dejado sin aliento.

Ella y Linette habían acordado usar ese «que seas feeliz» únicamente en circunstancias graves, para asegurarse de que el mensaje venía de una de ellas.

Cuando Linette lo sugirió, Gabrielle se había reído, como si esa firma fuera un apretón de manos secreto, pero Linette amaba los secretos que compartían.

Resultó ser algo bueno.

Cualquier otra persona al margen de ellas dos probablemente despreciaría aquel mensaje cuidadosamente escrito tomándolo por un lenguaje extraño, y no por un código.

Fue Gabrielle quien empezó con todo el asunto del código, añadiendo una palabra enigmática en cada nota personal dirigida a Linette, que las descubría muy rápidamente, puesto que era un genio. ¿Qué otra cosa iban a hacer dos almas perdidas, ignoradas por sus padres ricos y acurrucadas en sus dormitorios, durante las vacaciones mientras los otros estudiantes volvían a casa con sus familias?

El viejo castillo del siglo XV que albergaba su escuela en Carcassone, Francia, parecía sacado de las páginas de un cuento de hadas, con sus preciosos tapices, sus lujosos muebles estilo Luis XV en los dormitorios y las exquisiteces que preparaban los expertos cocineros. Ella y Linette habían ido riendo de camino a su primer cuarto, aceptando las rígidas normas de seguridad necesarias para su protección.

La vida parecía bastante idílica, hasta que Linette desapareció junto a todas sus pertenencias personales justo antes de cumplir diecisiete años.

Nadie contestaba las preguntas personales de Gabrielle, y por su persistencia tuvo que presentarse en la oficina de la decana, donde le advirtieron de que le abrirían un expediente disciplinario si volvía a mencionar a Linette Tassone a alguien del personal. Desde entonces, las paredes de piedra del castillo de cuento de hadas se habían vuelto frías y agobiantes como las de una prisión. No era extraño que se hubiese dejado engañar tan fácilmente por un embaucador. Había estado tanto tiempo sola que era una presa fácil.

Pasó once años investigando, preguntándose qué le habría pasado realmente a Linette, incapaz de creerse la historia que Senor Tassone había contado sobre su hija.

Pero ¿cómo podía discutirla sin tener ninguna prueba que la rebatiera?

Finalmente enterró aquellos recuerdos, aceptando que jamás encontraría a nadie en quien poder confiar tanto como en Linette. Hasta que llegó esa postal. Tal vez Gabrielle no fuera capaz de ayudar a Linette, pero no estaba dispuesta a dejar a su amiga en la estacada.

Abrió la postal y descifró la primera línea de nuevo.

Gabrielle... No puedes ayudarme, pero necesito que ayudes a otros a saber dónde me encuentro.

No necesitaba leer el resto: a esas alturas ya se sabía el texto entero de memoria, incluyendo la extraña referencia a una chica secuestrada que iba a ser enviada a *fratelli*, el término italiano para «hermandad». La postal había llegado a una oficina de correos de Peachtree tras serle reenviada desde el antiguo hogar de su padre, cerca de París. Gabrielle agradecía que él le hiciera llegar la correspondencia que ocasionalmente recibía para ella, de lo contrario Mandy no hubiera tenido ninguna oportunidad.

Secuestradores sudamericanos iban tras la joven estadounidense, pero Linette había dicho que Mandy corría «grave peligro» y que «nadie estaba al tanto» del secuestro, lo cual no tenía sentido. A pesar de eso, Gabrielle confiaba en Linette, así que había puesto un mensaje electrónico en los canales adecuados, aquellos vigilados por observadores de servicios de espionaje bien entrenados.

Lo había hecho más que fácil para las agencias de inteligencia.

Entonces ¿por qué no le habían enviado un mensaje confirmando que estaban actuando con aquella información o que Mandy ya había sido encontrada? Si Gabrielle no tenía alguna noticia pronto... ¿qué es lo que haría?

¿Llamar a la CIA? Si lo hacía de manera anónima creerían que se trataba de algún maniático. Enviar un segundo correo electrónico sería arriesgarse demasiado. Usar otra dirección de correo para comunicarse con el servicio de espionaje podría conducirlos directamente a su paradero, si es que no lo habían descubierto ya con el primer correo.

De acuerdo, estaba siendo un poco exagerada con eso, pero había protegido su anonimato demasiados años como para que la encontraran ahora.

Se burló de sí misma. Había pocas personas en el mundo capaces de seguir la pista a su rastro electrónico; y desde luego esas personas no estaban empleadas en los servicios de espionaje. Basta de preocuparse.

Llevaba una década escondiéndose y hasta ahora nadie la había encontrado.

Pero no correría un riesgo innecesario. Ya se había puesto a sí misma y a otras personas en medio de un terreno poco firme, así que el maldito miedo tenía que hacer su parte.

Ella ya había hecho todo lo que podía.

Pocas personas, ni siquiera las pertenecientes al servicio de espionaje, podrían haber averiguado tan rápido que los hombres sudamericanos que iban tras la hija del diplomático trabajaban para Durand Anguis o el hecho de que Mandy sería llevada al castillo de Saint Gervais, en Francia.

Pero es que ninguno de los agentes de los servicios de espionaje llevaba una década dedicándose exclusivamente a buscar una forma de derribar a todos aquellos relacionados con Durand Anguis.

Gabrielle se frotó los ojos arenosos. Sentía en la piel la espeluznante sensación de que algo no iba bien. Se pasó la mano sobre el vello erizado y miró a su alrededor.

No se había disparado ningún sensor ni había sonado ninguna alarma.

Alcanzó su portátil y tocó dos teclas para ver las cámaras digitales que vigilaban el exterior de la casa. El índice de criminalidad era muy bajo en Peachtree, que era un pueblo muy tranquilo. Sus aparatos de protección no estaban destinados a los ladrones corrientes.

La primera prioridad de un ladrón no sería degollarla.

Aparecieron las imágenes de las seis cámaras. Nada más que una persistente llovizna en el exterior de la casa. Si alguien se hubiera acercado por el camino de entrada o a través del bosque, el intruso habría sido detectado por alguno de los numerosos sensores que ella tenía ocultos. Se habrían encendido las luces exteriores. Luego, una alarma interior conectada a un teléfono sonaría hasta que ella la desactivara. La propiedad era una telaraña virtual de cables subterráneos.

Dio de nuevo al teclado para abrir el tablón de anuncios en su pantalla y buscó un mensaje de rebote que se refería a Mandy como «la nena», el nombre que ella les había dado para que le respondieran. Y allí estaba finalmente...

El corazón le latía con fuerza. Leyó el mensaje: «Corremos peligro de perder a la nena. Necesitamos tu ayuda. Ahora».

Oh, mon Dieu!

En cuanto los dos guardias del exterior del castillo fueron neutralizados, Carlos hizo una señal a Sandman para que patrullara por el perímetro. Luego, Carlos y el equipo entraron.

Dentro del garaje débilmente iluminado había aparcados un Land Rover y cuatro motonieves, preparados para ponerse en marcha. Carlos se quitó las gafas e inspiró una bocanada de aire húmedo. Palas de nieve y otras herramientas domésticas colgaban de una pared, por encima de una bañera vacía con demasiados agujeros oxidados como para poderse usar. Armarios de un azul descolorido y un banco de trabajo llenaban otra de las paredes blancas.

Gotthard se agachó para dejar inservibles los neumáticos. Se quedó atrás para cubrir la salida y tener las motos de nieve a punto para cuando Carlos las pidiera.

Korbin subió las escaleras de madera y entró en la casa detrás de Carlos. Rae le seguía los talones. El olor tostado de leños ardiendo en alguna parte circulaba a través del aire cálido.

Cuando Carlos llegó al primer descansillo, hizo señales con la mano a Korbin y a Rae para que se encargaran de los guardias del piso principal.

Derribar a un guardia entusiasmaría a Rae.

Mientras Corbin y Rae empezaban a moverse, unos gritos procedentes del interior de la casa los dejaron helados a los tres. Uno de los guardias le chillaba a otro en español:

—Ella está sangrando... dame las vendas...

Carlos tomó la delantera, haciendo señas a Korbin y a Rae para que lo siguieran, hasta que llegaron a un pasillo, donde debían decidir si subir una escalera hacia el tercer piso o girar a la derecha hacia la cocina.

De la cocina provenían ruidos de cajones que se abrían y puertas de armarios que golpeaban, seguidos de maldiciones que pronunciaban los dos hombres.

Carlos envió a Korbin y a Rae a la derecha, y luego él subió corriendo con cuidado las escaleras. Al llegar al siguiente descansillo, oyó venir a través del pasillo, a su izquierda, una voz profunda que murmuraba gruñidos e insultos. Carlos siguió el sonido hasta una habitación donde lo asaltó un penetrante olor a sangre fresca.

Un corpulento guardia vestido con un suéter negro de cuello alto y pantalones militares estaba encorvado concentrado en su tarea cerca de una gran cama de caoba. En el suelo y sobre la mesilla de noche había esparcidos fragmentos de vidrio rotos, como si un vaso con agua hubiera golpeado contra el borde. Una mata de cabello rubio caía a un lado de la cama, junto a la pierna del hombre.

Carlos desenfundó su cuchillo y entró sigilosamente. Avanzó dos pasos en silencio y agarró con el puño una espesa cabellera negra. Mientras echaba hacia atrás la cabeza del hombre, dejando expuesta su garganta al afilado cuchillo, Carlos obtuvo una clara visión de una mujer joven, tendida y tan quieta como si estuviera muerta... Mandy... con las muñecas sangrando profusamente. *Merde*.

El guardia se arqueó, pero Carlos terminó de matarlo antes de que volviera a respirar; luego lo apartó de su camino y buscó el pulso de Mandy. Débil, pero no estaba muerta. Todavía no. Levantó con un gesto decidido la sábana de lino que cubría el cuerpo lánguido y comenzó a romperla en varias tiras largas. La camiseta de la adolescente apenas se movía con cada débil respiración. El pantalón gris parecía un pijama de niño.

La sábana blanca tenía más color que su rostro sin sangre.

Malditos los bastardos que la habían llevado a hacer eso.

—Todo limpio —anunció Korbin, entrando en la habitación con Rae.

Carlos asintió, demasiado ocupado tratando de mantener a Mandy con vida como para poder responder. Al menos ya no había que preocuparse por guardar silencio ahora que la resistencia estaba neutralizada.

—Busca un traje de motonieve —ordenó Carlos.

—He visto uno abajo —soltó Rae mientras iba hacia la puerta.

Korbin levantó la muñeca de Mandy, ayudando a que Carlos se la vendara más rápido. Cuando Rae regresó con el traje de motonieve para la chica, ya había acabado. Exactamente como Carlos quería. Le cruzó los brazos sobre el pecho para examinar las heridas que tenía a la altura del corazón, y luego empleó más trozos de la sábana para envolverle los brazos junto al cuerpo, de modo que estos no se dieran golpes al moverla.

Usó el traje para protegerla, deslizando a Mandy dentro sin dejar ninguna parte de su cuerpo expuesta. Carlos la levantó en brazos y salió de la habitación detrás de Korbin. Rae les cubrió las espaldas mientras avanzaban por el pasillo hacia las escaleras.

—Todo despejado por aquí, vamos hacia allá —dijo Carlos usando su transmisor para comunicarse con Gotthard—. El paquete ha sufrido algún daño. Preparad los vehículos.

Al llegar al pie de las escaleras, Carlos soltó una maldición.

—Comprueba...

—... las marcas de los cuerpos —terminó Rae—. Los tres que yo he examinado tenían el mismo tatuaje en la zona izquierda del pecho.

Carlos no aminoró el ritmo de su marcha hacia el garaje, aunque sentía la urgencia de revisar los cuerpos por sí mismo si no fuera por un problema.

No podía cuestionar la afirmación de otro miembro del equipo.

Y desde luego no tenía manera de explicar por qué necesitaba comprobar los tatuajes personalmente.

El informante había acertado. ¿Cómo? Mataría por un rato a solas con Espejismo, que había resultado ser tan preciso respecto a los secuestradores, la adolescente y su paradero, sobre todo relacionado con Anguis. Alguien que conocía tan bien a la familia Anguis probablemente tendría un interés personal en machacarlos.

Y cualquiera que supiera tanto sobre los Anguis suponía una amenaza para la existencia de Carlos y el secreto que ocultaba. Durand mataba a todo aquel que se cruzaba en su camino, especialmente si se trataba de un chivato, entonces ¿cómo era posible que el informante conociera los asuntos de Anguis tan bien como para traicionarlo y sin embargo siguiera con vida?

Carlos emitió un gruñido en lo profundo de su garganta. Si al menos las pistas hubieran llegado a su equipo antes de que aquella muchacha se cortara las muñecas... Rogaba por que siguiera viva.

Gotthard tenía la puerta del garaje levantada y las motos de nieve ya fuera y encendidas.

—Sandman envió la señal al helicóptero para encontrarnos en el punto de extracción dentro de una hora —le dijo a Carlos. Este asintió, esperando que Mandy sobreviviera tanto tiempo.

El helicóptero tendría un médico a bordo, pero puede que necesitara más sangre de la que normalmente llevaban. Le entregó Mandy a Gotthard.

—Átala a mi espalda.

Carlos se puso las gafas y se colocó en el asiento del conductor de la moto de nieve con los pies en los laterales.

Gotthard sujetó contra él el cuerpo de Mandy envuelto en el traje para la nieve, pasando las largas mangas vacías por delante de su pecho y atándolas con fuerza. Carlos sentía como un cinturón enlazado alrededor de su pecho, ceñido con la fuerza justa para mantenerla cerca de él.

Gotthard le aseguró también las piernas y luego le dio a Carlos una palmada en el brazo.

—Ve.

Carlos le dio con fuerza al acelerador, haciendo una mueca al sentir el cuerpo sin apenas vida apoyado en su espalda cuando el vehículo entró en acción. Miró tras él una vez más para comprobar que las otras motos de nieve lo seguían, llevando su equipo.

Todos vivos. Misión cumplida.

Excepto por la oportunidad de examinar los pechos desnudos de los guardias. Para ver si estos únicamente tenían tatuada una serpiente y un puñal sobre sus corazones, que los identificaba como soldados de Anguis, o si había también en el tatuaje una cicatriz, indicando que eran parientes de sangre de Durand Anguis.

Exactamente como la cicatriz que él mismo tenía en el tatuaje de su pecho.

En el garaje del castillo, la bañera se movió hacia un lado apartándose de la trampilla del sótano. Alguien empujó la trampilla con más fuerza y luego la cabeza de un hombre asomó para examinar el silencioso espacio, ahora vacío excepto por el Land Rover. Este tenía las ruedas desinfladas.

El hombre suspiró y sacó un teléfono móvil.

Primero informó. Luego pidió un transporte.

Su jefe no iba a estar contento.

Capítulo 3

A Gabrielle le dolía el cuello. Le dolían los brazos. Le dolía todo. Pero un sueño no debería doler, ¿verdad?

Luchó a través de capas de soñolencia, esforzándose por abrir los ojos. El sueño la empujaba, pero un molesto sonido continuaba atizándola para que se despertara.

... *cucú, cucú, cucú.*

El reloj. ¿Cuántas veces habría gorjeado ese pájaro?

Su cerebro volvió a la vida. Levantó la cabeza del escritorio. Tragó saliva al sentir un gusto desagradable en la boca y se frotó los ojos irritados, parpadeando para enfocarlos. Por la pantalla de su portátil pasaban peces nadando. La vida debería ser así de feliz y así de libre.

La sonrisa que comenzaba a permitirse se desvaneció.

El ordenador. El tablón de anuncios. ¡Mandy!

Alcanzó el ratón, lo movió y apareció el mensaje del tablón. Lo leyó rápidamente. Gracias a Dios.

Quienquiera que hubiera recibido su primera advertencia acerca de Mandy le había pedido más ayuda la pasada noche, específicamente información acerca del castillo y de Anguis. Ella no pudo añadir nada nuevo acerca del castillo, pero después de convencerse a sí misma de que la vida de Mandy merecía el riesgo, compartió un poco más de lo que sabía de Durand y pensaba que podía ayudar. El mensaje que había sido colgado esa misma mañana, justo un poco antes de las diez, y que ahora ella estaba leyendo decía: «La criatura está a salvo en buenas manos».

Hubiera estado bien recibirlo antes de las seis de la mañana, que fue la hora en que cayó rendida frente al ordenador. Hubiera podido dormir en una cama.

Gabrielle entrecerró los ojos para enfocar el reloj de cuco. «¿Casi las cuatro en punto?» La luz se colaba en la habitación a través de los huecos de las persianas. ¿Así que serían las cuatro de la tarde? Lunes. No era de extrañar que le dolieran todos los músculos. Tan solo había dormido un puñado de horas durante los últimos tres días, y además doblada sobre el escritorio.

Un baño, algo de comer y se metería un rato en la cama.

Primero algo de comida o sería incapaz de darse un baño. Rebuscó por la cocina, considerando la posibilidad de pedir una entrega a domicilio. Cambió de idea al encontrar unas sobras de comida tailandesa y un bollo de postre.

El baño fue casi tan refrescante como cepillarse los dientes. Había pasado todo el día vestida con una camiseta y un pantalón de chándal, lo que ella consideraba comodidad desaliñada. Pero para dormir se puso un camisón de seda y ropa interior de encaje. No tener que preocuparse nunca por su aspecto era una de las ventajas de vivir aislada. Se le escapó una risita triste ante aquel razonamiento sarcástico.

Gabrielle levantó las sábanas de la cama, se acurrucó debajo de ellas y cayó profundamente dormida. Un ruido muy molesto se coló a través de sus sueños.

Trató de ignorarlo. Su cuerpo le suplicó que lo ignorase, pero el estúpido sonido no la dejaba en paz.

Tenía que haber desconectado el reloj.

Ding, ding. Silencio.

Ding, ding. Silencio.

Gabrielle abrió de golpe los ojos. No era el reloj.

Era la alarma de seguridad.

Carlos agarró su bolsa del maletero de portaequipajes que había sobre su asiento, se colocó en la fila para salir del avión y se dirigió a la aduana en el Aeropuerto Internacional Hartsfield-Jackson de Atlanta.

Comprobó la hora local en su teléfono móvil, las 16.00 horas, y luego envió un mensaje de texto a su cuartel, informando al director de que ya había llegado y se dirigiría hacia Nashville después de hacer una parada en su hogar.

Llamar «hogar» a la cara cabaña de cuatro habitaciones al norte de las montañas de Georgia no era muy exacto, ya que no la había comprado ni alquilado, pero era todo lo que tenía. Contar mentiras acerca de su pasado, como por ejemplo que se había criado en Bolivia en lugar de en Venezuela, no había protegido su identidad. Una vez incluso había tenido un apartamento en Nashville, hasta que un soldado de Anguis los había reconocido hacía tres años. Después de eso, metió sus pocas pertenencias en la cabaña, que le servía como una vivienda segura. La única posesión que de verdad le importaba, una foto de él con su hermano pequeño cuando eran niños, estaba a salvo en la cabaña. Un rival de los Anguis había disparado a su hermano como represalia por un insulto recibido por Durand el día antes de que el chico se graduara en la universidad, con todos los honores.

La cabaña servía también como una de las muchas residencias seguras donde un agente podía pasar una temporada o un prisionero podía ser retenido temporalmente.

Todo lo que Carlos necesitaba como hogar.

Todo lo que podía arriesgarse a tener.

Se pasó una mano por la mejilla, notando la aspereza de la barba, demasiado cansado para molestarse en afeitarse teniendo en cuenta que se había duchado hacía once horas. Y si no se cortaba el pelo pronto tendría que empezar a recogérselo en una coleta. El bostezo lo sorprendió fuera de guardia.

Había dado una cabezadita en el vuelo de regreso desde el aeropuerto Charles de Gaulle, en Francia, pero no le había servido de nada. Su mente se había negado a permitirle olvidar la sensación del cuerpo sin vida de Mandy al subirlo al helicóptero, o la espantosa imagen que contempló al quitarle el traje de nieve. El fuerte aroma a sangre había impregnado el aire helado. Contuvo la respiración al ver su piel descolorida y sus labios azules, y la venda improvisada completamente empapada por la sangre que salía de su cuerpo.

Una horrible sensación de fracaso creció en su estómago.

Pero milagrosamente todavía tenía pulso. Los médicos realizaron inmediatamente una transfusión y la mantuvieron viva hasta que llegaron al recinto de seguridad de las afueras de París donde la dejaron.

El pronóstico de Mandy era reservado, pero no había muerto en sus brazos.

Tendría una oportunidad.

Gotthard enviaría noticias de Mandy tan pronto como aterrizara en Nashville. Korbin y Rae estarían llegando a Washington y Nueva York justo en ese momento. Todos regresaban en vuelos separados por razones de seguridad.

Carlos avanzó hasta el mostrador de la aduana y dio todas las respuestas habituales a los oficiales de ojos desconfiados. ¿Ensayarían miradas suspicaces frente al espejo?

«Bienvenido a Estados Unidos. Ni se te ocurra pensar en masticar chicle de un modo inadecuado.»

Maniobró para abrirse paso entre una perezosa corriente de pasajeros que circulaban hacia la salida y ya había alcanzado las escaleras principales de la terminal cuando su teléfono empezó a sonar.

Al abrirlo, apareció un mensaje.

«Llama a la oficina inmediatamente.» Traducción: urgente.

Carlos usó la marcación rápida.

—¿Estás pasando la aduana? —preguntó Joe, ahorrándose cualquier tipo de saludo.

—Sí. —Carlos cruzó las puertas de cristal de salida de la terminal. Los fumadores inundaban el aire húmedo de Atlanta con nicotina mientras consumían su primer o su último cigarrillo.

—Encontramos la fuente.

Espejismo.

Lo último que Carlos había oído antes de coger el vuelo a casa era que BAD había rastreado la dirección IP de un ordenador en Rusia, donde Joe tenía extensos contactos. Lo cual podía significar cualquier persona o cualquier cosa. Un equipo de BAD de Reino Unido había estado cerca de una localización en Londres, justo antes de que saliera su avión. ¿Cuál de los dos habría encontrado a Espejismo?

Carlos prestó atención. Comprobó su reloj, calculando la posibilidad de coger un vuelo internacional a aquella hora del día.

—Estupendo. ¿Vuelo hacia Gatwick? —Carlos se dirigió a

pasos rápidos hacia una carretera al otro lado del aeropuerto, donde fluía el tráfico entre el aparcamiento de coches y la terminal. Podía ser enviado a cualquier lugar del mundo, puesto que el correo había sido rebotado a un sistema de ordenadores intervenido de Rumanía y después de Rusia. Pero en el momento en que BAD había precisado la dirección IP de Rusia y conseguido una autorización para seguir el rastro desde allí, un equipo de agentes sobre el terreno y en los cuarteles de BAD esperaban que Espejismo cometiera un error.

—No —le dijo Joe—. Por eso te envié un mensaje urgente. El grueso de nuestros recursos inmediatos han sido enviados en barco al Reino Unido como punto de partida, puesto que los programas de datos que nos han llegado indican que nuestra fuente podría estar allí, pero tal vez sea simplemente un intento de despistarnos. —Joe estaba sugiriendo que el informante o bien no estaba en el Reino Unido, o bien no era británico.

—¿Dónde? —Carlos se sacudió de encima el resto de su agotamiento con esas palabras, preparado para localizar al bastardo.

—Georgia. Peachtree City.

—¿Estás hablando en serio? —Carlos dio un giro y se dirigió a toda prisa hacia la rampa de entrada al aparcamiento.

—Sí. Por eso te he llamado. Solo tengo un recurso local y va de camino hacia la ubicación. —Joe hizo una pausa y se lo oyó suspirar—. He enviado al auxiliar Lee.

Carlos metió su tique del aparcamiento en la cabina de pagos y luego usó su tarjeta de crédito, deseando que todo funcionara con rapidez.

—¿Un auxiliar? ¿Cuándo fue eso? «Auxiliar» era la palabra en clave para referirse a un «agente de campo» cuando no se usaba una línea segura. Lee no podía estar preparado todavía para una misión principal.

—Ha sido hoy. No tuve elección. No había nadie cerca aparte de ti.

—¿Dónde está ahora? —Carlos sacó el tique de pago justo en el mismo segundo en que la máquina lo expulsó y recuperó el paso, buscando con la mirada su BMW 750i azul metalizado.

—Está a diez minutos del lugar de encuentro.

—Envíale un mensaje para que me espere, no importa...

—Lo envié sin guía. Recibirás un mensaje de texto con el punto de encuentro. Él tiene el resto.

—Estamos en contacto. —Carlos cerró el teléfono y encontró su coche. Justo a tiempo para arrojar su bolsa en el maletero, sentarse al volante y lanzar un violento insulto.

Bienvenido a casa. Renunció a cualquier esperanza de que el día acabara bien y se concentró en una situación que parecía estar tan bien organizada como un tren descarrilado.

¿Cuál era el único punto a favor?

Lo primero que haría sería interrogar a aquel chivato de Durand Anguis. Averiguar desde qué ángulo estaba trabajando Espejismo. Los informantes siempre querían algo, siempre tenían un motivo oculto.

Y todavía no se había topado con ninguno que no fuera un criminal.

Sin pensarlo demasiado podía enumerar cuatro países que estarían encantados con la posibilidad de atraparle. Lo podrían tener en cuanto Carlos consiguiera lo que quería.

Gabrielle se levantó de un salto, se puso una holgada camiseta gris de manga larga y unos pantalones de chándal, y luego unas zapatillas deportivas con cierres de velcro. El calzado perfecto para salir corriendo. Miró el reloj de su mesilla de noche y comprobó que había dormido media hora.

¿Cuánto tiempo llevaría sonando la alarma de seguridad?

Le dio al botón de la pared para detener el insistente doble timbre, y luego corrió al armario y cogió una mochila que contenía ropa, dinero, un pasaporte y otras cosas necesarias. Siempre.

De camino al salón, se recogió el pelo en la nuca y se puso una gorra para cubrirlo. Le costaba tragar saliva. El miedo le agarrotaba los músculos de la garganta y amenazaba con ahogarla al llegar al escritorio. Alcanzó su ordenador y manejó el teclado mientras se ponía una bufanda alrededor del cuello y se enfundaba un impermeable color caqui que le llegaba por las rodillas. Doble clic al ratón y su pantalla se dividió en seis partes donde se veían las zonas de alrededor de la casa vigiladas por cámaras digitales.

Cinco de ellas no revelaban nada inusual.

La número seis, que cubría el camino hacia la puerta principal, mostraba un hombre enorme con un traje que no era de su talla que se dirigía hacia las escaleras del porche.

Pasos lentos y pesados golpearon los tablones de madera.

Gabrielle cerró su ordenador y lo metió en un bolso con una correa, junto a todos los accesorios. ¿Adónde iba a ir? Siempre había contado con tener tiempo suficiente para llegar a su todoterreno con tracción en las cuatro ruedas y meterse por un camino a través del bosque; una de las ventajas de vivir en una comunidad con cien kilómetros de senderos para los cochecitos de golf. Dirigió la mirada hacia el ventanal de la parte trasera de la casa, a través del cual se veía una serena imagen del lago Peachtree y un muelle con un solitario bote atado. Con el depósito de gasolina lleno.

Sería un blanco perfecto sola en el lago.

Toc. Toc. Toc.

No podía tratarse de un vendedor. La señal que había junto al buzón al comienzo del camino de entrada indicaba claramente: NO PASAR, QUIENES DESOBEDEZCAN SERÁN ARRESTADOS.

Toc. Toc. Toc.

Gabrielle cogió las llaves del coche por si tenía la oportunidad de llegar hasta el todoterreno. Lo cual habría sido posible si no hubiera estado tan cansada como para que la alarma no la despertara enseguida.

Desde el otro lado de la puerta, una voz profunda dijo:

—Agentes de la ley. Abra.

Eso la dejó helada. ¿El FBI? Si habían logrado seguir su rastro electrónico, bien podía tratarse de la CIA, ya que había enviado todos los mensajes rebotados desde diferentes direcciones IP de Londres.

—La casa está rodeada.

El corazón le dio un vuelco.

Maldita fuera. Las alternativas surcaron su mente a toda velocidad, puesto que solo tenía dos.

La opción número uno era huir, lo cual no tenía sentido.

Gabrielle aceptó la opción número dos, se dio la vuelta y se dirigió hacia el vestíbulo, con la esperanza de poder engañarlos. Se encajó una sonrisa en la cara y abrió la puerta.

—¿Puedo ayudarle? Estaba a punto de salir... —Se interrumpió para mirar un rostro que estaba al menos a dos metros del suelo y era capaz de provocar un millón de pesadillas. Piel marcada por el acné, corpulento y de cuello grueso. Pelo negro canoso.

—No parece que sea usted Harry Beaker —dijo él.

—No lo soy. Harry no está aquí, pero me encantará trasmitirle un mensaje. —Más sonrisas. ¿Podía tener la suerte de que solo estuvieran buscando a Harry? Agarró la puerta con una mano y apoyó la otra en el marco para tratar de disimular su temblor.

—¿Y usted quién es?

—Gabrielle Parker. Solo soy una inquilina. Me aseguraré de que Harry reciba su mensaje, pero ahora tengo que irme o llegaré tarde. —Llamaría a Harry en cuanto tuviera un momento libre si es que aquel tipo realmente lo buscaba. Harry pesaba unos noventa kilos, era exmarine y luchador. Ella dudaba de que la CIA pudiera intimidarlo.

—No estoy buscando a Harry. La busco a usted —dijo él.

Sintió un picor por todo el cuerpo ante el tono amenazante de su voz.

—¿Y quién es usted? —No había sonado con el tono exigente que ella pretendía, pero hizo lo más que pudo con su garganta seca y contemplando a alguien que podría estar a las órdenes de Durand Anguis.

Él buscó en su chaqueta.

A ella el corazón le latió con pánico.

—Agente especial Curt Morton, de la Brigada Antidroga —dijo él, sacando su chapa durante un par de segundos para volver a guardarla de nuevo en su estuche y luego en la chaqueta. Le ofreció una sonrisa que ella hubiera preferido no ver. Esos dientes grandes y nariz torcida eran casi tan aterradores como sus inexpresivos ojos grises—. Lo siento si le he dado un sobresalto, pero quería estar seguro antes de decir nada más.

—¿Seguro de qué? —preguntó ella, respirando como alguien que acabara de terminar una carrera de ocho kilómetros. Estaba a punto de hiperventilarse.

—Seguro de que es usted quien ha estado enviando a los servicios de espionaje mensajes electrónicos relacionados con Durand Anguis.

Atrapada. Y desprotegida. Ahora era seguro que Durand la encontraría.

Después de cerrar la puerta de su Suburban de color azul oscuro, Carlos hizo un gesto para que Lee lo siguiera. El vehículo estaba aparcado muy cerca del camino de entrada a una propiedad privada de Peachtree City y oculto de la carretera por un bosquecillo de árboles. Con un conductor inconsciente.

Tenía las manos y los pies atados con cadenas flexibles, que se quedarían ahí hasta que Carlos tuviera tiempo de someterlo a un interrogatorio completo. El conductor llevaba una insignia de la Brigada Antidroga, pero las credenciales eran falsas.

A Carlos no le venía a la cabeza el nombre real de aquel matón, pero había visto antes esa cara y esas orejas deformadas por los golpes. El conductor había formado parte de una redada informática el año pasado. Músculos alquilados a precio de ganga. Era como comer sushi barato. Un riesgo para la salud.

Unas ramas crujieron. Carlos dirigió una mirada a Lee, que hizo una mueca al oír el ruido. Los novatos eran también un riesgo, pero Joe no habría enviado a nadie excesivamente bisoño. Y Lee tenía ojos viejos en un rostro joven. Ojos duros, aunque debía de venir de las calles y le faltaría experiencia en un terreno boscoso.

Sacudiendo una mano, Carlos restó importancia al suceso y siguió adelante, revisando sus alternativas.

Estaba claro que alguien se les había adelantado encontrando al informante. ¿Quién? ¿Y el compañero del conductor estaría allí para capturar al informante... o encontrarse con él? Al menos debía de haber involucradas dos personas. El tipo del coche era probablemente un vigilante, un desgraciado, y su compañero podía estar en la casa ahora mismo.

Carlos avanzó rápidamente a través del bosque, en paralelo al camino de entrada. La luz disminuía con cada paso, lanzando sombras en aquel bosque poco frondoso.

¿Quién se le habría anticipado?

Se detuvo ante una curva en el camino de entrada, desde donde se veía aparecer una zona abierta, el patio principal, a unos veinte pasos.

Se volvió hacia Lee. Los astutos ojos del chico, de color avellana, ardían con determinación. No alcanzaba la estatura de Carlos ni era corpulento. Lee mediría alrededor de un metro ochenta y era esbelto y musculoso. Iba vestido con un pantalón de camuflaje y una camisa verde oscura.

A pesar de todo eso, el chico era demasiado pulcro para el gusto de Carlos. ¿En qué estarían pensando Joe y su codirector, Tee, cuando lo contrataron?

Joe había dado a Lee órdenes estrictas acerca de obedecer todo lo que dijera Carlos, sin cuestionarlo. Y Carlos había añadido a eso una orden muy simple: si las cosas se ponían feas, quería que Lee volviera atrás y contactara con Joe.

«Sobre todo no te hagas el héroe, bajo ninguna circunstancia.»

Desde la zona abierta que tenían ante ellos llegaban unas voces, en un volumen demasiado bajo como para que Carlos pudiera entender lo que decían.

Hizo a Lee una señal con la mano para que se detuviera y fuera tras él, pero sin ser visto. Lee tocó su arma y asintió. Carlos sacó de su espalda su nueve milímetros, y silenciosamente avanzó hacia la pareja que sostenía la conversación.

—No sé de qué está usted hablando. —Gabrielle trató de soltar una risita, pero el ruido que le salió sonó muy cercano a la histeria.

El agente especial Morton no sonreía.

—Es usted quien envía información sobre Durand firmada con el nombre «Espejismo». Nos gustaría hablar con usted.

—Yo en realidad...

—Señorita Parker. Hasta ahora usted está considerada

una aliada de Estados Unidos, pero si se niega a colaborar, su estatus podría cambiar y pasar a ser considerada cómplice de los crímenes de Anguis. Obviamente hemos seguido hasta aquí su rastro electrónico como Espejismo. —Dejó de hablar, hizo una sabia pausa para dar tiempo a que la amenaza surtiera efecto.

«¿Cómplice?» Ella tragó saliva, sintiendo el pánico que se agitaba bajo su aparente calma. Al menos ese hombre obedecía a las autoridades, y no a Durand, pero estar allí con él no podía acabar bien.

—C'est des conneries!

—¿Qué es lo que ha dicho? —Él alzó las espesas cejas confundido.

Ella agarró con fuerza la correa de su bolso.

—Esto es una tontería. Yo no he hecho nada malo. —Después de tantos años ocultando su identidad de Anguis, perdería su anonimato en el momento en que la Brigada Antidroga la procesara. Los atentados de Roberto contra su vida palidecerían comparado con lo que Durand podría hacerle—. ¿Podemos hablar aquí?

Él negó con la cabeza.

—¿No necesito la presencia de un abogado? —No es que lo tuviera, pero ganaría tiempo si tenía que buscar uno.

—No. Queremos mantener esto en secreto, tal como ha hecho usted, y proteger su anonimato.

¿Qué podía objetar a eso?

Miró por encima de él.

—¿Dónde está su coche?

—Justo a la entrada del camino. Vi la advertencia. No quería arriesgarme a un pinchazo en un neumático por seguir con el coche.

—¿Es verdad que la casa está rodeada por agentes de policía?

—No, pero tengo refuerzos. —La sonrisa horripilante apareció de nuevo. ¿Por qué sonreiría?

Ella miró alrededor y avanzó hacia una puerta cerrada.

—No sé de qué está usted hablando, pero cooperaré. Le seguiré en mi coche.

El agente especial Morton volvió a negar con la cabeza.

—Iremos en el mío. Yo la traeré de vuelta a casa. —Movió un brazo para señalar el camino de entrada, como si el trayecto hacia el coche no estuviera claro. Cuando lo hizo, la chaqueta se le abrió y dejó expuesta una funda que contenía un revólver sujeta al hombro.

Si ponía demasiados problemas, él podría simplemente arrestarla.

Manejó la llave con torpeza, y por fin logró cerrar la cerradura desconectada después de dos intentos. Como decían en Estados Unidos, sería mejor seguirle la corriente, al menos por ahora.

Esperó a que ella bajara los escalones delante de él. Cada paso que la alejaba de la casa le dolía. Aquel había sido el mejor lugar donde había vivido. No podría regresar. La casa de alquiler de Harry era una de las propiedades originales de aquella comunidad, con un camino pavimentado de quinientos metros y oculta por árboles a ambos lados. Avanzó con dificultad a través de una capa reciente de hojas que cubrían el patio principal y que había rastrillado justo ayer.

Caminando a su lado, el agente de la Brigada Antidroga abrió su teléfono, marcó una tecla y esperó.

—¿Por qué creen que yo soy Espejismo? —preguntó ella. ¿En qué se habría equivocado, y quién más se habría percatado de su error? Al ver que no respondía, ella miró por encima del hombro. Había disminuido el paso, pero dio dos zancadas con sus largas piernas y avanzó para detenerse a su lado.

Tocó de nuevo unos botones de su teléfono, y puesto que lo usaba en modo manos libres ella pudo oír el timbre sonando al otro lado de la línea. No hubo respuesta.

La expresión de desconfianza que apareció ahora en su rostro afeó sus facciones hasta el punto de hacerlas parecer diabólicas.

A ella se le puso la piel de gallina.

Carlos esperaba silenciosamente mientras los dos hombres avanzaban lado a lado por el camino de entrada. El alto habría podido interpretar el papel de Lurch en *La familia Adams*. El más bajo mediría poco más de uno setenta. Llevaba un impermeable color caqui, un bolso de ordenador y una mochila a la espalda.

Y su voz había sonado aguda y nada masculina cuando dijo: «¿Por qué creen que yo soy Espejismo?».

Maldita sea. ¿Sería aquel el informante que todos los servicios de espionaje estaban buscando?

Carlos respiró muy despacio, guardando un completo silencio para poder oír la conversación. Lee estaba completamente inmóvil.

La desigual pareja se detuvo a tres metros de donde estaba parado Carlos, sin mover ningún músculo. Lurch había usado su teléfono móvil y estaba esperando. Al no obtener respuesta, algún razonamiento lo hizo enfurecer.

Dos revelaciones sorprendieron a Carlos en el momento en que Lurch se dirigió gruñendo al tipo pequeño:

—¿A quién has avisado de que yo estaba aquí?

Lurch era Baby Face Jones, un tipo experto en informática contratado para trabajos especiales, tales como secuestros y torturas, cuando los fondos eran escasos.

Y el tipo bajito... el posible informante... era una mujer.

Su rostro palideció. Murmuró:

—A nadie.

Desde luego no era como Carlos había imaginado.

Baby Face la cogió del brazo.

—Vamos. —Levantó el teléfono con la otra mano para marcar un número con el pulgar.

Ahora llegaba el momento de desmantelar la operación, puesto que Carlos no podía arriesgarse a que Baby Face encontrara más hombres.

—Deteneos ahí. —Carlos salió de un arbusto, apuntando con su arma.

Baby Face volvió la cabeza hacia Carlos. Con un solo movimiento, soltó a la mujer y el teléfono y sacó un arma, con el dedo ya en el gatillo. Disparó.

Carlos disparó primero, dándole a Baby Face en un hombro, la única opción que tenía para desviar la trayectoria de la bala y no matar a Baby Face ni herir a la mujer. Pero la bala le pasó lo bastante cerca como para sentir una ráfaga de calor junto al oído.

La mujer gritó, mirando con ojos completamente horrorizados a Baby Face, que cayó al suelo, aullando.

Lee apareció de repente.

Carlos se volvió hacia él.

—Le he dado en el hombro. Detén la hemorragia y...

—¡Ha salido corriendo!

Carlos se dio la vuelta para ver a la mujer corriendo a toda velocidad, ya hacia el extremo de una casa de ladrillo de una planta.

—Hija de puta. —Salió corriendo tras ella.

Era más rápida de lo que él imaginaba. Llegó hasta una esquina y desapareció.

Cuando él llegó al patio trasero, ella ya había alcanzado el muelle y se apresuraba por el paseo de madera, donde patinó para detenerse junto a un banco que había al final. Metió la bolsa del ordenador y su mochila en un pequeño bote y saltó dentro. Ahora Carlos podía verla, pero en unos quince minutos se pondría del todo el sol y sería de noche.

Sin disminuir el paso, Carlos empujó hacia su espalda el arma atada a su cinturón, dejando las manos al descubierto para que pareciera que no iba armado. Llegó al lugar donde había estado atada la barca justo cuando el motor que ella estaba encendiendo se puso en marcha con un gruñido grave. La mujer desatracó la embarcación y se puso de pie, para dirigirse hacia el timón mientras el bote flotaba en punto muerto.

Cuando él alcanzó el último tramo del muelle y ya estaba cerca de ella, usó la última zancada para darse impulso y saltar por el aire. Superó los casi dos metros que lo separaban del bote y la agarró, arrastrándola con él.

Ella chilló «¡no!» mientras caían al agua al otro lado de la embarcación.

Carlos asomó la cabeza, todavía sujetando con una mano la chaqueta de ella.

Ella giró alrededor, tosiendo, luchando y pateándole las costillas con sus zapatos. Él gruñó, gritó y la atrapó mientras ella se hundía. La atrapó por la espalda, haciéndola subir, pero ella conseguía que se hundieran de nuevo los dos.

—¡Estate quieta! —le ordenó.

Ella continuaba agitando los brazos y luchando por respirar.

—¡Ayuda!

Le puso un brazo alrededor de la cintura para dejar libre el otro brazo. El bote estaba ahora más cerca que la orilla, pero ninguna de las dos opciones sería buena hasta que ella no dejara de luchar contra él.

—Cálmate o nos ahogaremos.

Ella luchaba por respirar y lanzaba gritos aterrorizados por miedo a morir ahogada.

—Yo... no sé... nadar.

Oh, mierda.

—Yo sí puedo nadar... si dejas de luchar conmigo. —Estaba dando patadas con tanta fuerza para lograr mantenerse a flote que le dolían los músculos.

Dejó de moverse, aunque continuó respirando profundamente y con mucha dificultad.

Carlos miró alrededor, esperando que Lee pudiera manejarse con Baby Face y a la vez comprobando que no hubiera cerca ningún peligro. La informante se apretaba tan fuerte contra él que era posible que tuviera otro ataque de histeria en cualquier momento. Él todavía no sabía cuál era su historia, así que tendría que mantenerla con vida el tiempo suficiente para descubrirla.

—Relájate —le dijo con voz calmada—. Te llevaré al bote.

—¿Quién...? —Respiró con dificultad un par de veces—. ¿Quién... eres tú?

—Haz lo que te diga y no resultarás herida.

Ella se tensó al oír aquello, luego pareció darse cuenta de que entorpecía su progreso y se relajó un poco.

Carlos tiraba de ella mientras nadaba para alcanzar el bote. Ella saltó para agarrarse al borde como si aquella embarcación fuera la única balsa en pleno mar abierto.

Él había oído decir que aquel era un lago poco profundo. ¿Cuánta profundidad podría haber? ¿Dos metros?

Pero si ella creía que aquello era un honda laguna, él no iba a convencerla de lo contrario.

Carlos la agarró por la cintura y acercó sus labios a su oído antes de levantarla.

—Cuando te suba a este bote no hagas ningún movimiento brusco. No trates de huir o poner en marcha el motor porque te tiraré por la borda. ¿Me has entendido?

Ella asintió. Los nudillos se le estaban quedando blancos de la fuerza con la que se aferraba al borde del bote.

Amenazarla con volver a tirarla al agua no la ayudaría a tranquilizarse, pero podía evitar que tratara de hacer algo realmente estúpido, como usar el remo contra él.

Él mantuvo su voz calmada.

—Cuando te dé un empujón, tírate hacia el bote.

Ella volvió a asentir en silencio.

La levantó y ella se lanzó hacia el bote, pateando de manera que él tuvo que apartarse para no perder la cabeza. En cuanto ella estuvo casi arriba del todo, él se alzó y subió por un lado.

Ella se acurrucó en un extremo, echa un ovillo. Sin el gorro, el pelo húmedo le colgaba en mechones.

—Ponte donde pueda verte. —Él señaló con la mano el asiento de pasajeros.

Pero no se movió.

—Ahora.

Ella alzó unos ojos beligerantes encendidos de furia.

Carlos se apartó un mechón de pelo mojado de la cara. La mujer seguía aterrorizada. Tendría que ir a buscarla. Jamás permitía que nadie se sentara detrás de él, definitivamente nadie.

Avanzó hacia ella, pero esta levantó una mano para detenerlo. El gesto fue casi majestuoso y elegante a pesar de que llevara un impermeable empapado y zapatillas de deporte. Se puso de pie y avanzó tambaleándose para sentarse en el asiento de pasajeros de plástico, sin dejar de mirarlo un momento, con los ojos bien abiertos.

Era justo. Él tampoco le quitaba los ojos de encima. Se sentó en el borde del asiento del conductor y encendió el motor para volver hacia el muelle. El aire frío se filtraba a través de sus ropas húmedas. Le lanzó una mirada y al verla encogida temblando de frío pensó en la manta que había en el maletero del coche. Resistiría hasta entonces.

Cuando llegaron hasta la plataforma de madera, apagó el motor, ató el bote y se bajó, ofreciéndole una mano.

Ella la rechazó.

Cogió su mochila y el bolso con el ordenador, y luego salió del bote procurando no acercarse a él.

—Vamos. —Carlos la esperó antes de avanzar.

—¿Qué vas a hacer conmigo? —Tenía un claro deje francés, con un toque de sofisticación aportado por el acento británico. Pero esos exóticos ojos azules y los pómulos marcados eran decididamente franceses.

—Eso todavía no lo he decidido.

—Tú has matado a...

—No está muerto —dijo él antes de que ella pudiera acusarlo de haber asesinado a Baby Face—. Para matarlo haría falta mucho más que una bala en el hombro. —Carlos le señaló el camino que quería que siguiera y ella por fin empezó a moverse.

Temblaba con cada paso.

Carlos tuvo que reprimir la urgencia de consolarla. Ella estaba relacionada con Baby Face Jones, un conocido ingeniero electrónico que se dedicaba a la piratería cibernética y las estafas financieras.

¿Habría ido Baby Face a secuestrarla o tendrían un trato entre ellos?

Parecía haber salido de la casa de manera voluntaria.

Baby Face era un genio de la informática, pero Carlos dudaba de que hubiera sido capaz de encontrar a la informante sin la ayuda de alguien con mucho dinero en los bolsillos. Alguien que pudiera proporcionarle acceso a megaordenadores a la altura del Monstruo, el ordenador de BAD, con un supersistema que, según juraba Joe, no se igualaba con ningún otro en el campo del espionaje. Esa era tan solo una de las numerosas preguntas que Baby Face tendría que responder cuando Carlos y Lee lo llevaran a sus cuarteles.

¿Aquella mujer sería realmente Espejismo?

¿Los servicios de espionaje del mundo entero habían pasado por alto algo evidente que en cambio Baby Face por su cuenta había sido capaz de descubrir?

Era difícil aceptar esa posibilidad, lo cual quería decir que había tenido ayuda.

Cuando Carlos llegó hasta la casa no vio a Lee por ningún lado. ¿Qué demonios habría hecho?

Carlos dio instrucciones a la mujer para que siguiera avanzando un paso por delante de él hacia Baby Face, que yacía en el suelo. No había ningún rastro de Lee y tampoco había nada colocado en el hombro de Baby Face para detener la hemorragia.

Ella llegó primero hasta Baby Face y retrocedió, susurrando «*Mon Dieu*».

Carlos la adelantó. Baby Face sangraba copiosamente por un tajo en la garganta.

Algo se había puesto muy feo.

Ella se alejó un poco, haciendo el tipo de ruido que normalmente precede a una crisis de vómitos.

Él no tenía tiempo de permitir que enfermara. De hecho, se jugaba la cabeza a que tenían suerte de estar vivos y que Lee no había salido tan bien parado.

Quienquiera que hubiera encontrado a Lee, probablemente no se había dado cuenta de que Carlos se había dirigido hacia la parte posterior de la casa persiguiendo a esa mujer hasta el lago.

La idea de que Lee pudiera estar muerto lo impactó, pero si Carlos se detenía a pensar sobre la vida desperdiciada de un joven, habría dos próximas víctimas.

Agarró a su cautiva por la parte delantera del abrigo empapado, obligándola a clavar sus ojos aterrados en los de él, y le habló en voz baja.

—Escucha. Tenemos que irnos. Quienquiera que lo haya matado podría volver.

Su rostro palideció incluso más y sus ojos le miraron con ira.

—¿Me estás diciendo que no es tu colega quien ha hecho esto?

—No, probablemente él también está muerto.

Eso la dejó de piedra.

—¿Y quién los ha matado a los dos?

—Podemos seguir hablando o tratar de salir de aquí con vida. —Cuando registró en su expresión que lo había entendido, le preguntó—: ¿Tienes las llaves del todoterreno?

—No pienso ayudarte. —Susurró las palabras, subrayándolas y arrastrando las últimas sílabas.

—Oh, sí, lo harás, a menos que quieras acabar con un tajo en la garganta, o algo peor.

Ese golpe surtió efecto. Ella tembló como un perro mojado y retrocedió otro paso. Cobró protagonismo el blanco de sus ojos: era el perfecto retrato de una mujer aterrorizada.

Lo siguiente fue el llanto, histérico, como si no fuese a terminar.

«¡Mierda!» Él no tenía tiempo para eso ni para calmarla. Carlos la agarró por las solapas del abrigo y la acercó tanto a él que pudo ver sus lágrimas colgando de sus sedosas pestañas.

—Puedes elegir entre darme las llaves o hacer que te las quite. —Odiaba hacerle esa amenaza, pero no tuvo más remedio.

Ella dejó de llorar.

La mirada que le dirigió hubiera hecho retroceder a un perro rabioso. Se metió la mano en el bolsillo del abrigo y produjo un pequeño sonido con el roce de dos llaves. Una era la de encendido automático y la otra parecía de una casa.

Carlos cogió las llaves, luego la agarró del brazo y la condujo a través del patio hasta donde estaba aparcado un sucio todoterreno blanco de unos diez años. Era un viejo trasto, pero al menos tenía las pequeñas puertas a cada lado. De no haber tenido que cargar con ella, le habría convenido ir a pie, pero llevar a aquella informante hasta el cuartel sin que sufriera ningún daño era su única prioridad en aquel momento.

Ella era la única conexión que BAD tenía con los Fratelli.

Y él tenía que descubrir cuánto sabía acerca de Anguis.

La apresuró para que entrara en el todoterreno y la observó para asegurarse de que se quedara quieta mientras daba la vuelta al coche para sentarse en el asiento del conductor. Cuando estuvo al volante, le dijo:

—Agáchate y ponte en el suelo.

—¿Por qué?

—Porque así no serás un blanco fácil. No tengo tiempo para responderte preguntas y mantenerte con vida, así que haz lo que te diga cuando te lo diga.

—¿Por qué?

Él encendió el motor.

—¿Tienes problemas de oído?

—No, oigo perfectamente. —Se sentó en el borde del asiento, con una actitud de puro desafío que contrastaba con el miedo que latía en sus venas.

—Entonces es que debes de ser cortita —murmuró él, dirigiéndose hacia el camino de entrada y observándolo todo al mismo tiempo.

—No, no soy cortita.

—Entonces ¿qué es lo que te cuesta tanto entender?

—¿Por qué no me matas directamente ahora?

Le lanzó varias miradas rápidas mientras dejaba que el todoterreno saliera del césped y se adentrara por la carretera, con las luces apagadas. Tenía luz suficiente para ver el camino.

—¿Qué te hace pensar que quiero matarte? —preguntó él, con la mirada atenta a posibles amenazas por cualquier parte.

—Tú eres Anguis, ¿verdad?

Capítulo 4

*C*arlos se aferró con firmeza al volante. Aquello era precisamente lo primero que quería sonsacarle a la informante: debía descubrir todo lo que ella sabía acerca de Anguis. ¿Cómo era posible que lo hubiera reconocido cuando nadie en los últimos dieciséis años lo había hecho?

Jamás había visto a aquella mujer antes de ese día. Aminoró la marcha, aunque todavía acuciado por la urgencia de ponerla a salvo.

—¿Por qué has dicho eso?

Ella se burló, pero en su voz se deslizó una nota de terror.

—Esperaba que Durand enviara a alguien.

Carlos soltó el aire que había estado reteniendo, a la espera de oír qué era lo que ella sabía. Simplemente creía que él había sido enviado por Durand para secuestrarla.

—¿Piensas que formo parte del equipo de Durand simplemente porque soy hispano?

Ella se balanceó, mirándolo con los ojos entrecerrados mientras buscaba una respuesta.

—¿Y no es así?

—No. Y ahora, ¿quieres hacer el favor de esconderte antes de que una bala te vuele la cabeza? —Aceleró el motor y siguió adelante.

Gabrielle trató de comprender lo que estaba diciendo. ¿No era Anguis? Entonces ¿quién era ese tipo? Finalmente registró sus últimas palabras: el comentario sobre la posibilidad de que le volaran la cabeza.

Encogió su cuerpo tratando de hacerse una pelota lo mejor que pudo, pero nunca había sido menuda, así que la pelota era más bien un bulto deforme.

El hombre que conducía tenía todos los atributos que ella siempre había adjudicado mentalmente a un soldado de Anguis, desde la piel color aceituna hasta el espeso cabello negro a juego con las pobladas pestañas y un cuerpo poderoso.

Irradiaba oleadas de peligro.

La miró por un breve momento. Unos ojos profundos la evaluaron con una preocupación que a ella no le encajaba con la imagen que tenía de un soldado de Anguis.

Esperaba a alguien mezquino, con ojos malvados.

El aire fresco le había colocado un collar de pelo negro alrededor del cuello, y los suaves mechones hacían un marcado contraste con la dura mandíbula y la boca tensa. Era atractivo, aunque de una forma que tenía algo de letal. ¿Qué pretendería hacer con ella?

Un escalofrío le recorrió la espina dorsal.

Si no era Durand quien había enviado a su intruso, entonces ¿para quién trabajaba ese tipo? Para las fuerzas de la ley seguro que no, porque entonces no habría disparado al agente Morton.

Alzó la mirada cuando el todoterreno tomó la curva del álamo roto que había sido derribado durante una tormenta reciente. Eso significaba que estaban cerca de la calle... ¿donde alguien podría estar esperándolos?

¿Tal vez la persona que le había cortado el cuello al agente de la Brigada Antidroga?

—¿Y qué pasa si te disparan a ti? —preguntó Gabrielle a su captor. Si a aquel tipo le disparaban mientras conducía el todoterreno, ella podría acabar como una especie de empanadilla humana.

—Estaré bien. No hablemos más —le ordenó, aunque en un tono menos amenazante.

Hizo girar el todoterreno bruscamente hacia una carretera de la izquierda antes de llegar al buzón. Ella estiró el cuello para averiguar por qué.

El todoterreno se acercó lentamente a un vehículo deportivo de color oscuro que estaba aparcado en el bosque. Él se asomó hacia fuera, observando algo del interior del vehículo, y dejó escapar un maldición, luego se dirigió de nuevo hacia la carretera y maldijo otra vez. Aceleró con fuerza, dando una sacudida con el coche y girando bruscamente el volante cuando entró de golpe en la carretera.

Un fuerte sonido metálico hizo eco antes de que el parabrisas crujiera y quedara como una tela de araña.

Ella se levantó.

—¡Baja la cabeza, demonios! —Ralentizó la velocidad para luego pisar de nuevo con violencia el acelerador, haciendo girar la cola del todoterreno, hacia un lado y otro.

Otro disparo.

Gabrielle bajó la cabeza y se aferró al asiento. Apretó una mano contra la pared cercana al suelo para permanecer lo más encogida que podía. El aire rugía a través de las ventanillas abiertas.

—¿Adónde vamos? —preguntó, clavando los dedos en el asiento del coche.

Él la ignoró.

Después de dos giros más, pisó a fondo el freno, derrapando al detener el vehículo.

Un hedor a goma quemada llenó el coche. Rápidamente dio marcha atrás con el todoterreno y retrocedió con la misma velocidad que llevaba al ir hacia delante.

Los neumáticos de otro vehículo se acercaban chirriando contra el pavimento.

Circular a tanta velocidad en Peachtree City no era una buena idea, teniendo en cuenta que aquella pequeña comunidad disponía de un departamento de policía que patrullaba por las carreteras. Si tenía problemas con las fuerzas de la ley se convertiría en un blanco fácil para Durand, pero la idea de ser arrestada tenía cierto atractivo ahora que había gente disparándole.

Era difícil saber cuál era la menos mala de la dos alternativas mortales, pero dudaba de que aquel tipo le diera la oportunidad de decidir.

Se oyó otro tiro entrando por el parabrisas. Ese hizo gruñir al conductor varios tacos en español. La sangre le chorreó por la mejilla.

¿Debería ayudarlo o no?

Ni siquiera sabía quién era o para quién trabajaba. Había

disparado a un agente de la Brigada Antidroga, ¿qué sugería eso de él?

Que era un mal tipo, para decirlo simple y llanamente.

Sin embargo, realmente se estaba esforzando por mantenerla con vida y fuera de las manos de alguien. Tal vez de los soldados de Anguis.

Gabrielle buscó debajo del asiento un trapo que guardaba ahí para limpiar el parabrisas cuando era necesario y se lo dio a él.

—Toma.

Él la miró, tardó en reaccionar, pero finalmente cogió el trapo y se limpió la sangre que le había entrado en los ojos. Dejó de nuevo el trapo a un lado y giró con fuerza el volante hacia la izquierda.

Ella casi se cae. Le pareció que transcurría una eternidad, aunque probablemente fueron diez minutos, hasta que por fin él aminoró la marcha y dijo:

—Creo que los hemos perdido.

—¿Puedo levantarme?

—No.

Contrariar a aquel tipo no era una idea brillante, pero tendría que descubrir algún tipo de estrategia para tener la posibilidad de sorprenderlo fuera de guardia y poder escaparse. No podía dejarle saber lo aterrorizada que estaba.

Se lamió los labios y lo intentó otra vez.

—¿Dónde estás yendo?

—No donde planeaba ir originalmente.

¿No podía darle una respuesta directa? Gabrielle relajó las manos cerradas en un puño y respiró profundamente un par de veces. Era la hora de ser paciente, de no perturbarlo, pero se sentía agotada y hervía por la descarga de adrenalina que acababa de recibir.

Se mantuvo en silencio mientras él hacía dos giros bruscos y luego aparcaba. Dejó el motor en marcha y apagó los faros delanteros.

—Puedes levantarte un minuto.

Ya era hora. Arqueó la espalda y trató de hacer presión con las rodillas.

—Por aquí. —Él se inclinó hacia ella, cogiéndola por debajo de los brazos y ayudándola a salir del hueco. Eso le demostró lo fuerte que era, porque ella no pesaba poco.

En cuanto ella tuvo algo de equilibrio, él la soltó y abrió su teléfono, para enviarle un mensaje de texto a alguien. Frunció el ceño.

—¿Qué pasa? —preguntó ella con el corazón martilleándole en el pecho.

—No hay señal.

Ella respiró profundamente, tratando de calmarse, y miró alrededor. La primera calle que logró reconocer le indicó que estaban situados al sur de la ciudad, justo sobre la avenida Peachtree.

—Esta es una de las dos zonas donde siempre pierdo las llamadas. Creo que estamos en una especie de bolsillo entre dos torres.

Se oyeron sirenas en la distancia.

A ella le hizo ruido el estómago.

El rostro de sorpresa que puso él habría sido divertido en otras circunstancias.

—¿Hambrienta?

—No. —Había hecho solamente una comida en dos días, pero la idea de comer algo le provocaba náuseas. Acercó un codo al marco de la puerta y apoyó la dolorida cabeza en una mano.

—¿Para quién trabajas? —Él agarraba el volante con una mano, repiqueteando con un dedo y con la mirada distante como si le diera vueltas a una idea.

—No sé de qué me estás hablando.

—No me tomes el pelo —le advirtió él.

Ser reprendida y maltratada acabó con la última gota de paciencia que le quedaba.

Al diablo con las consecuencias. Levantó la cabeza y se dirigió a él.

—Bueno, lo único que sé de ti es que mataste a un agente de la Brigada Antidroga, así que la idea que tengo en mente no es precisamente la de burlarme de nadie.

—Yo no lo maté —murmuró él. Luego hizo una pausa y la miró con incredulidad—. ¿Creías que el tipo al que disparé era de la Brigada Antidroga?

A ella se le revolvió el estómago al percibir la nota de incredulidad en su voz.

—Tenía una placa de identificación. Era... el agente especial Curt Morton.

—Mierda.

A ella realmente no le gustó cómo sonó eso.

—No lo entiendo.

—Curt Morton lleva dos semanas desaparecido, lo cual significa que si Baby Face tenía su placa lo más probable es que Curt esté muerto.

Ella se frotó la cabeza, tratando de encajar las piezas.

—¿Quién es Baby Face?

—El hombre con el que estabas era Baby Face Jones.

—¿Y quién es ese hombre... ? ¿A qué se dedica? —Tenía la desagradable sensación de que no iba a gustarle la respuesta.

—Es... un mercenario que hace encargos.

—¿Como secuestros?

—Así que ¿no salías de la casa con él de forma totalmente voluntaria?

Ella negó con la cabeza.

—No. Yo pensaba que era un agente de la Brigada Antidroga, y me amenazó para que fuera con él. ¿Entonces es un secuestrador? —*Sacre bleu, sacre bleu...* había caído en una trampa.

—El secuestro es solo una parte de su trabajo. Su verdadera especialidad son los delitos electrónicos, y también tortura a agentes de los servicios de espionaje para conseguir información relevante cuando consigue atrapar a alguno.

Ella veía puntos flotando.

—¿Quién eres tú? —le preguntó con una fuerte tensión—. ¿Perteneces a la Brigada Antidroga?

—Soy Carlos. No estoy en la Brigada Antidroga. ¿Quién eres tú?

—Gabrielle... Parker.

—Bien. —Sonó tras su voz una suave risa escéptica—. Tenemos que movernos. Necesito una torre.

—¿Ese deportivo que había estacionado en el camino a mi casa era tuyo? —preguntó ella en voz alta. Todo el mundo parecía preferir llegar a pie hasta su casa de alquiler.

—No. —Miró a su alrededor mientras ponía el motor en marcha y encendía los faros—. Vamos a darnos prisa.

—¿Quién envió a Baby Face?

—No lo sé y no pienso preocuparme por eso hasta que no sepa dónde está mi compañero.

—¿Tú y tu compañero trabajáis para...?

—... para nadie que conozcas.

Aquello no era muy alentador.

—¿Y qué es lo que queréis de mí?

Él volvió a ignorarla.

Ir a la policía supondría todo tipo de problemas para ella, pero estaba comenzando a considerar si su mejor alternativa era morir o ser torturada.

¿Estaría aliado con las fuerzas de la ley?

—Podemos llamar a una puerta y pedir a los vecinos que avisen a la policía —sugirió ella. No era una mala idea, ya que le daría una oportunidad de escapar de aquel tipo.

—Nada de policía. —Carlos volvió el rostro sombrío hacia ella—. Si salimos de esta con vida y consigo encontrar una maldita torre, podré contactar con mi gente.

Nada de policía. Mi gente. Sin duda aquello no sonaba ni remotamente parecido a las palabras de alguien aliado con las fuerzas de la ley.

Ella volvió a encoger el cuerpo entre el hueco del asiento y el suelo, mojada, fría y asustada. Sobre todo terriblemente asustada.

Él mantuvo una velocidad moderada, conduciendo durante varios kilómetros como si fuera un ciudadano modélico. Ella tiró de su muñeca para comprobar la hora, apretando los dientes para detener la charla.

Aprovechó su silencio para planear dónde hallar un transporte público y en qué dirección encaminarse cuando lograra librarse de él. Acceder a sus fondos le llevaría algún tiempo, pero guardaba dinero escondido en varias localidades remotas.

Hacer planes de supervivencia la ayudaba a no pensar en lo cerca que había estado de ser secuestrada por Baby Face o preguntarse lo que Carlos tenía en mente para ella.

Carlos marcaba teclas en su teléfono cada vez que su

mano estaba libre. La cobertura debía de haberse recuperado puesto que empezó a hablar.

—¿Hay noticias de Lee? —preguntó sin decir ni siquiera hola. Pausa. Taco—. Envía refuerzos a la localización. Tengo la fuente, pero estoy en un atasco de tráfico. Necesito... —Apartó el teléfono de la cabeza, miró fijamente el diminuto aparato y luego lo levantó como para darle un golpe contra el volante.

Pero no lo hizo, sino que cerró el teléfono con un dedo.

¿Se había perdido la cobertura de nuevo?

Gabrielle ya no podía ver los semáforos desde su posición. Solo una extrema oscuridad.

—No estamos en un atasco. Estamos en el campo.

—Sí.

—Me levantaré si ya no nos sigue nadie.

Él se estiró y esta vez usó una sola mano para ayudarla a salir del hueco. La cogió con fuerza, pero la manejó con... suavidad. Ella estaba dispuesta a apartarlo bruscamente al dejarse caer en el asiento, pero la soltó de inmediato, dejando que sus grandes manos se concentraran en la tarea de conducir.

Manos suaves... capaces de matar.

Carlos no le había hecho ningún daño. ¿Sería más seguro estar con él que con Baby Face? Ella se estremeció, alegrándose de no tener que estar con aquel monstruo.

Había estado demasiado cerca.

Estiró la espalda y se frotó las manos frías. Su ropa se había quedado húmeda y helada.

—¿Y ahora qué? —Gabrielle movió la cabeza, forzando la vista para tratar de distinguir algún edificio famoso. Estaban en la autopista 54, justo al sur de la autopista 16. Amplias praderas abiertas y un campo ondulado, salpicado de algunas casas majestuosas.

—Tan pronto como encuentre otra torre, nos iremos de aquí —le dijo Carlos. Sonaba irritado y cansado.

A ella no debería importarle. Tal vez estaba cansado porque ya había secuestrado a un par de mujeres más aquella noche. Pero él se había interpuesto entre ella y la muerte, así que ayudaría tanto como pudiera hasta que él probara ser realmente una amenaza.

Confiar le había resultado fácil mientras se escondía de Anguis detrás de un ordenador. El teclado había sido su espada y el anonimato su escudo. Pero sobrevivir ahora dependía de que pudiera mostrarse fuerte a pesar de estar temblando por dentro.

Escapar de aquel tipo requería más habilidades de las que poseía.

La familiaridad haría crecer la confianza. No importaba cuántas respuestas irritantes pudiera darle, debería procurar que él siguiera hablando hasta que por fin comenzara a comunicarse.

—¿Todavía no hay señal?

Él negó con la cabeza sin mirarla.

—La cobertura es todavía peor al sur de la ciudad. —Lamentó haber compartido esa información al ver que él movía la mandíbula con frustración.

—Puedo probar con mi teléfono —le ofreció, buscando el aparato colgado en la cinturilla de sus pantalones.

—¿Es resistente al agua?

—No, pero... —Apretó el botón de encendido puesto que estaba todo negro. No ocurrió nada—. Está muerto. ¿Y el tuyo sí es resistente al agua?

Carlos le dirigió una mirada que cuestionaba su nivel de inteligencia.

—No. —Ella se puso el teléfono en la espalda y suspiró. Gracias a Dios su portátil no se había empapado. Había sido su compañía durante diez años. Sin ayuda, sin amigos reales, puesto que se mudaba cada dos años para que fuera más difícil encontrarla. Con la excepción de raras visitas para ver a su familia, había pasado más tiempo con ese tipo aquella noche que con nadie más en todos esos años.

Si Carlos no hubiera aparecido, ella se habría marchado y nadie lo hubiera sabido. Luchó contra la idea de confiar en aquel extraño, pero debía reconocer que por ahora no tenía mucha elección. Hasta el momento, se había ganado algo de ella, aunque no podía llamarlo exactamente confianza.

Eso no significaba que fuera a quedarse con él si encontraba alguna oportunidad de huir, pero no tenía nada de malo jugar en el mismo equipo mientras tanto. El estómago le hizo suficiente ruido como para que se oyera por encima del embate del viento.

Se frotó la cabeza dolorida, y luego buscó su mochila entre los asientos, que ahora estaba en el suelo en la parte de atrás.

Él la detuvo con las manos.

—¿Qué estás haciendo?

—Buscando algo para el dolor de cabeza —le espetó sin poder controlar su tono. No era una idea brillante irritar a un hombre armado con una pistola. Gabrielle suspiró—. Que me disparen me da dolor de cabeza.

Los ojos de él se entrecerraron como interrogantes, luego su expresión se endureció, pero la soltó y volvió a tocar los botones de su teléfono. Vigilaba cada movimiento que hacía. Cuando ella se volvió con un pequeño frasco de aspirinas, él se acomodó de nuevo en su asiento, flexionando las muñecas para controlar con firmeza el volante.

Levantó el frasco para quitarle la tapa.

De repente Carlos asomó la cabeza por la ventanilla, mirando por encima del hombro, y luego volvió a acomodarse. Ella se detuvo.

Unos golpes fuertes llegaron a sus oídos.

Movió la cabeza a un lado. El viento le aplastó el pelo en la cara. Logró apartarse un mechón de los ojos a tiempo para ver las luces de un helicóptero que venía hacia ellos.

—¡Métete dentro! —Carlos se guardó el teléfono en el bolsillo de los tejanos y aminoró la marcha—. ¡Abróchate el cinturón!

Ella dejó caer las aspirinas, se cruzó el cinturón a través del pecho y tuvo que intentarlo dos veces antes de poder abrocharlo. Justo en el momento en que lo hizo, se oyó que algo golpeaba la parte trasera del todoterreno.

Disparos.

Él la agarró de los hombros mientras el vehículo hacía un giro brusco hacia la pradera de la izquierda. Cuando la atrajo hacia él, le protegió instintivamente el rostro con la mano justo antes de que el todoterreno chocara contra una valla de madera en el camino. Trozos de madera rota golpearon el parabrisas y los escombros le magullaron los brazos, pero no recibió ningún corte. Tan pronto como atravesaron la valla, la soltó y luchó con el volante para adentrarse en el prado lleno de surcos.

El helicóptero surgió de ninguna parte para cernerse sobre ellos tan solo a quince metros del suelo, impidiéndoles adentrarse en el denso bosque. El viento que levantaba en su movimiento hizo agitarse el vehículo.

Comenzaron a disparar. Las balas chocaban contra el capó.

Carlos hizo girar el todoterreno hacia la derecha, levantándolo sobre dos ruedas y luego retrocediendo. Pisó el acelerador, pero el helicóptero tronaba por encima de sus cabezas y bajó otra vez para aterrizar entre ellos y el camino hacia el bosque.

La luz de la luna iluminó a tres hombres que bajaron de ambos lados del helicóptero, incluido el piloto. Se agacharon para pasar por debajo de las aspas, cada vez más lentas; cada uno de ellos tenía armas imponentes. ¿Ametralladoras?

Estalló el ruido de balas. Una de ellas pasó justo al lado de Gabrielle, pero no le dio.

Hubiera gritado si pudiera respirar. Iban a morir.

—¡Agáchate! —Carlos hizo girar el vehículo en un ocho, disparando su pistola al mismo tiempo.

Ella lo obedeció inmediatamente, deseando desaparecer. Girando la cabeza a un lado sobre su regazo, pudo ver algo a través de la ventana de la puerta.

Uno de los hombres que disparaban cayó.

El todoterreno dio un giro brusco a la izquierda y luego se dirigió hacia el bosque a toda velocidad, como si Carlos hubiera encontrado el camino.

Ella se incorporó. No había camino.

Los pinos y robles de mayor tamaño y troncos más gruesos al menos estaban lo bastante separados como para que el todoterreno pudiera pasar. A ella se le aceleró el corazón ante la idea de poder salir de allí. Luego, si Dios lo permitía, escaparía de Carlos. Puede que él le estuviera diciendo la verdad cuando afirmaba que el agente de la Brigada Antidroga era ese tal Baby Face o puede que estuviera mintiendo.

Todos podían estar mintiéndole.

Miró a su alrededor, buscando a sus perseguidores.

—¡Joder! —Carlos hizo patinar el todoterreno hasta detenerlo y le dio un golpe al volante.

Ella no necesitaba una traducción para saber que las cosas se habían puesto fatal. Echó una mirada al barranco que tenían ante ellos, iluminado por los faros del coche y estuvo de acuerdo con su apreciación.

Él embistió marcha atrás y aceleró de manera salvaje. Podría haberse dicho que conducía como un loco si es que pudiera decirse que conducía, pero simplemente parecía que el coche iba fuera de todo control por el bosque marcha atrás, a cien kilómetros por hora, como si estuviera circulando a ciento veinte hacia delante en una autopista.

Dio un frenazo para detenerse y giró el volante con fuerza hacia la derecha, conduciendo al lado del barranco, quebrando los árboles más jóvenes con violentos golpes.

Se oyó retumbar una explosión justo antes de que una pantalla de humo creciera ante ellos sin darles posibilidad de escapar. El todoterreno pasó por encima de una protuberancia del terreno que hizo levantarse el vehículo en dos ruedas del lado del copiloto.

El cuerpo de ella se inclinó hacia la puerta del conductor.

Apretó los dientes tratando de impedir el grito que se agolpaba en su pecho y buscó algo donde aferrarse.

Carlos soltó el volante y lanzó su peso contra ella, sujetando su cuerpo contra el de él. Luces incandescentes iluminaron su rostro.

—Ya te tengo.

En aquel instante fugaz, ella dio las gracias al ángel que le había enviado a aquel hombre. No sabía quién era ni para quién trabajaba, pero aquel hombre estaba tratando de protegerla con su propia vida.

La sostuvo con fuerza, sirviéndole de escudo mientras el todoterreno se precipitaba a toda velocidad fuera de control.

El coche chocó contra un árbol a la izquierda, haciendo que ella se golpeara los dientes, y luego a la derecha, lanzando su cuerpo atrás y adelante, pero él nunca la soltó. El vehículo chocó contra otro árbol y cayó hacia un lado, esparciendo cristales rotos por todas partes.

Él la cubría con sus brazos y con su cuerpo, evitando que resultase herida.

Cuando dejaron de moverse, se agarraba a él a la vez que trataba de respirar.

El pecho de él se ensanchó con un par de respiraciones profundas y luego adoptó un ritmo controlado que ella envidió. La soltó y trató de encender el motor, estando en posición invertida. Estaban encallados encima de algo y no tenían suficiente fuerza de tracción para liberarse. Él apagó el motor y se volvió hacia ella, revisándola rápidamente con la mirada.

—¿Estás bien? —El tono de preocupación de su voz debía de ser producto de su imaginación, pero ella en ese momento lo necesitaba.

—Eso creo. —Ella continuaba agarrada a él.

Carlos movió una mano para quitarse un pedazo de cristal triangular que se le había clavado en el antebrazo y gruñó. El brazo comenzó a sangrarle desde el momento en que se quitó el vidrio. Lo dejó a un lado y, con calma, le desabrochó el cinturón a ella. Luego logró que lo soltara para poder desabrocharse el suyo.

Gabrielle dio un par de respiraciones profundas tratando de calmarse, teniendo en cuenta todo lo que había tenido que pasar no lo estaba llevando tan mal. Se mantenía entera, preparada para enfrentarse a lo que hubiera de venir.

Al menos hasta el momento en que Carlos le apartó un mechón de cabello de los ojos con una ternura que amenazaba con desatar la histeria agazapada en su pecho.

Él se inclinó y la besó en la frente.

—No tengas miedo. ¿Estás bien?

Ese beso la reconfortó tanto como ver aparecer un ejército al rescate.

—*Oui.* —Fue todo lo que su tensa mente pudo articular. Tenía que recomponerse. ¡Ahora!

—Vamos.

—Continúas diciendo eso como si no hubiera ningún problema, y las cosas no hacen más que empeorar. —Husmeó con la nariz el olor acre que salía de la pantalla de humo que habían atravesado.

—No hagas ningún movimiento brusco. —Él levantó su teléfono móvil, escuchó, suspiró, y se lo guardó en el bolsillo de los pantalones. Ella no tenía ni idea de dónde había salido su arma, pero el caso es que llevaba una pistola con una pinta letal en la mano cuando salieron del vehículo.

Nunca había estado rodeada de armas, así que no estaba acostumbrada a verlas.

Él observaba el entorno alrededor del todoterreno mientras con una mano la empujaba para que se colocara a su lado. Apagó los faros del coche.

—¿Todavía tenemos una oportunidad? —preguntó ella en un susurro.

—No en este momento —respondió Carlos en voz igual de baja.

Aparecieron dos hombres iluminados por la luna a unos cien metros. Uno cargaba un rifle con el que los apuntaba a los dos. El otro tipo llevaba en el hombro lo que ella supuso que era un lanzagranadas, por lo que había visto en las películas. Ahora que lo pensaba, era probable que ese aparato hubiera lanzado la bomba de humo.

—Sígueme la corriente hasta que tengamos una oportunidad de escapar —susurró Carlos—. Eres una chica con la que he quedado, ¿de acuerdo?

Justo cuando Gabrielle estaba a punto de darse por vencida, la confianza en esas palabras alentó otra nueva ráfaga de fe en ese hombre. Asintió, dispuesta a luchar tanto como él.

Los dos hombres avanzaron hasta que uno de ellos, el que sostenía el arma automática, se detuvo a unos pocos metros de distancia.

—Hola, Carlos.

—Hola, Turga.

—Tira tu arma y tu teléfono móvil.

Carlos obedeció.

—¿Has tenido una pelea con Baby Face?

A Gabrielle no le sorprendió que Carlos y aquel hombre hablaran como viejos amigos.

—La verdad es que no. —Turga habría resultado invisible de no haber sido por el blanco de sus ojos. Era totalmente negro, la cara y las manos, la ropa, el gorro que llevaba en la cabeza, las botas y el arma. Un fuerte olor a cigarrillos cargaba el aire fresco que no estaba teñido por el humo de la bomba. Su inglés tenía un marcado acento turco—. Baby Face ha sido una víctima inevitable. Ha sido algo bueno que él la haya encontrado primero.

—¿Qué quieres de ella? —Carlos hizo que eso sonara como si el único valor de Gabrielle hubiera consistido en proporcionarle un vehículo.

—Muy gracioso. Tú vas detrás de lo mismo.

—¿Detrás de qué? —bufó Carlos—. Baby Face tenía asuntos conmigo, no con ella.

—¿En serio? Entonces ¿tú sabes algo de su gran trato? —Turga lo miró con desconfianza, pero Carlos mostraba una genuina curiosidad.

Carlos se encogió de hombros.

—No tuve oportunidad de oír con todo detalle cuál era el gran trato y la verdad es que no me importó una mierda cuando lo encontré tratando de quitarme a mi mujer.

Turga resopló muy poco convencido.

—Déjala ir, Turga. El único error que ha cometido ha sido involucrarse conmigo.

En ese momento Gabrielle le dio a Carlos un sólido voto de confianza. Ella no sabía quiénes eran Turga ni Baby Face, pero Carlos era hasta el momento el único que no había intentado matarla.

—¿Te crees que soy estúpido? —preguntó Turga en un tono que tensó toda la piel de Gabrielle—. Demuéstrame que ella es tu mujer.

¿Cómo podía probar eso? No es que Gabrielle no estuviera dispuesta a apoyar a Carlos en todo lo que dijera, pero la duda hizo mella en su mente agotada.

Carlos suspiró.

—Bien.

Él se volvió hacia ella. Ella lo miró a la cara, decidida a hacer todo lo que pudiera para convencer a Turga de que estaban juntos.

Pero no estaba preparada para lo que ocurrió cuando Carlos la cogió en sus brazos y acercó su rostro al de ella. Llevó su boca hasta la suya, besándola con más pasión de la que ningún otro hombre había demostrado al besarla. La sostuvo haciéndola sentirse a salvo, protegida.

No la habían abrazado en años.

Todas sus defensas se vinieron abajo sin ninguna resistencia.

El corazón le latía frenéticamente y un deseo salvaje crecía en espiral desde no se sabe dónde. Ella le puso las manos alrededor del cuello, agarrándolo. Él la apretó más fuerte. El beso abrumó sus sentidos, invadiéndola de placer.

Ella gimió.

—De acuerdo, ya es suficiente —ordenó Turga, y luego frunció el ceño al ver que Carlos continuaba—. Dame un respiro.

Lentamente, Carlos apartó los labios de los de ella, se detuvo y volvió a rozar sus labios muy brevemente, luego se apartó.

Cuando la hizo moverse a su lado, le pasó el brazo alrededor de los hombros en actitud protectora.

Ella hizo esfuerzos para que no se le doblaran las rodillas.

Carlos apretó sus hombros con más fuerza, lo que ella interpretó como un mensaje silencioso para que se recompusiera.

Gabrielle buscó con el brazo su cintura y lo apretó para demostrarle su complicidad.

Él curvó la comisura de los labios, haciéndole ver que entendía el mensaje.

—Deja que se vaya —repitió Carlos—. No dirá ni una palabra.

Turga se acercó a Carlos y sonrió. Sus dientes blancos brillaron contra su rostro oscuro.

—No pidas eso. Has acabado con uno de mis hombres. Ojo por ojo, ya sabes.

—No me digas que de verdad te importa perder a alguien.

Turga se puso más serio.

—Muy gracioso. No, pero disparaba mejor que nadie. —Hizo un gesto con la cabeza al tipo que sostenía el lanzagranadas.

—Una víctima inevitable. —Carlos sonrió con sarcasmo.

Turga ladeó su rifle en un movimiento veloz y usó la culata para golpear a Carlos en el estómago.

Él se apartó de Gabrielle y se dobló con un doloroso quejido. Luego aspiró aire y se enderezó.

Ella fue hacia él y Turga la agarró.

Carlos gruñó y se movió tan rápido que Gabrielle no tenía ni idea de cómo logró apartarla de Turga y empujarla detrás de él.

Turga levantó el rifle con un movimiento rápido y acabó poniendo la punta del cañón a escasos dos centímetros de la nariz de Carlos.

—Debería matarte ahora mismo, pero solo un hombre descuidado gastaría una fuente sin hacerla sangrar primero hasta secarla. Un movimiento en falso y le haré daño a ella. Comienza a caminar. —Turga hizo un gesto con el rifle hacia el helicóptero.

Gabrielle dejó que Carlos llevara su mochila, pero no estaba dispuesta a dar a nadie su portátil a menos que no tuviera otra elección. Carlos caminó junto a ella por delante de Turga y mantuvo su mano firmemente agarrada. Cuando llegaron al límite del bosque, una explosión hizo vibrar el suelo.

Ella se volvió para ver estallar las llamas justo donde había estado el todoterreno, y el segundo tipo se acercó corriendo hacia ellos.

Probablemente habría lanzado una granada.

Se oyó el gemido de sirenas en la autopista, cada vez más fuerte.

Gabrielle tropezó en el terreno con surcos, cerca del helicóptero, y Carlos la cogió por la cintura. La levantó para que entrara en la nave, y luego subió tras ella y se sentó a su lado en el asiento posterior.

Turga puso el cuerpo muerto a sus pies.

Ella se echó hacia atrás con repugnancia.

Carlos se acercó a ella.

—Mira a través de la ventanilla y respira por la boca.

Turga apartó su rifle y sacó un revólver que parecía igual al que Carlos había llevado. El compañero de Turga subió al asiento del piloto y encendió el motor.

Dos coches de policía y un camión de bomberos aparecieron por la autopista. El coche que iba delante derrapó mientras las aspas del helicóptero giraban golpeando con fuerza el aire.

Uno de los coches atravesó la verja, que ahora estaba abierta, avanzando velozmente hacia ellos.

El helicóptero se elevó con una sacudida, volando prácticamente justo por encima del coche. Luego alcanzó más altura y dibujando un ancho arco llegó hasta el bosque donde se alzaba el humo del pobre todoterreno de Gabrielle.

Ella sintió un brazo que le rodeaba los hombros.

Se volvió para preguntarle a Carlos dónde creía que se dirigían, pero los dientes le castañeteaban con tanta fuerza que tuvo miedo de morderse la lengua si intentaba hablar. La conmoción que sufría junto con las ropas mojadas no la ayudaban mucho. Le temblaba todo el cuerpo.

Carlos, sin embargo, resultaba cálido. ¿Por qué no estaba frío?

¿Y qué importaba eso? Se empapó del calor y el consuelo que ofrecía su imponente cuerpo.

Gabrielle no podía creer que pudiera haber sido tan ingenua como para pensar que Durand Anguis era su mayor amenaza.

Sintió un aliento cálido acariciando la piel de su cuello cuando Carlos inclinó la cara cerca de su oído y le habló.

—Tú haz lo que digan. Encontraré una manera de que salgamos de esta. —Le frotó el brazo con una mano, arriba y abajo, y luego le apartó con un dedo un mechón de pelo de la cara.

Su cerebro se agitó ante aquel gesto entrañable. ¿Cómo se suponía que debía interpretar sus movimientos?

—Entonces ¿quién es ella, Carlos? —Turga elevó la voz por encima del rugido del motor.

—Ya te lo he dicho. —Carlos le cogió la cara y la besó suavemente otra vez. ¿Sería para calmarla o para convencer a sus secuestradores? Alzando la mirada hacia Turga, Carlos la atrajo hacia sí, con actitud posesiva—. Simplemente estamos saliendo.

Las emociones de ella se dispararon, y era incapaz de controlar la oleada de reacciones que su contacto y su beso habían provocado.

Carlos trataba de que sus secuestradores no se interesaran por ella, así que lo menos que podía hacer era seguirle el juego. Deslizó una mano alrededor de su cintura y se acurrucó contra su pecho, levantando la mirada para observar la reacción de su secuestrador.

Turga no hizo ningún sonido o acción que revelara sus pensamientos.

Carlos movió la mano que tenía libre hacia el brazo que ella tenía en su pecho y la acarició lentamente, arriba y abajo. Luego le dio un beso en el pelo.

Ella estaba perdiendo la cabeza en aquel juego letal, pero jugar así con un hombre como Carlos no suponía ningún sacrificio. Ella había jurado pasar completamente de tener relaciones con hombres, lo cual no era difícil puesto que su estilo de vida hacía que las citas fueran imposibles. Fingiendo con Carlos se sentía segura. Pero haberse casado con un icono masculino diez años atrás, que además desde hacía un año salía en la lista como uno de los cincuenta hombres más deseables del mundo, había sido un suicidio emocional.

Morir por caras hermosas y cuerpos impresionantes había dejado de ser un atractivo para ella desde que se había divorciado de Roberto.

Pero sentía una extraña atracción hacia Carlos que solo podía atribuir a la situación en la que se encontraba. Su mera presencia le transmitía fuerza y confianza.

Y él era atractivo y tentador.

Además creía que él podía sacarlos de aquello.

La mirada de Turga se llenó de indecisión.

—Tú no conservas las mujeres por más de una noche.

—Ponte cómoda. —Carlos se inclinó y la besó en la mejilla con tanta ternura que ella se ablandó por dentro. La envolvió más fuerte con sus brazos y a ella se le aceleró el corazón. Nunca se había sentido protegida o querida. No de la forma en que ahora se sentía.

Aun sabiendo que Carlos estaba fingiendo, lo hacía mucho mejor que su miserable exmarido en la noche de bodas.

Pero Carlos no pertenecía a las fuerzas de la ley.

Como si eso importara realmente ahora, teniendo en cuenta la siniestra situación.

—Veremos. —Turga no dijo ni una palabra más hasta que aterrizaron, quince minutos más tarde, en el área de aparcamiento de la parte trasera de un edificio con carteles que decían «en alquiler» colgados en varias puertas. El piloto aminoró las aspas del rotor y se bajó.

Turga saltó de su asiento, con el rifle sobre el hombro y apuntándola a ella con un a pistola. La escena en su totalidad era demasiado bizarra para poder entenderla. Pistolas, lanzagranadas, helicópteros, muertos.

Ella no podía pensar sobre todo aquello con claridad.

Gabrielle esperó a que Carlos bajara primero, luego él se dio la vuelta para ayudarla. Cuando la tuvo en el suelo frente a él le dio un abrazo rápido y le susurró:

—No dejaré que nadie te haga daño.

Con miedo a que se le escaparan las emociones, asintió. No conocía a ese hombre, no sabía por qué había ido a buscarla ni para quién trabajaba, pero la estaba protegiendo de todo peligro.

—Ya basta. Camina —ordenó Turga.

Mientras ellos se alejaban del helicóptero, el piloto despegó un vinilo negro de la sección de la cola que cubría el número de matrícula del aparato. Carlos mantuvo el brazo alrededor de su cintura y la condujo hacia la puerta más cercana.

Gabrielle quería asegurarle que estaba dispuesta a luchar junto a él. Le habló en voz baja.

—Estoy bien. Puedo hacerlo.

—Abre la puerta —ordenó Turga.

Carlos le apretó la cintura a modo de respuesta y le dirigió una mirada de admiración que la reconfortó. La soltó para alargar el brazo y girar el pomo de la puerta. Luego la abrió y la sostuvo para que entrara. Ella se deslizó y cruzó el umbral con actitud atrevida.

Lo primero que la asaltó fue un olor metálico totalmente abrumador que le produjo náuseas.

Lo segundo fue la imagen de un cuerpo ensangrentado colgado de la pared a varios metros del suelo.

Se le doblaron las rodillas.

Capítulo 5

*C*arlos cogió a Gabrielle —si es que aquel era su verdadero nombre— por debajo de los brazos antes de que cayera al suelo.

Había encontrado a Lee.

A Gabrielle le hacía ruido el estómago.

Lo había hecho muy bien, había resistido mucho mejor de lo que él hubiera esperado de cualquier civil. La hizo volverse para mirarla de frente y la apoyó contra su pecho.

—Respira por la boca.

Carlos sintió el frío cañón de su propia nueve milímetros apretando su nuca.

—Sigue moviéndote —dijo Turga.

Carlos la sostuvo del brazo y ella caminó junto a él, lentamente, sin una nota de color en el rostro.

—No lo mires a él —le dijo Carlos, sintiendo el deseo de poder hacer desaparecer la imagen de Lee colgado en la pared con los brazos y piernas en cruz.

La cabeza de Lee se inclinó ligeramente hacia un lado. Estaba vivo.

Aquella era una de las localizaciones típicas de Turga. Aquel debía de ser uno de los como mínimo tres lugares de la zona que sus hombres habrían explorado aquella noche.

Sus hombres habían encontrado a Lee con Baby Face mientras Carlos estaba en el lago con Gabrielle, supusieron que Lee había disparado a Baby Face y sabían a quién estaba buscando el experto en informática.

Al menos Turga y sus hombres no eran un equipo de secuestradores profesionales, de lo contrario habrían cubierto su cabeza y la de Gabrielle con fundas de almohada y los habrían separado. Turga era el equivalente de un buitre, y sus empleados peces comedores de basura.

Carlos lo había conocido unos meses atrás, cuando Turga intentó contratarlo para una operación que él no aceptó. Si lo hibiera hecho la primera vez, Turga habría sospechado, así que Carlos esperaba un segundo encuentro. Pero no como ese.

Cuando el piloto del helicóptero entró al edificio, Turga hizo un gesto con su arma, señalando el lugar donde quería que se situaran Carlos y Gabrielle. Una vez Turga estuvo satisfecho con la posición, habló tranquilamente a su piloto.

Carlos apartó la mirada de Gabrielle del cuerpo desnudo de Lee, cubierto de esbeltos músculos y cortes sangrantes. Tenía la cara ya muy hinchada.

Los tatuajes que comenzaban en su hombro y bajaban a lo largo de un brazo explicaban por qué Joe lo había reclutado. BAD no recurría a gente de instituciones como la CIA y el FBI.

Probablemente antes que eso BAD preferiría poner una oferta de trabajo en la prisión.

Joe había sacado a Carlos de la calle ofreciéndole la oportunidad de usar sus habilidades de una forma legal, habilidades como saber allanar una casa. BAD necesitaba un experto en Sudamérica, alguien que pudiera moverse por ahí pasando desapercibido.

Una cosa era segura: a la hora de escoger Joe era un artista. Habiendo rechazado unirse a una banda en San Francisco, Carlos había estado viviendo durante un tiempo de prestado desde entonces.

Pero era evidente que Lee había escogido un camino distinto.

Los diseños de tinta de Lee pertenecían a una banda de Chicago conocida como Pelotón de Fusilamiento, que se dedicaba al tráfico de drogas, los robos de coches, las estafas y el blanqueo de dinero. Era un grupo muy cerrado en el cual ningún agente secreto había sido capaz de infiltrarse.

Para convertirse en miembro de la organización un hombre tenía que cumplir únicamente tres requisitos.

El primero era ser menor de veinte años.

El segundo era ser respaldado por un miembro que llevara como mínimo cinco años en la banda.

La prueba final y definitiva era determinar si tenía habilidades para sobrevivir.

La banda se comprometía a desafiar a un miembro de una banda rival para que el aspirante lo matara o fuera matado por él en un plazo de treinta días. Era una especie de versión callejera de una competición de atletismo internacional, pero en este caso la medalla de oro se la llevaba el último que lograra seguir respirando.

El oponente que perdía conseguía un billete directo al infierno.

Una vez hecho el desafío, Lee habría tenido que permanecer dentro de los límites de la ciudad y mantenerse visible durante un mes sin ningún tipo de ayuda de nadie.

Si lograba sobrevivir entraría en la banda.

Las probabilidades de sobrevivir eran tan mínimas que resultaban de risa.

Pero Lee lo había logrado, o de lo contrario no llevaría el tatuaje, porque ningún artista del tatuaje sería tan estúpido como para imitar el diseño de una banda sin autorización.

Lee habría logrado redimirse en algún momento. Joe tenía que haber visto algo decente en el chico para reclutarlo para BAD.

Tal vez se trataba de lo mismo que había hecho que Joe evitara que Carlos acabara en la cárcel dándole una oportunidad que nadie le había dado jamás.

Maldita sea, Lee no podía tener más de veinte años.

¿Por qué le parecía tan joven cuando él tenía solo treinta y tres?

Porque él había vivido treinta y tres años muy duros.

Alguien se movió cerca de Lee. Tal y como Carlos sospechaba, Turga tenía refuerzos en el interior del edificio. Un tipo con la cabeza rapada que no llegaba al metro ochenta, otro turco bajo, fornido y de piel morena.

Aquel tipo había torturado a Lee.

Él moriría primero.

Carlos miró alrededor en busca de un lugar donde colocar a Gabrielle para poder tener las manos libres. Las únicas sillas estaban cerca de una mesa justo al lado de donde se hallaba colgado Lee. Carlos no estaba dispuesto a dejar a Gabrielle cerca del animal que había torturado al agente de BAD.

¿Qué habría contado Lee?

Carlos lo sabría muy pronto.

—Siéntate aquí. —Movió a Gabrielle hasta una caja de embalaje y ella lo siguió sin decir una palabra. Si estaba en un estado de conmoción tan profundo que ni siquiera podía responder, sería difícil sacarla de allí sin que sufriera ningún daño si es que tenía alguna oportunidad.

Se las vería con eso cuando llegara el momento.

Si es que llegaba.

Detrás de él oyó voces profundas que murmuraban. Carlos tenía que averiguar qué era lo que quería Turga y determinar si había alguna posibilidad de negociación. Pero todavía no podía dejar a Gabrielle.

Le tomó la cara con ambas manos, obligándola a mirarlo. Sus ojos de un azul violáceo lo contemplaron llenos de terror. Pero él esperaba solo una mirada vidriosa, así que era alentador.

Antes de que él pudiera decir una palabra, un aullido de dolor proveniente de donde Lee estaba colgado retumbó en el aire.

Carlos apretó la mandíbula.

Gabrielle se agitó nerviosa. Su rostro pasó de estar pálido a ponerse amarillo por el mareo, pero estaba resistiendo muy bien para tratarse de una mujer que obviamente no estaba entrenada para aquello. Había visto a hombres en situaciones similares que perdían completamente el control.

—Mantén tus ojos clavados en mí —le indicó Carlos, y esperó a que ella asintiera para darse la vuelta. El piloto se había marchado.

—¿Por qué está este tipo contigo, Carlos? —preguntó Turga, señalando a Lee—. ¿Compartís las citas? —añadió soltando un sonido de burla.

—Simplemente contraté a alguien musculoso para que me cubriera las espaldas mientras paraba para verla a ella. Me encontré a Baby Face en casa de Gabrielle buscándome. Si hubieras esperado cinco minutos yo hubiera vuelto, estaba detrás de la casa. Esto —señaló el cuerpo magullado de Lee— no era necesario.

Turga se limitó a sonreír.

—¿Tú pagaste a este tipo para que te cubriera la espalda? Me estás insultando. —Frunció el ceño y se volvió hacia el torturador—. ¿Qué has averiguado, Izmir?

—Este dice lo mismo. —Izmir se encogió de hombros—. Dice que quería ganar algo de dinero rápido. Que lo contrataron para vigilar la casa de la mujer. Me llevó bastante trabajo, pero me dio el nombre de Carlos.

Carlos no podía culpar a Lee por eso. De hecho, él mismo le había recomendado continuar con la historia convencional y usar solo un nombre de pila. De ese modo cada uno corroboraría la historia del otro.

Turga inclinó la cabeza haciendo una seña a Izmir para que se acercara. Cuando Izmir llegó junto a él, le habló en voz baja.

Turga era un cazador furtivo, un oportunista que pretendía que alguien como Baby Face hiciera todo el trabajo para que él apareciera en el último momento y se llevara el premio y el reconocimiento delante de todo el mundo. Su éxito dependía de la coordinación. Hasta ahora estaba tratando de descubrir si había cometido un error al reaccionar demasiado pronto antes de descubrir qué era lo que estaba persiguiendo Baby Face.

Turga le habría dado a Baby Face una oportunidad de decírselo, y luego le había hecho un tajo en la garganta, ya que era condenadamente grande para llevárselo con facilidad.

Carlos lanzó una mirada a Lee, que levantó la cabeza un centímetro e inclinó la cara hacia él, pero no había forma de saber si era capaz de ver algo a través de esos ojos hinchados. Carlos asintió ligeramente con la cabeza, esperando que él pudiera traducir ese gesto como una promesa de que se las haría pagar al cabrón que le había hecho eso.

Lee hizo un movimiento mínimo con la barbilla para alzarla y volver a bajarla, solo lo suficiente para que Carlos comprendiera que lograba ver algo.

Carlos miró su reloj. ¿De qué podía servirle el hecho de que faltaran dieciocho minutos para las seis?

—Pregúntale más —ordenó Turga.

Izmir caminó hasta una mesa cercana a Lee, donde había apiladas un par de toallas. ¿Para limpiarse las manos cuando la sangre resultaba demasiado pegajosa?

«Me las vas a pagar, cabrón.»

Izmir levantó un palo con un gancho en la punta, el tipo de palo que se usa para coger una serpiente, excepto que el gancho del extremo era un cable sujeto a una máquina enchufada en la pared. Carlos se estremeció imaginándose lo que Izmir tenía en la cabeza. Ese maldito cabrón acercó el gancho hacia los genitales de Lee.

—¡Para! —ordenó Carlos.

—¿Quieres hablar? —preguntó Turga con un humor que hizo que a Carlos le vinieran ganas de hacerlo pedazos.

—Suéltalo a él y hablaremos —le ofreció Carlos, reuniendo fuerzas para sacar la voz.

—No lo creo.

—Vas a matarnos a los dos, Turga. Te daré lo que tú quieras simplemente con que sueltes al chico.

—¿Me dirás cuál es tu trato con Baby Face? Sé que se trata de algo grande, algo que ese husmeador informático tuvo la suerte de descubrir.

Así que Baby Face había descubierto a Espejismo trabajando para alguien que planeaba raptarla y Turga no lo sabía.

Era difícil imaginar que la mujer que estaba detrás de Carlos era el infame informante electrónico, pero para ser honesto tenía que reconocer que había visto cosas incluso más extrañas.

Hizo como que consultaba el reloj, luego suspiró.

—De acuerdo, aquí va el trato. Baby Face me ofreció participar en un negocio arriesgado. Quería refuerzos profesionales, y no los payasos que normalmente suele arrastrar. Tenía que contactar con alguien antes de las seis esta noche o el negocio fracasaría. Luego yo estuve fuera del país. Justo cuando acababa de regresar descubrí que él había ofrecido más dinero para que la entrega se hiciera antes, y yo sabía quién tenía el dinero. Así que él estaba tratando de traicionarme con el trato. Si sueltas al chico —dijo Carlos, señalando a Lee—, te contaré cuál era el trato, los nombres, todo. A cambio, no me tortures, solo un disparo entre ceja y ceja.

Turga miró su reloj y después miró a Carlos, moviendo la vista como si fuera incapaz de decidir si matar a Carlos o hacer un trato con él. Finalmente soltó un juramento en turco.

—Si me mientes, acabarás peor que él cuando me ocupe de ti. —Inclinó la cabeza hacia Lee; su rostro mostraba cada vez más confusión, el factor tiempo ahora lo angustiaba—. No era típico de Baby Face hacer negocios por su cuenta. No juegues conmigo, Carlos. La única razón de que la chica no esté muerta todavía es que no me trago todo este asunto. No me arriesgaré a dañar la mercancía si es que es ella lo que Baby Face estaba buscando. Si no es así, será toda mía.

Carlos se esforzó por no arremeter contra Turga. La furia ascendía por su columna, exigiéndole hacerle pagar inmediatamente por el cuerpo sangrante de Lee. Y también por el terror de Gabrielle, sí, aunque hubiera sido ella quien lo hubiera metido en aquel aprieto.

—Suéltalo y te diré lo que Baby Face estaba buscando realmente y cómo sacar tajada del trato... o te arriesgas a perder la hora de entrega que tenía prevista Baby Face. —Carlos dijo esto con un tono tan marcadamente venenoso que parecía incuestionable que él estaba metido en la negociación.

Turga hizo un gesto con la cabeza a Izmir, que gruñó y luego dejó su palo en el suelo. Abrió una navaja y cortó las cuerdas que sujetaban los tobillos y las muñecas de Lee.

A Lee se le escapó un quejido de dolor cuando cayó de rodillas sobre el suelo antes de poder parar la caída con los brazos y se golpeó la cabeza. No se movió.

Carlos había avanzado varios pasos hacia Turga mientras este estaba distraído.

Cuando Turga se volvió a mirarlo, levantó su nueve milímetros.

—Quieto ahí. —Se oyó un tintineo interrumpiendo el tenso silencio. Turga sacó un teléfono móvil de un bolsillo delantero de sus pantalones y respondió diciendo—: ¿Qué has descubierto? —Tras una pausa, sonrió y dijo—: ¿Ha ofrecido una recompensa? No, no, somos viejos amigos. Contactaré con él pronto. Buen trabajo. Eres casi tan bueno como Baby Face. —Cerró el teléfono y volvió a guardarlo en el bolsillo de sus pantalones.

—Creía que íbamos a hablar. —Pero Carlos tenía la clara intuición de que aquella llamada había complicado las cosas.

—Sí, sí. Primero dime lo que ella sabe acerca de ese tal Espejismo por el que Durand Anguis ha ofrecido una recompensa.

Demonios. Un momento. Turga creía que Gabrielle simplemente tenía alguna información acerca de Espejismo.

Carlos le ofreció su sonrisa más arrogante.

—Eso era lo que estaba intentando decirte. Durand hizo a Baby Face una nueva oferta de mucho más dinero por entregarle a esa mujer. Durand resulta mucho más persuasivo que Izmir cuando se trata de conseguir que alguien hable. —Ignoró el grito femenino de asombro que oyó detrás de él y continuó—: Baby Face imaginó que podría ahorrarse lo que pensaba pagarme a mí y decidió recogerla por su cuenta. No era un mal plan tratándose de alguien como Baby Face. Como bien has dicho, no es él quien normalmente hace sus propios trabajos sucios.

—Entonces ¿ella tiene información? —La sonrisa de Turga brillaba ante la expectativa.

—Tú eres más inteligente que eso. —Carlos lo dudaba, pero esperaba que una amenaza hiciera vacilar a Turga—. Atrévete a tocarla y Durand te arrancará las pelotas con un par de alicates.

Turga se encogió de hombros.

—Entonces no hay ninguna razón para mantenerte con vida, ¿verdad?

Aquello era delicado. Carlos necesitaba un minuto para encontrar una respuesta.

—Adelante, dispara.

Turga sonrió, guardó la pistola en el cinturón y levantó el rifle.

—Pero te costará caro —se apresuró a añadir Carlos.

Eso congeló la sonrisa de aquel maldito cabrón.

—¿A qué te refieres?

¿Buenas noticias? La codicia de Turga superaba su inteligencia.

—Sentémonos y hablemos. —Carlos avanzó en dirección a las sillas y la mesa, logrando acercarse a Turga otros dos pasos.

—Quieto. No hablaremos de nada hasta que Izmir no te ate las manos para que no puedas hacer esos movimientos que te han hecho tan famoso.

—¿Famoso yo? —Carlos se rio, manteniendo los ojos fijos en Izmir, que cogió con placer un trozo de cuerda y se dirigió hacia él.

—He oído historias. —Turga se burló—. Te mantendría con vida si no fuera tan arriesgado. Apuesto a que alguien ha ofrecido una recompensa también por tu cabeza.

Carlos se encogió de hombros como si no le importara lo más mínimo que Turga hablara de matarlo o de vender su cabeza. Juntó las palmas y levantó las muñecas frente a él, bueno y complaciente.

Turga dirigió la mirada a Gabrielle, que estaba sentada detrás de Carlos.

Carlos volvió la cabeza para mirarla.

Gabrielle lo miró con el ceño fruncido, separando los labios con una expresión de total confusión.

Él le guiñó un ojo.

Ella pestañeó, luego cerró la boca e hizo un movimiento mínimo con la cabeza. Un movimiento con el cual quería demostrar que seguía en el mismo barco que él.

Él se dio la vuelta y aprovechó la oportunidad para avanzar otro paso más. Izmir se colocó entre él y Turga, levantando la cuerda para atarle las muñecas. Era ahora o nunca. Esperaba que a Lee todavía le quedara un poco de aliento.

Carlos fingió una mirada de horror hacia donde estaba Lee y gritó:

—¡No, no lo hagas!

Izmir corrió hacia Lee, que milagrosamente se puso en pie.

Turga dirigió su arma hacia Lee.

—¿Tienes prisa por morir?

Lee bajó la cabeza al pecho, en actitud sumisa.

Turga gruñó con satisfacción, tan confiado apuntando un arma contra un hombre desnudo y golpeado.

«Quédate ahí, Lee.» Carlos usó los dos segundos que había ganado para apretar con fuerza los dedos y lanzar un puñetazo a la garganta de Izmir, golpeándolo en la tráquea. Con el rabillo del ojo, vio que Lee se movía, pero Izmir agarró a

Carlos con una mano y comenzó a apretarle la garganta con la otra.

Estalló un disparo. Era el rifle de Turga. La explosión hizo eco contra las paredes de cemento.

Y detrás del eco se oyeron unos gritos. Eran de Gabrielle.

Izmir inspiró aire con fuerza y se tambaleó, con los ojos saltones. Carlos tomó impulso y le dio una patada, golpeando a Izmir para que cayera hacia Turga.

Otro disparo. La bala pasó justo por el medio de Izmir, atravesándolo y dándole a Carlos un tajo profundo en un lado.

El aire se llenó de insultos, gritos y sangre.

Izmir se tambaleaba. Carlos arremetió con la cabeza, empujándolo directo hacia Turga. Se oyó de nuevo un disparo, tan cerca que Carlos por un momento se quedó sordo, pero la bala se desvió.

Carlos se tiró encima de Izmir, que aterrizó a su vez encima de Turga con un pesado ruido sordo. Dio una vuelta por encima de ellos y se puso en pie.

Turga luchaba por liberarse del cuerpo muerto que lo retenía. Su mano todavía sujetaba el rifle. Carlos pisó con su bota la muñeca de Turga, satisfecho con el crujido de huesos y el aullido de dolor que siguió a continuación. Pateó el rifle para dejarlo fuera de su alcance y encontró su nueve milímetros cerca en el suelo de cemento. Turga insultó, gritó y con la mano que no tenía herida dio golpes a Izmir, que no se movió. Carlos quería matar a ese cabrón, pero eso sería un asesinato. Tenía que llegar hasta Lee para ver cómo estaba. El cuerpo de Izmir mantenía a Turga inmovilizado.

Carlos corrió hacia Lee, que estaba tumbado en el suelo. La sangre brotaba a borbotones de una grave herida de su pecho. Su primer deber era sacar a Gabrielle de allí, pero ella viviría.

Aquel chico, no.

Carlos se arrodilló y cogió en sus brazos con suavidad el cuerpo destrozado de Lee. Al hacerlo, sus dedos se deslizaron en una herida de la espalda de Lee que ningún vendaje habría sido capaz de reparar. El líquido caliente se derramaba por los brazos de Carlos hasta el suelo.

—Tenías que hacerte el héroe, ¿verdad? —dijo Carlos con una voz conmovida y llena de culpa.

Lee movió la comisura de los labios y los dientes perfectos que tenía apenas hacía una hora ya no estaban allí.

Carlos se acercó más para oír las palabras que Lee luchaba por murmurar.

—Lo siento. —Lee se esforzó por respirar y todo su cuerpo se estremeció—. Te he fallado... la primera vez.

—No. —Carlos tragó saliva tratando de aflojar el nudo que sentía en la garganta. Era incapaz de acostumbrarse a ver morir a un joven—. Has jugado limpio. —Los ojos le ardían.

—¡Carlos! —gritó Gabrielle.

Él se dio la vuelta, levantando la pistola de forma instintiva.

Turga de algún modo había conseguido liberarse de Izmir y corría hacia él con un cuchillo.

La rabia cegó a Carlos.

Disparó cuatro tiros consecutivos... todos en la cadera y la zona de los genitales. No era la zona donde normalmente dispararía alguien con tan buena puntería, pero Turga no merecía una bala entre las cejas.

Turga cayó al suelo, agarrándose con las manos. Aullidos guturales hicieron estremecerse todo el almacén durante varios segundos, luego se echó a llorar, meciéndose de lado a lado.

Cuando Carlos se volvió hacia Lee, los labios del chico se movían y sus ojos brillaban. Carlos acercó el oído a su boca.

—Gracias —murmuró, y luego una fuerte sacudida estremeció aquel cuerpo roto antes de que el alma de Lee pasara a mejor vida.

Carlos bajó la barbilla hasta el pecho, respirando con dificultad. Le ardían los ojos. No había nada que lo hiciera sentirse más impotente que oír el último aliento de alguien a quien sostenía en brazos sabiendo que no podía hacer nada para salvar a aquella persona.

Justo como le había ocurrido dieciséis años atrás.

El dolor lo atravesó como un cuchillo, trayendo los recuerdos del pasado con brutal claridad. Entonces sostenía otro cuerpo magullado, el de la joven que amaba con toda la fuerza de su ser, mientras ella dejaba escapar su último aliento.

El corazón le latía de manera errática, causándole dolor en el pecho.

Unos pasos ligeros se aproximaron a él. No eran los de Turga, que guardaba silencio. Muerto por fin.

Lee ya no sentía dolor. Carlos todavía tenía un trabajo que hacer y una mujer a quien proteger. Dejó a Lee en el suelo. Con una llamada de teléfono, BAD tendría allí un equipo de limpieza en el plazo de una hora. No podía esperar tanto y arriesgarse a que la gente de Turga regresara.

Dejar a Lee sin enterrar le parecía mal, pero Carlos no podía perder tiempo en vestirlo.

Se levantó y se volvió hacia Gabrielle, la informante codiciada por todos. Ella estaba de pie al otro lado de Turga. La melena castaña le caía en cascada, alborotada porque se le había secado al aire libre. Tenía el rostro pálido como un fantasma y le temblaban las manos. Era del todo seguro que no formaba parte de un grupo de espionaje internacional. Las prendas anchas que llevaba debajo de la gabardina abierta todavía estaban mojadas.

Turga yacía muerto en el suelo entre ellos. La habitación era una carnicería.

Ella alzó hacia él unos ojos completamente afligidos, y él sintió una punzada de dolor en el estómago por su sufrimiento.

—¿Está muerto?

Carlos no estaba seguro de a quién se refería, pero ya que los tres estaban muertos respondió:

—Sí.

La mirada vacía de ella le preocupó. Tenían que irse. Había posibilidades de que fuera tuvieran que interactuar con alguien en público, así que necesitaba estar lúcido.

Como ella no daba ningún signo de coherencia, él pasó por encima de Turga para acercarse. La cogió de los hombros, teniendo cuidado de no mancharla con la sangre. Considerando todo lo que había ocurrido, ella muy bien habría podido perder la cabeza o estar completamente catatónica. Sus ojos se movieron a la deriva hasta donde yacía en silencio Lee.

—Lo siento —susurró.

—Yo también. Era un buen hombre. —Carlos volvió a poner su mente en marcha—. Tenemos que irnos antes de que aparezca alguien más.

Ella asintió, pero cuando él empezó a moverse, ella lo agarró para detenerlo.

—¿Qué?

Gabrielle no respondió. Se limitó a quitarse la gabardina mientras pasaba por encima de Turga. Luego puso su abrigo sobre el cuerpo de Lee.

Nada podía haberle servido más en aquel momento para granjearse el cariño de Carlos. Él tragó saliva tratando de aliviar el nudo que sintió en la garganta y esperó a que ella volviera a su lado.

Ella se detuvo junto a él y lo miró fijamente.

—¿Parte de esta sangre es tuya?

—No tanta como para que haya que preocuparse. —Sin embargo, no podía salir así a la calle si no quería llamar la atención—. Coge tus bolsos.

Ella respiró profundamente y pareció reunir fuerzas, luego pasó al lado de Izmir hasta donde había estado sentada.

Carlos cogió la toalla que Izmir había usado para limpiarse las manos, manchada con la sangre de Lee. Se quitó rápidamente la mayoría de la sangre de los brazos y de las manos y buscó bajo la mesa las ropas de Lee. Ignorando la culpa que sentía por quitarle la ropa a Lee, se quitó su suéter de cuello alto y se puso la camiseta de manga larga que encontró en el suelo. Cambió sus tejanos por los de Lee, que eran prácticamente de su talla, y usó su camisa ensangrentada para taparle la cara a Lee. Luego fue hasta donde estaba Gabrielle con sus pertenencias.

No tenía sentido preocuparse por el análisis de ADN en aquel momento, ya que su sangre estaba mezclada y BAD debería llegar antes que nadie a limpiarlo todo.

Él fue a coger el bolso del ordenador y ella reaccionó enseguida.

—No. —Se cruzó el bolso por el pecho—. Gracias, pero prefiero llevarlo yo.

Eso hizo que Carlos recordara a quién estaba llevando.

Espejismo. Una mujer por cuya cabeza se ofrecían recompensas, incluyendo una de Durand.

Hasta el momento a él le parecía que no se trataba de una mujer acostumbrada a estar cerca de armas o asesinatos. Era preciso que su informante saliera pronto al aire libre o una vez pasado el estado de conmoción, el nauseabundo olor a muerte la pondría enferma.

—No mires nada más que la puerta. —Él señaló la salida mientras la hacía moverse.

La expresión de incredulidad con que ella lo miró le devolvió una nota de color a las mejillas.

—¿Cómo? ¿Crees que tendré pesadillas? ¡Cómo si no hubiera visto nada de todo esto!

Él suspiró. Puede que hubiera visto disparos y algunos cuerpos heridos de bala, pero sus ojos habían estado vidriosos cuando permanecía de pie a unos metros de la sangre que rodeaba el cuerpo de Turga y cubría la parte inferior de su cuerpo destrozado. Ella no había visto realmente la carnicería.

—¿Quieres verlo otra vez? —la desafió él, seguro de la respuesta.

—No, por supuesto que no.

—Entonces mantén los ojos fijos en la puerta. —La condujo hasta la salida y entreabrió la puerta, luego dejó su mochila en el suelo—. Quédate aquí, respira un poco de aire fresco y entra y cierra la puerta inmediatamente si oyes un coche o ves venir a alguien.

Ella lo agarró del brazo, justo donde se había hecho el corte con el vidrio. Él logró no soltar un juramento, pero le habló con brusquedad:

—¿Qué?

—No me dejes —le rogó ella en un susurro.

—No lo haré. —Él le apartó los dedos suavemente de la herida, que ahora sangraba otra vez—. Voy a coger el teléfono de Turga para hacer una llamada.

Ella soltó un suspiro en sintonía con el alivio que mostraron sus ojos.

—De acuerdo.

Carlos se movió con cuidado alrededor de los cuerpos

para no mancharse de sangre. Turga tenía su teléfono en el bolsillo derecho de los pantalones, que había quedado hecho pedazos. Una parte del teléfono había salido del bolsillo y estaba en medio del charco de sangre.

Demonios.

Revisó a Izmir, cuyo teléfono había estado en el bolsillo de su chaleco antes de que Turga lo destrozara.

¿Qué había que hacer para que algo saliera bien en aquel maldito trabajo?

Carlos se guardó el arma en la cintura de sus tejanos y fue a grandes pasos al encuentro de Gabrielle. Podía oír sus respiraciones profundas. Cuando le tocó el hombro, ella se sobresaltó y se golpeó la cabeza contra la puerta.

Ella volvió hacia él su rostro aterrorizado.

—Lo siento.

—¿Y ahora qué pasa? —preguntó ella.

A pesar de la fragilidad que revelaban sus ojos, ella hizo un esfuerzo impresionante para reunir coraje.

—Nos vamos. —Abrió del todo la puerta—. Vámonos.

—¿Y qué pasa con... ellos?

—No funciona ningún teléfono. Enviaré a alguien para que recoja a Lee y que se ocupe de todo esto tan pronto como encuentre un teléfono.

—¿Y adónde vamos? —Ella por fin comenzó a caminar cuando él le puso una mano en la espalda.

—A un lugar seguro. —Probablemente se había ganado la mirada de desconfianza que ella le dirigió, pero no le hizo más preguntas hasta que llegaron al otro extremo del edificio.

Aleluya. Un descanso.

Una camioneta con dos plazas en la cabina estaba aparcada más allá de las luces de seguridad que brillaban en el solar.

—Quédate aquí. —Carlos la hizo colocarse contra la pared protegida por las sombras, luego corrió hacia el vehículo. Buscó en todos los lugares en que alguien podría guardar un juego de llaves si no quería llevarlas consigo. El llavero estaba debajo del asiento del conductor. Probablemente era la camioneta de Izmir, puesto que el interior olía a tabaco europeo fuerte y era lógico que el matón hubiera dejado las llaves bien accesibles por si tenía que huir corriendo.

Carlos hizo señas a Gabrielle para que se acercara. Ella se apresuró a subir al asiento del copiloto. Él puso la mochila en el asiento trasero.

En cuanto encendió el motor y dirigió el vehículo hacia la salida de la zona industrial, Gabrielle dijo:

—Estamos en Tyrone.

—Sí. ¿Cuál es la ruta más rápida hacia la biblioteca de Peachtree?

—¿Qué? ¿Te vence el plazo de devolución de un libro?

Él no daba crédito a la nota de sarcasmo de su voz.

—No, es allí donde dejé mi coche. Me imagino que debes de saber el camino más rápido, ya que vives por allí.

—A la derecha, luego sigue por la carretera. Saldremos a la autopista 74 dirección sur.

—Gracias. —Ella había ganado puntos al no intentar dirigirlo por un camino equivocado—. Revisa la guantera y debajo del asiento, cualquier sitio donde creas que pueda haber un teléfono móvil.

Ella comenzó a buscar.

—¿Quién se dejaría las llaves y el teléfono móvil en su coche?

«Alguien que vive al otro lado de la ley.»

—Todos los hombres de Turga —respondió él, en parte especulando y en parte mintiendo.

—¿En serio? —Ella se detuvo, pareció asimilarlo, y luego continuó buscando—. Increíble.

Carlos se sobresaltó al oírla.

—¿Qué?

Ella lo observó con mayor respeto y sacó un teléfono móvil de la guantera. Se lo entregó.

—No es extraño. Esos tipos llevan siempre al menos por triplicado cada cosa que necesitan. —Carlos abrió el teléfono. Había señal. Marcó los números para la línea directa de Joe.

Cuando el timbre dejó de sonar pero nadie al otro lado dijo nada, habló él:

—Soy yo, Carlos.

—Encantado de oírlo —le dijo Joe—. ¿Qué pasa con Lee?

Carlos no dijo una palabra.

Joe murmuró.

—Mierda.

Carlos le dio la dirección en una frase codificada.

—Si no llegáis los primeros...

—Espera. —Joe repitió la dirección y dio órdenes a alguien, luego volvió a dirigirse al teléfono—. Recogeremos a Lee y lo limpiaremos todo.

—¿Y qué pasa con los otros dos? —preguntó Carlos, refiriéndose a Baby Face y el cuerpo de su refuerzo, además del todoterreno que había encontrado cerca de la casa de Gabrielle.

—Ya está solucionado. ¿Vas de camino?

—No. La fuente está en baja forma y yo necesito dormir un poco. Viajaremos mañana.

—¿Vas a nuestra localización segura? —preguntó Joe, refiriéndose a la casa segura del norte de Georgia donde Carlos había estado hacía poco.

—Sí. Te enviaré un nuevo número de contacto en unos diez minutos. —Carlos también tenía otro teléfono en su coche.

—¿Quieres que te envíe refuerzos?

—No. —Carlos de momento no quería otro ser humano a quien tener que mantener con vida—. Yo me encargo. Más tarde te lo explico todo.

—Llama tú —dijo Joe, dando a entender a Carlos que comprendía que debían esperar hasta tener la oportunidad de hablar por una línea segura.

Joe entonces le explicaría qué era lo que planeaba hacer con Gabrielle. Carlos dudaba de que el hecho de que fuera mujer comportara alguna diferencia si es que Joe y Tee, el codirector de BAD, habían decidido encerrarla aquella noche.

A pesar de cómo había terminado la conversación con Joe, era perfectamente posible que al llegar al norte de Georgia Carlos se encontrara con una furgoneta sin matrícula y dos guardias de seguridad preparados para detenerla en custodia.

Por primera vez desde que trabajaba con BAD vacilaba a la hora de tomar una decisión. ¿Podía dejar a esa mujer en manos de dos guardias después de todo lo que había tenido que pasar aquella noche?

Carlos terminó la conversación telefónica y miró a Gabrielle. Interpretó su lenguaje corporal como un intento de recluirse: los brazos envolviendo su cuerpo, los ojos fijos al frente, la postura rígida.

Por qué eso le dolía no podía saberlo.

—¿Qué vas a hacer conmigo? —preguntó ella, volviendo finalmente la cabeza para mirarlo con desconfianza.

—Necesitamos hablar contigo.

—¿Quién quiere hablar conmigo?

Él no respondió enseguida, debatiéndose sobre cuánto decir. No tenía sentido tratar de sonsacarle algo ahora, cuando probablemente estaba necesitando toda su fuerza de voluntad para no venirse abajo.

—No puedo ocuparme de todo eso hasta mañana —dijo él—. De momento, lo que tienes que saber es que no voy a hacerte ningún daño ni a permitir que nadie te lo haga. Te llevaré a un lugar seguro para pasar la noche. Eso es todo lo que puedo decirte.

Ella no hizo ningún amago de aceptación ni de discutir.

Carlos respetó los límites de velocidad. La carretera se cortaba de pronto, tal como ella había dicho. En cuanto se halló en la autopista principal supo hacia dónde iba. Una idea asaltó su mente.

¿Habría alguna persona esperando noticias de ella?

—¿Gabrielle?

—¿Sí? —La respuesta llegó a través de un suspiro cansado. Estaba apoyada contra la puerta del coche, como una muñeca de trapo que hubiera sido arrastrada por el estiércol y se hubiera quedado sin pilas.

—¿Quién sabe que vives en Peachtree?

—Nadie excepto el hombre que me alquiló la casa, a quien nunca he visto.

Aquella respuesta susurrada con voz triste lo tocó por dentro. De alguna manera ella estaba vinculada a todo aquello. Eso la colocaba directamente en el equipo equivocado.

Dejó escapar un suspiro y una tos... o un sollozo. No, ella no había llorado todavía. Él esperaba con todas sus fuerzas que no lo hiciera.

La potente carga de adrenalina en la que había estado confiando se gastaba. Se frotó la frente, que le dolía por el desfase horario, el hecho de llevar setenta y dos horas en una misión y sin dormir, y las últimas de estas horas luchando por sus vidas.

Por no mencionar el hecho de haber descubierto que el informante a quien todo el mundo buscaba era una mujer que fácilmente pasaría por una maestra de escuela antes que por una persona involucrada en un asunto de espionaje internacional.

Ella estaba recostada contra la puerta, con la cabeza apoyada en la ventanilla. Él luchó contra el impulso de atraerla hacia sí y mantenerla cerca, como un movimiento instintivo.

No era exactamente el protocolo señalado al tener a alguien en custodia.

Los dos necesitaban dormir, pero él no sabía lo que les estaría esperando en la cabaña.

Tampoco podía permitir que ella viera adónde se dirigían.

Sintió que le latían las sienes. Vencer a un hombre armado sería más fácil que tratarla a ella como a una prisionera en cuanto llegaran al refugio seguro, pero todavía tenía un trabajo que hacer, y no podía arriesgarse a bajar la guardia.

No después de haber capturado a Espejismo.

Ella se echó hacia atrás en el asiento. Él no tendría que haberla mirado.

La lágrima que vio corriendo por su mejilla desató una guerra entre su conciencia ética y el sentido del deber.

Capítulo 6

«¿*A*dónde me lleva ahora?» Gabrielle se enderezó en su asiento mientras Carlos se dirigía a la zona de aparcamiento de la biblioteca de Peachtree. Obviamente él conocía el lugar.

Ella se limpió una lágrima. Odiaba mostrar ante él esa debilidad, pero las imágenes de lo ocurrido aquella noche la bombardeaban. Imágenes como la de aquel pobre chico torturado en el almacén y finalmente muerto.

Y la forma en que Carlos había sostenido al joven, dando consuelo a su compañero mientras este expiraba su último aliento. Tenía la extraña sensación de que pocas personas conocían aquel lado de Carlos, que estaba en conflicto con la imagen del hombre duro que había luchado toda aquella noche para que los dos salvaran sus vidas.

¿Adónde pensaba llevarla ahora y qué es lo que su gente haría con ella? ¿Estaría Durand Anguis en el centro de aquel juego en el que ella era un simple peón? Carlos sabía de Durand. ¿Había alguna posibilidad de que lo que Carlos había contado a Turga fuera verdad? ¿Sería cierto que iba a entregarla a Durand?

Ella no lo creía. Baby Face se había mostrado realmente sorprendido al ver a Carlos junto a la casa.

Una cosa estaba clara. Carlos le había salvado la vida. La había tratado con decencia incluso aunque en cierto momento hubiera amenazado con registrarla. Visto en retrospectiva, solo quería conseguir las llaves del todoterreno para huir de la casa rápidamente.

—Espero que mi coche esté todavía aquí —murmuró Carlos.

—No digas tonterías —respondió ella con aire ausente, colgándose en el hombro el bolso con el ordenador.

—¿A qué te refieres?

Ella lo miró sorprendida al oír su tono hosco.

—Peachtree es una de las ciudades más seguras de Georgia. —Frunció el ceño—. Al menos lo era hasta que tú llegaste.

Los faros delanteros de la camioneta iluminaron las tres cuartas partes de un garaje lleno de coches cuando Carlos dobló la curva de la entrada a la zona del aparcamiento. Él la estudió durante un momento y luego le guiñó un ojo.

A ella le dio un vuelco el corazón.

Eso estaba muy mal. Él era el enemigo.

Gabrielle trató de encontrar algo para desviar la vista de él. Sentía en su interior una especie de loca voltereta cada vez que él la miraba. Debía de tratarse de algún tipo de síndrome de estrés postraumático.

Cerró los ojos. Aquello era un error.

Le vinieron imágenes de Carlos cargando contra Izmir y de Turga disparando a su propio hombre en un claro intento de sacrificar a Izmir para matar a Carlos. Abrió los ojos y se topó con una escena normal: un grupo de adolescentes reunidos en la entrada de la biblioteca al otro lado de la fuente, ajenos a todo peligro.

Gabrielle había sido una ingenua inocente a aquella edad y esperaba que esos chicos nunca tuvieran que enfrentarse con lo que le había tocado vivir.

Estarían mucho más seguros cuando ella dejara aquella ciudad.

Carlos aparcó la camioneta y cogió la mochila de ella del asiento trasero.

—Vamos.

Gabrielle casi sonrió, empezaba a acostumbrarse a esas órdenes tan directas. Lo siguió hasta un BMW 750 de un azul metalizado. ¿Acaso no era lógico que un hombre capaz de aturdir a una mujer tan solo con mirarla condujese aquella especie de cohete terrestre?

—Quédate aquí. Ahora vuelvo. —Avanzó hacia la parte delantera del coche y desapareció de su vista. Aunque ella ya había visto bastante aquella noche como para saber que jamás se hallaba fuera de la vista de él.

Además, estaba demasiado agotada como para cualquier intento de huida y necesitaba esa mochila para sobrevivir. Dudaba de que él trabajara para Durand, pero eso no significaba que Carlos fuera de absoluta confianza.

Había dicho que iba a llevarla a un lugar seguro. Ella podía al menos confiar en eso, creer que no le había mentido acerca de esa noche.

La fatiga estaba agotando esa energía que no podía controlar. Ahora que cesaba el efecto de la adrenalina, se sentía hambrienta y mareada, con un dolor de cabeza que no se le iba. Lo que debía hacer ahora era estar alerta y controlar la ira que bullía en su interior. Permanecer a la espera de una oportunidad de escapar.

Carlos regresó con un juego de llaves y el control remoto de las puertas del coche en las manos. Sonó un *clic* y el maletero se abrió ante ella. Él se acercó y cogió una manta, luego metió la mochila dentro.

—Tápate con esto. —Le pasó la manta y esperó pacientemente.

Ella le habría contestado mal por haberle dado otra orden de no haber sido por la preocupación que vio en sus ojos. Pero estaba cansada de ser arrastrada contra su voluntad. ¿A qué organización pertenecía ese hombre? Ahora que no estaban esquivando balas, ella comenzaría a hacerle preguntas, por ejemplo, por qué se mostraba tan considerado. ¿Qué era lo que quería de ella?

Vivir peligrosamente durante tanto tiempo la había hecho cambiar, pero no tanto como el hecho de haberse casado con un mentiroso.

¿Con aquel comportamiento de buen chico Carlos estaría intentando simplemente bajar sus defensas, provocarle una falsa sensación de seguridad? Lamentablemente, estaba funcionando. Puede que ella lograra mantener su mente más concentrada si él dejara de guiñar los ojos, de sonreír y de reconfortarla.

Eran adversarios, y debía recordarlo.

Él seguiría cincelando su capacidad de defensa a menos

que ella lo obligara a retroceder. Se trataba de poner una distancia emocional entre ellos. Nunca había querido ser una arpía, pero esa era una manera rápida de congelar cualquier intento de seducción.

Gabrielle levantó las manos y usó palabras cortantes.

—¿Qué? ¿A estas alturas te preocupa que coja una neumonía después de todo lo que me has hecho pasar?

Sus ojos oscuros de mirada cálida y paciente de pronto reflejaron una marcada irritación.

Ella retrocedió ante un movimiento de él. Parecía cansado y serio hasta extremos preocupantes. No era una buena combinación en un hombre peligroso. Y Carlos era letal.

—No. —Sonó disgustado—. Simplemente no quiero ropa mojada en mis asientos de piel.

Su encanto se transformó en una helada indiferencia en una fracción de segundo.

Continuó sujetando la manta y levantó una ceja con actitud desafiante.

Viendo que era preferible no contrariarlo, se acercó de soslayo y dejó la bolsa del ordenador en el suelo para poder quitarse las mangas de la camiseta. La ropa húmeda comenzaban a irritarle la piel.

Él se movió detrás de ella y se apresuró a envolverle los hombros con la manta.

La gruesa tela la calentó con tanta rapidez como un día de verano. Sus músculos flojos iban a derretirse formando un charco si no se metía en el coche enseguida. Se reconoció derrotada sin decir una palabra.

Carlos la cogió de los hombros y le habló al oído.

—He tenido un día muy largo. Las últimas horas no lo han mejorado para nada, así que vamos a darnos una tregua.

Su voz profunda era suave, y calmaba sus nervios de punta. Ahí estaba, otra vez reconfortándola, masajeándole los hombros suavemente con los dedos. No podía permitirse un comentario altanero cuando la misma persona que la había salvado de la muerte ahora le ofrecía una tregua y sonaba tan agotada como ella.

Mañana habría mucho tiempo para luchar contra él.

—Acepto el trato. —Ella esperaba que él la soltara. Mejor

pronto que tarde, o caería en la tentación de recostarse contra su ancho pecho.

Carlos dejó caer las manos y ella trató de ignorar la decepción que sintió. Levantó la bolsa del ordenador y lo siguió hasta el lado del copiloto. Allí se hundió en un asiento celestial y dejó caer la cabeza hacia atrás.

Él se dirigió al otro lado del coche con los pasos grandes de un hombre seguro. Se deslizó detrás del volante, llenando el interior del vehículo con la calidad de su presencia.

El motor rugió cobrando vida.

Gabrielle se esforzó por mantenerse despierta mientras él maniobraba para salir del aparcamiento y luego se dirigía a la carretera. En la 74 giró hacia el norte, como si buscara la interestatal 85. El calor arrullaba sus piernas y una música suave salía de la cabina.

«No dormir. Fijarme bien en la ruta.» Su mente sabía lo que tenía que hacer, pero el cuerpo no le respondía. Luchó por estar alerta, observando la ruta hasta que llegaron a la interestatal 85 y él se adentró en el tráfico que fluía dirección norte. A menos que cambiara el recorrido, Atlanta estaba a más de treinta kilómetros por delante.

El viaje la fue tranquilizando.

La ansiedad abandonó su cuerpo de un solo plumazo. Su mente vagó a la deriva. Su cabeza se llenaba de imágenes inconexas. Entradas de ordenador donde se arremolinaban mensajes codificados. La firma de Linette, Juana de Arco, aparecía en el tablón de anuncios, después de que Gabrielle pasara años esperando saber de ella. Se dispuso a contestar el mensaje, pero al darle a las teclas un cuerpo sangriento colgado en una pared aparecía en la pantalla.

El hombre levantó la cabeza. Ella se quedó helada al reconocer la cara magullada.

Carlos.

Golpeó el ordenador, gritando:

—¡No! —Su grito hizo eco en la oscura habitación.

Alguien le cogió las manos. Alguien le habló despacio y con urgencia.

—Gabrielle, estás a salvo. Despierta.

Ella abrió los ojos, con el corazón acelerado.

Carlos la sostenía contra su pecho, hablándole suavemente.

—Todo está bien. Estás a salvo.

Ella dio una respiración temblorosa y se dio cuenta de que él había aparcado el coche en un recodo de la carretera y se había puesto a su lado. El corazón le latía desbocado.

Le pasó una mano por la espalda, acariciándola.

Qué sensación tan extraña... la de ser consolada. Había olvidado lo que se sentía al ser abrazada. Un verdadero abrazo, no simplemente la forma educada de saludarse. Pero él era el enemigo. Tenía que recordar eso, o jamás saldría de aquello.

Gabrielle respiró profundamente. Buscó la fuerza que la había mantenido viva durante los últimos diez años y que la había hecho escapar de la garra mortal de Durand Anguis.

—Estoy bien. —Se echó hacia atrás, confusa por el profundo sueño y también hambrienta—. ¿Dónde estamos? —No pudo evitar el tono hosco y no le importó especialmente si sonaba desagradecida. La pesadilla era culpa de él, y además estaba enferma del estómago y a la vez necesitaba comer.

Él la soltó y volvió al asiento del conductor. Antes de poner el motor en marcha, se estiró por delante de ella para ponerle el cinturón de seguridad. Cuando se detuvo, su mejilla quedó muy cerca de la de ella, tan cerca que aquello fue como un gesto íntimo.

En lugar de estar asustada, como debería haber sido, en aquel momento se sintió segura y protegida. Era evidente que estaba perdiendo la cabeza.

Él abrió los ojos asombrado, como si intuitivamente comprendiera algo, y luego los entrecerró mientras retrocedía hacia su asiento, abrochando el cinturón con el mismo movimiento. Para ser un hombre tan intimidante por su tamaño y la solidez de sus músculos, todos sus movimientos eran suaves y fluidos.

Se aclaró la garganta.

—¿Quieres beber algo? —Puso el motor en marcha y volvió suavemente a adentrarse en el tráfico.

—Tal vez agua. —Gabrielle buscó algún monumento o edificio famoso que le sirviera de referencia mientras el coche rápidamente tomó velocidad. Estaban en la interestatal 75 y acababan de pasar bajo el paso elevado que hay al norte de la 120, lo cual significaba que estaban en el área de Marietta, al noroeste de la ciudad de Atlanta. Había dormido por lo menos cuarenta y cinco minutos, pero no se sentía muy despejada. Como uno de esos raros días en que echaba una siesta por la tarde después de haber pasado la mitad de la noche ante el ordenador.

Carlos tomó la escisión de la interestatal 575 y giró hacia la salida de Barrett Parkway. Los bares de comida rápida y las tiendas de rebajas se apiñaban a lo largo de un kilómetro formando algo muy parecido a un centro popular de Atlanta.

—¿Hambrienta? —preguntó él.

—*Oui.* —Ella se enderezó en el asiento, estudiando las diversas posibilidades a cada lado de la carretera—. Pero tendrás que aparcar para que pueda ir al lavabo.

Él se dirigió hacia un McDonald's y aparcó, luego se bajó y la ayudó a salir del coche. Ella se dirigió apresuradamente hacia el lavabo de mujeres. Cuando salió, él se hallaba ante la puerta con una bolsa de comida. A ella se le hizo la boca agua con el olor. Le encantaban las patatas fritas. Comieron en silencio mientras ella observaba a Carlos; la mirada de él permanecía atenta a todo lo que se movía.

De vuelta en la carretera, puso de nuevo el coche a velocidad de crucero.

—Ahora que ya te has echado una siesta y has comido, hablemos.

—¿De qué? Creí que querías esperar a que conociera a tu gente.

Él se encogió de hombros.

—Podrías llenar algunos huecos esta noche.

—¿Como qué? —Mejor menos que más.

—Tú eres el informador electrónico Espejismo. —Él no lo preguntó, simplemente lo expuso, y añadió—: ¿De dónde sacaste la información?

—¿Quién eres tú y para quién trabajas? —preguntó ella antes de admitir nada, aunque tal vez podría haber formulado sus preguntas más educadamente si quería propiciar un intercambio de información.

—Si estás preocupada por Durand Anguis, no estoy en su equipo.

Eso no era una respuesta. Ella golpeó con los dedos el tirador de la puerta.

—Eso había conseguido imaginármelo en las últimas horas. Y eso no me dice para quién estás trabajando... o qué quieres de mí.

—Yo no soy el que tiene que responder a esas preguntas.

Ella lo entendía, pero seguía necesitando saber en qué equipo jugaba él.

—¿Eres de la CIA o del FBI?

—No.

—¿Quieres decir que de ninguna de las dos organizaciones?

—No, pero trabajo para una agencia que vela por la seguridad de Estados Unidos.

Ella suspiró y dejó caer la cabeza hacia atrás.

—Supongo que eso es algo. Pero me mostraría más dispuesta a hablar si supiera cuál es la agencia a la que perteneces.

—Digamos que no es ninguna que conozcas. —Sus ojos la miraban con regocijo, aunque el resto de sus facciones permanecían tan estoicas como siempre.

—¿La CIA y el FBI saben de ti?

—No.

Entonces ¿pertenecía a algún tipo de organización de las fuerzas del orden?

Cuando terminó la interestatal 575, Carlos tomó la autopista 5 hacia el norte.

Ella sintió el aire cálido en los hombros, que la distrajo. Entre la comida y el calor, sentía otra vez los párpados pesados, pero debía permanecer vigilante. Cualquier esperanza de escaparse de Carlos dependía de saber dónde estaba y hacia dónde iba.

Se frotó los ojos, cerrándolos solo por un momento, justo lo suficiente para dejarlos descansar un poco.

—¿Por qué estás en Peachtree?

Su pregunta la despertó de golpe. Se enderezó y abrió los ojos, tratando de estar alerta. Era una mala señal que se hubiese quedado dormida tan rápido otra vez.

—¿Qué?

—Peachtree City. ¿Por qué vives ahí?

—Me gusta la zona —murmuró. Luego se aclaró la voz—. Tiene bonitos parques y una comida estupenda. Kilómetros y kilómetros de caminos pavimentados que permiten recorrer toda la ciudad con un cochecito de golf o una bicicleta. Buena comida, también. Echaré de menos ir a comer al *bistro* de Pascal. Ese sitio era mi favorito...

—No me refería a eso —la interrumpió él en un tono irónico que casi acaba con su paciencia.

Gabrielle se cruzó de brazos.

—Simplemente era un lugar para vivir donde me sentía a salvo. No existe ninguna razón especial que tenga que ver con el espionaje, si es eso lo que estás insinuando. No conozco a nadie más que a mi casero, a quien casi nunca veo. —Se sentó más erguida—. Dios mío. Harry iba a pasar por allí este fin de semana. ¿Qué pasa con el cuerpo de Baby Face?

—A estas alturas ya no quedarán ni cuerpos ni coches en su propiedad. ¿Qué le contaste a Baby Face?

—Nada.

—¿Y qué te dijo él exactamente?

—Que la Brigada Antidroga quería hablar conmigo sobre... —Se esforzó por recordar lo que le había dicho, tratando de compartir solamente lo que Carlos ya sabía—. Sobre Durand Anguis, pero no sé por qué.

—Entonces Baby Face te siguió el rastro electrónico...

—Un golpe de suerte. —Ella se burló y luego frunció el ceño. Había reconocido demasiado.

—La verdad es que no cometiste ningún descuido —le aseguró él.

No quiso responder, puesto que él captaba hasta el mínimo detalle de lo que decía y de sus reacciones.

—De verdad —continuó él—. Nosotros sabemos que tú eres Espejismo. Baby Face tiene un cerebro electrónico con fuentes alrededor de todo el mundo. Él siguió tu rastro, y lo mismo hizo mi gente. No sabemos quién más habrá estado cerca de localizarte. —Carlos guardó silencio un momento, y luego añadió—: Tienes suerte de que te encontrara cuando lo hice.

Gabrielle no podía discutirle ese punto. ¿Cómo la habrían encontrado esos dos grupos?

Al responder a aquel último mensaje sobre Mandy proporcionó información a alguien que estaba esperando un segundo mensaje. Gabrielle se lo procuró. Fue entonces cuando Baby Face y el grupo al que pertenecía Carlos debieron de descubrir que el mensaje había rebotado desde Peachtree City a Rumanía y a Rusia antes de llegar a varias direcciones de Reino Unido y Estados Unidos.

Ella apostaba a que el mensaje de emergencia que había recibido sobre Mandy había sido enviado por Baby Face o por el grupo de Carlos.

Un error estúpido, pero volvería a poner su vida en peligro de nuevo por salvar a una niña.

Carlos había aparecido a tiempo para protegerla de las manos de Turga, pero su gratitud iba a desintegrarse si descubría que su gente había colgado aquel mensaje sobre Mandy la otra noche.

Si descubría que su grupo la había hecho caer en una trampa, dejándola expuesta a personas como Durand.

Hasta que ella supiera qué era lo que quería Carlos y para quién trabajaba, no podía permitir que su actitud o su naturaleza protectora continuaran nublando su capacidad de juicio.

—Entonces ¿de dónde obtienes tu información? —volvió a preguntar él.

Ella se encogió de hombros.

—De Internet, ¿de dónde si no?

El bufido que él soltó se transformó en una carcajada.

—No me lo creo. No me creo nada. Has pasado información a la CIA, el MI5 o el MI6, la Interpol, el FBI y un montón de otros grupos que no puedes haber encontrado por azar en Internet. Escoge otra respuesta.

Ella no pensaba hablarle acerca de los socios de Sudamérica que la habían mantenido informada durante los últimos cuatro años. Contactar con Ferdinand y su hijo para ayudar con el secuestro de Mandy había sido un riesgo después de todos los problemas que tuvo que pasar para asegurar la protección de los hombres que la habían informado.

Una calle electrónica de dirección única. Tomar la iniciativa para contactar con ellos primero abrió un canal que alguien podía rastrear.

Por favor, esperaba no haber puesto a Ferdinand y a su hijo en peligro por romper el protocolo, pero sin esa información no habrían encontrado a Mandy.

¿Habrían localizado a la joven? ¿A alguien le importaba, incluyendo a Carlos y su grupo, lo que le ocurriera a Mandy?

¿Estaba realmente la joven a salvo después de todo aquello? Hasta donde Gabrielle podía ver, todo el mundo estaba mucho más interesado en los contactos de Espejismo que en ninguna otra cosa.

Pero preguntarle ahora a Carlos acerca de Mandy no haría más que confirmar lo que él estaba tratando de pescar.

No revelaría sus contactos en Sudamérica, por mucho que los socios de él la amenazaran. Por favor, que Dios le diera fuerzas para conservar esa convicción aun bajo tortura.

En su mente vagaron pensamientos inconexos.

El sueño la arrullaba como un amante. Dejó caer los párpados.

Carlos apretó los dientes por el latido que sentía en las sienes. No tenía ningún interés especial que discutir con ella precisamente ahora, sabiendo que Gabrielle respondería a todas las preguntas de BAD en su cuartel mañana. Necesitaba que continuara hablando hasta que llegaran cerca de su refugio seguro en Hiawassee, luego podría abandonarse al sueño mientras él conducía hasta la cabaña.

De otro modo, tendría que dar un rodeo alrededor de la zona hasta que ella se durmiera de nuevo. O vendarle los ojos y atarle las manos, que era algo que realmente no quería hacer.

La miró de reojo. El cansancio se reflejaba en sus asombrosos ojos, que eran de un peculiar tono a veces azul y a veces violeta.

Incluso a un observador avezado le costaría determinar su edad exacta. No llevaba maquillaje y podía tener perfectamente veintipocos años o andar cerca de los treinta. Algunos cabellos sueltos se le escapaban de la melena morena que había sujetado sobre su cabeza con una pinza y ahora le caía en mechones despeinados a lo largo del cuello. Su rostro ovalado no haría que todas las cabezas de una habitación se volvieran a mirarla, pero sin duda algunas miradas masculinas se mostrarían persistentes y sopesarían sus posibilidades.

¿Ella era el informante que había accedido a los sistemas de comunicación de agencias de espionaje internacional?

Ahora tenía demasiada presión en la cabeza, así que sería mejor interrogarla al día siguiente.

Gabrielle frunció levemente el labio inferior, de un rosado intenso, como si estuviera pensando. Apoyó un codo contra la ventanilla y asomó la cabeza, luchando por mantenerse despierta, probablemente tratando de imaginar adónde iban, mientras Carlos pensaba en cómo mantener su refugio en secreto.

La manta se le deslizó de los hombros y cayó alrededor de su cintura. Sus holgados pantalones grises y su camiseta extremadamente grande desde luego no ocultaban todas las curvas de su cuerpo.

Especialmente por la camiseta húmeda, que se pegaba a sus pechos.

Carlos sintió un movimiento dentro de sus pantalones y frunció el ceño ante aquella reacción tan puramente masculina. No era el momento de que su cuerpo le recordara que llevaba demasiado tiempo sin un desahogo.

Puso la calefacción un poco más alta a pesar de que el calor le daba también a él ganas de dormir, pero podría mantenerse despierto durante otra media hora.

Ella parpadeó varias veces hasta que se quedó dormida.

Cuando su respiración adquirió un ritmo constante, Carlos salió de la carretera principal.

La suave respiración de Gabrielle llenaba el silencio del coche. Él se inclinó hacia ella para subirle la manta hasta los hombros. La necesidad urgente de que estuviera a salvo zumbaba con tanta fuerza como las balas lanzadas por el aire momentos atrás.

Una urgencia que entraba en conflicto directo con el trabajo que tendría que hacer en el cuartel.

Pero al menos durante aquella noche estaría a salvo de todos.

Al acercarse al camino de entrada de la cabaña, accionó un botón del reposacabezas que abría la verja eléctrica. Entró lentamente, asegurándose de que la verja se cerrara tras ellos.

Ya en la casa, condujo relajadamente por el camino circular mientras levantaba un control remoto de la consola que había entre los asientos y apretaba una serie de tres botones. Si hubiera recibido cualquier tipo de señal de alarma habría continuado por el camino circular para marcharse inmediatamente.

Todo despejado.

En cuanto el coche estuvo metido en el garaje, Carlos cerró la puerta y dejó allí a Gabrielle mientras él abría la casa. Revisó cada habitación, luego volvió junto a ella y abrió la puerta del coche lentamente para cogerla. Le desabrochó el cinturón y la levantó en brazos, gruñendo al sentir una punzada de dolor en el antebrazo y en un costado. El rasguño de la bala y el corte con el vidrio necesitarían unos puntos aquella noche.

La llevó hasta el dormitorio principal, donde ya había preparado las mantas al entrar la primera vez. Ella no se despertó cuando él le quitó las zapatillas de deporte y los pantalones de chándal, que ya estaban secos. Al levantarle la parte de arriba vio que llevaba una prenda interior de seda, así que le quitó también la camiseta.

Se acurrucó formando una bola de piel suave, un seductor conjunto de ropa interior de color rojo de encaje y una camisola de seda a juego.

¿Cómo era posible que una mujer con aspecto de bibliotecaria llevara una ropa interior tan provocativa? Ahora venía el momento de considerar cómo vigilarla durante la noche.

Podía dormir sin estar atada mientras él estuviera despierto, pero necesitaba dormir, y después de tantas horas en pie, caería como un tronco en cuanto su cabeza tocara la almohada.

Lo más seguro sería sujetarle las manos y los brazos a cada esquina de la cama, especialmente si en el transcurso de la noche irrumpían guardias para llevársela en custodia.

La visión de ella atada con los brazos y piernas en cruz y aquella ropa interior de encaje rojo pasó como una ráfaga por su mente despertando consecuencias en sus entrañas.

Y aquel beso todavía permanecía en sus labios y en su mente.

Realmente tenía que aclarar sus pensamientos sobre ella, comenzando por no pensar en su boca... ni en su sujetador.

Carlos la cubrió con las mantas para evitar toda tentación.

Si bien la información que ella había compartido por vía electrónica los había conducido hasta Mandy, también era cierto que nunca había conocido a un informante que simplemente hiciera de buen samaritano, sin esconder motivos ocultos. Los informantes siempre querían algo y no podía confiarse en que su lealtad no se entregara al mejor postor.

Así que había que pensar en ella como enemiga.

Volvió a mirar su dulce perfil y lamentó tener que sujetarla a la cama, pero si la dejaba libre huiría en cuanto viera la primera oportunidad.

No tenía elección. Aunque a ella no le gustaría.

Demonios, a él tampoco le gustaba.

La cabeza le dolía demasiado para tomar una decisión más, así que Carlos sacó una moneda de veinticinco céntimos de su bolsillo y la lanzó al aire.

Capítulo 7

Durand se arrodilló sobre una manta de lana para no mancharse sus pantalones de vestir negros. Levantó el rifle de francotirador L96A1, colocándolo contra su hombro, y enfocó el punto de la mira telescópica en la cabeza del blanco de un metro ochenta y cinco de altura que tenía a unos doscientos metros. El viento se deslizaba a través de los árboles a cada uno de sus lados, creando una parcela de alivio en aquella calurosa tarde que ya habían anunciado los hombres del tiempo, con una temperatura superior a los treinta grados en las cercanías de Caracas.

Como si el otoño en Venezuela no hubiera sido siempre caluroso.

La hierba, que le llegaba hasta los tobillos, se extendía entre él y el blanco, que parecía minúsculo contra el horizonte de imponentes montañas que tenía detrás. Tan vulnerable. Cuando su respiración se hizo más lenta hasta volverse superficial, Durand apretó suavemente el gatillo.

La explosión atravesó el campo vacío e hizo eco contra la pared de estuco de tres metros de altura que había detrás de Durand. Un fuerte olor a azufre invadió el aire. La cabeza de su blanco estalló y piezas de arcilla volaron en todas direcciones.

Detrás de él se hizo un brindis.

Durand sonrió, y luego se volvió para hacer una teatral reverencia a su público, cuatro soldados de elite de Anguis, que él había escogido para entrenar con los nuevos rifles. Llevaban una variedad de trajes de camuflaje para la jungla, pantalones militares negros, camisetas oscuras y camisas de camuflaje sin mangas. Sus edades iban desde los veintipocos hasta los treinta bien entrados, y a ninguno de ellos le sobraba ni un gramo de grasa.

—Simplemente he comprado lo mejor para vosotros —dijo Durand suavemente ensanchando su sonrisa—. Y a cambio espero recibir también lo mejor. ¿Entendéis?

Ellos respondieron con un sonoro «sí», todos confirmando que lo habían entendido. Más que eso, sus ojos brillaban con respeto hacia él. Durand constantemente demostraba a sus hombres que él era un líder astuto y con visión. Un hombre que ponía la familia por encima de todo lo demás y que trataba a sus soldados como si fuesen su familia.

Un hombre que merecía una lealtad absoluta y que no se conformaría con menos.

—Vosotros sois los mejores, mis tiradores más excelentes —les dijo, observando cómo cada hombre recibía su elogio en silencio. Les hizo un gesto señalando una fila de mesas donde había expuestos rifles, escopetas, silenciadores, munición y más. Todo lo que un tirador necesitaba—. Escoged vuestras armas y empezad a entrenar.

Con frecuencia hablaba inglés en su barracón para guiar con el ejemplo. Cuanto más entendiera un hombre fuera de su campo, tanto más formidable sería como oponente.

Durand dejó que sus hombres bromearan y rieran mientras escogían las armas y accesorios, como chiquillos a los que se les da rienda suelta en una tienda de juguetes. Se dirigió a grandes pasos hacia la parte trasera de su recinto privado, cercado por una pared de un amarillo mantequilla construida a juego con la hacienda que protegía. Sobre la reja de hierro forjado de color negro había una cascada de flores de buganvilla que perfumaba el aire cálido. Un arquitecto de paisajes había diseñado los jardines de rocas con plantas tropicales que cubrían la base exterior y ocultaban los alambres usados para detener a los intrusos.

Pero el exterior no era nada comparado con la maestría del paisaje en el interior de la fortaleza.

Ante la puerta de roble en forma de arco que permitía el acceso a la parte trasera, había dos guardias con camisas y pantalones color caqui que llevaban rifles de asalto ya preparados. El mayor de los dos hombres bajó el arma para abrir la ornamentada puerta, con volutas talladas, que escondía un sólido corazón de acero.

—Hola, Ferdinand. ¿Qué tal está la rodilla de tu hijo? —Durand se detuvo antes de cruzar el umbral de la puerta. El soldado de pelo gris había acudido a él muchos años atrás en busca de ayuda. La esposa de Ferdinand necesitaba cuidados médicos que Durand le proporcionó durante seis meses, pero su cáncer resultó estar muy avanzado, y murió.

—Todavía usa el... —Ferdinand arrugó la frente con actitud muy concentrada— bastón.

—¿Muletas?

—Sí. —Ferdinand suspiró y se limpió el sudor de la frente con un pañuelo de algodón. Sus cincuenta y ocho años de vida habían esculpido líneas profundas en su frente y alrededor de su boca que se levantaban con una sonrisa cada vez que hablaba de su hijo.

Durand era solo seis años más joven y de la misma altura que Ferdinand, que medía un metro ochenta y estaba todavía fuerte para un hombre de su edad. Pero las similitudes acababan ahí, porque el tiempo había causado estragos en el rostro de Ferdinand. Durand era todavía un hombre viril y atractivo. Mantenía su cuerpo en forma y llevaba su melena plateada atada en una coleta con una cinta de cuero. Las mujeres admiraban su fuerza tanto como sus socios de negocios respetaban su poder.

Ferdinand se encogió de hombros.

—Ya sabes que un joven es demasiado orgulloso como para pedirle ayuda a su padre, pero yo se la doy de todas formas. Le digo que trabajar en la casa de empeños cuando salgo de aquí es mejor que estar en casa sin hacer nada. Estará mucho mejor dentro de unos días.

Durand frunció el ceño ante aquel hombre que tenía que trabajar todo el día para él y todas las noche y fines de semana para su hijo.

—Puedes disponer de esta semana para ayudarlo, ya volverás el lunes que viene.

Ferdinand negó con la cabeza.

—No, don Anguis. Hago mi trabajo.

Durand le dio unas palmadas en el hombro.

—Vete, viejo amigo. Eso es lo que quiero. Cuando tu hijo esté mejor, dile que venga a verme. Puede hacer más aquí que en la casa de empeños, ¿verdad?

—Sí. —Ferdinand tragó saliva, y luego asintió—. Gracias. Se echó hacia atrás y sostuvo la puerta abierta.

Una vez dentro, Durand avanzó a lo largo del camino de piedra pavimentado que serpenteaba a través de los jardines en gradas. Casi una hectárea de paraíso. Nada que ver con el roñoso rancho donde había crecido. Tres de sus cinco jardineros recortaban setos, daban forma a las buganvillas y plantaban flores frescas. A Celine, su última novia, le gustaba que siempre hubiera algo floreciendo.

Era un pequeño precio que pagar para lo que podía hacer con esa boca.

Había guardias en cada esquina de su hacienda de más de novecientos metros cuadrados, un magnífico telón de fondo estucado de dos pisos que daba a la piscina que se extendía a lo largo de su hogar de diseño mediterráneo. En el centro del piso inferior había dobles puertas de cristal abiertas. Fuera, su hermana empujaba la silla de ruedas de su hijo Eduardo, para llevarlo bajo un toldo cercano a un estanque con forma de riñón con raras especies de peces que Durand había seleccionado personalmente.

Comenzaba cada día bebiendo café sentado ante el estanque, contemplando los peces. Le resultaba relajante.

María insistía en que su hijo necesitaba una dosis diaria de sol.

Durand siguió su camino, pero sus ojos se detuvieron en el cuerpo hinchado de un pez muerto medio escondido bajo las hojas de un nenúfar. Era su favorito, escarlata y blanco, y lo había criado desde que era del tamaño de un renacuajo.

Se detuvo cerca del estanque y cerró la mano en un puño.

—¿Qué te pasa, Durand? —le preguntó María.

—Nada —respondió él—. No pasa nada. —Relajó los dedos y decidió que le diría a Julio que se ocupara de eso. Sus botas hicieron ruido contra las baldosas de cerámica pintadas a mano que cubrían el perímetro de cemento de la piscina mientras se acerca a la pareja. Su sobrino levantó la cabeza y tras ver a Durand apartó la mirada.

Aquel chico era un desastre. Durand lamentaba que Eduardo llevara el tatuaje de soldado de Anguis con la cicatriz de un pariente de sangre. Su vida estaba llena de cosas que lamentaba, tales como Alejandro, que se había alejado de la familia en vez de aceptar el lugar que le correspondía.

Preguntó a su hermana:

—¿Confirmaste tus planes? —El calor le pasaba a través de la camisa de seda por el sol que le daba en la espalda. ¿Por qué su hermana protegía a Eduardo bajo el toldo si necesitaba sol?

—Sí, nosotros... —comenzó a responder su hermana.

Durand la interrumpió sacudiendo la cabeza.

—Por favor, María, en inglés.

Ella frunció los labios, pero luego se dominó y se apresuró a asentir con la cabeza, adoptando una máscara en el rostro. Nunca había sido una belleza, pero no carecía de atractivo aunque ya tenía cuarenta y ocho años. Le llegaba a Durand a la altura de los hombros y tenía una figura que a cualquier hombre le gustaría si ella les permitiera tener una cita. Él había dado permiso a unos cuantos hombres, pero ella rechazaba cualquier invitación.

«Dios mío.» Durand odiaba que sus hombros se curvaran en actitud de sumisión. Era su hermana pequeña. La quería. No toleraba ninguna insolencia por parte de sus hombres, pero jamás levantaría una mano contra ella.

—Lo siento. —Ella apoyó una mano en el hombro de su hijo—. Sí, todo está confirmado. Nos marchamos el jueves.

—¿Cómo estás hoy, Eduardo? —preguntó Durand por deferencia hacia María. El chico podía con sus nervios.

—Bien. —Eduardo era paralítico desde que había sufrido un accidente en su adolescencia y solo podía usar la parte superior de su cuerpo. Podía levantar la cabeza y mirar a su tío a los ojos, pero no lo hizo.

Durand suspiró. Había construido la piscina pensando en que el chico pudiera estar en la silla de ruedas en un extremo, pero Eduardo se negaba a meterse en el agua.

—¿Necesitas que haga algo por ti? —María nunca fallaba a la hora de apartar su atención de Eduardo, siempre haciendo de mamá protectora.

Como si creyera que su propio hermano fuera una amenaza.

—No. —Se rascó la barbilla con aire preocupado—. Tengo que hablar con Julio.

—Lo vi en su oficina cuando no estabas.

El sudor le corría por el cuello abierto de su camisa de seda. Durand se despidió hasta la hora de la cena.

En el interior de la hacienda se encontró con Julio en el vestíbulo del segundo piso.

—¿Me estaba buscando, patrón?

—Sí. Tengo un encargo para ti. —Durand le explicó lo del pez muerto, y terminó con la frase «encuentra a Tito, el cuidador del estanque, y mátalo».

Julio asintió, pero antes de irse, comentó:

—Ha llamado el italiano para decir que estaba de camino y que llegaría en unos quince minutos.

Durand despidió a Julio y se dirigió a su oficina. Aquella reunión determinaría si él y Vestavia continuarían siendo socios. Se acomodó en su sillón de cuero detrás de su escritorio de madera barnizada. Acababa de terminar una llamada cuando oyó unos pesados pasos acercándose.

—Mis socios no están contentos. —El italiano bajo y fornido entró en su oficina con un arrebato de ira. Unos pocos centímetros más alto que Durand, Vestavia no era un hombre enorme, pero sí fuerte como un toro.

—Espero mejores modales en mi hogar —le advirtió Durand. De hecho, a pocas personas se les permitía poner el pie en sus tierras del centro de Venezuela. Y todavía eran menos las invitadas a entrar en su recinto.

—¿Quieres mejores modales? Dame mejores resultados. —Vestavia le dirigió una mirada inflexible desde el otro lado del escritorio. Las gafas de borde negro que llevaba parecían propias de un contable, y no de alguien con una mole de cuerpo y un traje sastre diseñado para los salones de reuniones de Nueva York. El cabello de corte encrespado y color castaño hacía pensar en los vaqueros americanos.

—Por favor. —Durand señaló el humidor de madera de su escritorio y silenciosamente animó a su invitado a escoger uno de los diez puros más exquisitos del mundo.

En lugar de responder, Vestavia sacó un puro OpusX y lo olisqueó con la intimidad con la que olería a una amante. Usó un cortapuros grabado del escritorio, encendió el puro y tomó asiento en una de las sillas de cuero.

Mientras su invitado se acomodaba, Durand hacía girar un estilete entre los dedos. Vestavia debería respetar a sus mayores; debía de rondar los cuarenta años. El respeto era una cuestión de deber.

—Los dos hemos sufrido pérdidas. —Durand apretó los labios en una sonrisa tirante. Aquel hombre, Vestavia, había compartido poco acerca del misterioso grupo al que representaba. Pero el dinero y las conexiones con los bajos fondos que había puesto sobre la mesa eran demasiado sustanciosos para ser despreciados—. ¿Crees que me complace haber perdido a mis mejores hombres?

—Tú me aseguraste que podía llevar a cabo este proyecto —le rebatió Vestavia.

—Y tú me aseguraste que podrías localizar a Espejismo.

Vestavia guardó silencio, sus labios no se movieron hasta que sacó por la boca una bocanada de humo.

—Localizamos al informante. Descubrimos...

—Puede que hayáis localizado al informante, pero no lo tenéis. Disculpa que te interrumpa, pero creo que yo sé más que tú acerca del resultado. —Durand colocó el estilete sobre el escritorio y él mismo seleccionó un puro del humidor.

Eso produjo un breve destello de preocupación en la mirada de Vestavia, que se disipó muy rápidamente. Soltó aliento, observando a Durand con los ojos de un ave de presa en espera del momento perfecto para atacar.

—Continúa.

—Según tengo entendido, Baby Face encontró una conexión, y yo asumí que era debido a alguna ayuda que debéis haberle dado, ya que toda mi gente asegura que Espejismo no podría encontrarse sin acceso a ordenadores muy especiales. —Durand hizo una pausa hasta que Vestavia asintió débilmente con la cabeza—. Yo también tengo hombres que están buscando a ese informante. Todo el mundo que tenga un ordenador y un arma y se halle a cualquiera de los dos lados de la ley está buscando a Espejismo. Baby Face era brillante, pero su ego se convirtió en un lastre. En la red se puso a alardear sobre lo que él llamaba «darle duro al filón de oro» o algo así. Eso permitió que Turga oliera el trato y le costó la vida a Baby Face.

—¿Quién es Turga?

—Un viejo socio que lamentablemente no celebrará su próximo cumpleaños. Es lo que probablemente tú considerarías un cazador furtivo, alguien que aparece en el último momento para llevarse el premio y subastarlo al mejor postor. Tenía entendido que era muy difícil matarlo, pero resulta que está muerto. El piloto de su helicóptero fue el último en verlo con vida. Le contó a mi gente que Turga capturó a un hombre y a una mujer que habían escapado de Baby Face. Ese piloto viene de camino para encontrarse conmigo. Mañana tendré un retrato robot del hombre y de la mujer a través de su descripción.

El rostro de Vestavia no se alteró en ningún momento, sus ojos permanecieron tan inexpresivos y tan fríos como la primera vez que Durand lo había conocido. Pero la visión de futuro de aquel hombre —o más bien la visión de su organización—, era excepcional, un mundo donde la familia Anguis prosperaba y gobernaba en Venezuela, y luego en toda Sudamérica.

Si es que él y Vestavia llegaban a forjar una confianza mutua.

—Entonces los dos estamos decepcionados, ¿verdad? —continuó Durand.

—En cuanto a Mandy, mis hombres hicieron su trabajo. Fue entregada a la casa a tiempo, pero un equipo de operaciones militares, vestidos de negro, hicieron una emboscada a mis hombres. Descubriré quién estaba detrás del ataque.

—Te será muy difícil hacer eso con todos tus hombres muertos.

—La verdad es que no. Nunca envío a mis hombres a una nueva operación sin vigilancia.

—¿Qué quieres decir?

—Envié a Julio, mi soldado de mayor confianza, a la cabeza del equipo. Nadie sabía que estaba dentro de la casa. Entró antes de que llegaran los demás y usó pequeñas cámaras conectadas a un terminal en el sótano, donde él estuvo todo el tiempo.

Vestavia se inclinó hacia delante, tenso.

—¿Por qué enviaste a un espía?

—Soy un hombre precavido.

—No. —Vestavia movió la cabeza lentamente de un lado a otro—. Creo que no confías en mí, lo cual me parece ofensivo.

Durand sonrió.

—Lo que está en juego entre nosotros es la confianza, ¿verdad? No te conozco desde hace mucho tiempo. ¿Qué tipo de líder sería si no me aseguro de que exista una manera de que paguen quienes han hecho una emboscada a mis hombres? —Durand dio una calada a su puro y exhaló el humo formando círculos en el aire—. Usar a Julio fortalece a mis hombres. Les digo cosas acerca de sus misiones que ellos creen que yo no puedo saber. Eso les infunde respeto. Verás, el respeto es como la confianza, se tiene que ganar.

Vestavia era uno de esos hombres que irradiaba poder en silencio.

Pero Durand no se dejaría intimidar, ni siquiera por un hombre cuyo dinero, contactos y poderosa organización podría ayudarle a poner a la familia de Salvatore a sus pies. Pronto él tendría la garganta de ese cerdo chivato llamado Espejismo en un puño y los cojones de Dominic Salvatore en el otro.

Pero mientras tanto, Durand no quería que Vestavia se convirtiera en su enemigo.

—Te proporcioné proyectos para que obtuvieras un mejor perfil de Espejismo —le recordó Vestavia en un tono conciliador que Durand prefirió considerar sincero—. El secuestro de Mandy fue organizado solo para que tú tuvieras la oportunidad de ver a Espejismo más expuesto, dado que el informante parece tener un interés particular cuando hay involucrada una mujer y el grupo de Anguis.

—Es cierto, pero nuestro trato no es unilateral —recordó Durand con prudencia—. Mis hombres han cometido dos atentados exitosos contra la vida de nuestro ministro del Petróleo haciendo ver que era la familia Salvatore quien estaba detrás de los ataques. Matar al ministro del Petróleo habría sido mucho más simple que fingir hacerlo. No quiero al gobierno de Venezuela llamando a mi puerta. Admito que me hace feliz tener cogido por los huevos a Salvatore, pero esos ataques fueron muy arriesgados. ¿Cuál es el propósito?

—Yo no le doy explicaciones a nadie —avisó Vestavia.

Durand reprimió las ganas de estrangular a ese hombre. Mostrar ira era un signo de debilidad.

—Solo sugiero que si entendiera tu razonamiento podría dar mayor apoyo a tu causa, ya que estoy al corriente de todo lo que pasa en Venezuela.

Vestavia se lo pensó un momento antes de hablar.

—Mi organización está bastante satisfecha con los resultados hasta el momento, pero es un imperativo que la presión suba. Estados Unidos está bajo escrutinio por su intento de asociarse secretamente con la producción de petróleo respaldada por el gobierno de Venezuela.

—Los dos candidatos a la próxima presidencia de Estados Unidos se oponen a financiar un trato con Venezuela para producir más petróleo. Ambos apoyan la plataforma que defiende que Estados Unidos debe convertirse en un país más verde porque eso anima a los votantes. La prensa ha hecho correr rumores de que uno de los dos partidos políticos está financiando a Salvatore para que asesine a nuestro ministro del Petróleo. Nadie puede saber si los demócratas están detrás de los ataques para demostrar que los republicanos tratan de asociarse con un país inestable para conseguir petróleo en lugar de seguir una política ecológica, o si son los republicanos quienes están detrás de todo este plan para producir pruebas de que los demócratas urdieron los ataques con el objetivo de sembrar el terreno para un cambio radical hacia una política verde.

—¿De qué manera encaja Salvatore en tus planes? —Durand se echó hacia atrás, con los brazos tendidos sobre su silla. Una postura que transmitía seguridad.

—Según parece, el cártel de Salvatore está cruzado de brazos hasta que las elecciones hayan acabado, para ver si un golpe de estado derroca efectivamente al gobierno. Si es así, será entonces cuando descubramos si la nueva administración de Estados Unidos efectivamente llega a un acuerdo sobre el petróleo con Venezuela. Salvatore puede ser un impedimento en los planes del ministro del Petróleo o tal vez los dos lleguen a aliarse para llegar a un acuerdo que asegure que la producción industrial de petróleo quede protegida de los ataques de los rebeldes a cambio de que los barcos cargados de droga de Salvatore circulen a salvo.

—Sí, sí, estoy informado a través de mis contactos. —Durand apoyó su puro en el borde de un cenicero de cristal. Salvatore había sido un obstáculo para sus planes durante muchos años—. Me tiene sin cuidado lo que Estados Unidos pague por un barril de petróleo o las elecciones presidenciales de la próxima semana. Estoy preocupado por el futuro de Anguis y creo que podemos ayudarnos el uno al otro. —Dejó que eso hiciera mella.

Vestavia había acudido a Durand. Y no al revés.

Cuando su invitado no hizo ningún comentario, Durand repitió:

—Los dos hemos sufrido una pérdida en Francia. La cuestión es cómo nos recuperamos de nuestras pérdidas. Alguien pagará por la mía. Si trabajamos juntos, podemos resarcirnos y dar un ejemplo a los demás para que no interfieran otra vez.

—Nadie que me joda vive para jactarse de ello. —La frialdad brutal que había en la voz de Vestavia habría congelado una brasa ardiente.

—Entonces trabaja conmigo para descubrir a esos hombres que han matado a los míos y se han llevado a Mandy, porque juntos los descubriremos.

—¿Estás seguro de la lealtad de Julio?

¡Dios! Aquel hombre haría mejor en saber el agravio que acababa de hacerle. Durand sonrió.

—Julio era la única persona que tenía de antemano la información sobre la casa y yo apostaría la vida por la lealtad de mi primo. La sangre lo significa todo en mi familia.

—¿Consiguió buenas fotos de esos hombres vestidos de negro?

—Julio las está revelando ahora.

—Envíame lo que tengas y pondré a mi gente a identificarlos. —Vestavia había dicho más de una vez que tenía recursos ilimitados.

Durand asintió educadamente, pero no compartiría fotos ni ninguna otra cosa significativa hasta que pudiera tachar el nombre de Vestavia de la lista de sospechosos de la emboscada.

—Alguien le pasó muy rápidamente a Espejismo la información sobre el secuestro —señaló Vestavia—. Parecería que hay un infiltrado dentro de tu grupo.

—Tengo gente trabajando en eso, pero tú también tienes un problema —señaló Durand con voz tranquila. Reprimió una sonrisa al ver el ceño fruncido de su invitado—. Mis hombres no supieron adónde iban a llevar a la chica hasta que no estuvieron en la ruta, y puesto que todos ellos fueron asesinados, ¿no es lógico presuponer su inocencia?

Durand hizo una breve pausa para dar una calada a su puro, saboreando en la boca el intenso tabaco. Exhaló el aire y dijo:

—Antes de acusarme de fracaso, deberías explicarme cómo es posible que alguien supiera la localización de la casa. Habían transcurrido menos de once horas desde que llegaran mis hombres cuando apareció el equipo de elite que los mató. ¿Cómo es posible que el informante obtuviera esa información tan rápido?

Vestavia tardó más de un minuto en responder, alzando sus delgadas cejas marrones.

—Si hay alguien infiltrado en mi organización lo encontraré y me encargaré de él. Pero si descubro que alguien de tu bando nos ha traicionado, mis socios esperarán esa cabeza o la tuya. Y estoy hablando literalmente.

Durand sonrió con actitud conspiradora.

—Si algún conocido mío mató a mis hombres, uno de los cuales era mi hermano menor, tendrás su cabeza y otros pedazos... una vez haya acabado con él. Sin embargo, no podrás tener la mía. Y si se tratara de uno de los tuyos, ofrezco a cambio la misma cortesía.

—Me parece bastante justo. Mientras tanto, continuaremos como planeamos. Entrevistaré a Espejismo personalmente en cuanto lo hayamos capturado.

Durand movió un dedo de un lado a otro.

—Nada de eso. Espejismo es mío. Quiero que me lo entreguen con vida.

Vestavia gruñó, sin expresar acuerdo o desacuerdo, y cogió su maletín. Sacó un sobre grueso de papel manila.

—Tu próximo contrato.

Durand no se movió para coger el paquete.

—No hablo en broma sobre ese informante.

—Está bien. Con vida. No prometo nada sobre las condiciones del cuerpo.

Durand tomó el paquete y lo abrió. Sacó una fotografía.

—Otra chica. No hay problema.

—Tal vez, pero me parece que esta no resultará fácil de manejar.

Durand examinó a la chica y se preguntó de nuevo cuál sería el propósito de Vestavia con los adolescentes, pero su alianza con aquel italiano tendría mejores resultados con menos preguntas.

—¿Cuánto tiempo tenemos? —Durand levantó la foto a la altura de la vista. Guapa, pero nada excepcional.

—Dos días. Mandy fue un proyecto lateral, pero a esta chica la necesitamos ahora. No puede haber fallos.

Vestavia levantó su maletín y se dio la vuelta para marcharse.

—Te conviene mucho encontrar al chivato antes de que me haga con esta chica —le advirtió Durand tranquilamente.

Vestavia se detuvo, respirando despacio durante el largo silencio.

—Amenazarme no es una buena idea.

—Solo te ofrezco un incentivo para que te muevas tan rápido como esperas que lo haga mi gente. Si no localizas antes a Espejismo, estarás en deuda conmigo, ¿entiendes?

Vestavia salió sin decir ni una palabra más.

Durand dejó su puro. Aquella nunca sería una alianza fácil, pero las alianzas verdaderamente fuertes siempre requieren esfuerzo y diplomacia. Apretó el botón de radio de su teléfono móvil y llamó a Julio, que respondió inmediatamente.

Durand le preguntó:

—¿Cómo van las fotos del castillo?

—La mayoría regular, pero hay una que no está mal. Creo que es del hombre que estaba al mando del equipo.

—Tráeme todas las fotos ahora.

—Sí. Ya voy.

Capítulo 8

*G*abrielle se acurrucó en busca de calor, abrazando la almohada. La tela tenía un olor tan... ¿masculino?

Mantuvo los ojos cerrados, permitiendo que su mente se agudizara mientras reunía la energía necesaria para salir del profundo sueño al que tenía tentaciones de entregarse.

Cuando pudo realmente procesar la información, se dio cuenta de que la almohada no era suave en absoluto. Era una superficie dura y esculpida.

La pasada noche... iban en coche hacia alguna parte... y de repente ella volvió a caer en un sueño profundo.

Carlos le había estado hablando. ¿Cuándo salieron del coche? Movió el rostro arriba y abajo y la superficie esculpida comenzó a levantarse lentamente.

Sus sentidos despertaron de forma inmediata. No podía estar donde creía que estaba... ¿colocada encima de él?

Gabrielle abrió los ojos, miró hacia el lado izquierdo de su cuerpo y descubrió que por lo menos llevaba ropa interior. Estaba desvestida. No era aceptable, según sus reglas, pero no creyó que hubiera ocurrido nada. Levantó la cabeza lentamente para sopesar sus posibilidades de deslizarse fuera de la cama sin que se notara.

Cero.

Unos ojos marrones en estado de alerta la observaron desde una cara afeitada y tan seductoramente masculina que ella no pudo apartar la mirada. Estaba apoyada sobre el pecho de Carlos, abrazándolo como a un amante, y temerosa de moverse o de hablar.

¿Cuándo había sido la última vez que había estado en esa posición?

Tanto tiempo atrás que ni siquiera podía recordarlo, y nunca con un hombre cuyo cuerpo tuviera el poder de deshacer de aquella manera su materia gris. Él estaba apoyado contra varios almohadones, con el brazo derecho detrás de su cabeza, examinándola con una mirada muy tranquila, que no tenía nada que ver con el rostro letal del que ella había sido testigo el día anterior.

Un brazo fuerte la rodeó y sintió que una mano le frotaba la espalda, lenta y suavemente. Tenía que salir de esa cama, despejar su cabeza y descubrir en qué asunto estaba metida.

Pero los dedos de él acariciaban suavemente sus músculos tensos, derritiendo su cuerpo. Los músculos de sus miembros estaban flojos y habían perdido toda su fuerza. Salir de aquel sitio le iba a suponer un esfuerzo monumental.

¿Quién era aquel maldito tipo?

Él le guiñó el ojo. Todas sus ideas acerca de reprimirlo por su comportamiento inapropiado comenzaron a flaquear.

Ella suspiró. ¿No iría contra las reglas estar en la cama con una prisionera? Los dedos de él, con su magia, desestimaron la pregunta. Debería estar despotricando contra él, pero la honestidad la obligaba a reconocer que disfrutaba de su contacto y que no estaba particularmente afligida en aquel momento.

Considerando lo que había experimentado el día anterior, aquello tampoco era tan extraño.

Carlos paró de frotarle la espalda, pero dejó su brazo curvado sobre su hombro. Continuaron en silencio. La imponente mirada de sus ojos no era más suave que el duro pecho debajo de ella. Se le movió un músculo de la mejilla.

¿Se estaría riendo de ella?

Frunció el ceño, tratando de enviarle un mensaje intimidatorio, pero tuvo la impresión de que la expresión de él fue más eficaz. Probablemente tenía más práctica a la hora de parecer intimidante.

—Estás mucho más tranquila de lo que esperaba. —Su pecho continuaba moviéndose lentamente arriba y abajo. Su aliento olía a menta. Ella advirtió la cajita de pastillas mentoladas fuertes que guardaba en el coche la noche pasada. Las guardaba también por lo visto cerca de la cama.

—¿Por qué estoy aquí? —preguntó por fin.

—Dije que te llevaría a un lugar seguro.

—No seas estúpido. Me refiero en esta cama.

—Necesitas descansar. —Sus ojos se suavizaron, divertidos—. Confía en mí. No ha ocurrido nada.

¿Por qué había sonado tan categórico? Como si él no pudiera tener ni el más mínimo interés sexual en ella.

Eso debería ser un alivio, ¿verdad?

Y probablemente lo habría sido si su voz profunda no conectara con una parte errónea de su cerebro. Esa parte consideraba perfectamente normal la idea de holgazanear en la cama con un extraño muy atractivo que la tenía secuestrada. Está bien, era cierto que de alguna manera ella confiaba en él después de que hubiera protegido su vida constantemente el día anterior, pero eso no excusaba su falta de sensatez.

El asunto era liberarse cuanto antes de aquel aprieto, no alimentar su ego permaneciendo en aquella posición comprometida.

Él inspiró hondo y la hizo incorporarse tan rápido que instintivamente se agarró a él con la mano izquierda para mantener el equilibrio.

No era el mensaje que quería trasmitirle, así que usó la misma mano para empujarlo y apartarse.

Fue entonces cuando advirtió que una tela le envolvía la muñeca derecha. Cuando la levantó para inspeccionarla, él frunció el ceño. La muñeca hizo un sonido metálico.

—Espera un momento. —Él le agarró la muñeca con la mano izquierda.

—Tú... —Gabrielle inclinó el codo hacia su pecho— ¿Me has esposado? ¡Suéltame! —Se movió bruscamente hacia atrás, pero no podía tomar impulso para incorporarse desde su posición.

Él rodó sobre ella rápidamente, poniendo su cuerpo encima.

Todo sentido del humor y toda preocupación se habían desvanecido. Su mirada negra la asombraba ahora por su silencio. Volvía a ser el hombre que el día anterior había sido capaz de matar sin vacilación.

—No empieces la mañana luchando contra mí o las cosas

no irán mucho mejor que ayer —le advirtió con una voz que sonó áspera por el sueño profundo.

Pensar. Decir algo para hacerlo retroceder. No podía procesar nada en su cerebro teniéndolo tan cerca. De repente sus ojos ardían con un calor diferente. Su mirada estaba tan cargada de excitación que ella sintió cómo sus hormonas se ponían en estado de alerta para darse un gusto de mañana tan temprano.

Ahora era ella quien no estaba pensando como una prisionera.

Carlos la estudió con un intenso interés que la hizo sentirse como si pudiera ver dentro de su mente, luego relajó la mirada. Le preguntó con voz suave:

—¿Cómo puedes tener miedo de mí después de lo de ayer?

Se esforzó por respirar a un ritmo constante: inspirar, espirar, inspirar, espirar. ¿Cuándo fue la última vez que había estado tan cerca de un hombre en una cama? ¿En cualquier parte? Ella dudaba de que alguien tan abiertamente sexual pudiera contenerse. Tragó saliva, preparándose para pedirle, amablemente, que la dejara levantarse.

Él debió de malinterpretar la acción pensando que ella todavía le tenía miedo, porque bajó la cabeza y puso esos labios cincelados tan cerca que ella casi podía probarlos.

—Confianza, ¿recuerdas?

La besó.

Ese hombre la estaba besando. Él podía dar lecciones. Estaría dispuesta a matricularse en un programa de varios cursos. La boca de él jugó suavemente con la suya, saboreándola, luego se detuvo y selló sus labios con los de él. Ella lo sintió conteniéndose, y luego un calor crudo y masculino fluyó a través del beso. Su lengua se deslizó dentro de su boca, con lentos movimientos eróticos que enviaron una oleada de lujuria en espiral a instalarse entre sus piernas.

Él hundió los dedos en su pelo, sosteniéndola.

Gabrielle se estremeció y se aferró a él con una feroz necesidad de más.

Años de esconderse y de soledad interferían con el mensaje que le enviaba su cerebro, advirtiéndole que parara.

Llevó la mano que tenía libre hasta los hombros de él para acercarlo más.

La otra mano reposaba sobre la cama, todavía esposada por la muñeca. Reparó en ella a través de la bruma erótica que nublaba su mente.

Dejó de besarlo, orgullosa de sí misma por esa proeza, ya que sus labios no querían abandonar una boca como esa.

—Deja... que... me levante —le pidió a través de los dientes apretados, tratando de recobrar el respeto por sí misma. Movió su cuerpo de atrás hacia delante para dejar claro qué quería decir «ahora».

Él murmuró una maldición frunciendo el ceño, y ella lo interpretó como una señal de que era un poco tarde. Mover las caderas estando sus cuerpos tan cerca había tenido el efecto opuesto del que ella pretendía.

Las piernas de él estaban a cada lado de las suyas, impidiéndole moverse del sitio. La única barrera que los separaba en el punto de encuentro entre sus caderas era la ropa interior de encaje que llevaba ella y los calzoncillos que llevaba él.

Y algo de una dureza impresionante.

Ella no estaba de humor para dejarse impresionar. El corazón le latía con tanta fuerza que debía de estar produciendo eco en las paredes, pero no estaba dispuesta a alimentar su ego dejándolo saber lo afectada que estaba.

—Quítaté de ahí.

Él dejó escapar un débil suspiro que vino con otra ráfaga de aliento mentolado. Se incorporó apoyándose en los codos y las rodillas, pero las piernas de ella seguían atrapadas entre las suyas.

—Cálmate. —Bajó los párpados con curiosidad—. No tengo interés en aprovecharme de ti. Anoche no tuve más remedio que encadenarte a algo. Seguías dormida boca abajo, por eso sujeté tu mano derecha a mi mano izquierda, pero me arañaste... dos veces... cuando te acurrucaste contra mi pecho.

Ella bajó la mirada hacia su hombro y vio dos marcas rojas que desaparecían por debajo de la camiseta gris que llevaba. Luego levantó la mirada hacia él. «No pienso disculparme.»

—Así que finalmente te quité las esposas y esperé a que te acomodaras y te quedaras quieta en un sitio antes de volverte a esposar de nuevo a mí.

Como ella no dijo una palabra, él continuó.

—Tú escogiste el sitio, no fui yo.

No debería sentirse incómoda por haberse colocado encima de él, pero no podía convencerse a sí misma de tomárselo con calma. Él parecía quejarse por haberse despertado con ella encima cuando en realidad la culpa era en todo caso de los dos. Llevaba tanto tiempo durmiendo sola que estaba acostumbrada a tener la cama entera para ella, y normalmente acababa encima de una gran almohada.

Además, la irritaba que él no se mostrara interesado en su cuerpo. Podría simplemente haber dicho que no iba a tocarla. Ella sabía que su cuerpo no estaba mal.

—No me des patadas, no pegues, no muerdas ni nada por el estilo o te volveré a esposar otra vez, ¿entendido? —Expresó la oferta como si fuera una orden.

Ella asintió.

Carlos se limitó a sacudir la cabeza y se estiró para alcanzar la mesita de noche. Cogió de allí una llave y liberó primero su propia muñeca. Ella advirtió que tenía una marca roja porque no se había puesto nada para protegerse.

Su muñeca en cambio estaba bien, porque él la había envuelto con una tela suave, evitando que se dañara. ¿O tal vez lo había hecho porque su muñeca era muy fina y temía que pudiera soltarse las esposas durante la noche?

Eso tenía más sentido.

Era una prisionera, y no una cita pervertida.

En cuanto estuvo libre, Gabrielle se levantó y, con cierta dificultad, se puso en pie.

Él seguía agachado sobre la cama. Su mirada la recorrió de la cabeza a los pies. ¿En qué estaría pensando?

—El baño está allí. —Hizo un gesto con la cabeza, señalando a la izquierda—. Ve allí. Te llevaré tu ropa.

Se quedó rígida al oír el tono de asco en su voz. Como si no pudiera soportar verla.

—Vamos... ¡muévete!

Gabrielle se tambaleó al dirigirse a toda prisa al cuarto de baño, pero logró mantener el equilibrio. Al oír que él soltaba una maldición se encerró en el lavabo dando un portazo. Era infantil, pero le sirvió para desahogarse.

Su cuerpo distaba mucho de ser perfecto, pero no era necesario que él se mostrara tan asqueado, hasta el extremo de ordenarle salir de su vista. Lo cierto es que debería sentirse contenta por su falta de interés, en lugar de ofendida.

Probablemente lo que más la fastidiaba era que se había dado cuenta de que él se había excitado cuando estaba encima de ella. Se negaba a sentirse mal con su cuerpo. Otros hombres la habían encontrado atractiva.

Al menos uno. Un cabrón.

Gabrielle sacudió la cabeza al ver la dirección que tomaban sus pensamientos. Era una prisionera, con problemas más importantes que el orgullo herido. Se dio la vuelta y examinó el cuarto de baño, construido a base de piedra, madera de teca y vidrio. Baldosas de pizarra cubrían el suelo y las paredes de la ducha, que no tenía mampara.

La enorme bañera con jacuzzi era de mármol blanco con vetas rosas y grises, a juego con la encimera del lavabo. Las paredes que no quedaban ocultas por los armarios de teca estaban cubiertas de baldosas grises y marrones.

Y había también una gran pantalla de televisión.

Tenía que haber alguien con dinero detrás de todo aquello. ¿Quiénes serían y qué es lo que querrían? La invadió una oleada de temor. Su mirada fue a toparse con su mochila, apoyada cerca de los armarios.

¿Y qué pasaba con su ordenador?

Bueno, si él había tratado de consultarlo aquella noche se habría llevado una sorpresa desagradable.

Gabrielle valoró por un breve momento la posibilidad de escaparse desde el baño, pero aunque hubiese tenido a mano su ordenador, las ventanas eran estrechas, horizontales y con cristales fijos.

Se frotó las manos, mientras examinaba la encimera del lavabo. Un cepillo de dientes protegido con su capuchón, una pasta de dientes nueva, champú, un cepillo y todo lo que se podía esperar encontrar estaba perfectamente ordenado.

Apoyó las manos en el lavabo, luchando contra la desesperación. Podía hacerlo. Linette necesitaba que ella fuera fuerte. Gabrielle tenía que concentrarse y elaborar un plan. Las acciones cotidianas solían ayudarla a recobrar la confianza, pero aquel no era un día normal.

Lo primero sería ducharse y vestirse. Luego encontrar su ordenador.

Y después estar preparada para huir.

Carlos se puso un par de tejanos y se subió la cremallera con cuidado, para evitar hacerse más daño. Con un movimiento brusco se puso una camiseta sin mangas por encima de la cabeza y atrapó la camisa de algodón que había dejado sobre una silla la pasada noche, metiendo los brazos en las mangas cortas. Se abrochó la camisa mientras se dirigía a la habitación de la ropa sucia.

¿En qué estaría pensando la pasada noche?

¿Acaso creía que era un hombre hecho de hielo?

Más bien ahora parecía un hombre de hierro.

Debería haber atado a Gabrielle a la cama con los brazos y piernas en cruz y dormir en otra habitación.

Puede que ella no hubiera descansado, pero él sí.

No, ella no habría descansado. Cada vez que Gabrielle empezaba a gemir, sabía que la estaba atormentando una pesadilla. Todo lo que tenía que hacer era cogerla en brazos para calmarla. Estaba tan agotada que ni siquiera se despertaba cada vez que se deslizaba en la cama a su lado. Hacia la medianoche, no pudo soportar oírla llorar de miedo otra vez y necesitaba tan desesperadamente algunas horas de sueño que decidió acomodarla contra su pecho y encadenar su muñeca con la de él.

Ella durmió como un bebé todo el resto de la noche.

Mejor que él, que tenía encima las lujuriosas curvas de una cálida mujer.

La próxima vez que tuviera otra absurda idea tan brillante como aquella simplemente se pillaría una mano con un portazo. No podía haber nada más doloroso que verla saltar de la cama con aquella ropa interior de seda roja, sabiendo que no podía tocarla. Debería ser erradicado de la faz de la tierra por haber pensado la noche anterior que era simplemente dulce o mona.

Aquel cuerpo estaba hecho para el buen sexo, para muchas horas de buen sexo.

Y se sentía disgustado por su falta de control físico.

Ella debía de pensar que era un gilipollas grosero después de haberle gritado así, pero maldita sea... Se había pasado la mitad de la noche tratando de no pensar en lo increíblemente flexible que parecía entre sus brazos.

Y la otra mitad de la noche la había pasado haciendo esfuerzos para no tocarla.

Sería mejor que ella estuviera sonriente la próxima vez que la viera.

Pero era poco probable.

No debía haberle ordenado tan bruscamente que se fuera al cuarto de baño, pero es que todo hombre tenía sus límites.

Allí estaba ella, con ropa interior roja que invitaba al sexo en el suelo y que él no podía tocar, a pesar de desearlo tan desesperadamente que ya no sabía si su miembro sería capaz de superar la decepción.

Era necesario que Gabrielle se vistiera y cubriera completamente toda esa piel. En cuanto aquella operación hubiera acabado aprovecharía el descanso que había rechazado las tres últimas veces.

Una larga semana caliente de desahogo físico y recuperaría el nivel de disciplina por el que era conocido.

Carlos sacó su camiseta y sus pantalones de chándal de la secadora, donde los había metido la noche anterior. Había puesto a lavar la ropa mientras se curaba la herida del brazo y del costado. Justo antes de pasar treinta minutos con el maldito correo electrónico que había sido incapaz de cargar y de enviar. Lo comprobó en la oficina y, en efecto, el correo no había llegado.

Odiaba la tecnología en sus mejores días. Dejó la ropa sobre el escritorio, cerró el programa, volvió a abrirlo y cargó de nuevo el correo, esta vez sin ningún problema. Maldita cosa caprichosa.

La cafetera que había preparado por la noche borboteó con las últimas gotas de agua. Se puso la ropa sobre el brazo y regresó a la cocina. Al detenerse delante del fregadero para servirse una taza de café, Carlos miró a través de la ventana, que ofrecía una tranquila vista de la parte trasera de la casa. La niebla se cernía sobre los árboles como una manta sobre la cadena de montañas. Aquel momento de paz lo ayudó a reorientar su mente y examinar sus prioridades.

Después de beber un par de tragos de café, dejó la taza sobre la encimera de granito. Su agotamiento era tan culpable del estallido de su libido como el hecho de no haber estado con una mujer desde hacía mucho tiempo, pero estaba ya más descansado y era capaz de controlar la situación.

Así que no debía volver a cometer el error de ser un inconsciente, y tampoco fantasearía con la idea de besarla para disculparse por la rudeza de sus palabras. Al fin y al cabo, ella era la razón de que su voz hubiera cobrado ese matiz, entonces ¿por qué sentía esa punzada de culpa?

Porque le había ladrado como un tirano por no apartar el cuerpo de su vista cuando el verdadero problema era que la deseaba y no podía tenerla.

Se pasó una mano por la mandíbula y la cara. Ella no era una invitada. Tal vez llegados a este punto deberían establecer sus posiciones. La preocupación que había sentido por ella la pasada noche era comprensible, la misma que hubiera sentido por cualquier mujer sometida a una dura experiencia como aquella. Y las cosas habrían empeorado para ella si Joe hubiera enviado un equipo de hombres armados para llevársela en mitad de la noche.

De alguna forma, era la propia Gabrielle quien se había puesto en medio de todo aquello. No había sido él. Eso debería sumar algunos puntos a su favor para ser perdonado.

Además, de ahora en adelante sería un hombre de hielo.

Gabrielle era una prisionera hasta que Joe determinara su posición.

Carlos hizo una pausa reflexiva. Joe y Tee no permitían que ningún prisionero regresara a la sociedad como una persona libre. Eso era una norma en relación a cualquiera que conociera la identidad de agentes de BAD y, antes de que todo acabara, Gabrielle vería a otros agentes a parte de a él.

Sintió una punzada de remordimiento por lo que pudiera

ocurrirle. Pero tenía un deber que cumplir. La seguridad de Estados Unidos dependía de su competencia a la hora de hacer su trabajo.

Y Gabrielle tenía información sobre Anguis que podía poner en peligro la vida de aquellos seres queridos a quienes él se dedicaba a proteger.

Carlos se dirigió al dormitorio, dispuesto a verla como correspondía: como una detenida en espera de ser interrogada.

Una alarma chillona estalló cuando entró en la habitación. Un sonido molesto, pero había puesto el despertador al volumen máximo por si se quedaba profundamente dormido.

Mientras se acercaba a apagarlo, la puerta del baño se abrió y apareció Gabrielle, sujetando una toalla delante de ella con la que se apresuró a envolverse. Los mechones de pelo mojados le caían sobre los hombros. Parecía recuperada. Inocente.

Como una ninfa de la lluvia.

—¿Y mi ropa? —soltó con un tono aterrado.

«¡Mierda!»

Él paró la alarma, puso la ropa de ella sobre la cama y salió de la habitación.

«Hombre de hielo, joder.»

Carlos regresó a la cocina con el ceño fruncido, y allí se dedicó a preparar el desayuno para los dos. Se comió su comida mientras cocinaba la de ella. La línea de seguridad del cuartel sonó en la zona de oficina, al otro lado de la gran habitación. Levantó la extensión que había cerca del fregadero y sujetó el auricular inclinando la barbilla. El reloj del microondas señalaba las 8.00 horas de la mañana.

—¿Qué pasa? —respondió Carlos, que no esperaba noticias de Joe al menos hasta dentro de una hora—. Te acabo de enviar el maldito correo con los archivos hace unos minutos.

—Los estoy descargando ahora —le confirmó Joe—. Te he enviado un equipo. Llegarán dentro de una media hora. Yo estaré bien atento.

—¿Por qué? —La cabaña era segura, pero a Carlos no le gustaba la idea de causar un retraso al equipo.

—Anoche hubo novedades y quiero compartirlas cuando estéis todos juntos tan pronto como hablemos con el informante. Rae, Korbin y Gotthard han descansado más que tú, así que los puse en la carretera temprano esta mañana. Todavía no han visto tus informes, por supuesto.

Los habrían visto si Carlos hubiera podido apuntar al ordenador con una pistola para obligarlo a enviar ese maldito correo que se resistía.

Joe añadió:

—¿Qué has sacado del informante?

Ni descanso. Ni sexo. Ni información.

—No mucho, estaba bastante hecha polvo anoche —le dijo Carlos.

—¿Ella?

—Sí, y no es como me esperaba. Parece demasiado desentrenada como para pertenecer a alguna red de espionaje.

—¿Ha reconocido ser Espejismo?

—No con esas palabras, pero tampoco lo ha negado. —Carlos puso la tapa de una cacerola sobre el plato de Gabrielle para mantener su desayuno caliente.

—Espera un momento. —Unas voces amortiguadas llenaron la pausa y luego Joe regresó al teléfono—. Tengo que irme. Cualquier cosa nueva será enviada a Gotthard junto con tus informes.

Mientras Carlos colgaba el teléfono se oyeron una suaves pisadas acercándose a la cocina.

Se volvió para ver a Gabrielle de pie al otro lado de la isla, gracias a Dios vestida. Su pelo estaba sujeto con una pinza de plástico. Aquel peinado desenfadado acentuaba sus pómulos y los extraordinarios ojos de su rostro pensativo. Se movía con una elegancia que él no había advertido el día anterior cuando corría por salvar la vida.

—¿Tienes hambre? —Puso su plato vacío en el lavaplatos.

—No especialmente, pero comeré.

Él ignoró el comentario contradictorio y puso su plato sobre la encimera de la isla cerca de un asiento que había frente a él. Levantó la tapa y aparecieron huevos revueltos, bacón y tostadas.

Ella levantó el tenedor y toqueteó la comida durante el siguiente minuto, usando una servilleta de papel que él le había dado para limpiarse la boca de la misma forma que uno usaría una servilleta de lino en un restaurante de cinco estrellas.

—Deberías comer —señaló él—. Este puede ser otro día largo.

Ella alzó hacia él una mirada dolorida.

¿Se sentía herida? Demonios. Herir los sentimientos de un prisionero nunca había sido un tema de preocupación para él en todos aquellos años al servicio de BAD.

Ella bajó de nuevo la mirada hacia el plato sin decir una palabra y picoteó un poco más de comida.

Carlos apretó los dedos con frustración al observarla. Simplemente le había gritado que se metiera en el baño. Ella había demostrado más entereza el día anterior al enfrentarse a la muerte.

¿Dónde estaba la mujer que ayer le hablaba con tono cortante?

No lo sabía, pero tenía que llevar adelante el interrogatorio. Si solo pudiera recuperar algo de la rabia que había sentido cuarenta y ocho horas antes en Francia…

La urgencia de intimidar a su informante le hacía hervir la sangre.

Se sentiría como el peor de los animales si tenía que emplear las tácticas de interrogatorio habituales con aquella criatura delicada. Pero tenía un trabajo que hacer. Dejando las apariencias de lado, si Gabrielle era realmente la persona que tenía conexión con Anguis y con los Fratelli era una amenaza para la seguridad de Estados Unidos.

—¿Dónde está mi ordenador? —preguntó ella en un susurro.

—En el piso de abajo.

Cuando ella hizo un gesto para levantarse él la detuvo, diciéndole:

—Está guardado. No he tocado tu ordenador. Sé suficiente sobre la gente de tu clase como para tener claro que el sistema probablemente se desintegraría si lo toco.

Ella hizo una mueca al oír eso de «la gente de tu clase», pero se inclinó de nuevo hacia delante y alejó el plato de comida.

—¿Qué es lo que quieres de mí?

—Para empezar, tu nombre real. Y te lo advierto, mentir no puede ir a tu favor. —Realmente dudaba de que Gabrielle Parker fuera su verdadero nombre—. Sabemos que tu nombre en clave es Espejismo.

Ella no dijo nada. Ningún tipo de reacción.

Carlos dió un sorbo a su café, mientras consideraba su siguiente pregunta. El monitor estaba activado. Una voz metálica dijo «llegan invitados», indicando que alguien había enviado a través de un teléfono móvil el código de acceso requerido.

«Invitado» era el código cuando entraba un agente de BAD. Carlos apretó un control remoto para abrir la verja y que no tuvieran que esperar. El sistema de seguridad se reactivaría en cuanto la verja se cerrara de nuevo.

Un elegante Lexus SC 430 de color crema pasó a través de la verja abierta mientras Carlos apretaba el control remoto para desactivar los sensores que había a lo largo del camino. Era el coche de Rae.

El de Korbin, un Road Runner dorado del 78, fue el siguiente, con un rugido gutural que advertía desafiante del pedazo de motor que había bajo el capó. Gotthard iba a la cola, con su Navigator deportivo de un intenso verde bosque.

—¿Quiénes son? —preguntó Gabrielle mirando el monitor.

—Invitados. Quédate donde estás. Ahora vuelvo. —Carlos se dirigió hacia la puerta principal y la abrió para el trío que se acercaba con los coches.

—Buenos días, cariño —dijo Rae, subiendo las escaleras vestida con una tenue blusa amarilla y unos tejanos que se adherían a sus largas piernas. Llevaba un vaso de Starbucks en una mano y tenía la mirada alerta, como alguien que ha dormido una noche en los últimos tres días.

Igual que el resto del equipo.

—Rae. —Carlos le sostuvo la puerta. Ella subió las escaleras y pasó delante de él.

Las botas de un blanco apagado de piel de avestruz de Korbin pisaron cada peldaño con decisión. Se detuvo ante la puerta, fijándose en los evidentes arañazos que Carlos tenía en la clavícula y en la herida de su antebrazo.

—Espero que al menos hayas sacado algo en claro del informante.

—No lo bastante —le dijo Carlos sonriendo.

Gotthard entró detrás de Carlos limitándose a gruñir y saludar con la cabeza. Las mañanas no eran el punto fuerte de aquel tipo grande, y probablemente lo habría irritado tener que madrugar tanto. El ordenador que llevaba en la mano era prácticamente un apéndice de su persona, pues era muy raro verlo sin él.

—¿Quién es ella? —preguntó Rae levantando una ceja acusadora.

Carlos frunció el ceño. Gabrielle no llevaba unas esposas que delataran su condición de prisionera, pero ¿realmente creía Rae que él sería capaz de llevar a una cita allí?

—Esta es Gabrielle —dijo Carlos—. También conocida como Espejismo.

Gabrielle estaba sentada tan quieta como un ratón que está siendo contemplado por un grupo de gatos.

—¿En serio? —Rae soltó una risita—. Esto no debería llevarnos mucho tiempo.

Gabrielle levantó la barbilla con actitud desafiante, provocando una sonrisa feroz en los labios de Rae. Carlos apretó los dientes para no reñir a Rae por haber asustado a Gabrielle, cuyo rostro se puso lívido.

Rae únicamente estaba haciendo su trabajo: intimidar a la testigo.

Él tenía que hacer su parte y acabar con aquello. Lamentablemente para Gabrielle, eso significaba que ahora estaba sola.

Carlos se volvió hacia el trío.

—Vamos, todo el mundo abajo. —Esperó a que la habitación quedara vacía para hablar con Gabrielle.

Ella fue la primera.

—¿Qué hay abajo? —El pánico en su voz lo conmovió.

Nunca había odiado su trabajo, pero usar ese miedo en contra de ella formaba parte de sus obligaciones. No le gustaba, pero tenía que hacerlo.

—Solo una habitación. Vamos a hacerte unas preguntas. Nada siniestro.

«A menos que no nos digas lo que queremos saber.» Reprimió la repentina urgencia de alentarla diciéndole que todo iría bien. Mentía al describir la situación, pero no quería aterrorizarla innecesariamente.

No todavía.

Capítulo 9

Alguien estaba filtrando información de los Fratelli.

Fra Vestavia apretó el botón de su ascensor privado, que ascendió suavemente hasta el piso treinta y dos. ¿Quién se había entrometido y tenía ahora a Espejismo?

¿Quién podría estar filtrando información desde el interior de los Fratelli de il Sovrano? Alguien brillante y con huevos.

Esa era una perfecta descripción de Josie.

Sopesó esa idea durante todo el camino a su conjunto de oficinas que ocupaban el piso superior e incluían un acceso de seguridad hasta la pista de aterrizaje de helicópteros que había sobre el tejado. Además de una vista de 360 grados de Miami y el océano Atlántico desde un lugar principal a lo largo de Brickell Avenue.

Las puertas del ascensor zumbaron ante el piso treinta y dos y se abrieron al vestíbulo principal de Trojan Prodigy, una empresa especializada, según algunas revistas nacionales, en los últimos productos electrónicos de *software* antiterrorista y de contraespionaje.

Era verdad, pero no la historia completa.

Vestavia había empezado Trojan Prodigy doce años atrás, cuando las compañías internacionales estaban desesperadas por encontrar tecnología que las protegiera de los piratas informáticos más sofisticados. Estas recibieron a su gente con los brazos abiertos y les daban acceso a sus sistemas operativos, mientras él estaba muy ocupado repartiendo su tiempo entre desempeñar el rol del agente especial de la Brigada Antidroga Robert Brady y el papel de Vestavia, un apoyo leal a los Fratelli.

Había abandonado su identidad como agente de la Brigada Antidrogas el año pasado, cuando desapareció después de ejecutar exitosamente una misión de los Fratelli y pasar a ser considerado un individuo buscado. Al mes siguiente se hizo la cirugía plástica y la cara del agente especial Brady había dejado de existir, mientras que las huellas dactilares de sus archivos habían sido modificadas años atrás.

La coordinación oportuna siempre era el elemento más crítico en cualquier plan.

Abandonó la Brigada Antidroga justo cuando Trojan Prodigy recibió contratos militares significativos que lo convertían en el candidato mejor posicionado para ocupar un lugar entre los doce miembros de la hermandad de Norteamérica cuando uno de ellos muriera inesperadamente.

Cada continente tenía su propio cuerpo gobernante de doce *Fratelli*, que dirigía los negocios con influencia internacional o tenía accionistas o posiciones estratégicas en el gobierno: todo el mundo tenía que traer a la mesa algo que demostrara que tenía valor como líder.

Vestavia salió del ascensor y se hundió en una alfombra que le produjo la sensación de estar caminando sobre nubes. El aire olía prístino y puro. Samuel, un ayudante de constitución delgada, estaba sentado detrás del monitor de un equipo muy moderno adornado con oro. Le daba al teclado con tanta velocidad que el sonido se perdía entre el sonido del agua que se derramaba por una pared de pizarra de más de tres metros y medio de altura que había justo detrás de él. De una amplitud de siete metros, la cascada fluía con pacífica reverencia.

Cuando Vestavia se acercó, Samuel se cuadró, con sus ojos marrones en estado de alerta, el pelo corto, con un aire pulcro de eficacia, y un traje gris pizarra que se fundía con el entorno. Compartían un interés por la arqueología, pero Vestavia no tenía tiempo para conversaciones despreocupadas precisamente ahora.

—¿Mensajes? —preguntó al joven.

—Sí, señor. Sobre su escritorio por orden de prioridad. Y Josie Silversteen le está esperando en su despacho. Dice que tiene algo importante para usted. —Samuel le hablaba con la voz baja que se usa en los lugares de trabajo.

¿Josie estaba allí? Vestavia consultó su reloj.

—Sí, la esperaba. —No era cierto, pero Josie sabía que él querría respuestas acerca de lo que le había ocurrido con Baby Face y con Espejismo. Cualquier otra persona habría enviado esa última noticia antes que enfrentarse con él.

Pero Josie no era cualquiera.

Él esperaba que su confianza no hubiese sido traicionada.

—¿Les llevo café o té? —preguntó Samuel.

—No. Será una reunión corta. Retén mis llamadas durante media hora.

Vestavia avanzó a grandes pasos por el amplio pasillo, y pasó ante una galería virtual de arte con cuadros de Renoir y Matisse mezclados con piezas contemporáneas. Al pasar delante de las oficinas echaba un vistazo y advertía el flujo de actividad en cada una. Tenía una pequeña plantilla de trabajadores con una excelente ética de trabajo que se enorgullecían de tener oficinas capaces de rivalizar con las de las grandes corporaciones.

Cuando giró a la derecha al final del pasillo, la pared entera a su izquierda era un cristal que iba desde el suelo hasta el techo y que ofrecía una vista del océano infinito. Había encontrado aquella localización seis años atrás, y Josie había sugerido inmediatamente que el lugar perfecto para su oficina era con vistas al océano, y no al pasillo de los despachos de Brickell. Ella tenía razón.

Era una mujer de sangre azul. La dinastía de bancarios Silversteen se extendía a lo largo del país y tenía sus dedos metidos en muchos pasteles financieros. Como hija escogida, había crecido desde su nacimiento para servir a los Fratelli de il Sovrano y ser enviada a los miembros de la hermandad a los dieciséis años, pero Vestavia había sabido ver su potencial. Entonces había convencido a Fra Diablo de que ella era perfecta para el trabajo de campo.

Y así había sido.

Ella era una de las pocas personas que conocía la verdadera identidad de Vestavia y su misión. El hecho de que él era en realidad un angeli, una orden todavía más antigua que la de los Fratelli.

Él y otros seis angeli cumplirían en el plazo de una década

lo que sus antecesores no habían sido capaces de hacer en los últimos dos milenios. Y los Fratelli harían todo el trabajo preparatorio sin saber que estaban siendo manipulados como marionetas. Los Fratelli realmente creían que doce miembros de la hermandad podrían gobernar cada continente.

¿Acaso alguna vez las decisiones tomadas por un comité o en democracia habían funcionado? No.

Como uno de los siete angeli secretamente infiltrados en los Fratelli de il Sovrano de cada continente, Vestavia había alcanzado su posición rápidamente. Durante el año pasado había estado pulsando las cuerdas de los Fratelli, manipulando sus extensas fuentes para comenzar a asentar el suelo de su renacimiento. Cuando Vestavia y sus seis angeli homólogos estuvieran preparados, saldrían de las sombras y restaurarían la paz en el mundo.

Para hacerlo, primero tendrían que purgar el planeta eliminando al ochenta por ciento de su población, sin perder al grupo nuclear que serviría para reconstruir el planeta tras su devastación.

Empezar de nuevo era el único camino. Sus antecesores lo habían intentado con plagas y otros instrumentos demasiado descuidados.

Su generación de Angeli no cometería los mismos errores.

Sistemáticamente se conseguiría el control sobre cada continente, creando igualdad para preparar el mundo para el renacimiento.

Cuando Vestavia llegó a su oficina, el detector de movimiento leyó su imagen termal y abrió la puerta, que desapareció hacia el interior de la pared.

Entró y dirigió la vista a la mujer que se hallaba sentada en su sencillo sofá blanco adornado con rayas negras.

—¿Qué ha ocurrido?

—Baby Face perdió a Espejismo y además ha sido asesinado. —Josie se puso de pie, exhibiendo sus asombrosas piernas por debajo de la falda de un traje chaqueta azul marino y dorado. Sus pestañas eran espesas y su piel tan suave que no parecía real. El cabello, de un intenso color castaño, le caía perezosamente sobre los hombros con cada movimiento de la cabeza, y se apoyaba suavemente sobre la cima de los pechos que asomaban generosamente por el escote de su chaqueta.

Cada centímetro de su cuerpo era una creación perfecta.

La agente especial Josie Silversteen, su brillante protegida de la Brigada Antidroga, tenía ahora una orden judicial para el arresto de un fugitivo, el agente especial Robert Brady. Qué ironía.

—Ese no es un informe completo —la amonestó él con dureza.

—Por supuesto. —Ella continuó—. Discúlpeme, Su Excelencia. Baby Face tenía acceso a nuestros megaordenadores y creía que eran parte de un programa de rastreo informático dentro de la Brigada Antidroga. No tenía ni idea de que pertenecían a Trojan Prodigy, y la codicia lo condujo hasta Espejismo en cuanto logró localizarlo. Pero nosotros no hemos sido capaces de duplicar su rastro electrónico. Baby Face fue hasta una casa en Peachtree, Georgia, que pertenece a un hombre mayor desde hace veinte años que no parece tener ningún tipo de habilidad con la informática. La mujer que estaba de alquiler en la casa ha desaparecido. Estaba registrada como Gabrielle Parker y, según los papeles, es una viuda que vive de un fondo fiduciario modesto. Yo me inclino a creer que debe de saber algo acerca del informante puesto que Baby Face fue allí. —Josie hizo una pausa antes de continuar—. Lo averiguaré.

Su voz ronca en combinación con ese aire de fóllame-aquí-mismo que había en sus ojos le recordó cuánto tiempo habían estado separados.

Seis días. Una eternidad.

Su miembro se lo estaba diciendo en aquel mismo instante.

Vestavia se quitó la chaqueta y la puso sobre el brazo del sofá, luego pasó delante de ella. Al llegar a su escritorio, se dio la vuelta y se sentó sobre el borde, colocando las manos distraídamente a cada lado. Si se acercaba demasiado a ella, violaría la primera regla que había entre los dos: primero, los negocios; luego, el placer.

—Durand me contó lo de Turga. ¿Qué pasó con el piloto del helicóptero?

—Tengo un equipo rastreando al piloto. Sabré algo más... esta noche.

Arrastró la última sílaba con ese tono de fóllame-contra-la-pared y él notó su miembro más duro. Ella avanzó hacia él, atrevida, hermosa, con una cruda confianza asomando en cada uno de los tres pasos que los separaban, hasta detenerse en medio de sus piernas abiertas.

Su miembro se extendió hacia ella como si se tratase de un imán y él fuese acero puro.

—¿Tienes tiempo para... profundizar un poco en esto? —preguntó ella, relamiéndose los labios.

Vestavia se agarró al escritorio con los dedos tensos.

—Ahora no. Ya conoces mis reglas.

Ella exhaló un suspiro exagerado.

—Los negocios, primero... Simplemente pensé que por una vez... —sonrió como la zorra que era—, tal vez quisieras correrte primero.

Él levantó la mano y le pasó un dedo por la cara. Luego lo bajó hasta el cuello de la chaqueta y deslizó su dedo por dentro hasta rozarle la punta del pezón. Ella se estremeció. Respiraba con dificultad. El esbelto músculo de su mandíbula se contrajo en un esfuerzo por mantener el control.

Vestavia sonrió. No había ninguna razón para que fuera el único que sufriera cierta incomodidad hasta que se acostaran juntos.

—Reserva esa idea para después.

Sus ojos estaban encendidos cuando ella se apartó y cogió su maletín del ordenador. Era insaciable y exigente en la cama. Esa era otra de sus buenas cualidades.

—Volveré esta noche.

—No me decepciones.

—Jamás —le prometió ella suavemente, con una nota de malvado calor en la voz que le aseguraba que las horas de sexo serían tan satisfactorias como el último informe de la noche.

Ella nunca lo había defraudado, ni en la cama ni fuera de ella, pero si Espejismo se le había escapado de las manos, Josie sabía el castigo. Todas las mujeres perteneciente a los Fratelli eran adoctrinadas para garantizar que entendían cuáles eran las consecuencias de fallar a la hermandad y sabían que no había manera de escapar de la organización.

Era un programa que aseguraba la complicidad.

Nueve años atrás, Josie había conseguido superar la prueba sin lloriquear, convenciendo a la orden de que ella era inquebrantable, y sin mostrar una huella de debilidad hasta que llegó a la casa de Vestavia algunas horas más tarde. La única vez que él había visto a Josie deshacerse en lágrimas había sido después de ir corriendo hacia sus brazos, que la aguardaban.

Era fuerte, brillante y delicada.

Josie no le fallaría, o de lo contrario descubriría que el castigo de la hermandad sería parecido a una jornada en un balneario en comparación con la sanción que recibiría por su parte.

Gabrielle bajó el último escalón de la habitación de reunión del sótano y dudó en seguir adelante hasta que Carlos bajó detrás de ella. Apenas le tocó la espalda con los dedos para animarla a moverse. Ella respiró profundamente y siguió adelante.

En el centro de la habitación, que medía aproximadamente seis metros de ancho por diez de largo, había una mesa de conferencias de forma rectangular, lacada de un negro brillante, alrededor de la cual podían sentarse hasta diez personas. Los dos hombres y la mujer que habían llegado hacía unos minutos estaban sentados en unas lujosas sillas de cuero de color almendra. Los dos hombres estaban en el lado izquierdo, observando la pantalla de un ordenador portátil.

En cualquier otra situación, los paneles de madera caoba de las paredes habrían dado a la habitación un aire cálido y una atmósfera acogedora.

La única mujer se había colocado a la derecha, frente a los hombres. De un metro setenta y cinco de altura sin zapatos, llevaba unos tejanos y el cabello rubio miel muy corto y bien peinado, en consonancia con la actitud que había mantenido en el piso de arriba.

—Siéntate ahí. —Carlos señaló la silla que Gabrielle tenía más cerca, justo al lado de la mujer.

Si él creía que colocándola al lado de esa amazona aumentaría su nivel de ansiedad, estaba en lo cierto, pero no lo bastante como para obligarla a capitular tan fácilmente. No todavía.

Se sentó y dobló las manos sobre el regazo.

Carlos le presentó a los otros tres, usando solo los nombres de pila, luego se sentó en una silla en la cabecera de la mesa, a su izquierda.

—Para empezar, ¿cuál es tu verdadero nombre, Gabrielle?

—Ya te lo he dicho, soy Gabrielle Parker.

—Basta de mentiras.

La rudeza de las palabras de Carlos le heló los huesos. Apretó las manos con tanta fuerza que las uñas se le clavaron en las suaves palmas. Por lo visto, el número del buen chico se había acabado.

Gabrielle se había mudado a Estados Unidos para proteger a su familia, y no estaba dispuesta a exponerla ahora. Y tenía que impedir que sus contactos en Sudamérica fueran descubiertos, especialmente después del error que había cometido al exponer su identidad.

—Quiero un abogado. —Gabrielle deseó haber podido decirlo con más fuerza.

—No nos molestamos en usar abogados. —Rae dio esa escalofriante noticia con acento británico y añadiendo una risita malvada.

Nada de abogados. Siguiente idea. Gabrielle tenía contactos en la embajada británica que podían ayudarla y responder por ella, ya que era técnicamente una ciudadana del Reino Unido... Esa era otra de las capas que había colocado entre ella y su familia de Francia. Pero eso generaría muchos problemas porque dejaría en evidencia que era la hija de un oficial del gobierno de Francia. Cualquier intento de obtener inmunidad diplomática pondría en peligro la posición de su padre y colocaría a su familia en una situación de riesgo.

Tenía que encontrar su propia manera de salir de aquel lío.

Y si los medios divulgaban lo que había estado haciendo

durante los últimos diez años, el hecho de arruinar la reputación de su padre sería el menor de sus problemas. Durand Anguis la encontraría inmediatamente y tomaría represalias atroces, como tal vez la decisión de herir a su familia.

Pero ella no había sido educada por una mujer de acero para doblegarse ante la primera señal de crisis.

—De acuerdo, si no soy Gabrielle Parker, entonces ¿quién soy? —Ella se había construido unos antecedentes sólidos como Gabrielle Parker. Eso significaba que ellos tendrían que desentrañar las muchas capas que ella había creado para proteger su identidad.

—Gotthard, ¿lo has traído todo del cuartel, incluyendo mi informe? —preguntó Carlos al tipo robusto que trabajaba con el ordenador.

—Sí. Estoy descargando los documentos preliminares ahora.

—¿Qué documentos? —preguntó Gabrielle, con las manos de pronto pegajosas del sudor.

Carlos le dirigió una mirada inescrutable.

—Tus huellas digitales para empezar.

¿Sus huellas digitales? ¿Acaso ese grupo podía tener fuentes en la Interpol? Tal vez. Probablemente. ¿Cuánto podrían tardar en descubrir su verdadera identidad? Gabrielle trató frenéticamente de decidir cuánto debería contarles. Si no les decía la verdad y ellos la descubrían por su cuenta, ya no serían capaces de creer nada de lo que después les dijera.

Gotthard negó con la cabeza.

—Todavía no tenemos nada de nuestros archivos. Seguimos esperando respuestas internacionales.

¿Realmente tendrían acceso a informes internacionales o se trataba de un farol?

Gabrielle apretó las manos, asustada y furiosa. Carlos le había tomado las huellas dactilares mientras dormía. ¿Qué más le habría hecho? «Aparte de humillarme cuando me ordenó desaparecer de su vista en el dormitorio.» No era una reina de la belleza, pero ningún hombre le había ordenado nunca que tapara su cuerpo.

Ella lo estudió con nuevos ojos, con la mirada de una mujer que se había apresurado demasiado en confiar en alguien.

—¿Quiénes son tus contactos? —le preguntó Carlos con una tranquilidad escalofriante.

—Si yo fuera quien tú dices que soy, ¿de verdad crees que pondría una fuente mía en peligro cuando todavía no sé ni para quién trabajáis? —preguntó ella con una fría reserva que hubiera enorgullecido a su madre.

Carlos se cruzó de brazos.

—No es que tengas mucha elección en este momento.

A ella se le encogió el estómago. Actuar de forma obediente no había funcionado, ¿qué podía perder si pasaba a la ofensiva?

Después de todo, estaba en Estados Unidos. Los derechos individuales debían ser respetados. Todo el mundo respondía por alguien. Solo tenía que averiguar quién estaba detrás de ese grupo de operaciones.

—¿Crees que no? —Su posibilidad de elección estaba menguando considerablemente, pero reconocerlo en voz alta solo alimentaría la arrogancia que impregnaba esa habitación—. Puedo asegurarte que mis fuentes darán una paliza a todas las organizaciones de espionaje de Estados Unidos cuando descubran que he sido secuestrada —amenazó Gabrielle, con la esperanza de sonar tan peligrosa como la amazona que estaba sentada a su lado.

Carlos ni siquiera pestañeó.

—Continúa. No me importa si metes a la CIA en agua caliente. Nosotros no somos de la CIA, ni del FBI, ni de ninguno de los acrónimos que puedas conocer.

Su expresión de indignación flaqueó, pero aún tenía suficiente rabia como para rebatir su actitud.

—Si perteneces a una agencia de espionaje, te diré lo que pueda, pero no estoy de humor para juegos semánticos después de la última noche. Seas quien seas, te arrancaré la cabeza por haberme raptado.

Carlos le sonrió con ironía.

—No, no lo harás. Puede que ni siquiera salgas de aquí como una persona libre, y lo que es seguro es que no vas a tener cerca un teléfono en bastante tiempo.

De acuerdo, eso limitaba drásticamente sus alternativas. Ellos actuaban como algún operativo de espionaje o de seguridad, pero no empleaban tácticas legales. Por supuesto, ella dudaba de que la CIA o el MI6 siempre lo hicieran. No la habían empujado a una silla con una lámpara cegándole los ojos, pero eso era tan típico de los Estados Unidos de Hollywood que tampoco lo hubiese esperado.

Pero tampoco nadie le había enseñado una insignia para demostrar que tenían el derecho de retenerla. Estaría dispuesta a mencionar esa falta de protocolo si no fuera porque temía que estallaran a reírse de ella en toda la habitación.

—Entonces ¿quién es vuestra gente? ¿Para quién trabajáis? —preguntó ella.

—Ya te lo he dicho, protegemos la seguridad nacional, pero a través de una organización que no existe por lo que respecta al gobierno de Estados Unidos o a cualquier otro gobierno. —Las espesas pestañas de Carlos rozaban sus mejillas cada vez que pestañeaba lenta y pacientemente—. Y si eso no es suficiente para convencerte de que cooperes por tu propio bien y el mejor de tus intereses, te recordaré que nadie sabe que estás con nosotros y que tenemos el poder de enviarte a cualquier país que fabriques documentos que demuestren que hay razones para procesarte. Además, podemos crear documentos que nos ayuden a hacerlo.

Oh... Se había topado con algunos grupos muy extraños al entrar en diversas unidades principales de agencias de espionaje, pero nunca había esperado encontrarse con semejante grupo de canallas. ¿Con quiénes estaban alineados? ¿O contra quiénes?

¿Realmente formaban parte del mecanismo de defensa de Estados Unidos?

Pero por muy aterrador que fuese, podía ser aún peor. Podría tener que enfrentarse directamente a Durand Anguis, que jamás haría preguntas de una manera tan civilizada. Continuar negando su identidad durante más tiempo era demasiado arriesgado, puesto que sus huellas dactilares revelarían su apellido si efectivamente ellos tenían acceso a la base de datos internacional. Si lo admitía por sí misma ellos dejarían de buscar y tal vez evitaría que su padre se viera involucrado en todo aquello.

—Soy Gabrielle Saxe —reconoció finalmente.

El silencio invadió la habitación.

Ella esperaba algún reconocimiento. No hubo ninguno.

¿Sería una táctica de interrogatorio? Muy probablemente. Sintió un escalofrío al enfrentarse a un futuro incierto.

Miró a Carlos, y por un breve momento hubiera jurado que su mirada traslucía preocupación. ¿Sería una emoción sincera o solo parte de su rutina profesional?

¿A quién quería engañar? Él no se preocupaba por ella. Ese era su trabajo.

—Eso es correcto —confirmó Gotthard finalmente—. Ya tengo los resultados de la búsqueda.

Ella soltó el aire, contenta de haberse adelantado al informe. Había estado muy cerca.

—¿Qué es lo que haces exactamente durante todo el día? —intervino Rae.

—Uso mis habilidades con la informática para vigilar a algunos grupos que son una amenaza para la paz mundial —dijo Gabrielle. Ese era un giro positivo. No daba mucha información y tampoco podían acusarla de mentir.

—¿Para quién trabajas? —preguntó Rae.

—Para nadie. Mi tranquilidad económica está asegurada.

—Espera un minuto. —Korbin golpeó con un dedo la brillante superficie de obsidiana de la mesa, y luego la miró fijamente, entrecerrando los ojos—. Gabrielle Saxe, ¿como la Gabrielle Saxe que se casó con Roberto Delacourte años atrás? ¿Ese actor que gana unos veinticinco millones de dólares por película?

—Sí. Estuvimos casados... durante seis meses.

—Eso explica que su tranquilidad económica esté asegurada —señaló Rae.

—Yo tengo mi propio dinero. —Gabrielle raramente discutía sobre su situación financiera, de hecho jamás lo hacía, pero Rae parecía estar insinuando que ella era una pija cazafortunas. Puede que se hubiera dejado impresionar por la sonrisa seductora y el encanto de Roberto, pero nunca quiso otra cosa más que ser amada por él. Al final se dio cuenta de que se había precipitado con el matrimonio para huir de su soledad. Él le había mentido desde el primer día, aprovechándose de la chica ingenua que entonces era.

Ella le había sido fiel cada uno de los miserables días de esos seis meses. Cada uno de esos dolorosos días.

Un murmullo creció en la habitación.

Carlos levantó la mano. Se hizo el silencio inmediatamente.

—No estamos interesados en tu vida amorosa sensacionalista, Gabrielle. Has reconocido que puedes pasarte el día entero jugando delante del ordenador.

¿Vida amorosa sensacionalista? ¿Jugando delante del ordenador? Apretó los dientes con tanta fuerza que se oyó un crujido.

—Pero todavía no has explicado por qué tenías información acerca de Anguis —continuó Carlos—. Tu coartada es que quieres contribuir a que la paz mundial no se vea alterada. Has quebrantado suficientes leyes en suficientes sitios como para acabar encarcelada en unos cuantos lugares distintos. Si no tienes nada significativo que decir llegados a este punto, tal vez te dejemos escoger en qué país prefieres ser encarcelada.

¿Podían realmente hacer eso? Gabrielle sabía bastante acerca de derecho internacional, pues había estudiado por su cuenta, y estaba relativamente segura de que había tapado sus huellas lo suficientemente bien como para que no la cogieran. Sin embargo, aquel grupo la había encontrado y poseía pruebas informáticas que demostraban lo que había hecho.

No estaba entrenada para sortear situaciones como aquella. O como la del día anterior.

—Bien, reconozco que soy Espejismo. —Se inclinó hacia delante, dirigiéndose a todos—. Puesto que soy la única que de momento he compartido información para empezar, creo que sería justo que me dijerais qué pasó con Mandy. —Todo aquello había ocurrido porque intentaba ayudar a una joven con problemas—. Si me habéis encontrado sabréis qué ha pasado con ella. ¿Ha sido rescatada?

Carlos quería sacudir a Gabrielle para que mostrara algo de sentido común. ¿Acaso creía que el juego había terminado y ya no le quedaban más movimientos que hacer?

—Nosotros hacemos las preguntas, y tú las respondes, ¿entiendes?

Gabrielle había estado respirando profundamente y hablando con calma como para ganar tiempo para ordenar sus pensamientos y controlar su tono de voz, pero esta vez respondió con los dientes apretados.

—Estoy tratando de cooperar, pero si queréis que os responda a más preguntas, como mínimo tendréis que decirme si Mandy está a salvo. Ella es la razón por la que corrí un riesgo que me ha traído hasta aquí. —Gabrielle mantuvo una postura tan rígida como la de una directora de escuela en una habitación llena de rostros sin compasión, pero Carlos pudo ver cómo apretaba las manos en su regazo. Tenía blancos los nudillos.

Exhibía la misma calma majestuosa que mantuvo en su rostro ante la amenaza de ser enviada a un país extranjero donde sería perseguida.

Maldita sea, era desde luego admirable su fuerza de espíritu y su entereza.

Sus intensos ojos violetas buscaron los de él. ¿Era acaso una petición de ayuda?

Ahora no.

Aquella respuesta silenciosa de algún modo debió de hacerse oír como si fuera clara y en voz alta, puesto que la decepción apagó su mirada. Cambiaba su lenguaje corporal con más rapidez de la que la mayoría de mujeres cambian de zapatos. Primero nerviosa, luego herida, y ahora parecía decidida a esconder sus emociones a todo el mundo, y especialmente a él. Ocultar que estaba aterrorizada por la precariedad de su futuro. Estaba perdiendo el tiempo. No podía tapar la vulnerabilidad de la que él ya había sido testigo y que le removía las entrañas.

No quería sentir nada por ella, pero esos hermosos ojos trasmitían compasión y miedo por Mandy. Su error consistía en ver a Gabrielle como algo más de lo que realmente era: una jugadora en un juego letal.

Alguien que debería estar respondiendo preguntas para salvar su propio pellejo.

En lugar de eso, resulta que estaba preocupada por Mandy. Así era ella.

—Gotthard. Danos un informe sobre Mandy.

La atmósfera se ensombreció por la aprensión ante la chica.

—Mandy entró en coma por pérdida de sangre —leyó Gotthard, y luego fue más adelante hasta terminar—. Según la última línea, sigue con vida.

Un suspiro colectivo de alivio llenó la habitación.

—¿En coma? —Gabrielle ahogó un grito—. ¿Qué fue lo que salió mal? ¿Quién se encargó del rescate? —Dirigió esa pregunta a toda la habitación.

La ira se hizo visible como respuesta a su crítica.

Aquel arrebato hizo que perdiera todos los puntos de simpatía que pudiera haber ganado.

—Mira, Gabrielle. —Carlos no refrenó ni un ápice su ira. Ella había jugado con fuego y se había quemado—. Nos pusimos en marcha veinte minutos después de recibir tu último mensaje y saltamos en paracaídas sobre los Alpes franceses en plena noche durante una maldita tormenta de nieve para salvar a Mandy. —Se inclinó hacia delante, clavando el dedo índice en la superficie del escritorio con cada afirmación—. Si hubiéramos obtenido antes la información tal vez habríamos llegado antes de que la chica rompiese un vaso para cortarse las venas de las muñecas. Tú no estás en posición de cuestionar nada de lo que hizo mi equipo y será mejor que empieces a dar respuestas si es que esperas volver a ver la luz del día otra vez.

Carlos se alejó de ella y se cruzó de brazos para tratar de recuperar la calma. Se estaría preguntando durante el resto de su vida cómo podía haber ganado minutos para que su equipo llegara al lugar más rápido. Pero no estaba dispuesto a permitir que otra persona, y mucho menos una ciudadana civil, una persona de hecho bajo sospecha, criticara a su equipo.

Gabrielle abrió la boca para hablar, pero él no le dio la oportunidad de hacerlo.

—Volvamos a nuestras preguntas —le espetó—. ¿Cómo sabías que Mandy había sido secuestrada y quiénes eran los secuestradores?

Sus mejillas sonrosadas perdieron color, pero él no vacilaría esta vez. Carlos se preguntaba si Gabrielle era tan vulnerable como había pensado al principio o si sencillamente era una actriz impresionante.

—Llegan invitados —anunció un altavoz oculto en la habitación.

¿Quién demonios llegaba ahora? ¿Joe podría haber viajado tan rápido?

Carlos se volvió hacia Gabrielle, cuyo rostro había perdido ese color arena de la playa. Si no les daba algo pronto, iba a tener que enfrentarse a Joe. O lo que es peor, a Tee.

Capítulo 10

Carlos le hizo un gesto a Korbin, que se estiró para recoger un mando a distancia sobre un pequeño armario lacado de color negro al lado de la pared. Pulsó un botón para activar la pantalla plana, generando una imagen de la cámara que cubría el camino de entrada. Una moto Ducati S4R de color rojo cruzó la verja de entrada.

—¿Qué hace él aquí? —preguntó Carlos dirigiéndose a todos en general.

—No lo sé. —Korbin cerró la imagen de la pantalla y dejó el control remoto en el armario—. Joe dijo que había uno más, así que ese uno más debe de ser Hunter.

La puerta del piso de arriba se abrió y se cerró de una forma muy civilizada que solo podía corresponder a un agente en particular. Se oyeron una pisadas bajando los escalones.

Carlos se volvió hacia Hunter Wesley Thornton-Payne III, que siempre conseguía cabrearlo cada vez que abría su aristocrática boca. Carlos detestaba a los aristócratas y a todo aquel que creyera que el linaje podía garantizarte un respeto que no te habías ganado.

Hunter levantó su barbilla con ese aire de yo-soy-muchísimo-mejor-que-tú que hacía desear a Carlos que aquel arrogante agente comprobase cómo era el barrio después de medianoche, cuando esa actitud suya desde luego no iba a servirle para salvar el pellejo. Los tipos del barrio usarían el rubio cabello de Hunter para limpiar las sucias paredes de ladrillos.

Fuera o no fuera un exagente de la CIA.

—Buenos días, Rae, Korbin, Gotthard. —Hunter hizo un

gesto con la barbilla a cada uno de ellos, y todos asintieron a modo de respuesta. Luego reparó en Gabrielle y alzó la vista hacia Carlos—. Supongo que ella es Espejismo.

Carlos asintió.

—¿Qué me he perdido? —Hunter examinó a Gabrielle una vez más antes de pasar junto a ella para sentarse al otro lado de Rae.

Carlos hizo un gesto con la cabeza a Gotthard, dejándole el asunto a él.

Gotthard se echó hacia atrás para encorvarse sobre el ordenador y mirar de frente a Hunter.

—Mandy está viva, pero en coma, y sus huellas dactilares confirman que esta mujer es Gabrielle Saxe, de Versalles, Francia.

—¿Y qué tienes tú, Hunter? —Carlos se cruzó de brazos, expresando en silencio lo mejor que pudo el mensaje de «limítate a darme los hechos, sin la actitud».

—Si ella es nuestra informante no se trata de una aficionada —comenzó Hunter—. Hizo rebotar su mensaje a través de al menos dos servidores comprometidos diferentes. Debe de haberlos pirateado ella misma o quizá lo haya comprado a través de uno de los grandes grupos de piratas informáticos en una red IRC, como Freenode o Efnet. Casi no encuentro la dirección. —Su tono arrogante cobró una mezcla de respeto e indignación—. Teníamos una ventana de autorización de cuarenta y ocho horas para controlar el tráfico de la red que entraba y salía del ordenador comprometido de una planta de tratamiento de basura en Rusia. En el momento en que ella respondió a mi mensaje que afirmaba que la criatura estaba en peligro, ya la tuvimos.

—Debí haber imaginado que era una trampa —murmuró ella.

Gotthard levantó la cabeza para mirar a Hunter; se marcaban profundas arrugas de concentración en el puente de su nariz.

—¿Había alguna prueba en ese servidor ruso, algo que pudiera indicarnos para quién trabaja?

Aunque no estaba muy interesado por la parte informática del asunto, Carlos disfrutaba cada vez que algún experto fastidiaba a Hunter. Si bien dudaba de que esa fuera la intención de Gotthard.

—No trabajo para nadie —intervino Gabrielle.

Nadie se dignó ni a pestañear ante su comentario.

Carlos pudo haber sufrido un momento de debilidad por ella la pasada noche, pero ahora sabía que convenía ser cauteloso respecto a todo lo que dijera. Podía haberle dicho antes que su apellido verdadero era Saxe.

—Digamos que fui meticuloso. —Hunter ladeó la cabeza lentamente hacia Gotthard y frunció los labios con el suficiente vigor como para hacer saber a todo el mundo que sentía la obligación de contestar—. El punto de origen fue una dirección IP privada que pertenecía a I. M. Agoste. —Pronunció el nombre enfatizando la acentuación de la «e» final. Brilló una sonrisa de triunfo en sus labios demasiado perfectos.

—¿Cómo? —Rae arrugó los ojos mientras pensaba y golpeó su pluma contra el cuaderno en el que estaba escribiendo—. ¿«I'm A. Ghost»? ¿Soy un fantasma? —Se detuvo, pensativa, luego asintió—. Sin duda lo es. Como tú sabes, ella jamás usaría su nombre verdadero.

—La reina de los enigmas te ha pillado, Hunter. —El toque de humor levantó una de las cejas y una de las comisuras de la severa boca de Gotthard.

Carlos sofocó la risa. A fin de cuentas, era cierto: Gotthard se había estado burlando de Hunter. El pomposo agente dejó de sonreír y sus labios se convirtieron en una línea recta. Fastidiar a Hunter *el Infalible* era el pasatiempo favorito de todo el equipo.

—Ahora Gabrielle nos contará cómo conoció a Mandy y cómo se enteró de todo lo relacionado con el secuestro. —Sin querer ponerse duro todavía, Carlos adoptó un tono persuasivo—. Esto será mucho más fácil si cooperas.

La chispa de rabia que la había enfurecido ya no estaba. Lo que quedaba era una estatua elegante, que respiraba tan suavemente que la tela apretada contra sus pechos apenas se movía.

Él sabía sin ninguna duda que no llevaba sujetador. Mejor no mirar allí.

Suspiró con cansancio. Cualquier persona capaz de piratear un cortafuegos debía de ser lo suficientemente inteligente para darse cuenta de la oportunidad que tenía. No la había amenazado... todavía.

—Gabrielle...

—De una tarjeta postal.

Carlos la miró sin creérselo.

—Envié una copia escaneada de esa tarjeta a la oficina central esta mañana. —Miró rápidamente a Gotthard, luego a Hunter—. ¿Han enviado alguna descodificación?

La mirada de sorpresa y poco a poco de decepción que le dirigió Gabrielle no tenía por qué haberle dolido, pero le dolió de todos modos. ¿Acaso ella creía que solo por lo que había sucedido la noche anterior iba a dejar de registrar todas sus pertenencias?

—Recibí un mensaje de texto que decía que la tarjeta es indescifrable —comentó Hunter—. Si no puede ofrecernos algo más, creo que deberíamos llamar a Seguridad y librarnos de ella.

Gabrielle reaccionó.

—Puedo explicar el mensaje de la tarjeta.

—Explícalo entonces —ordenó Carlos.

—Está codificado —dijo Gabrielle, mirándolos a todos. Ni uno solo de los rostros en torno a la mesa expresaba confianza.

Gotthard se frotó el ojo con un dedo y siguió leyendo.

—Estoy conectado con el departamento de descodificaciones ahora mismo. Ninguna noticia del Monstruo. —Miró a Gabrielle y dijo simplemente—: Nuestro superordenador.

Carlos se dirigió hacia el otro lado de Korbin y abrió un pequeño armario. Sacó la tarjeta y un montón de copias que había hecho para la reunión. Las repartió entre los agentes de BAD.

Gabrielle se estremeció al darse cuenta de un serio inconveniente que no había contemplado. El sello de correos indicaba que la tarjeta fue enviada hacía un par de semanas.

Los ojos de Carlos se llenaron de sospecha.

—¿Quién envió esta tarjeta?

Las evasivas no servían para nada. Gabrielle aceptó que

tenía que ofrecerle algo para tener alguna esperanza de que el grupo no la castigara.

—Una chica que conocí hace mucho tiempo en el colegio. Desapareció antes de que me licenciara. Esa tarjeta fue la primera noticia que tuve de ella en once años.

Rítmicamente y sin hacer ruido, Carlos golpeó un dedo sobre la mesa.

¿Sonaba extraño? Bienvenido al mundo de ella durante las últimas cuarenta y ocho horas.

—No tengo ganas de hacer veinte preguntas y recibir una sola respuesta —le advirtió Carlos en un susurro, con un tono distante y siniestro. Nada que ver con la vibración seductora que había esa mañana en su áspera voz de hombre que acaba de despertar.

Se inclinó hacia ella en su asiento, acercándose tanto que ella llegó a oler que acababa de ducharse y lo odió por despistarla en sus pensamientos.

—Si sigues mintiendo, no te va a gustar cómo terminará todo esto.

La amenaza murmurada tendría que haberle enviado un calambre de miedo por la columna vertebral, y en cierta medida fue así, pero el día anterior ya había sobrevivido lo inimaginable. El hecho de que estuviera sentada allí y viva le dio fuerzas y resolución para seguir luchando y salvarse de nuevo.

Además, mostrar sus emociones sería interpretado como una debilidad que estos agentes explotarían de mil maneras.

—No estoy mintiendo —dijo a Carlos con un tono calculado para indicar que no cabía ninguna discusión al respecto.

—¿De verdad? ¿Qué es lo que pasó entonces? —Carlos emitió un suspiro. Levantó la mano, con la palma hacia arriba, y se volvió hacia ella—. ¿Recibiste una tarjeta de una amiga que no veías desde hacía muchísimo tiempo y que pensaba que tú eras la única persona en el mundo que podía evitar el secuestro de la hija de un diplomático estadounidense?

Sonaba ridículo, de eso no cabía duda, pero él quería saber la verdad.

—Me haces preguntas y luego te niegas a creer lo que te cuento. Si no te gustan mis respuestas, deja de preguntar.

Frunció el ceño; largas pestañas descendieron sobre sus ojos, convertidos en negras rayas. Carlos se levantó de la silla y dio unos pasos hacia la pared, acariciándose la nuca con aire pensativo. Dejó caer la mano. La ira se desprendía de su cuerpo como espesas ráfagas capaces de atascar el sistema de ventilación.

El silencio hizo que a Gabrielle le diera un vuelco el corazón.

—¿Por qué no te pusiste en contacto con el FBI o la CIA? —preguntó Hunter.

Ella se volvió sobre el asiento, mirando detrás de Rae a ese hombre arrogante al que no había visto antes. Su suéter de cuello alto color borgoña creaba una hermosa base para un busto perfecto que muchas mujeres debían de adorar. Estaba sentado de perfil, con el codo apoyado sobre la mesa, con la cabeza reposando sobre la palma de la mano. Su pelo dorado colgaba en una elegante melena, y tenía la longitud exacta para ser atrevida y a la vez civilizada.

Ella conocía de sobra a ese tipo de hombres y no la impresionaban.

—Habría puesto a Mandy en un peligro aún mayor —contestó Gabriella, mientras se echaba atrás en la silla para poder dirigirse a la habitación entera—. El FBI y la CIA habrían pensado que era mentira y me habrían encerrado hasta decidir si yo estaba mentalmente inestable, y eso podría haberle costado la vida a Mandy. Esas agencias suelen actuar con más rapidez si creen que consiguieron la información de una fuente fiable. Creo que es justo reconocer que Espejismo tiene fama de ser una fuente fiable.

Era evidente que aquello había sido atrevido, pero ella tenía el derecho de hablar así.

—¿Quién envió la tarjeta? —preguntó Korbin.

Una buena pregunta, pero Gabriella no tenía ninguna intención de contestarla.

—Ya lo dije, una chica de mi colegio.

—¿Y qué dijiste ayer? —le preguntó Carlos—. No seas testaruda. Queremos el nombre completo de esta chica.

Capítulo 11

*G*abrielle se hallaba ante una encrucijada: a un lado su futuro y al otro la oportunidad de salvar a Linette. ¿Debía o no debía decirle a Carlos el nombre de Linette?

¿Haría que su amiga corriera mayor peligro si revelaba su identidad? ¿Aquella gente podría encontrar a Linette? Su amiga ya estaba en peligro, o como mínimo estaba siendo retenida contra su voluntad. Tal vez aquella era una oportunidad de salvarla.

Si esos agentes, y es que eso era lo que tenían que ser, habían rescatado a Mandy, tenían que ser rivales de los secuestradores, ¿no es cierto? La ira que había en las palabras de Carlos al explicar que habían saltado en paracaídas en medio de una tormenta de nieve parecía genuina.

—¿Gabrielle? —dijo Carlos con mordacidad.

—No os estoy ignorando. —Se dirigió a todos al decir eso, antes de volver a mirar a Carlos—. Estoy tratando de responder a vuestras preguntas sin comprometer la seguridad de mi amiga. —Se mordisqueó el labio inferior hasta que tuvo una idea—. ¿Podéis decirme que pasó con los secuestradores después de rescatar a Mandy?

—¡No! —Se oyó un eco en toda la habitación.

Ella dejó caer los hombros.

—Ya veo.

—¿Qué es lo que podría amenazar a tu amiga? —preguntó Rae.

Gabrielle sopesó su selección de respuestas y finalmente se dio cuenta de que permanecerían para siempre en un punto muerto si no les ofrecía nada más.

—Un *fratelli*.

La tensión llenó la habitación tras ese reconocimiento.

—¿Qué entiendes por «un fratelli»? —preguntó Carlos con una voz que le puso el vello de punta. Si el día anterior sonaba amenazante, ahora resultaba directamente letal.

—No lo sé —admitió Gabrielle—. Era algo a lo que hacía referencia la tarjeta.

—De nuevo la tarjeta —soltó Hunter, al tiempo que todos saltaban.

—¿Cómo era esa referencia? —quiso saber Rae.

—Oh, por favor. Eso de la tarjeta es una estupidez —intervino Hunter antes de que Gabrielle pudiese hablar.

—¿Y si no lo es? —argumentó Rae—. Mandy fue secuestrada. La encontramos en ese castillo de Saint Gervais. Los hombres de Anguis fueron los secuestradores.

Gabrielle atendió a todo lo que dijo Rae, y se dio cuenta de que aquel grupo no podría conocer todos esos detalles si efectivamente no hubiera salvado a la chica.

Korbin intervino en ese momento:

—Rae tiene razón.

—Nuestra gente dice que el texto de esa postal era una estupidez —se lanzó a explicar Hunter—. El Monstruo no descifró nada.

—Yo puedo... —Gabrielle intentó decir que ella podía demostrar que el texto no era ninguna tontería, pero la interrumpieron.

—¿Y qué pasa si tu gente está equivocada? —preguntó Carlos a Hunter—. ¿Qué pasa si el texto está codificado? No podemos dejar pasar la oportunidad de una prueba que nos conduzca a los Fratelli.

Gabrielle trató de ignorar el hecho de que se le acelerara el corazón ante la posibilidad de que Carlos por fin estuviera apoyando su posición. Ante el hecho de que de verdad pudiera creer en ella. Mientras estallaba el debate, comenzó a darse cuenta de que tenía algo con lo que negociar: la descodificación de la tarjeta.

Si lograba convencerlos de que la tarjeta estaba codificada, tendrían que creer que ella no era una criminal. Eso era lógico.

Adicionalmente, ella ahora tenía una razón para creer —o tal vez podía tratarse de una corazonada o sensación interna— que esa gente no formaba parte de los Fratelli. La lógica sugería que ellos podrían haber fingido conocer a los Fratelli o a cualquier otro grupo que estuvieran protegiendo en lugar de discutir sobre la credibilidad de la tarjeta, que podía ser efectivamente una pista.

Y tampoco le había pasado desapercibida la importancia que parecía tener para ellos localizar a los Fratelli. Encontrar a ese grupo podía significar encontrar y salvar a Linette.

Los instintos de Gabrielle la habían hecho sobrevivir hasta el momento. Tenía que confiar en ellos ahora más que nunca.

—Si no te da miedo la verdad, déjame demostrarte cuál es el código —dijo Gabrielle, desafiante, a Hunter.

La discusión paró de golpe como si alguien hubiera apretado el botón de pausa. Cuando Hunter alzó los ojos hacia los de ella no hizo ningún esfuerzo por ocultar su mirada de desprecio. Sintió un temblor hasta en los dedos de los pies, pero ella había crecido entre los de su clase, personas ricas y arrogantes, así que no se dejaría intimidar.

—Vamos, descodifícalo —dijo Hunter sin una nota de preocupación en la voz—. Y si no puedes hacerlo, no nos sirves para nada.

Ella no merecía su actitud ni ser tratada de esa manera. No después de todo lo que había hecho para ayudar a Mandy y haber tenido que enfrentarse a todo lo que se tuvo que enfrentar el día anterior por culpa de ellos, que la habían engañado para hacer que se expusiera.

—Yo os ayudé, y vosotros me estáis tratando como a una enemiga.

Gotthard dejó por un momento de teclear en su ordenador.

—Hasta que nos des una razón para pensar algo distinto, lo eres.

Necesitaba un aliado en aquella habitación y Carlos era su mejor esperanza.

—Puedo mostraros cómo funciona el código.

La mirada de él atrapó la de ella y pasó de ser tensa e impaciente a tener una franqueza y transparencia que la sorprendió. Carlos se apoyó contra la pared.

—De acuerdo, empieza por explicarnos a qué dirección fue enviada la postal.

Gabrielle se lamió los labios resecos y comenzó.

—La postal le fue enviada a mi padre, Louis Saxe IV, que vive en Versalles y es el presidente de la Asamblea Nacional de Francia.

Gotthard intervino:

—Es correcto. Tiene una posición de mucho poder en el gobierno y es muy respetado.

Gabrielle esperaba que eso fuera suficiente para evitar que fueran más lejos en su investigación.

—¿Qué sabe él de todo esto? —preguntó Rae.

—Nada. —Gabrielle necesitaba que la creyeran en ese punto—. Nadie de la familia Saxe sabe nada acerca de Espejismo ni de lo que hago.

—Así que la señorita Sex... Te queda bien. —Korbin, guapo y moreno, sonrió ante su propia broma de jugar con la pronunciación francesa de «Saxe». Al igual que Carlos, era de descendencia latina y similar en tamaño, pero la estructura facial de Korbin la hizo pensar que era una mezcla de mexicano e inglés, mientras que Carlos tenía rasgos más afilados, más sudamericanos.

Korbin la examinó de tal modo con la mirada que ella sintió la necesidad de moverse.

—Basta ya —le espetó Carlos.

Cuando Korbin le sonrió con una expresión de sorna, Carlos le devolvió una mirada de odio realmente letal.

¿De qué iba aquello?

—Además, todavía no has llegado en tu lista a la «R» —le dijo Rae a Korbin con una lengua tan afilada que podría cortar.

Gabrielle trató de sostenerse en medio de todos aquellos comentarios mordaces y miradas afiladas.

—Tan pronto como lo haga te lo haré saber —dijo Korbin, dirigiendo ahora todo su encanto directamente a Rae. Esbozó una sonrisa de seductor que hubiera hecho detener el paso a muchas mujeres.

—¿Qué son las «erres»? —preguntó Gabrielle.

—Volvamos a la postal. —Carlos ignoró su pregunta y le dirigió a Gabrielle una mirada de basta-de-tonterías—. ¿Por qué tardaste tanto en enviar el primer mensaje?

¿Qué la habría hecho pensar que sus ojos eran de un marrón cálido? Todo rastro del hombre agradable se había evaporado. La oscura mirada que Carlos le dirigió bullía con la fuerza de una tormenta en alta mar.

Las cosas iban bien hasta entonces. ¿Qué era lo que tanto lo había irritado?

—Recibí la tarjeta hace dos días, o tal vez tres... no tengo ni idea de qué hora es en este momento. —Gabrielle se apartó un mechón de pelo de la cara—. La única forma que mi amiga tenía para hacérmela llegar era enviarla a la casa de mi padre en Versalles. Él tiene una dirección mía en Londres y desde allí toda mi correspondencia es enviada a la oficina de correos de Peachtree City. Por eso tardó tanto en llegarme. Mi amiga fue cuidadosa, dirigiendo la postal solo a Gabrielle sin añadir ningún apellido. Si la postal hubiera sido interceptada, la mayoría de la gente hubiera supuesto que Gabrielle era alguna empleada de mi padre. Mi amiga no incluyó ninguna dirección de remite, así que no tengo ninguna idea de dónde encontrarla.

Gotthard preguntó:

—¿Por qué no nos dijiste que Anguis trataba de secuestrar a Mandy cuando nos enviaste tu primer mensaje? Si lo hubiéramos sabido entonces probablemente los habríamos alcanzado antes de que llegaran a Francia.

—No sabía que Anguis estaba detrás del secuestro cuando envié el primer mensaje —respondió Gabrielle con cautela. No podía descubrir sus contactos de Sudamérica con esa gente, por mucho que la amenazaran. Los venezolanos inocentes que solo trataban de ayudarla en su combate contra los crímenes de Anguis correrían peligro si lo hacía.

—No has respondido a su pregunta —presionó Carlos.

—Porque todo lo que supe a través de la tarjeta era que Mandy sería secuestrada en Sudamérica. —Gabrielle escogió las palabras con cuidado—. No descubrí que Anguis estaba detrás del secuestro hasta después de hacer algunas investigaciones con fuentes de Sudamérica. Y, por favor, no me pregunten sus nombres porque no los sé, contactamos por ordenador a través de un sistema muy elaborado. —Eso estaba muy cerca de la verdad.

Carlos dio unos golpecitos con los dedos en la parte superior de su brazo. Permaneció inexpresivo, como si se planteara cómo sonsacarle más información.

Gabrielle se pasó las manos por el pelo y sin querer se soltó el peinado. La pinza de plástico que llevaba se le cayó al suelo. Largos mechones cubrieron sus hombros cuando se agachó para recogerla y guardarla en el bolsillo de los pantalones.

—No estoy entrenada como vosotros —murmuró Gabrielle, tratando de explicarse la insistencia de ese grupo—. Si queréis que admita que estoy intimidada por vosotros, bien, lo admito. No sé quiénes sois ni lo que queréis, pero es evidente que habéis ayudado a Mandy, así que voy a arriesgarme y pensar que estáis trabajando con el lado correcto de la ley. A cambio, desearía que tuvierais la misma cortesía conmigo. Si os demuestro que el texto de la postal está codificado, me creeréis. Estoy tratando de ser honesta con vosotros, y no soy una amenaza para Estados Unidos.

Mantuvo la mirada sobre la mesa, evitando mirar esos ojos que la observaban como depredadores preparados para matar.

Carlos dejó que la postal de Linette se deslizara sobre la superficie de la mesa.

Era una pequeña victoria. Gabrielle no estaba preparada para cantar aleluya, pero era un principio. Los músculos de su pecho se relajaron con alivio.

Gabrielle explicó:

—Mi amiga y yo escribimos primero el código en latín antiguo. Luego revertimos la secuencia de alineación, eliminando la primera letra de la primera palabra, la segunda letra de la segunda palabra, y así hasta llegar a las cinco palabras, cuando ya había un número adecuado de letras. Al llegar a la mitad cambiamos el código al italiano. Los números correspondían a días de la semana y los colores...

—¿Estás hablando en serio? —Gotthard la miró fijamente, entre incrédulo y admirado.

Gabrielle rogaba que no fuera falta de confianza, o en ese caso no conseguiría salir de aquel lugar.

—Sí, hablo en serio. Leeré el código e interpretaré cada palabra para que podáis seguir la traducción.

A Hunter se le escapó un ruido que fue un cruce entre un resoplido de burla y una risita que parecía decir «esto va a tener gracia».

Un arrebato de confianza impulsó a Gabrielle a seguir adelante. Miró a Rae y se dirigió a Hunter. Pero primero sonrió.

—Si no puedes pillarlo, coge notas.

Hunter le respondió con una sonrisa llena de confianza y le habló con la voz de un caballero.

—Si fallas al demostrar que es un código fiable, serás encerrada en una celda tan profunda de nuestro centro de contención que jamás volverás a ver la luz del día.

Gabrielle perdió sus agallas al oír aquello.

Llevaba mucho tiempo sin usar aquel complicado código. Carlos y su equipo —tenía que tratarse de su equipo— habrían utilizado sin duda tecnología sofisticada. Nadie capaz de descifrar el código aceptaría su versión si ella cometía algún error en los complicados pasos que ella y Linette habían creado con el único propósito de volverlo imposible de descifrar.

Se inclinó en su asiento, estudió las palabras y luego comenzó, leyendo lentamente, deteniéndose para responder a las preguntas de Gotthard, Rae y Korbin. Alcanzó un ritmo al llegar a la segunda línea, sintiéndose cómoda.

Al menos estaba bien hasta que sorprendió a Carlos mirándola fijamente con una mirada evaluadora. Gabrielle entonces se perdió.

Todos levantaron la vista ante su tropiezo verbal.

—Perdón —dijo ella—. Empezaré otra vez por la última frase. —Apretó los dientes ante la oleada de calor que sintió correr a través de ella, y luego no se detuvo hasta llegar al final.

—¿Valoración? —preguntó Carlos en la habitación.

—Es un código —respondió Rae.

—Yo estoy vendido. —El pillo de Korbin guiñó el ojo a Gabrielle.

—Un jodido código —murmuró Gotthard, dejando aflorar la admiración en sus palabras.

Todos se volvieron hacia Hunter, quien arqueó una bonita ceja masculina y dijo:

—Debo rectificar. Estoy impresionado.

Gabrielle soltó la respiración contenida, dispuesta a relajarse hasta que Carlos le preguntó:

—¿Qué quiere decir tu amiga con eso de «estoy atada por los Fratelli»?

—No lo sé —se apresuró a responder ella.

Gotthard dejó de teclear y de pronto se puso rígido, igual que los demás.

—«Fratelli» es el término italiano para referirse a «hermandad», pero no es un código, por el amor de Dios —añadió Gabrielle.

—¿Estás segura de que no sabes nada más? —Un mechón negro acarició la frente de Carlos, que estaba tensa con arrugas de desconfianza.

Él seguía creyendo que no decía la verdad.

—En serio, eso es todo. —Gabrielle estaba sorprendida por la seriedad de esos rostros. ¿Qué sería exactamente eso de los Fratelli?

—¿Y qué tiene que ver Anguis con todo esto? —preguntó Korbin.

—¿A qué te refieres? —Gabrielle quería una pregunta más específica antes de darles más información. Miró a Carlos, que parecía retraído en su interior.

Era un maestro del control.

Más que ver sintió las miradas expectantes focalizadas en Carlos, que puso las palmas de las manos sobre la mesa, a pocos centímetros de las de ella.

Esos labios perfectamente formados se separaron para decir:

—No te hagas la tímida. En este momento no tienes aliados en la habitación. Las personas de nuestro equipo simplemente arriesgaron sus vidas por ti sin saber ni siquiera quién eras o si se estaban metiendo en una trampa. Si pretendes salir de aquí tendrás que ser más comunicativa.

Se echó hacia atrás, como asustada por aquel tono letal.

Nadie le había hablado nunca de esa manera, amenazándola abiertamente, desde que aquel miserable exmarido suyo había jugado con ella como una idiota. Había pasado demasiadas noches sola, frustrada por no tener vida ni familia por culpa del hacha que su exmarido y Durand Anguis inclinaban sobre su cabeza. Toda esa frustración se transformó en un gran nudo de rabia.

Dio un golpe con la mano sobre la mesa y luego cerró el puño.

—He sido de lo más comunicativa. He arriesgado mi vida para ayudar a mantener a raya a los criminales. ¿Qué es lo que sé sobre Anguis? Hay un puñado de bastardos asesinos conducidos por el dinero y por el poder. ¿Por qué vuestra organización no hace nada con ellos?

Carlos se apartó de la mesa. Un músculo de su cuello latía. La miró fijamente por un largo momento, luego su pecho se expandió con una lenta respiración. Ese fuerte control ocultaba lo que por dentro estaba pensando.

Cuando habló su voz sonó tranquila pero exigente.

—Dame el nombre de la persona que te envió la postal.

Ella retrasó la respuesta tanto como pudo.

—Mi amiga es Linette Tassone, fuimos juntas a l'École d'Ascension en Carcassone, Francia. Compartíamos habitación y teníamos intereses comunes en los estudios. Al igual que yo, ella tenía habilidad con los ordenadores. —Gabrielle advirtió que Gotthard estaba tecleando. ¿Tomaba nota de su declaración?—. Cuando me gradué recibí una licenciatura en Ciencias de la Informática en el Reino Unido y fue entonces cuando decidí buscar a Linette. Fue en ese momento cuando descubrí que... había muerto, pero siempre me cuestioné la historia de su desaparición, y ahora veo que mis dudas eran justificadas.

—¿Qué historia? —preguntó Carlos.

—El padre de Linette dijo que ella había huido y que formaba parte de una banda de degenerados. Dijo que sus estúpidas acciones habían acabado por matarla, pero no explicó nada más. Yo tenía dieciocho años y estaba conmocionada cuando viajé para ver a su familia. Era demasiado joven para presionar a su padre a fin de obtener más detalles.

—¿Por qué no le creías? —preguntó Rae.

Gabrielle agitó las manos con exasperación.

—Para empezar, Linette nunca habría desafiado a su padre, porque él la tenía aterrorizada y era una chica muy obediente. En segundo lugar, era tan tímida que cuando nos conocimos transcurrieron tres meses en los que nos veíamos diariamente antes de que llegáramos a hablar, y yo fui la que hablé primero. En tercer lugar, Linette no tenía nada de estúpida. Era brillante. Y en cuarto lugar, jamás habría desaparecido sin decirme ni una palabra.

—Entonces ¿qué crees que ocurrió? —Carlos la observaba como si estuviera juzgando cada palabra, tratando de obtener un veredicto.

—No lo sé —reconoció Gabrielle en voz baja—. Nunca creí lo que dijo su padre, hasta que finalmente acepté que Linette había desaparecido para siempre, después de buscarla durante años. Pero ahora creo que le ocurrió algo en contra de su voluntad, creo que fue secuestrada o coaccionada para ir a alguna parte. Lo que no puedo entender es la historia de esa tumba en la parcela de la familia. Si Linette no está muerta, entonces ¿quién está enterrada allí?

Dirigió a Carlos esta última pregunta, y él no expresó ninguna reacción, así que Gabrielle continuó.

—Había planeado seguir investigando ese asunto hasta que... —Respiró profundamente; la tensión de los últimos días y el hecho de tener ahora gente husmeando en su vida privada la hundían emocionalmente—. Hasta que me casé con Roberto. Después del divorcio fui atacada, y decidí trabajar desde casa. —Ocultándose como una criminal después de que él la aterrorizada, por primera vez con sus puños. Se había preparado para divorciarse y luego meterlo en prisión hasta que explicara la campaña de difamación que había emprendido contra ella y su familia, destruyendo a su padre, que en aquel momento se hallaba en campaña para una nueva posición. Roberto la había filmado en secreto las pocas veces que se acostaron juntos y había manipulado el vídeo para conseguir imágenes tan degradantes que ella sentía náuseas solo de recordarlas.

La carrera de su padre sería destruida y sus hermanastras vivirían bajo una nube de vergüenza por ser asociadas con ella. Así que había tenido que aceptar las condiciones de Roberto, que se describía como la víctima de un matrimonio sin amor y que le daba a ella la responsabilidad del divorcio.

Si con darse por vencida hubiera sido suficiente... Ella sospechaba que la enorme póliza de seguros de la que él era beneficiario debía de ser la motivación de los ataques, pero si iba tras él, él se volvería contra su familia.

De este modo él se contentaba con esperar a que ella muriera o se limitaba a hacer atentados que parecieran accidentes y no pudieran ser vinculados con él.

—Intercepté un comentario extraño en el panel de mensajes de una página web y me di cuenta de que tenía que tratarse de algún tipo de código —continuó ella, explicando por qué el miedo que tenía a Roberto la había hecho esconderse—. Me sorprendí cuando pude descifrar el código. Estuve observando los correos durante un par de semanas, tratando de decidir si se trataba de alguien que estaba jugando o si planeaba seriamente atacar un vuelo de Heathrow a Gales...

—¿El vuelo del primer ministro que fue desviado en 1999? —Gotthard dejó de teclear.

Ella asintió lentamente con la cabeza.

—El MI5 interceptó mensajes de los terroristas que les dieron la pista. —Las palabras de Gotthard murieron cuando ella negó con la cabeza.

—Imaginé que nadie me creería si me limitaba a llamar por teléfono para decirlo, y no quería convertirme en un blanco para los terroristas. Así que establecí una cadena para enviar correos electrónicos con suficientes indicadores como para alertar al MI5. Si tengo que hacerlo, puedo citar el texto de cada correo. Y comencé a usar un alias para protegerme después de todo eso.

Hizo una pausa, esperando alguna palabras de comprensión. No hubo ni una.

—Desde entonces comencé a buscar información a través de Internet, que es un lugar fácil para que los criminales mantengan contactos y hagan sus planes. Cuando hice descubrimientos que afectaban a la seguridad del país tuve que encontrar una manera de hacer llegar esa valiosa información a grupos de espionaje. —Dirigió a Carlos una mirada irritada—. Supuse que estos tendrían más respeto por un informante.

Carlos levantó una ceja como advirtiéndole que no fuera insolente.

Ella se encogió de hombros.

—No quería que la información aterrizara en las manos equivocadas. Si vosotros creéis que yo soy Espejismo, entonces deberíais saber cuánto he ayudado en Oriente Medio.

Miradas cautelosas circularon por la habitación.

—¿Por qué crees que Linette no incluyó una dirección de remite? —preguntó Gotthard a Gabrielle.

—Probablemente le preocupe que yo intente encontrarla y que acabe en el mismo lugar donde ella está o que me meta en algún tipo de problema yendo tras ella. —Era una opción que precisamente Gabrielle había estado contemplando, pero aquella gente no necesitaba esa información—. Yo creo que ella está prisionera en alguna parte y que ese lugar tiene algo que ver con los Fratelli a los que hace referencia. —Ella no quería que esa gente pensara que Linette era una criminal.

Carlos dejó de dar golpecitos con los dedos.

—¿Y qué nos dices de tus fuentes en Sudamérica? ¿Cómo las encontraste?

—En un *chat* sobre una operación clandestina en Sudamérica que forma parte de un grupo de vigilancia organizado, por falta de una mejor descripción. Quieren liberar a sus países de los reyes de la droga, lo cual no es una meta realista, pero al menos están haciendo algo. Logré crear un camino de comunicación con alguien de allí de manera que su seguridad no quedara comprometida si yo llegaba a ser descubierta.

Gabrielle compartiría todo lo que pudiera, pero ni una palabra acerca de que Anguis era responsable de la muerte de su madre. Había guardado el secreto a salvo durante los primeros años por respeto a la petición de su padre. Pero ahora debía mantener el secreto para proteger su propia vida.

¿Quién sabe dónde podría llegar la información de esa habitación después de la reunión? Si Durand Anguis descubría toda la historia y no la encontraba a ella, iría detrás de su familia.

Ella se frotó los ojos cansados, pensando.

—No sé qué deciros para convenceros, pero estoy arriesgando el pellejo para ayudar a las agencias de espionaje, y ahora a vosotros, por más que no sepa ni siquiera quiénes sois. Nunca había oído hablar de Mandy antes de recibir esa postal.

—Llegan invitados —anunció de nuevo la voz mecánica.

Todos los ojos se volvieron hacia la pantalla, donde se vio un Lamborghini plateado entrando por la verja.

—¿Quién es ese? —preguntó Gabrielle, mordisqueándose las uñas.

—El jefe. —Rae golpeó con su bolígrafo sobre la mesa—. Dijiste que Linette desapareció cuando estabais en el colegio. ¿Qué dijo la gente sobre esa desaparición?

—En realidad, nada. No era tan extraño. —Gabrielle dejó de juguetear con sus uñas, se pasó una mano por el pelo y explicó—: Un día Linette no estaba en clase. Cuando fui a nuestra habitación a buscarla todas sus cosas habían desaparecido. Yo hice preguntas, pero nadie me dijo nada, ni siquiera me dieron la dirección de su familia para que pudiera escribirle. La escuela era muy estricta. No toleraban ser cuestionados.

—Espera —dijo Carlos, mirando a lo lejos como para concentrarse—. ¿Has dicho que no ocurrió nada cuando Linette desapareció y que eso no era extraño? ¿Quieres decir que no era extraño que Linette se ausentara, o que otras personas desaparecieran?

Se oyeron pasos acercándose por las escaleras.

—Otras personas —respondió Gabrielle, con los ojos fijos en el hueco de las escaleras—. Constantemente había estudiantes que abandonaban la escuela sin avisar.

Cuando otro pedazo de hombre enorme, vestido con chaqueta de motorista, entró en la habitación, todo el mundo le prestó atención. Debía de estar al final de los treinta y llevaba los tejanos de una forma que cualquier mujer apreciaría. Era tan imponente como el resto de su grupo, con su pelo oscuro atado en una coleta y unos ojos azules tan intensos que ella se sintió como si él pudiera descubrir sus secretos con solo mirarla.

Carlos se sentó al lado de Gotthard.

—Gabrielle, soy Joe —dijo el recién llegado educadamente, antes de dirigirse a los demás—. Menudo salto que disteis. Buen trabajo. Gotthard me ha mantenido informado de la conversación de esta mañana y ha hecho un perfil bastante preciso de Gabrielle, comprobando la veracidad de su historia.

Ella lanzó una mirada a Gotthard, que tenía un codo sobre la mesa e inclinó la cabeza y la apoyó sobre su mano carnosa. Hizo un gesto a Joe.

—Todo lo que ha dicho está comprobado.

Gabrielle frunció el ceño.

—Teniendo en cuenta cuál es mi situación, ¿de verdad crees que puedo salirme de esta con mentiras?

La afilada mirada de Joe se tensó. Su voz era un susurro suave.

—Espero cualquier cosa en cualquier momento, exactamente igual que todos los demás en esta habitación. Subestimar a un adversario sería un error estúpido para los que están en nuestra línea de trabajo, y te puedo asegurar que yo no contrato a gente estúpida.

—*Excusez-moi* —susurró ella a modo de disculpa.

Joe asintió con la cabeza y continuó:

—Gotthard ha obtenido algunas interesantes referencias cruzadas. A diferencia de la mayoría de las escuelas de elite de Francia, la de Gabrielle parte de una iniciativa privada y fue fundada a través de inversiones y donaciones particulares. Muchos de los graduados allí han tenido carreras distinguidas. La escuela está en un castillo que ha pertenecido a una familia local durante muchas generaciones. Pero parece tener un alto porcentaje de fracaso escolar. Dejaré que él lo explique mejor.

Gotthard pasó el pulgar por el ordenador.

—Yo no le di de entrada mucha importancia al dato del fracaso escolar, ya que la mayoría de estudiantes deben de ser niños privilegiados y malcriados acostumbrados a no acabar las cosas.

Gabrielle se puso erguida ante el insulto. Había trabajado duro toda su vida para demostrar que no era ninguna niña consentida.

—Esperaba que los que abandonaron los estudios aparecieran en artículos de noticias sobre trabajo o en anuncios de bodas —continuó Gotthard—. Pero de los seis que desaparecieron el año que Gabrielle cursó la escuela solo tuve noticias de dos, ambos varones. Las cuatro mujeres figuran como fallecidas.

A Gabrielle le dio un vuelco el corazón. Eso confirmaba que algo raro le había ocurrido a Linette.

—Pero ¿su padre se atrevería a decir que está muerta si no lo está?

Carlos respondió:

—O bien él piensa que está enterrada en esa tumba o no puede arriesgarse a decir la verdad. ¿Había en Linette algo especial o diferente que debamos saber?

Sí, pero cuanto menos supieran sobre ella mayores serían las posibilidades de salir de aquello.

—No.

—Entonces ¿qué crees que le pasó a Linette? —preguntó Rae.

—Imaginé todo tipo de cosas a lo largo de estos años, incluso que su padre la había enviado a un convento desde donde era incapaz de contactar conmigo. —Gabrielle tomó aire. Su mirada buscó la de Carlos sin vacilar—. Pero no puedo concebir que él forme parte de un grupo que le pueda estar haciendo daño, así que él debe de pensar que está muerta.

—O tal vez ella hizo algo que para él es tan terrible como si hubiese muerto —sugirió Rae.

—No, Linette no. —Gabrielle ni siquiera intentó ocultar su exasperación—. Esos Fratelli deben de saber algo.

El silencio se hizo de repente en la habitación; ni una respiración, ni un sonido de llaves, ni un crujido de papel.

Carlos era capaz de ver el pánico creciente en los ojos de Gabrielle, a pesar de lo fuerte que se estaba mostrando, pero poco podía hacer teniendo en cuenta que no volvería a verla después de esa reunión.

Cuando Joe tenía un plan, todos debían aceptarlo. Carlos normalmente se alejaba sin mirar atrás, no perdía el sueño por ningún prisionero. Pero había oído lo suficiente como para estar convencido de que Gabrielle había llegado allí por razones honestas y no tenía ni idea de en qué lío se había metido y hasta qué punto su libertad podía convertirse en nada más que en un recuerdo después de aquel día.

Había discutido con Joe en favor de Gabrielle para mantenerla protegida bajo custodia en la casa de seguridad de BAD hasta que todo hubiera terminado, pero ella le había demostrado a Joe que era demasiado valiosa para hacer esa concesión.

Y él dudaba de que a ella le quedara algo con lo que negociar.

—¿Gabrielle? —Carlos esperó hasta que su mirada se encontró con la de él y rogó con todas sus fuerzas que ella entendiera su indirecta. Le advirtió—: Si hay alguna información que todavía no has compartido, no se la ocultes a Joe.

Sus ojos de un violeta azulado se iluminaron por un instante antes de adoptar una máscara de resignación en su rostro. Él no tenía ni idea de si le había entendido o no, pero haría lo más que pudiera por ayudarla.

—¿Quiénes son esos Fratelli? —preguntó Gabrielle cuidadosamente.

—Si sabes un poco lo sabes todo —dijo Rae suavemente, pero sus palabras sonaron claras en medio del silencio total.

Carlos miró de frente a Joe.

—Tal vez haya que explicarle que no se irá a ninguna parte hasta que lleguemos al fondo de todo esto, y cuanto mejor lo entienda más podrá compartir.

Joe pareció pensar durante un minuto, y luego asintió con la cabeza.

—Los Fratelli son un grupo fantasma que está detrás de las muertes víricas que se produjeron el año pasado en India y Estados Unidos, y también en un par de ataques anteriores.

Gabrielle frunció el ceño.

—Creí que los medios habían dicho que lo de India era una anomalía y que una compañía farmacéutica estaba detrás del ataque que hubo en Estados Unidos.

—No has entrado tan a fondo como crees en las unidades principales de espionaje —señaló Hunter—. El público piensa lo mismo que tú, y eso es lo que necesitamos que piense mientras buscamos a este grupo, o de lo contrario la psicosis crearía el caos y probablemente iría a favor de los planes de los Fratelli.

—¿Qué es lo que quieren? —preguntó Gabrielle.

—Esa es la pregunta del millón de dólares —dijo Joe—. La única razón de que esté dispuesto a hablar de esto contigo es que esa postal es la primera prueba significativa que tenemos en relación con ese grupo. Así que la cuestión más importante es qué van a hacer a continuación y de qué manera entraba Mandy en esos planes.

—Mandy también estaba inscrita en l'École d'Ascension —intervino Gotthard.

—¿En serio? —susurró Gabrielle cuyo cuerpo temblaba de inquietud.

—Eso no es todo —añadió Joe—. Otra chica desapareció junto a Mandy, inscrita desde hacía una semana.

Gotthard alzó la vista hacia Gabrielle, al mismo tiempo que todos los demás.

—No sé nada acerca de otra chica —respondió Gabrielle antes de que nadie se lo preguntara.

—Ponnos al día sobre la segunda chica —le dijo Carlos a Gotthard.

—Amelia Fuentes. Su familia es la tercera de los mayores productores de café en Colombia. Los informes de la escuela indican que ella iba camino de su casa y llevaba a Mandy con ella, pero nadie ha informado de su desaparición. La esperan de vuelta dentro de tres días.

Joe intervino:

—Tengo operadores en el lugar que rastrearon el número de teléfono al que la escuela llamaba a los Fuentes y llamaron preguntando si Amelia podía ponerse al teléfono. El ama de llaves dijo que Amelia había cambiado de planes y había decidido pasar las vacaciones en Alemania por unos días.

—Tenemos que averiguar lo que sabe sobre Mandy —señaló Rae—. De hecho, esa escuela parece ser un denominador común.

—Exactamente. —Joe comprobó su reloj, y luego se dirigió a Carlos—. Por eso necesito a tu equipo esta noche.

—¿Qué vas a hacer con ella? —dijo Carlos señalando a Gabrielle, que observaba en silencio.

—Los de seguridad vienen de camino para recogerla y llevarla a un lugar retenida —dijo Joe.

—No. —Gabrielle se puso de pie.

Joe la miró de frente, con las piernas separadas y los brazos cruzados.

Carlos la presionó.

—¿Hay algo más que debas decirnos?

—Sí. —El esfuerzo de Gabrielle por urdir un plan se advertía tan claramente que era patético, pero sus ojos brillaron repentinamente—. Necesitaréis ayuda para entrar en el campus de la escuela.

—En realidad, no —respondió Gotthard—. Puedo acceder a los planos.

—Pero... —Se llevó una mano a la cabeza, pasándose los dedos por el pelo—. No podéis entrar tranquilamente en la propiedad.

—Creía que te imaginabas que teníamos agentes secretos —le dijo Rae secamente.

Gabrielle lanzó una mirada irritada a Rae.

—Eso lo entiendo, pero dudo que podáis examinar esa propiedad antes de la supuesta fecha de regreso de Amelia. La seguridad de la institución es superior a la de una reunión de la ONU.

—Llegan invitados —anunció de nuevo el altavoz.

Gabrielle volvió unos ojos salvajes hacia la pantalla y vio que una furgoneta negra se aproximaba por el camino. Luego se enfrentó a Joe con determinación en la voz.

—Para acceder al sistema de seguridad de la escuela se necesita ser más experto para descifrar el código de la postal de Linette.

—¿Cómo lo sabes? —preguntó Hunter.

—Porque yo creé el *software* de su división de seguridad —soltó de golpe Gabrielle.

—Entonces danos a nosotros el control administrativo. —Gotthard levantó un hombro de manera negligente.

—Necesitaréis más que eso, como por ejemplo una buena razón para estar en la propiedad. —Buscó la mirada de Carlos; la petición de apoyo que había en sus ojos era tan fuerte que él necesitó emplear todo su aplomo para mantenerse firme.

La puerta del piso superior se abrió y se aproximaron unos fuertes pasos.

—No podéis entrar simplemente caminando en la propiedad —dijo Gabrielle en una ráfaga de palabras asustadas—. Los estudiantes que entran allí son escogidos. Nada, ni siquiera una mayor cantidad de dinero, puede cambiar la regla por la cual cada estudiante tiene que esperar al menos seis meses para que le permitan entrar una vez ha sido aceptado. Los instructores pasan un periodo de evaluación de doce meses. La mayor parte de la plantilla lleva allí más de veinte años, y los nuevos empleados deben superar ese mismo periodo de doce meses. Tienen su propia gente de mantenimiento. Las visitas deben entrar con invitación y nadie va a hacer visitas, ni siquiera la familia, sin avisar al menos con dos semanas de antelación.

Se oyeron pisadas de botas bajando las escaleras, y cada una de ellas sonó tan amenazante como un toque de difuntos.

—Entonces ¿no hay ninguna manera de entrar sin ser descubierto? —preguntó Carlos.

Dos hombres vestidos con trajes de trabajo negros similares a los de los equipos de SWAT irrumpieron en la habitación. La única marca de identificación en sus ropas era la palabra «SEGURIDAD» escrita con letras llamativas en la parte delantera de sus chaquetas.

Gabrielle dio un paso atrás.

Carlos odiaba verla aterrorizada, retrocediendo como un animal que espera ser atacado. Ella sabía que iban a encerrarla en algún lugar sin contacto con el mundo exterior. Había sonado como si incluso con la información que ella pudiera proporcionarles hubiera tan solo una remota posibilidad de entrar en la escuela.

Ella se plantó sobre el suelo.

—Hay una única manera.

Él sintió ganas de abrazarla por atreverse a tratar de negociar, hasta que añadió:

—Tengo que ir con vosotros.

Capítulo 12

*C*arlos descruzó los brazos.

—No.

No podía ayudar a esa mujer loca si estaba decidida a continuar metiéndose cada vez más profundamente en ese lío. Joe sería capaz de usar cualquier recurso, incluso a Gabrielle, para aproximarse a los Fratelli.

En cuanto a Tee... sería mejor no entrar a considerar las formas ilimitadas en que usaba un recurso cuando caía en su campo. Todo el equipo estaba comprometido en la tarea de derrotar a los Fratelli, y Carlos los lideraría gustosamente, pero no estaba dispuesto a poner a esa mujer en medio de una misión.

—Entonces, como dicen aquí en Estados Unidos... estáis jodidos —dijo Gabrielle con contundencia.

—¿Quieres que otra joven resulte herida? —la presionó Carlos.

—No, pero indudablemente como mínimo con mi plan estaríais entretenidos. —Gabrielle se frotó los ojos con manos elegantes, una acción femenina y suave que Carlos interpretó como una señal de vulnerabilidad—. Pero al menos deberías considerar...

—¿Qué? —preguntó Hunter.

Gabrielle colocó la mandíbula de una forma que indicaba que estaba cansada de que Hunter la interrumpiera.

—Escuchemos tu plan —le dijo Joe, poniendo fin al debate.

—*Merci*. —Gabrielle miró a Carlos con ojos inseguros. Se relamió los labios de una manera muy delicada, como aprendida en clases de buenos modales. Ondas de cabello castaño le caían en mechones despeinados, sin dirección y rozándole los hombros.

Sus rasgos eran demasiado delicados como para que pudiera ser una criatura peligrosa.

Parecía demasiado cansada para resultar amenazante.

A él lo inundó la urgencia de llevarla a una habitación donde pudiera echarse y descansar. La observó pasar del miedo a la indignación y después al miedo otra vez. Definitivamente no estaba entrenada para aquello.

¿Qué iba a hacer con ella?

De pronto, una confianza que él no le había visto antes asomó a su rostro.

—Los sistemas de contabilidad de la escuela necesitan una mejora urgente —comenzó Gabrielle—. Los libros están abiertos a revisiones de cuentas externas durante un tiempo cada año a principios de noviembre para el informe fiscal de todos los inversores.

—Espera un momento —la interrumpió Hunter—. Creí que habías dicho que no podía entrar nadie de fuera de la escuela. Pero ¿dejan entrar a los auditores?

Gabrielle suspiró y le dirigió una mirada penetrante y cansada.

Carlos no podía esperar para ver el desarrollo de aquel plan. Advirtió que cuanto más cansada y hambrienta estaba Gabrielle, más la ponían a prueba.

—Sois muy observadores a la hora de recordar mis palabras exactas —le dijo Gabrielle a Hunter con una voz refinada que hubiese llamado al orden a la Guardia Real—. Sin embargo, si me dejarais terminar un pensamiento os explicaría por qué incluso si pudierais llegar a entrar como auditores eso sería completamente inútil.

—Continúa entonces. —Rae torció la boca en un medio intento de contener la risa.

Gabrielle retomó la explicación donde la había dejado.

—Una firma de contabilidad exterior tiene que pasar la misma prueba de investigación, de hecho una más difícil todavía, porque debe ser escogida con un mínimo de seis meses de antelación. Si vuestra falsa auditoría fuera escogida, lo cual sería un verdadero milagro, no tendríais acceso hasta como mínimo al cabo de un mes. Y si pasáis la prueba, vuestro equipo estaría bajo constante escrutinio, y confinado al departamento de contabilidad. Sin duda eso es una forma de tener las manos atadas para cualquiera que pretenda investigar de forma encubierta otras áreas, lo cual significa que toda la misión resultaría una pérdida de tiempo total. Espero haber satisfecho vuestro estéril interrogatorio.

Hunter le respondió poniendo los ojos en blanco y haciendo un gesto despectivo con la mano.

—Continúa.

—La auditoría tiene lugar entre el 12 y el 15 de noviembre, pero el Consejo de Directivos requiere una auditoría previa la última semana antes de que a los auditores externos les sea otorgado el acceso.

—¿Este fin de semana? —preguntó Gotthard.

Gabrielle asintió.

—Entonces ¿cuál es tu idea? —Hasta el momento Joe no mostraba ninguna señal de inclinarse hacia un lado o a otro.

Ella se puso las manos en la cintura con descaro a pesar de estar hablando con el jefe.

—Sus sistemas informáticos tienen la urgente necesidad de ser modernizados. Ellos están evitando afrontar el problema en la medida que eso significa permitir a alguien el acceso a sus archivos.

—¿Y eso en qué sentido nos ayuda? —Korbin sonaba poco convencido.

Gabrielle explicó:

—El año pasado estuve discutiendo con la escuela acerca de un programa que permite a una persona sincronizar todos los archivos electrónicos en un día o dos. Si se introdujera cuidadosamente un virus en el sistema, sus ordenadores se cerrarían y reaccionarían como si el sistema entero se hubiera venido abajo, cuando en realidad sería tan solo un fallo de administración.

Korbin golpeteó con los dedos sobre la superficie de la mesa, con los oscuros ojos muy concentrados.

—Si son tan estrictos como tú dices, quién sabe cuántas semanas tardaríamos en encontrar la forma de entrar al sistema sin ser detectados para provocar ese fallo.

—De hecho, puedo decirte exactamente cuánto tardaríamos —respondió Gabrielle sin vacilar.

Carlos advirtió la nota de confianza en su voz. Aquel era su territorio, pero ella todavía tenía que convencer a Gotthard y a Hunter de que podía producirse una brecha en el sistema de la escuela. Incluso él era consciente de la complejidad de lo que ella estaba sugiriendo.

—Quieren el programa que configuré especialmente para ellos —añadió—. La única forma de obtener la entrada rápida a la escuela sería introducir un gusano en su sistema de contabilidad, puesto que todo en una auditoría gira en torno al dinero. Tan pronto como eso ocurra creo que ellos contactarán conmigo, ya que yo tengo un pasado con la escuela y una autorización previa.

—Podemos introducir un gusano en sus sistemas —confirmó Gotthard—, si podemos acceder a ellos.

—Eso parece muy improbable —murmuró Hunter.

Carlos no creía que aquella fuera una opción viable si Hunter y Gotthard dudaban de poder entrar en los ordenadores de la escuela. Y no había forma de que lograran infiltrar a alguien si lo que ella había descrito acerca del veto a los extraños era cierto.

—No tiene nada de improbable. Se puede hacer. —Gabrielle asintió, luego se volvió hacia Joe—. Pero solo si aceptáis un trato conmigo.

—¿Qué trato? —preguntó Joe.

—Yo os ayudaré a acceder a los archivos de la escuela si vosotros me aseguráis que no me entregaréis a la Interpol ni a la policía secreta de ningún otro país y además intentáis encontrar a Linette.

Carlos apretó los dientes. Ella no tenía ni idea de lo que estaba haciendo. Si hubiera podido amordazarla para evitar que se metiera en un lío cada vez mayor lo habría hecho. ¿Realmente creía que Joe la dejaría salir de allí a condición de que ella consiguiera acceder a los ordenadores de la escuela?

Joe le preguntó:

—¿Cómo sabemos que realmente serás capaz de hacerlo?

—Creo que tengo una cosa para ti —intervino Gotthard—. Tú ibas a clases con Linette, ¿verdad?

—Sí. —Ella sonaba cansada e impaciente.

Gotthard alzó la vista hacia Joe.

—Linette era brillante. Su perfil indica que tenía un coeficiente intelectual de superdotada. Era un genio. —Gotthard miró a los ojos a Gabrielle—. ¿Cuál es tu coeficiente intelectual?

—Es dos puntos más alto.

Cuando ella alzó esos bellos ojos desafiantes hacia Carlos, él solo vio a una mujer.

No a una informante. No una amenaza a su mundo.

Tan solo una mujer que podía sangrar y morir.

Él no la pondría en peligro.

Joe habló.

—Estoy convencido de que tu plan tiene su mérito, pero solo si mi gente puede entrar.

Eso estaba mejor, pero Carlos dudaba de que Gabrielle cediera con tanta facilidad, y efectivamente no cedió.

—Eso es imposible con el poco tiempo que tenéis —rebatió Gabrielle—. Yo puedo haceros entrar en el campus porque soy una alumna a la que conocen, pero lo más importante... La razón por la que puedo ayudaros a entrar en sus ordenadores es porque cuando configuré los actuales programas incorporé una puerta de entrada trasera en sus sistemas. Sin mí no tendréis ninguna oportunidad.

Eso era cierto. ¿Cómo conseguiría Carlos convencer a Joe de que no la usara?

—¿Y crees que te vamos a dejar hacer esto a ti sola?

—No —admitió ella.

—Así que volvemos a ver que el plan no funciona. —Carlos esperaba que ella se reconociera derrotada, y no que alzara la barbilla con actitud desafiante.

—Puedo hacer que entre alguien conmigo como guardaespaldas —sugirió Gabrielle, con voz confiada y tomando velocidad.

—Tendría que ser alguien con una gran habilidad para la informática.

—No, no es necesario —se apresuró a contestar.

Hunter hizo el amago de protestar, pero Carlos se lo impidió.

—Dejemos que se explique.

La mirada de gratitud que le dirigió Gabrielle le hizo sentir una especie de caricia en el corazón.

—Necesito a alguien que pueda parecer un guardaespaldas y que no sea conocido en los círculos aristocráticos, como es vuestro caso, supongo —le dijo ella a Hunter.

Carlos sonrió. Lo había pillado. Parte de la utilidad de Hunter para BAD tenía que ver con su habilidad para conseguir acceder a los criminales ricos.

Hunter gruñó, y luego inclinó la cabeza, dándole la razón.

—Si nadie sabe nada acerca de tu vida secreta como Espejismo, ¿por qué la escuela iba a creer que necesitas protección? —preguntó Korbin.

—Yo también puedo responder a eso —dijo Gotthard sin levantar la vista del ordenador mientras seguía tecleando—. Porque... ella no es solo Gabrielle Saxe. Ya tengo el informe completo de sus huellas dactilares.

Ella se cubrió la cara con las manos y gruñó.

Gotthard leyó de la pantalla:

—Es Gabrielle Tynte Saxe, heredera de la dinastía de los Tynte, y fue víctima de dos ataques a su vida antes de desaparecer tras el divorcio.

Carlos pestañeó. Notaba que ella tenía un estatus superior al de la media, pero ¿resultaba que toda su familia venía de un linaje imperial?

Estaba muy arriba en la jodida cadena alimenticia de la realeza.

—Me dijiste que no había nada especial o diferente en ti. —Carlos esperó a que ella se destapara la cara antes de seguir—. Cuando cuentas una mentira es una trola tremenda. Ahora tenemos más razones para mantenerte protegida bajo custodia.

—¡No! —Sus ojos se llenaron de pánico. Se volvió hacia Joe—. Puedo entrar dentro del colegio con uno de vosotros... mañana mismo.

—Estaríamos poniendo a una ciudadana civil en peligro y además arriesgando a nuestra gente si hacemos eso —argumentó Carlos. No le gustaba nada la forma en que Joe parecía estar considerando la oferta.

—Desperdiciaréis la mejor oportunidad que tenéis para conseguir respuestas sobre Mandy y las otras adolescentes y averiguar quiénes son los Fratelli —contraatacó ella.

—Es difícil rebatir eso —dijo finalmente Joe.

—Pero no os ayudaré a menos que hagáis un trato conmigo. —Las cejas castañas de Gabrielle bajaron acentuando una mirada testaruda. Siguió adelante antes de que Carlos pudiera impedirlo—. Haré cualquier cosa que sea necesaria para ayudaros si me prometéis buscar a Linette y liberarme en cuanto esté dentro y comprobéis que no soy una criminal.

Joe ni tan siquiera vaciló.

—Trato hecho.

Capítulo 13

Carlos estaba de pie en la cocina dando la espalda a las onduladas montañas que había detrás de la cabaña y apoyado contra el fregadero. Había agotado sus argumentos para evitar que Gabrielle siguiera adelante. Su única preocupación debería ser la misión, pero ella no tenía a nadie más que la protegiera.

—Ella sola se ha metido en esto. —Joe caminaba de arriba abajo al otro lado de la isla de la cocina y justificaba su decisión—. Solo estamos haciendo lo mejor para BAD: capitalizamos nuestras fuentes y recursos allí donde podemos encontrarlos.

—Baby Face se consideraba a sí mismo un criminal de guante blanco que no se ensuciaba las manos, y nunca antes había trabajado con Durand. Eso me lleva a preguntarme por qué iba detrás de Gabrielle por su cuenta y cómo la encontró.

—Son buenas preguntas, pero Baby Face está muerto, así que no puede ayudarnos, y no podemos dejar pasar esta oportunidad. —Joe hizo una pausa y se balanceó sobre los talones, con los brazos cruzados y pensando.

Carlos se acabó el café y puso la taza en el fregadero. Había dado órdenes al equipo, dispersando a Rae y a Korbin en una dirección para que se prepararan para salir y pidiendo a Hunter que volviera al laboratorio de informática para empezar a procesar la información sobre la escuela.

Joe miró por encima del hombro al oír el sonido de pisadas y voces subiendo por las escaleras del sótano.

Gotthard apareció con Gabrielle justo detrás de él, diciendo algo acerca de recuperación secundaria. Cuando los dos entraron en la habitación, ella guardó silencio.

—Hemos entrado en los programas de la escuela. —Gotthard pocas veces sonreía de una manera tan expresiva ante sus éxitos.

—Necesito mi ordenador para revisar los mensajes de la escuela. —La excitación de Gabrielle se reflejaba en sus ojos, y parecía menos cansada después de haber comido un sándwich.

—¿Por qué no puedes usar el nuestro? —Joe la había hecho quedarse con Gotthard para que él vigilara sus movimientos.

—Mi sistema de correo es complicado y todas mis claves de seguridad están cargadas en mi ordenador. —Sus mejillas se sonrojaron de vergüenza, y luego curvó los labios. Fue entonces cuando miró a Carlos y aparecieron en su rostro dos hoyuelos y una bella sonrisa.

Sus ojos reflejaban una profunda soledad cuando bajaba la guardia. Era notable en muchos sentidos, pero aquellos hoyuelos y aquella sonrisa la volvían sencillamente adorable.

Carlos dejó escapar un suspiro largo y abatido.

Ella no era adorable, maldita sea. ¿Cuándo se iba a meter en la cabeza que era una amenaza potencial para la seguridad de América y para la gente que a él le importaba?

Esa mujer tenía una conexión con Anguis que todavía no había explicado de forma satisfactoria. Tal como le habían dicho hacía un rato, Gabrielle era una enemiga hasta que se demostrara lo contrario. Alguien que podía representar un peligro para los demás.

Exacto. Y él era el Conejo de Pascua.

Joe le hizo un gesto con la cabeza a Gotthard.

—Déjale usar el ordenador.

Cuando ella se dio la vuelta para bajar las escaleras detrás de Gotthard, Carlos la llamó:

—¿Gabrielle?

Ella se volvió hacia él con ojos asustados, como si algo hubiera cambiado.

—¿Qué?

—Saldremos tan pronto como recibas una invitación de la escuela.

Su reacción de alivio conmovió a Carlos. Ella se movió

como si fuera a dar un paso hacia él, y luego se contuvo, logrando que él se preguntara qué sería lo que tenía en mente. Ella le sonrió.

—Gotthard tiene una manera particularmente brusca de joder los ordenadores, así que deben de estar buscándome ahora.

Salió apresuradamente de la habitación antes de que Carlos alzara las cejas por su último comentario. ¿Acaso su profesora experta en las normas del decoro no le había enseñado que no debía usar esas palabras?

Joe respondió a una llamada en el móvil, que por lo visto debía haber vibrado. Hizo una pausa, luego murmuró en voz baja algo que sonó como un insulto y colgó.

—Basándonos en la información que enviaste ayer, conseguimos seguir al helicóptero.

—¿Encontrasteis al piloto de Turga?

—Dimos con él en Sudamérica. Hizo una parada para cargar combustible cerca de Caracas y desapareció mientras llenaban el depósito del helicóptero. La estación de servicio pertenecía a una de las compañías legítimas de Durand, y el plan de vuelo del piloto indicaba que su parada de destino era el recinto de Durand. Es posible que lo hayamos perdido.

Carlos tamborileó con los dedos sobre la encimera, pensando.

—Eso no encaja con la manera de operar de Durand.

—¿Por qué no?

—Al menos no en el pasado. —Carlos se rascó la mandíbula. Joe y Retter, el mejor agente de BAD, sabían que él había pertenecido al grupo de Anguis, pero no que tenía un parentesco de sangre con él. Era triste tener que recordar la forma en que su familia mataba a la gente—. Durand no mataría ni secuestraría en su recinto a nadie que pudiera dejar esas pistas. Él prefiere actuaciones discretas, a menos que realmente lo que quiera sea llamar la atención. —Como la ocasión en que puso una bomba en el vehículo de un competidor que trataba de abrirse paso en su territorio. La explosión que tuvo lugar hacía dieciséis años hizo estallar una furgoneta llena de maestras que pretendían ayudar a los niños más desfavorecidos de Sudamérica.

Durand intentó explicar las muertes de aquel autobús como si se tratara de un accidente involuntario.

En aquel momento, Carlos se opuso a aquella acción, pero finalmente las maestras se convirtieron en más muertes que cargar sobre su alma.

—Entonces ¿qué es lo que piensas? —le preguntó Joe.

—Quienquiera que se llevara al piloto se lo debe de haber arrebatado a Durand. —Carlos se rascaba la mejilla mientras pensaba.

—Quieres decir que intervino otro jugador. —La expresión sombría de Joe se traslucía también en sus palabras.

—Apostaría a que los Fratelli están involucrados, tal vez se están vengando por la pérdida de Mandy, pero eso tampoco acaba de encajar. ¿Por qué el piloto? ¿Por qué no tenían a alguien que siguiera a Baby Face y capturara a Gabrielle, si es que sabían los planes de Durand? Me pregunto si quien capturó al piloto sabe que Gabrielle es la informante.

—No lo sé, pero ese piloto puede delataros a ti y a Gabrielle.

Carlos le dio vueltas a esa idea, considerando las implicaciones y riesgos.

—Tal vez Gabrielle estaría más protegida con alguien a su lado. —Trató de que sonara a un asunto profesional, para ocultar su falta de convicción. La idea de enviarla sola lo removía por dentro y lo irritaba más de lo que debería.

—Ella no estaría más segura yendo con alguien, y tú en cambio estarías expuesto sin refuerzos inmediatos, pero prefiero tenerte metido en esto por tu conocimiento de Anguis.

—Ya me he dado cuenta. —Carlos miró a Joe a los ojos, completamente inexpresivos. El sentimiento de culpa casi lo impulsó a decirle a Joe lo bien que conocía a Anguis, pero Joe y Retter sabían todo lo que BAD tenía que saber. Años atrás les había contado cómo lo habían tatuado los soldados de Anguis.

Solo que no les había explicado el significado de la cicatriz.

—Lo más que podríamos acercarnos nosotros a la escuela sería a medio kilómetro, y si las cosas se ponen mal estaríamos a la distancia de un continente. —Joe tamborileó con los dedos sobre la encimera—. Podría enviar a Retter, pero tengo otros planes para él.

Carlos negó con la cabeza.

—Ella nunca escucharía a Retter. —Y la idea de que Retter estuviera a solas con ella no le gustaba nada.

—¿Que no lo escucharía? —Joe sonrió incrédulo. Estaba claro que no era capaz de imaginarse a nadie negándose a escuchar a uno de los agentes de combate más intimidantes de BAD—. Me parece que Retter intimida bastante.

—Precisamente por eso no lo escucharía —explicó Carlos—. Gabrielle va de un extremo al otro. A veces parece a punto de arrancarte la cabeza y al momento siguiente está aterrorizada. Si eres demasiado brusco con ella en el momento equivocado, simplemente se queda helada. —Al propio Carlos le sorprendía que comenzara a entender tan bien las fluctuaciones de su personalidad, pero así era. Se volvía más dura cuando estaba exhausta, pero si la sorprendías descansada o simplemente después de comer algo era tan suave como un gatito.

—Tengo órdenes de cubrir un evento mediático en una vista del congreso que ha sido programada hace cinco meses. Básicamente es un bombardeo de los medios sobre los dos partidos presidenciales. —El largo suspiro que dejó escapar Joe dejó ver lo mucho que odiaba malgastar agentes entrenados cuando los necesitaba desesperadamente en otro lugar—. Nos vamos a quedar escasos en recursos humanos. Retter ha reunido a un equipo para ir a Venezuela. Lo necesito para que averigüe quién está atacando a su ministro del Petróleo y acusando a Estados Unidos de estar detrás del golpe antes de que la crisis del petróleo se convirtiera en un conflicto internacional.

Carlos levantó la mano.

—Estoy en el barco. Saldremos tan pronto como pueda reunir a Gabrielle.

¿Qué habría contado el piloto de Turga a Durand acerca de él y de Gabrielle? Carlos tenía que mantenerla a salvo, y eso sería difícil si Durand enviaba a sus matones tras ellos. Y había una cosa más que rondaba su mente.

—Entonces ¿la dejaréis marchar cuando regresemos del

colegio? —Carlos estaba sorprendido, pero también encantado de que ella hubiera podido llegar a ese trato.

Joe se dirigió hacia las escaleras, luego se detuvo y alzó las cejas sorprendido.

—He aceptado buscar a Linette y soltarla a ella una vez estuviéramos convencidos de que no es una criminal. Buscaremos a Linette porque lo haríamos de todos modos. Pero en cuanto lleguéis a Francia, Gabrielle regresará aquí. No puedo simplemente agitar la mano y declarar que es inocente. No somos los únicos que la buscan. He hecho un trato con la Interpol para que procesen sus huellas. Lo próximo que quieren es que la entregue.

—¿Qué quieres decir con eso de que el piloto de Turga ha desaparecido? —Durand dejó caer la carpeta que acababa de recibir y miró con incredulidad—. ¿Qué ha ocurrido?

El cuerpo fuerte y enjuto de Julio se tensó. Agarró con más fuerza el sobre grande que sostenía en las manos.

—Su plan de vuelo a Venezuela indicaba que llegaría a Caracas hoy. Tenía hombres en el lugar para interceptarlo, pero después de su última parada para repostar combustible salió del helicóptero y ya no volvió. Las autoridades están ahora en el aeropuerto. Creo que huyó de algo.

—¿Por qué? —Durand se hallaba de pie detrás de su escritorio, rascándose un lado de la barbilla.

Julio agitó el sobre exasperadamente y negó con la cabeza.

—No tengo la respuesta, todavía. Tal vez se marchó contra su voluntad. Quizá descubramos más cosas cuando encontremos al líder del equipo negro de Francia.

—Sí. —Durand estudió esa idea durante un momento, y luego preguntó—: ¿Qué es lo que tienes?

—Más fotografías, mejores ángulos de la cara del hombre que los guiaba, a pesar de que la luz no era muy buena.

Durand cogió las imágenes que Claudio le entregó y las esparció encima del escritorio. La última fotografía mostraba a un equipo de cuatro personas, tres hombres y una mujer. El líder parecía de origen hispano, pero en la foto no se le veía bien la cara.

Durand manoseó las brillantes fotografías, separándolas entre ellas. Eran imágenes vagas por la falta de luz, pero hubo una en particular que lo hizo detenerse.

—¿Lo reconoces? —preguntó Julio señalando la foto.

—Tal vez sí, tal vez no. Desde este ángulo sus ojos me resultan familiares —murmuró Durand más bien para él. ¿Conocía a ese hombre?—. Muestra esas fotos por ahí, a ver si hay alguien que lo reconozca. —Aquel hombre le resultaba definitivamente familiar, pero Durand no lograba identificar su rostro en aquel momento. Pronto tendría respuestas.

«Sí.»

—Mientras tanto quiero a esa persona que se atrevió a traicionarme y que logró que eso les costara la vida a mis hombres. —Durand se enfurecía cada vez que pensaba en la muerte de su hermano—. Le tenderemos una trampa y veremos si cae.

Carlos se movía en su asiento, entre dormido y consciente. Viajar en primera clase le procuraba más espacio para las piernas y los brazos, pero nada aliviaba sus músculos agarrotados y los recuerdos demasiado oscuros y retorcidos como para ser simples pesadillas.

Respiró profundamente, tratando de aprovechar esas horas para descansar.

Un sutil aroma a mujer se arremolinaba cerca de su nariz. Puede que se hubiera dormido en aquel momento de no haber notado el brazo que cubría su cintura.

Abrió los ojos para encontrar a Gabrielle bajo su brazo izquierdo, acurrucada junto a él mientras dormía. Su pecho se expandía y se contraía suavemente contra él con cada firme respiración.

¿Cuándo habría levantado la consola central que separaba sus asientos para cobijarse bajo su brazo?

Desde aquel punto de vista privilegiado era difícil no mirar justo abajo, donde un medallón de oro con forma ovalada se había deslizado en el valle que se formaba entre la suave elevación de sus pechos. Claro, era normal que un medallón antiguo llamara su atención. Levantó la mano derecha para taparse los ojos, y luego apoyó el codo contra el brazo lateral del asiento. Todo en aquella misión chirriaba o era directamente un error.

Empezando por los orígenes de Gabrielle, que prácticamente pertenecía a la realeza. Una aristócrata cuyas raíces podían remontarse hasta el siglo XIII.

Los hombres habían luchado en guerras por una mujer como ella.

Puede que no fuera una belleza de la pista, pero Carlos ahora entendía por qué él había advertido una gracia evidente en Gabrielle.

Y era atractiva, de una manera natural y no escandalosa. Raras veces había conocido a mujeres que aparecieran en público sin maquillarse o sin la ropa perfectamente arreglada, y sin embargo Gabrielle se había cambiado unos pantalones de chándal arrugados por unos tejanos y una camiseta rosa de punto sin un amago de protesta.

Aceptó esas ropas sencillas, se trenzó el pelo y se lo recogió con una pinza.

Nada de alboroto.

Una imagen sencilla y a la vez elegante.

Podría vestirse y vivir como una reina, bajo protección las veinticuatro horas. ¿Por qué no lo hacía?

Su madre —si es que era posible referirse a ella como madre— nunca habría renunciado a una vida de lujo para vivir en el anonimato y la moderación. Alena Anguis se consideraba a sí misma una reina y esperaba que todo el mundo la tratara como tal. Durante un tiempo, Carlos y su hermano habían sido los príncipes favoritos de la casa, hasta que Carlos se dio cuenta de cuánta sangre pesaba sobre la dinastía de los Anguis.

Se cubrió los ojos. Contempló el sol a través de la ventana, tratando de enterrar los dolorosos recuerdos. Para siempre olvidados. Llevaba muchos años sin pensar en su madre biológica, a propósito. A esa mujer le importaba más vivir de acuerdo a la última moda y conservar un cuerpo perfecto antes que esos niños cuyo nacimiento recargaba su vida. Se negaba a verse estropeada por niños sucios y ni siquiera quiso considerar la idea de tener otro bebé después del hermano de Carlos. Sus embarazos fueron una imposición que llevó como un martirio.

Su obsesión la llevó a desarrollar una anorexia que la mató cuando Carlos tenía diez años.

Su padre, Durand, había vendido su alma a la familia Salvatore cuando se casó con Alena, hija única del poderoso cártel Salvatore. Durand les debía a ellos todo lo que ganaba.

Cuando Salvatore, tras la muerte de Alena, retiró su apoyo a los Anguis, afirmando que su hija había muerto por un maltrato, declaró la guerra entre las familias. Desde entonces en adelante, Durand estaba decidido a demostrar que Salvatore se había equivocado al despreciarlo.

Por el linaje de una princesa malcriada, Durand convirtió a todos los hombres de su familia en soldados de su guerra personal.

La única madre verdadera que tuvo Carlos fue su tía María, la hermana de Durand.

Por ella, Carlos estaba dispuesto a cargar con él un secreto hasta la tumba, un secreto que probablemente lo llevaría a encontrar una tumba rápida. Pero eso es lo que hace un hombre por aquellos que realmente ama.

Su mirada se posó en la mujer que se agarraba a él.

Espejismo... Gabrielle... les había proporcionado más información sobre Anguis que cualquier agencia de espionaje en unos ocho años. Carlos tenía que saber todo lo que ella sabía. Tenía que saber si había alguna posibilidad de que ella pudiera dejar expuesto su secreto.

Por el momento la trataría como a una aliada temporal.

Gabrielle se agarró a su pecho y comenzó a respirar con algunos jadeos.

Tenía una pesadilla. Era extraño, pero él estaba tan seguro de eso que intentaría calmarla antes de que empezara a gritar.

Le desabrochó el cinturón del asiento y le hizo apoyar la cabeza en su pecho. Su respiración acelerada indicaba que estaba al borde de tener un ataque de pánico. Le susurró al oído:

—Despierta. Vamos, pequeña, despierta. Tan solo es un sueño.

Ella tembló contra él, su miedo era tan real que podía sentirlo en su piel. Dios, odiaba que le pasara eso.

Le acarició lentamente la espalda y susurró otra vez, sacudiéndola levemente para apartarla de las horribles imágenes que tenían capturada su mente.

Ella lo rodeaba con los brazos cuando trató de moverla para verle la cara. Le apretó un costado con la mano y él sintió el dolor de la reciente herida.

Lentamente, su respiración se calmó. Antes de pensarlo mejor, él la besó en la frente y continuó acariciándole la espalda y los brazos.

Una azafata se detuvo junto a él ofreciéndole en silencio una manta que tenía en la mano. Él asintió, sonriendo para darle las gracias, y ella colocó la manta sobre Gabrielle y fue a atender a otros pasajeros.

Gabrielle le dirigió una mirada furtiva entre la pestañas, sin estar preparada para reconocer que estaba despierta. No estaba en esa posición al quedarse dormida. Recordó que había subido la consola para estar más cómoda, pero no sabía cómo había acabado en los brazos de Carlos. Otra vez.

Él movía la mano lentamente por su espalda. Su cuerpo disfrutaba del consuelo, negándose a abandonar el contacto y perder lo que él libremente le ofrecía. Si cerraba los ojos, podía fingir que estaba en los brazos de un hombre a quien realmente le importaba.

Pero no iba a engañarse acerca de por qué estaba allí o del valor que tenía para él. Tendría cierta libertad de movimiento mientras él siguiera considerándola de alguna utilidad, pero ¿qué ocurriría cuando ya no tuviera nada que ofrecerle?

¿Sería verdad que Joe estaba dispuesto a liberarla?

Se estremeció ante la posibilidad de permanecer prisionera de ese grupo de agentes vestidos de negro cuya existencia ni siquiera era conocida en el mundo del espionaje.

—¿Estás bien?

Gabrielle se tranquilizó al oír esa voz profunda junto a su oído, y luego se apartó de su pecho. Su mirada era aguda y cansada. Ella se preguntó si jamás descansaba.

Estaba allí a pesar de no estar de acuerdo con esa misión.

Le había dicho que no permitiría que nadie le hiciera daño. Y ella le creía.

—Estoy bien. ¿Cómo es que he terminado en esa posición? —Miró la distancia que había entre ellos.

—Tenías una pesadilla. No sabía si ibas a gritar y sembrar un ataque de pánico en todo el avión.

Ella se ruborizó ante esa posibilidad, pues era cierto que estaba teniendo una pesadilla de lo más sangrienta cuando oyó que él trataba de despertarla. Le había ahorrado esa humillación.

—No, pues claro que no. *Merci.* —Gabrielle se apartó hasta sentarse de forma adecuada en su asiento y se apartó el pelo suelto de la cara. El estómago le hizo un poco de ruido. Debía de estar dormida a la hora del desayuno—. ¿Cuánto falta para aterrizar?

—Unos veinte minutos. —Carlos bajó la barbilla como si pretendiera que lo oyera solo ella, así que estaban de nuevo muy cerca.

—Cuando lleguemos sigue las instrucciones que yo te dé.

Ella asintió, prestando más atención a la forma perfecta de su boca, ahora al nivel de sus ojos. Tan firme y masculina, tan perfectamente hecha para ser besada. Ojalá no la hubiera besado nunca, para no estar pensando en eso justo en aquel momento.

Había tenido sus hormonas tanto tiempo en hibernación que seguía preguntándose si la besaría otra vez.

—¿Necesitas que insista? —preguntó él.

—¿Qué? —Ella alzó los ojos y se encontró con su mirada curiosa.

Él suspiró.

—Cuando salgamos del avión...

La mente de Gabrielle cambió de dirección.

—Te he entendido la primera vez que lo has dicho —le contestó, interrumpiéndolo, pero manteniendo la voz baja—. Debo permanecer cerca de ti. No hablar con nadie. Decirte si reconozco a alguien. No usar tu nombre ni dar el mío a menos que sea absolutamente necesario. Decir en la aduana que estamos de vacaciones, y etcétera, etcétera. —Frunció el ceño—. Y entendido también las otras cincuenta cosas que hay que hacer y que no hay que hacer. No soy una imbécil.

Los ojos de él brillaban a pesar del tono áspero de ella.

—¿Tienes hambre?

—Sí, pero probablemente me perdí el desayuno.

Carlos hizo un gesto a la azafata. Ella acudió enseguida con una brillante sonrisa en su bonito rostro y se inclinó para escucharlo. Luego asintió y regresó a la cocina.

—¿De qué va todo esto? —Gabrielle se encogió ante su propia actitud refunfuñona, pero es que aquella mujer se lo había comido con los ojos.

Y él parecía satisfecho por eso. Hombres.

—Le he pedido que te traiga algo de comer. —Torció la boca, tratando de evitar una sonrisa.

¿Cómo podía culpar a ninguna mujer de comerse con los ojos a un hombre que tenía una pinta tan estupenda con camisa y tejanos negros después de haber volado toda la noche?

Quiso encogerse y esconderse debajo de la manta. Las mañanas no eran su mejor momento del día. Era muy poco frecuente que hablara con alguien antes de darse una ducha, tomar un té y desayunar.

Sintió la necesidad de disculparse, pero no ante la persona que la había hecho prisionera.

—Puede que eso me ponga de mejor humor.

—Ya lo sé. —Esta vez la sonrisa, que brotó libremente, iluminó también sus ojos. Unos hermosos y profundos ojos marrones con espesas pestañas negras.

Ella no pudo mantener su irritación ante aquel rostro, y le devolvió la sonrisa.

—Lamento ser tan malhumorada, pero es que estoy acostumbrada a estar sola por las mañanas. Normalmente tengo tiempo de adquirir una personalidad antes de salir de casa.

Algo de lo que dijo provocó en él una mirada extraña, pero la fugaz expresión se desvaneció tan rápido como había aparecido.

La azafata le trajo el desayuno y le recordó amablemente a Gabrielle que tenía solo unos diez minutos para comer.

—*Merci*. —Gabrielle acabó rápidamente y entregó su

bandeja a la azafata la última vez que pasó antes de que el avión iniciara el aterrizaje.

Carlos se puso un par de pastillas de menta en la boca de la lata que compartía con ella y permaneció callado durante el aterrizaje y el cambio de vuelo para tomar uno a Carcassonne. Mantuvo a Gabrielle en todo momento cerca de él, examinándola constantemente.

Pero se le notaba la falta de descanso. Por lo que había oído ella en la reunión, había dormido muy poco durante varios días.

Gabrielle fingió dormir hasta que Carlos inclinó la cabeza hacia atrás y cerró los ojos. Dudaba de que estuviera profundamente dormido, pero notaba que ni siquiera se atrevía a descansar cuando ella estaba despierta. La observaba constantemente, incluso cuando no lo parecía.

¿Cómo podría escabullirse con alguien tan vigilante?

¿Por qué se sentía tan culpable si pensaba en planear su huida? Primero cumpliría con su parte de la misión, para asegurarse de que las posibles jóvenes víctimas estuvieran protegidas.

Pero tenía que encontrar una manera de escapar, porque dudaba de que Joe le permitiera marcharse después de haber conocido a su grupo, a pesar de que no supiera ni tan siquiera el nombre que tenían.

Una vez lograra escapar debería desaparecer de forma permanente.

—Nunca estás en casa cuando yo estoy, entonces ¿qué te importa cuánto salga? —preguntó Gotthard cuando respondieron a la llamada que había hecho a su casa. Debía de haberse dado cuenta de que su esposa, Martina, no interpretaría su conducta como un esfuerzo por su parte de estar en contacto sino más bien como un desafío directo.

—Tal vez no me importaría si pudiera encontrarte de vez en cuando.

—Tienes mi teléfono móvil y te devuelvo las llamadas cuando puedo. —Gotthard usaba su Bluetooth, para tener las manos libres y poder escribir, pero aquella llamada sería corta. Nadie hacía una llamada desde el centro de operaciones de BAD a un teléfono móvil que durara lo bastante para ser rastreada, y eso era siempre así aunque uno estuviera hablando con su abuela de noventa años.

—¿Por qué no puedo saber dónde estás? ¿Por qué tiene que ser tan secreto trabajar en el diseño interior de un avión?

—Razón número uno, el diseño es para otro país, y número dos, he firmado un acuerdo de confidencialidad. Violaría el contrato si hablara de mi trabajo con alguien, incluso contigo.

—Al menos...

—Lo siento, Martina, pero alguien me está llamando. Tengo que ir. Yo... «Simplemente, dilo: Te quiero.» De verdad quería decirlo, pero...—. Te echo de menos. Hablamos más tarde.

Gotthard colgó el teléfono, se sobrepuso a un pequeño momento de culpa y luego volvió a ponerse a jugar con el código de la postal de Linette. Había estado enviando mensajes a través de un sistema creado por él mismo que enviaba destinos mezclados de varias formas a diferentes *blogs* y tablones de anuncios informáticos. Firmaba cada mensaje con la expresión «Que seas feeliz» al final, e incluía una palabra codificada en el texto.

—¿Qué has conseguido, muchacho? —Hunter entró despreocupadamente al centro informático de BAD, localizado bajo la ciudad de Nashville y conectado a través de túneles subterráneos con un edificio alto de muchas plantas, el AT&T, que albergaba las principales oficinas de BAD.

—Nada nuevo, excepto por esto. —Gotthard se volvió y levantó varios documentos que había impreso—. He estado cruzando referencias de algunos nombres y he hallado conexiones entre tres adolescentes, Linette y Gabrielle.

Hunter cogió los papeles y comenzó a leer.

—¿Qué es esto?

—Parece que se trata de la ascendencia. Hay una anotación, «D-ange-ruese» que aparece en cada linaje directo de un primogénito o un hijo único. Lo que he encontrado por Internet indica que hay un linaje que puede remontarse a dos mil años atrás.

—Suena como uno de los millones de mitos que circulan por la red. —Hunter se inclinó para estudiar las anotaciones, y luego negó con la cabeza—. El maldito Internet es lo mejor y lo peor que le ha pasado a este mundo.

—Sea o no sea un mito, Amelia, Gabrielle, Linette y las otras dos adolescentes que no podemos localizar tienen esa designación en común, además del hecho de ser hijas únicas o primogénitas. Mandy es la única excepción, pero es algo.

Hunter frunció el ceño, pensativo.

—Tengo amigos en Europa especialistas en las ascendencias muy oscuras. Deja que ponga a algunos profesionales en esto.

Una vez aterrizaron en Carcassone, la respiración de Gabrielle se calmó de nuevo, consciente de Carlos solo por el toque ocasional de su mano para acercarla a él si se alejaba.

¿Se trataba de su imaginación o él estaba más distante?

No había bromeado ni la había tocado innecesariamente desde que salieron del aeropuerto Charles de Gaulle.

Ahora estaba pensando como una colegiala adolescente, preocupada porque el chico guapo del colegio no reparaba en ella. Se ruborizó al recordar que en la cabaña su chico guapo la había obligado a ir corriendo al lavabo para vestirse.

Estaba claro que él reparaba en ella, pero no en un sentido agradable.

Arrastraba una pequeña maleta que la gente de Joe había preparado después de que ella les entregara una lista con todas las cosas que necesitaba. ¿Cómo podían haberlo conseguido todo tan rápido? Cada artículo de los que había solicitado estaba incluido, y nadie le había cuestionado nada.

Cuando pasaron ante el primer lavabo de mujeres, Gabrielle se dispuso a entrar, pero se detuvo en seco cuando Carlos la agarró del brazo.

Ella dirigió una mirada de odio primero a su mano, y luego a su rostro, y le habló en voz baja sin el menor deseo de ocultar la rabia que sentía:

—¿En serio pretendes que soporte todo este viaje sin ir al lavabo?

El ruido de la multitud engulló el sonido que acompañó la incipiente mueca de sus labios. Tomó aire, como para armarse de paciencia, y luego se inclinó hacia ella para hablarle.

—No tenía planeado que fueras al lavabo hasta más tarde.

La cogió en sus brazos de manera íntima, como si fuera... ¿a besarla?

Gabrielle contuvo la respiración, y el lavabo de mujeres se desvaneció ante la perspectiva de otro beso. No tenía ni idea de qué era lo que había provocado aquella situación y normalmente le preocuparía la idea de actuar de forma poco decorosa en público, pero eran anónimos para aquella gente.

Un pensamiento emergió a la superficie. «Es posible que nunca vuelva a tener esta oportunidad.» Se había negado a sí misma el más simple de los placeres durante diez años. ¿Qué podía haber de malo en un beso?

Cuando notó que le ponía una mano en la espalda, volvió su rostro hacia él, contemplando fijamente sus enigmáticos ojos oscuros. Él hizo una pausa, y en su mirada ardió algo que ella no se atrevía a nombrar. Tragó saliva, expectante y con la respiración acelerada.

Su piel tembló con ansiedad. Deseo.

Él tensó la mandíbula. Miró por encima de la cabeza de ella y deslizó una mano en su espalda por debajo de su jersey, provocando en ella un jadeo cuando sus dedos cálidos le tocaron la piel.

Un beso rápido estaría bien, pero nada excesivamente demostrativo.

—¿Qué estás haciendo? —susurró ella.

—Tú quédate quieta y apoya la cabeza en mi hombro.

Frunció el ceño, y luego obedeció. Con un brazo, Carlos la atrajo más hacia él, mientras los dedos de la otra mano colocaban algo en su cinturón, a la altura de la cadera derecha.

Gabrielle apretó los dientes. Le estaba poniendo un aparato de rastreo.

—¿No crees que si quisiera escaparme simplemente me quitaría esta cosa?

Otro profundo suspiro atravesó su pelo, desprendiendo el aroma de su aliento mentolado.

—No se trata de ese tipo de aparato. No puedo registrar un baño público para asegurarme de que es seguro para ti, por eso he colocado un botón de alarma en tus tejanos. No te pongas la mano en la cadera a menos que necesites ayuda. Solo con que toques ese botón enviarás un mensaje de alerta a mi receptor.

Ahora realmente se sentía como una arpía por haberse enfadado con él.

Él añadió:

—Si huyes, te encontraré y te llevaré de vuelta con Joe, que te encerrará durante mucho tiempo. Tus posibilidades de salir de esto serán más altas si te quedas a mi lado.

Cualquier sentimiento cálido que pudiera albergar hacia él desapareció bajo una ola de irritación. Se apartó de sus brazos, sintiendo justificado su mal humor.

—Necesito algo de tiempo, así que no entres ahí a buscarme —le advirtió.

—¿Cuánto tiempo?

—Necesito refrescarme y cambiarme de ropa si vamos a ir directamente al colegio. No llevo un atuendo apropiado.

Carlos la miró con suspicacia.

Ella había compartido todo lo que consideraba necesario.

Comprobó su reloj.

—Tienes diez minutos.

Era imposible hacer en diez minutos todo lo que tenía en mente. Tal vez con un poco de práctica, pero llevaba dos años sin intentar ejecutar lo que estaba a punto de hacer. Lo último que querría es que Carlos entrara en el lavabo de mujeres en mal momento. La había intimidado para que fuera con él cuando se conocieron y quiso la llave del todoterreno. Quizás ella podría usar la misma estrategia con él.

Gabrielle agarró con fuerza el asa de su maleta y avanzó un paso para mirarlo a la cara de cerca, esperando sonar tan amenazante como pretendía.

—He sido lanzada por la borda de un bote, me han disparado, secuestrado, esposado, aterrorizado y retenido como prisionera. No permitiré que me digan cuánto tiempo tengo que estar en el lavabo.

Él alzó las cejas sorprendido.

—¿Seguro que has comido suficiente en el avión?

Ella gruñó y avanzó bruscamente hacia la entrada del lavabo.

—Diez minutos, Gabrielle, o entraré a buscarte.

Capítulo 14

$\mathcal{V}$estavia se hallaba de pie cerca de la puerta de la sala de conferencias en el edificio de Trojan Prodigy. Le dio la mano al cuarto miembro de la hermandad que había llegado para la reunión convocada. Se tomaba su tiempo con cada una de las manos arrugadas pero firmes que apretaba.

A un lado, la pared acristalada del piso treinta y dos daba al distrito de negocios de Brickell. En el interior de las ventanas ahumadas se había instalado un cristal blindado, para garantizar la seguridad. Además, se había entretejido una fina tela metálica en el interior del vidrio extra que impedía ser visto desde el exterior a la luz del día y también en las horas nocturnas, como ahora, cuando la oscuridad envolvía la bulliciosa ciudad.

Aquellos cuatro miembros de la hermandad, que habían llegado de Washington, Chicago, Nueva York y Seattle, eran la columna vertebral de los Fratelli de Norteamérica, los que dominaban a los demás.

Aquel era el ejemplo perfecto para entender por qué un grupo de doce miembros de la hermandad nunca podría gobernar un continente de manera exitosa. Era demasiado fácil para un hombre manipular el poder.

—Cada uno de vosotros tiene una copia del archivo de nuestro proyecto actual. —Vestavia señaló con la mano los cinco lugares donde estaban las carpetas. En cuanto los hombres se sentaron a un lado de la larga mesa de conferencias de madera de nogal y revisaron las carpetas, Vestavia sirvió a cada uno su bebida preferida, es decir, whisky escocés o ginebra.

Con treinta y ocho años, él era el más joven de los doce

miembros de la hermandad; el presente grupo iba de los cincuenta y dos a los setenta años de edad. Eso le recordaba que él era el partidario más reciente ascendido a aquel nivel. Su ascenso había tenido que ver con la inesperada muerte del hermano Bacchus el año pasado.

Aquellos miembros en representación de Norteamérica creían que el pobre Bacchus había sucumbido a un ataque de corazón mientras dormía.

Esa era una versión de la verdad.

De haberse sospechado que había habido algún tipo de juego sucio se habría programado una autopsia en una clínica privada. Esta habría revelado un componente químico sintético en la muestra de sangre de Bacchus, el catalizador de su fallo de corazón.

Pero Vestavia había sido cuidadoso, eliminando al único miembro de la hermandad que sospechaba de cada uno de sus movimientos desde el principio y que cuestionaba constantemente su lealtad a los Fratelli.

Ahora él era el miembro de la hermandad homenajeado y Bacchus había quedado fuera de juego.

Algunos de los hombres más poderosos de Norteamérica estaban sentados ante la mesa, y ninguno de ellos tenía ni la menor idea de que un *angeli* estaba sentado entre ellos.

Ellos creían que los Angeli no habían sido más que un mito, pero Vestavia era muy real. La hermandad conocería su poder cuando él y seis *angeli* más emergieran para guiar la construcción de un nuevo mundo en cuanto el trabajo preliminar se hubiera completado. Por ahora, fingiría respetar a hombres que no valían lo bastante para merecer hallarse en la misma habitación que él.

Él había sido el primero de los Angeli infiltrado en los Fratelli, la organización más poderosa del mundo... por el momento. Un conjunto de hombres brillantes tocados por el genio, pero sin embargo incapaces de generar un verdadero renacimiento. Entendían los mecanismos para colapsar las industrias más importantes de las naciones, pero no comprendían el arte de desbaratar cada nación metódicamente.

—Cada cosa estará en su sitio el viernes. —Vestavia se sentó a la cabecera de la mesa—. Para asegurarnos del éxito, no debemos permitir que Estados Unidos deje de concentrarse en el asunto del petróleo.

Fra Diablo, el mayor del grupo, que podía influir en los votos, había apoyado la promoción de Vestavia como miembro de la hermandad. Su mandíbula caída se movió cuando levantó la cabeza y alzó una espesa ceja blanca. La piel se aflojaba debajo de sus ojos, y tenía la nariz torcida hacia abajo, casi ganchuda. Inspiraba profundamente y resollaba levemente al exhalar el aire.

—Con los precios del petróleo subiendo más rápido de lo que ningún país anticipaba, y particularmente Estados Unidos, eso no debería ser un problema —sugirió Diablo—. ¿Qué pasa con las adolescentes?

—La última será secuestrada esta semana —le aseguró Vestavia.

—¿Este montaje no está demasiado cerca de las elecciones presidenciales, que son la semana que viene? —Fra Benedict, el banquero, como le decía Vestavia, era siempre el primero en expresar críticas. Más gordo que alto, Benedict, se caracterizaba por una actitud malhumorada y negativa. Señalaba cualquier fallo potencial, por minúsculo que pudiera ser, para ser el único que pudiera jactarse de su capacidad de prever los problemas cuando estos ocurrían.

Moderación, contención. Vestavia había tenido un ascenso veloz por ser capaz de mostrar una sincera mezcla de humildad y confianza a los miembros de la hermandad, pero mostrarse sumiso delante de un rango inferior era una prueba de disciplina.

—Todo ocurrirá en el momento oportuno —dijo Vestavia, esperando que su tono resuelto pusiera fin a la discusión—. Un calendario de actuación adecuado es la clave del éxito, tal como lo fue cinco meses atrás al orquestar la reunión que tuvo lugar en el edificio del Capitolio. —Dejó que esa observación reposara, para recordarles a todos que nada de lo ocurrido hubiera sido posible sin su habilidad para trazar planes—. Precipitarse en la ejecución de cualquier parte del programa es tan peligroso como quedarse atrás. Estamos siendo perfectamente puntuales con los plazos.

Ninguno de los hombres de aquel grupo insultaría a otro

miembro de la hermandad o se comportaría de manera inapropiada. Creían en el orden y el respeto. Por muy contradictorio que pudiera parecer, serían capaces de matar por la hermandad, pero no permitirían muertes innecesarias. Jamás emprenderían acciones innecesarias que pudieran llamar la atención sobre la orden.

Cometer ese tipo de acciones sería una muestra de falta de respeto por los Fratelli.

Al menos Vestavia tenía la sensatez necesaria para ver lo absurda que era aquella idea, puesto que las muertes son inevitables cuando se trata de conquistar.

Fra Morton tenía la costumbre de levantar la mano un par de centímetros por encima de la mesa, con el dedo índice extendido, cada vez que hablaba, como para remarcar su lugar.

—¿Nadie sospecha de las desapariciones de las adolescentes?

Vestavia negó con la cabeza.

—No. Hemos sido cuidadosos con nuestra selección. Todas parecen haber dejado la escuela por voluntad propia.

Morton asintió con su cabeza calva, apretó los labios como pensando y apoyó la palma de la mano sobre la mesa. Tenía un cuerpo desgarbado, que hacía juego con su rostro anodino, y llevaba un traje marrón sin personalidad. Un observador distraído habría despreciado su pregunta simple y su tranquila aprobación, como si fuese la cosa más fácil del mundo, pero Vestavia nunca se tomaba nada con indiferencia. Había investigado a cada uno de esos hombres concienzudamente.

Morton pertenecía a la junta directiva de seis firmas internacionales, tres de las cuales poseían los mayores contratos de defensa. No era nada fácil.

Fra Dempsey tomaba notas en cada reunión. Interrumpió por un momento su escritura.

—¿Qué pasa con el venezolano? ¿Tiene alguna sospecha sobre el uso que se hará de las adolescentes?

—No. —Las manos de Vestavia descansaban a cada lado de la carpeta, dándole un aspecto relajado—. Me he asegurado de que Durand Anguis tenga otras preocupaciones mayores que el destino de esas adolescentes, y estoy seguro de que cumplirá con sus tareas a tiempo.

—Será impresionante... si todo sale como esperamos.

—A sus cincuenta y dos años, Dempsey era uno de los miembros de la hermandad más experimentados, y sus posesiones incluían varios rascacielos en distintas partes del mundo y una fábrica de lujosos yates que producía embarcaciones a medida para dirigentes mundiales y buques destinados al comercio internacional, además de submarinos privados. De cuerpo esbelto, poblado cabello gris y un bronceado intenso, a Vestavia le recordaba a una estrella de cine cuyo nombre no lograba recordar.

—Todo irá como he explicado en la presentación original del proyecto. —Vestavia hubiera preferido que Mandy le hubiera sido entregada a él, pero ella no sabía nada relevante, y no había sido más que un cordero sacrificado. Él solo había ordenado el secuestro para llamar la atención de Espejismo, que picó el anzuelo en cuanto se filtró el dato de que Durand estaba involucrado.

El único error de aquel plan había sido no capturar a Espejismo, pero Vestavia no tardaría en encontrar a aquel informante que trabajaba por su cuenta, y haría callar a aquella rata.

—Yo tengo una preocupación, hermanos. —Un silencio incómodo se extendió a lo largo de la mesa y se depositó bajo la piel de Vestavia. ¿Iban a cuestionarlo? ¿A él? Luchando contra la urgencia de rebelarse, Vestavia recurrió a la fuerza que sus antecesores le habían transmitido por vía genética, la habilidad estratégica, y decidió mostrar un rostro tranquilo.

Benedict nunca escribía nada en las reuniones, pero levantó un bolígrafo de oro con una mano rechoncha, manoseándolo como si fuese un rosario.

—¿Qué pasa si falla el venezolano o si alguna de las adolescentes no responde como esperamos o...?

«¿Y qué pasaría si pudieras follarte a una mujer como Josie?», quiso responderle Vestavia. El porcentaje de posibilidades tenía que ser el mismo. Era difícil imaginar que Benedict, el banquero, controlaba el veinte por ciento de todas las transferencias de dinero entre Estados Unidos y el extranjero.

Vestavia alzó una mano para detener a Benedict el banquero antes de que expusiera otra preocupación en la mesa.

—Tal como os expliqué la última vez, tenemos tres adolescentes, y solo necesitamos una. Las otras dos son una especie de seguro. Se trata de un plan sencillo, pero bien construido, que dará grandes resultados.

Diablo había apoyado el ascenso de Vestavia hasta aquel nivel y demostraba ser la voz más fuerte del grupo. Se aclaró la garganta, y empezó a hablar.

—Espero estar hablando por todas las personas aquí presentes al decir que creo que has hecho un trabajo excepcional al planear el siguiente paso. —Diablo hizo una pausa, como esperando a ver si alguien lo contradecía antes de continuar—. De todos los lugares donde hemos probado los agentes biológicos durante los últimos tres años, Estados Unidos fue el más rápido en ser rechazado. Veremos resultados más rápidos en pruebas futuras una vez tengamos este país en una posición más sostenible. Después del viernes, el mundo podrá ver de primera mano cómo la nación más industrializada del mundo maneja una crisis de un impacto aún mayor que la que generaron los aviones que chocaron contra las Torres Gemelas. Y nosotros veremos quiénes de los depredadores de los otros continentes hacen el primer movimiento.

—Bien. —Vestavia mantuvo una expresión tranquila a pesar de que quería sonreír, disfrutar del momento, pero ya lo celebraría pasando una semana con Josie en su isla privada. Pronto—. Estoy preparado para la segunda mitad de los fondos. —Pero se necesitaba el voto mayoritario para mover los fondos, y los cuatro miembros de la hermandad presentes junto a él en la habitación tenían los poderes de los otros siete no presentes.

—Si todos estamos de acuerdo, los once millones se moverán en veinticuatro horas. —Fra Diablo paseó una mirada aguda alrededor de la mesa, esperando una respuesta de cada uno.

Morton levantó de nuevo su dedo y asintió con la cabeza. Dempsey golpeaba el bolígrafo contra la cubierta de piel de su cuaderno de notas, pero movió la cabeza en señal de conformidad.

Todos los ojos se volvieron hacia Benedict, que suspiró profundamente y finalmente dijo:

—Estoy de acuerdo.

Cuando se pusieron en pie para salir, Vestavia captó la severa mirada que Diablo le dirigió. Era una señal de advertencia, con un mensaje claro: «No hagas que me arrepienta de haberte apoyado».

Los hombres se levantaron y salieron en fila. Todos excepto Diablo, que le ofreció la mano.

Cuando se saludaron, Vestavia se inclinó hacia él.

—No hay razón para preocuparse, pero necesitaba verte hoy también por otro asunto. Necesito tu apoyo para algo más.

—¿De qué se trata? —Los ojos de Diablo mostraban su vacilación.

—Una muerte necesaria.

—¿Además de las que ya están propuestas?

—Sí. Una que no está del todo relacionada con el acontecimiento del viernes, pero que es importante para la seguridad de nuestra organización.

—¿Quién? ¿Por qué no lo has expuesto durante la reunión para que todos los miembros de la hermandad participaran de la decisión?

Vestavia puso cuidado en la elección de sus palabras para no insultar directamente a un miembro de la hermandad, pero en su libro todos eran sospechosos.

—Porque ha habido una filtración en la operación de las adolescentes y Espejismo. Tenemos un topo trabajando para uno de nuestros miembros que está pasando información y debemos ocuparnos de él... siempre que no se trate de un fratelli.

Un flujo regular de pasajeros se movía junto a Carlos en ambas direcciones a través del aeropuerto de Carcassone. Las conversaciones eran una mezcla confusa de idiomas, pero la mayoría parecían francés.

Volvió a mirar su reloj por segunda vez después de que hubieran transcurrido los diez minutos y sacudió la cabeza.

Gabrielle había tardado menos tiempo en ducharse y cambiarse de ropa antes de que abandonaran la cabaña, así que refrescarse no debería entretenerla tanto.

Se dirigió al cuarto de baño de mujeres, un lugar donde ningún hombre querría entrar sin ser invitado. Con un poco de suerte, usando la excusa de que estaba buscando a su compañera de viaje, no quedaría tan mal.

Al llegar a la entrada, dos jóvenes salían empujando sus maletas y charlando. Lo miraron molestas, con ojos asombrados. Luego lo repasaron con la mirada, sonrieron y murmuraron algo en francés con un tono seductor.

Carlos les guiñó el ojo. Ellas se ruborizaron y se escabulleron.

Justo detrás de ellas, una mujer bien proporcionada, con un traje chaqueta de falda color canela que dejaba ver sus hermosas piernas salía del cuarto de baño. Miraba hacia abajo, refunfuñando algo mientras luchaba con un botón de su chaqueta.

Llevaba un abrigo como el de Gabrielle y una maleta también idéntica.

Carlos vaciló en medio de un paso en el mismo momento en que ella se detuvo bruscamente frente a él y levantó la cabeza. Tuvo que esforzarse para que le saliera la voz.

—¿Gabrielle?

—Coge esto. —Empujó el equipaje de mano hacia él, murmurando—. Puedes llevarlo mientras acabo de vestirme. ¡Intenta hacer todo esto en diez minutos!

Ella se adelantó airada, luego miró a ambos lados y finalmente se volvió hacia él. Tenía el pelo recogido con un moño alto que realzaba sus mejillas. La mirada de enfado que le lanzó empeoraba mientras seguía allí esperándolo.

—¿Y ahora qué? —Su acento era más marcado.

Carlos se repuso y avanzó hacia ella, sorprendido por aquel cambio total y tan repentino. Había entrado a ese cuarto de baño mona pero totalmente descuidada y ahora salía refinada como una mariposa.

—Estás... guapa —consiguió decir por fin. No era preciso. Estaba impresionante y llevaba una ropa que la hacía endiabladamente seductora.

Apostaba lo que fuera a que estaría todavía mejor sin ella.

—Ese cumplido no hará que me dé más prisa —le espetó ella—. Y no me preguntes si estoy hambrienta.

—¿Estás hambrienta? —Él sonrió abiertamente. A veces se comportaba como una pequeña mandona.

La respuesta de ella fue un bufido de indignación. Enderezó la espalda y extendió la mano para coger su equipaje, apretando los labios, ahora de un color sandía.

Él desde luego sí estaba hambriento. Otra mirada a esas piernas y estaría muerto de hambre, un hambre que no podría saciarse con comida.

Gabrielle movió las manos hacia las caderas.

Carlos se tensó.

—No lo hagas.

—No pasa nada. —Se puso las manos en las caderas y no ocurrió nada, ninguna alarma sonó en su teléfono—. Puse ese pequeño artefacto en otro lugar más adecuado.

Carlos dio unos golpecitos con el pulgar en el asa de su maleta, viendo que durante los próximos días iba a haber una guerra de voluntades. Era una perspectiva irritante, pero con un lado bueno. Las mujeres pretenciosas con aires de esnob generalmente no le interesaban.

Cuanto más mantuviera ella ese aire de nobleza, menos tendría que preocuparse por la atracción salvaje que sentía.

Le pasó la maleta.

—Discutiremos eso más tarde, pero no vuelvas a cambiar nada de lo que yo haga.

Eso debería haberla provocado, realzando la odiosa arrogancia que podía esperarse en alguien de alta cuna.

Pero en lugar de eso, los aires de Gabrielle disminuyeron con esa reprimenda.

—Lo siento, yo solo... ya sabes, me preocupaba darle sin querer al aparato y armar un escándalo. —Sus ojos miraban a cualquier sitio, evitando su rostro.

La había incomodado, de nuevo. Al parecer esa era su especialidad con aquella mujer. Carlos le tomó la barbilla para conseguir que lo mirara a los ojos.

—No has hecho nada malo, en serio.

Ella lo miraba con una expresión cargada de dudas, así que Carlos añadió:

—No tenía ni idea de que estabas haciendo todo esto, pero estás preciosa. —Los cumplidos alimentan la seguridad de una mujer, pero en ese caso él sentía las palabras que decía.

La mirada de ella se suavizó. Y los labios de color sandía se relajaron y redondearon más.

Había sido un comentario estúpido, porque ahora él estaba pensando en lo atractiva que era y en las ganas que tenía de volver a besarla. Estaba aún más deseable que cuando había despertado en sus brazos durante el vuelo. Era difícil de imaginar, pero cierto. Cuando ella había despertado de la pesadilla, él miró fijamente sus ojos hinchados por el sueño, su pelo alborotado y aquel rostro inocente, y tuvo que recordarse a sí mismo por qué estaban juntos y luchar contra cada músculo de su cuerpo para no saciarse con su boca.

Gabrielle separó los labios. Su lengua se deslizó sobre el labio inferior, dejando un rastro de saliva.

El cuerpo de Carlos se encogió. Aquello era un problema.

Un hombre que llevaba un abrigo se volvió bruscamente cerca de ella.

Carlos atrajo a Gabrielle a su lado.

—Vas a arrugarme la ropa, que ya ha salido bastante arrugada de la maleta —se quejó ella mientras se alisaba la americana.

No podía creer lo rápido que su humor cambiaba de sentirse enfadada a herida o irritada.

—Arrugarte la ropa es la menor de mis preocupaciones cuando alguien hace un movimiento brusco cerca de ti.

Ella se volvió, y sus ojos escudriñaron a la multitud.

—¿Quién ha sido?

—Esta vez nadie —susurró él—. Pero de ahora en adelante tienes que estar en guardia y hacer lo que yo te diga. —Le dio esta última orden en un tono más amable.

A pesar de todos sus esfuerzos, obtuvo a cambio una mirada que indicaba que ya estaba cansada de que le dijeran lo que tenía que hacer. Esa era exactamente la razón por la que Carlos la había acompañado. Retter a estas alturas ya habría perdido la paciencia y la intimidaría para conseguir que se mostrara sumisa, y eso la habría vuelto catatónica o la habría hecho gritar.

O tal vez Retter habría tratado de seducirla para dominarla.

Eso habría funcionado, pero la sola idea de Retter poniéndole la mano encima desataba en él un mal humor cuyo origen prefería no identificar.

Esta idea no ayudó a mejorar su tono cuando se dirigió a Gabrielle:

—Vamos.

Ella emitió otro sonido ofendido, que él tradujo como una manifestación de que accedía a continuar pero tendría que escuchar sus quejas más tarde.

Carlos la miraba furtivamente, tratando de descubrir qué veía de diferente en Gabrielle más allá de la ropa, ese recogido de pelo tan sensual y el ligero maquillaje que llevaba en los ojos.

Algunos hombres volvían la cabeza para mirarla, pero ella no parecía notarlo.

Carlos se había puesto sus gafas de sol y observaba a todo el mundo. No esperaba encontrar allí ninguna amenaza, pero había que estar siempre preparado. Cuando llegaron a la zona de conductores de limusinas, él se adelantó, interponiéndose entre Gabrielle y un hombre de baja estatura con un traje negro a medida que le daba un aire de millonario.

El pequeño individuo sostenía un cartel blanco con la palabra «Ascension» y un escudo dorado con un halcón en vuelo.

Gabrielle se situó junto a Carlos.

El conductor dijo:

—¿*Mademoiselle* S?

—*Oui*, pero prefiero el inglés, ya que mi compañero no habla francés de forma fluida. —Su tono seco indicaba que cualquier alternativa sería inaceptable.

Cuando el conductor le hizo un gesto de desdén ante su incapacidad para hablar el idioma local, Carlos sintió ganas de aplastarle la nariz.

—Como usted desee, *mademoiselle* S, y llamaré para informar a los demás de su petición. —El conductor cogió todo el equipaje, con excepción de la bolsa del ordenador, que conservó Carlos.

Se inclinó hacia ella para que el hombre no lo oyera.

—Continúa impresionándome.

A ella se le escapó una sonrisa que iluminó sus carnosos labios. De nuevo se mostraron sus hoyuelos. En aquel momento era la viva imagen de una joven despreocupada y sofisticada. Carlos estaba sin aliento.

Era una mujer que podía esconder más secretos que él.

Una combinación peligrosa.

Carlos y Gabrielle se subieron a una larga limusina negra y guardaron silencio mientras el coche salía del aeropuerto. En raras ocasiones él podía ver las ciudades desde aquel lugar privilegiado. Normalmente viajaba al amparo de la oscuridad y abandonaba la ciudad del mismo modo silencioso.

Carlos esperaba que su teléfono móvil emitiera el sonido de mensajes entrantes, pero cuando lo revisó no tenía señal.

—¿No hay cobertura?

—Sí, pero el servicio se ha visto afectado esta semana por grandes reparaciones en las torres más antiguas. Supongo que volverá a funcionar rápidamente... más o menos dentro de una hora.

Cuando el conductor se dirigió hacia el este en lugar de al norte, Gabrielle cuestionó su ruta.

—Hay un desvío por obras en esa dirección. Eso nos retrasaría más que tomar la carretera directa a la *cité* —explicó el conductor, empleando el término local para referirse al centro.

A Gabrielle se le escapó una pequeña exclamación, y Carlos sonrió ante su excitación.

—Ese castillo fue construido en el siglo XI —le explicó ella, y pasó a relatarle la sangrienta cruzada que hubo en aquella época. El conductor siguió por la autopista hacia Carcassone y dobló hacia el norte, pasando justo delante del castillo. Los visitantes transitaban caminos polvorientos hacia la fortaleza amurallada y las torres, que parecían flotar por encima del suelo en la brumosa mañana.

—Hay seis torres y *barbicans* —continuó ella, desempeñando el papel de su guía turística particular.

Carlos tenía que reconocer que la vista de aquella ciudad medieval tan bien preservada con kilómetros de muralla era una imagen increíble, y le hubiera preguntado qué era una *barbican* de no haber sido porque estaba disfrutando demasiado de su voz como para interrumpirla. El castillo adquiría una cualidad mágica cuando ella lo describía.

—Cuando caen las manzanas y se pudren en el suelo huele como a sidra —continuó.

—Mmmm. —Pero Carlos estaba inhalando el delicado perfume que ella debía de haberse puesto en el aeropuerto. Y su deseo como turista ahora se limitaba a contemplar la elegante forma de su esbelto cuello. Tan atractivo y condenadamente deseable. Debería estar mirando las calles adoquinadas y el paisaje, pero no había nada al otro lado de la ventana que atrajera tanto su atención como la mujer que tenía junto a él.

—Se supone que este castillo sirvió de inspiración para la película de *La bella durmiente,* y creo que lo usaron para *Robin Hood* —terminó ella casi sin aliento mientras salían de Carcassonne y se adentraban por carreteras serpenteantes a través de una extensión de viñedos. Se apoyó contra el asiento y añadió—: Por muy imponente que sea este, el castillo de l'École d'Ascension también es magnífico.

—¿Estás ansiosa por volver a verlo? —Deseaba pasar el dedo a lo largo de su cuello, para sentir la suavidad de su piel.

Para tocarla.

—*Oui* —susurró ella, al tiempo que se volvía y se encontró con su mirada. Sus ojos brillaron por un instante. Justo lo suficiente para hacerle saber que había leído sus pensamientos.

Él se maldijo en silencio y dejó que una expresión neutra se instalara en su rostro. Ella pestañeó como si estuviera confundida, y después se encogió de hombros.

El conductor continuó camino al nordeste durante los siguiente cuarenta minutos. Gabrielle continuaba señalándolo todo, desde los setos florecientes de rosas hasta los árboles de doscientos años que había a lo largo de la estrecha carretera por la que viajaban. Los álamos despuntaban sobre las montañas cuyas laderas aparecían cubiertas por una ondulada alfombra de viñedos. Finalmente, salieron de la carretera por un camino polvoriento que necesitaba algo de la lluvia que parecía estar a punto de caer.

Ni siquiera el mal tiempo lograba empañar su espíritu.

Cuando el castillo que albergaba la escuela surgió a la vista, Gabrielle se enderezó.

—Se eleva a través de la niebla como en un cuento.

—Sí, como en un cuento de hadas —murmuró Carlos, viéndolo de un modo diferente. Probablemente como Korbin y Rae, para quienes sería una pesadilla logística, por la imposibilidad de llegar a acceder a él. Unas paredes de piedra formidables envolvían una fortaleza que probablemente tendría unas diez hectáreas. Grandes nubes acechaban por encima del castillo. Justo alrededor del recinto había una parcela de tierra despoblada donde no crecía ningún árbol. Era una gran estrategia de defensa del pasado esa de aclarar los alrededores para que los guardias pudieran ver acercarse al enemigo.

L'École d'Ascension tenía el claro privilegio de ser una de las pocas escuelas privadas de Francia donde habían estudiado los principales dirigentes de la nación y miembros de la familia real. Las otras escuelas pertenecían al gobierno y eran igual de exclusivas.

—Yo solía ir de excursión por ahí cuando la escuela nos dejaba salir tras los muros, con guardias de seguridad. —Señaló una hilera de árboles junto a un arroyo que había más o menos a medio kilómetro. Era la zona verde más cercana—. Los jardines del interior son maravillosos, pero yo siempre he querido una fuente. Me hubiese gustado que dentro hubiera una zona con agua para poder caminar por el patio sin nadie de seguridad vigilando.

Carlos ignoró el paisaje cuando advirtió el ligero temblor de sus dedos.

El conductor estaba hablando por su móvil, así que Carlos se inclinó hacia ella y le susurró cerca de la mejilla.

—¿Qué te preocupa?

Ella se mordió el labio inferior, luego volvió el rostro hacia él y le explicó:

—Ya sé que es una tontería, pero pasé los años que estuve aquí aterrorizada ante la perspectiva de ser enviada al despacho de LaCrosse, y ahora voy a enfrentarme al hombre que me esforcé tanto por evitar siendo estudiante. —Sonrió tímidamente—. Es brillante y está entregado a la escuela. No quiero que parezca un ogro, pero probablemente fuera su envergadura y su poder los que nos asustaban siendo niños.

Carlos movió una mano para cubrir la suya.

Ella miró esa mano y luego lo miró a él.

—Todo irá bien —le susurró él—. No me apartaré de tu lado.

Ella sonrió y asintió con la cabeza.

—Puedo hacer esto.

Ahí estaba la fuerza que él había atisbado en ella. Esperaba que fuera suficiente para evitar que los descubrieran.

Dentro de las paredes del castillo, Carlos vio lo que Gabrielle había estado intentado contarle. Los jardines del interior estaban tan perfectamente esculpidos que uno se preguntaba si los jardineros eran ingenieros y además artistas. Cuando la limusina aparcó, Carlos bajó y fue al otro lado del vehículo para abrir la puerta a Gabrielle antes que el conductor. Oyó otro sonido de indignación por eso.

Carlos ofreció una sonrisa siniestra al pequeño bastardo, que se encogió frunciendo el ceño.

En la cima de los escalones de piedra había un par de puertas de roble con forma de arco que tenían bisagras negras y un escudo heráldico con pájaros en la superficie desgastada. Cuando la puerta izquierda se abrió de golpe, apareció un hombre de aproximadamente cincuenta años con un rostro duro y labios gruesos demasiado rosados para un hombre. Su traje color carbón no era más atractivo que sus severas cejas grises con forma de oruga. Esperó pacientemente a que Gabrielle y Carlos subieran los escalones.

—Bienvenida, *mademoiselle* Saxe —la saludó, y luego se volvió hacia Carlos—. Usted debe de ser su guardia de seguridad. —Sus palabras iban cargadas de desprecio.

Carlos no dijo nada, ya que él era la única persona que acompañaba a Gabrielle y esa afirmación lo rebajaba a la altura de ayuda contratada. ¿Aquella pandilla realmente pensaba que sus desaires lo iban a amedrentar? Tenía ganas de reírse.

—Tengan la amabilidad de seguirme. —Su guía inclinó la cabeza y se puso en marcha para que avanzaran detrás de él.

El pasillo por el que entraron tenía techos arqueados de más de seis metros de altura pintados con la técnica de *trompe l'oeil*. Básicamente había un grupo de pequeños ángeles casi desnudos que se señalaban unos a otros. El guía siguió su camino por otros pasillos también con forma arqueada con elaborados grabados de hojas doradas que probablemente eran realmente de oro. El lugar podría ser un museo con toda aquella intrincada artesanía presente en cada pieza de la estructura y en cada superficie pintada. En cada espacio abierto había unos candelabros de diseños tan delicados que a él le hicieron pensar en encajes de cristal.

Siguieron al guía subiendo por los escalones de mármol gris azulado de una espectacular escalera con balaustradas en negro y en dorado que representaban viñas que se retorcían en formas verticales. En el descansillo superior, que formaba un semicírculo con pasillos a cada lado, había lujosas alfombras tejidas a mano que cubrían el suelo con escenas de la antigua Francia.

A Carlos le impresionó todavía más la estrecha grieta que había detectado en los arcos de entrada a cada una de las zonas por las que pasaban. Debía de ser allí donde aquel colegio escondía sus aparatos de seguridad, ya que nadie les había pedido que vaciaran los bolsillos o el bolso de Gabrielle.

No llevaba pistola, pero el hecho de haber vivido solo en las calles durante su adolescencia le había enseñado cómo encontrar un arma en cualquier parte y en cualquier momento.

Un hombre de unos cuarenta años, con el pelo castaño corto y bien peinado, estaba sentado ante un escritorio de caoba en el centro de la zona donde habían llegado. Tapices de un valor incalculable cubrían las paredes a cada uno de los lados. Estaba mirando la pantalla de un ordenador hasta que se acercaron, luego alzó la vista y se puso en pie. Ensayó una sonrisa de cortesía en su rostro perfectamente afeitado y despidió al guía haciéndole un gesto con la cabeza antes de empezar a hablar.

—*Mademoiselle* Saxe. Me alegro de verla. Soy Pierre Prudhomme —le dijo sonriente.

Gabrielle inclinó la cabeza educadamente.

—*Monsieur*.

—Un momento. —Pierre levantó el auricular de un teléfono y habló en voz demasiado baja como para que pudieran oírlo. Luego colgó y señaló una puerta que había varios pasos más allá. Después de dos palmadas, abrió la puerta, dio un paso atrás y la miró de frente.

—*Monsier* LaCrosse la está esperando y ya ha sido informado de su preferencia por el inglés.

Gabrielle se enderezó hasta el punto de que Carlos se preguntó si podría manejar la presión que debía de estar sintiendo sobre sus hombros. Cuando entró en la habitación, él la siguió y se quedó apartado, representando el papel de guardaespaldas, con los pies separados y las manos detrás de la espalda. Se colocó en las sombras.

No tenía sentido estropear su imagen de guardia de seguridad contratado.

LaCrosse estaba de pie detrás de un escritorio de madera caoba con intrincados diseños de pájaros tallados en las esquinas. La pieza debía de tener unos doscientos años y haría parecer enano a un hombre más pequeño. Pero LaCrosse tenía una altura de casi dos metros y llevaba un traje marrón corteza que suavizaba los ángulos de su enjuta figura. Su cabello escaso en varias capas cortas hacía juego con el color del traje. En contraste con su blanda imagen de colegial, tenía unos ojos verdes tan agudos como los de un gato, que captaban todo con precisión.

Carlos podía entender que el simple tamaño de aquel hombre aterrorizara a una jovencita, pero Gabrielle ahora era una mujer adulta.

Sin embargo, lamentaba haberla puesto en aquella situación.

—*Mademoiselle* Saxe, qué agradable volver a verla. —LaCrosse se adelantó unos pasos, le tomó la mano y depositó un educado beso en sus dedos antes de soltársela—. Confío en que haya tenido un buen viaje.

—Sí, *merci*.

La indecisión de su tono sumiso preocupaba a Carlos. Si fallaba la primera prueba todo se estropearía.

—Por favor, tome asiento —le dijo LaCrosse—. Apreciamos que haya venido a ayudarnos con este problema. Tengo entendido que ha vivido muy aislada durante largo tiempo.

—Me alegra ayudar a mi escuela —dijo ella con total sinceridad—. Por eso continúo siguiendo los *chats* y tablones de los estudiantes. —Se quitó la chaqueta y la colocó en su regazo al sentarse.

—Sí, sí. Le estoy muy agradecido por su ayuda. —LaCrosse se echó hacia atrás en su sillón de cuero de respaldo alto—. Nuestro departamento de tecnología informática está ansioso por observar cómo inicia el nuevo sistema.

Gabrielle guardó silencio por un momento, y luego dijo:

—Les daré instrucciones después de completar mi trabajo.

Carlos se alegró de estar a la sombra, o de lo contrario LaCrosse habría advertido la expresión de sorpresa ante su tono cortante.

—Solo tiene cuatro días —señaló LaCrosse.

—No veo ningún problema —respondió Gabrielle en un tono menos afilado.

—Sin duda necesitará asistencia mientras esté haciendo las reparaciones y los cambios —contestó LaCrosse con amabilidad, aunque se notaba que estaba molesto por el desaire.

Tener gente alrededor complicaría las cosas, pero Carlos encontraría la manera de encubrirla.

—Si necesitara ayuda se lo habría comunicado. —Otra respuesta cortante que esta vez borró la sonrisa de LaCrosse.

Carlos dirigió una mirada a Gabrielle. Si se mostraba demasiado insolente con ese tipo, puede que los sacaran de allí a patadas. ¿Qué había sido del miedo que le inspiraba aquel hombre?

LaCrosse se inclinó hacia delante, juntando las manos.

—Preferimos que todo el mundo tenga una escolta mientras está de visita aquí.

En otras palabras, no permitiría que Gabrielle se paseara a su libre albedrío por la finca.

El silencio crecía como una montaña entre ellos mientras LaCrosse esperaba que ella aceptara su decreto, claramente insatisfecho con su cuestionamiento de las reglas.

Gabrielle levantó la cabeza, con la mirada calmada y actitud inquebrantable.

—He venido de buena fe, como una alumna que ha caminado por estos pasillos durante muchos años sin necesidad de escolta. Todavía recuerdo cómo atravesar el recinto sin perderme, así que agradezco su oferta de un guía, pero la declino respetuosamente.

Carlos se debatía entre el deseo de felicitarla y las ganas de estar más cerca para darle un toque de advertencia. ¿No se daba cuenta de que él podría distraer a su escolta mientras ella trabajaba? Obviamente estaba haciendo un valiente esfuerzo para manejar óptimamente la situación, pero que la echaran de la propiedad no ayudaría en nada a su misión.

Fue entonces cuando Carlos advirtió cuál era realmente la diferencia que había en ella. Era como si las ropas que se había puesto fuesen su armadura y la dotaran de una confianza que le venía dada por su posición en la vida.

LaCrosse la estudió durante un momento, deliberando alguna cosa, y luego le ofreció una sonrisa tan rígida como si tuviera la boca llena de clavos.

—Como usted desee. —Se puso en pie—. ¿Le gustaría acomodarse en sus habitaciones y después dar un vistazo al sistema?

—Sí, me parece bien. —Su voz volvía a ser la de la mujer recatada que había entrado. Se levantó mientras LaCrosse daba la vuelta al escritorio.

Cuando estuvo a su lado, ella le dijo:

—Me gustaría presentarle a mi acompañante de seguridad...

—No será necesario —la interrumpió LaCrosse—. Tenemos guardias de seguridad excepcionales y usted conoce nuestro protocolo de prueba de seis meses antes de dejar que alguien entre a nuestra propiedad. Le diré al chófer que lleve a su hombre a Carcassonne y que lo recoja dentro de cuatro días cuando la lleve al aeropuerto.

Capítulo 15

Gabrielle no se iba a quedar allí sola.

Carlos había aceptado que se encargara de LaCrosse cuando ella le aseguró que entendía la personalidad del sujeto, pero ya era hora de que él interviniera. Abrió la boca para decirle a LaCrosse que ambos iban a quedarse en Carcassonne cuando Gabrielle le clavó a LaCrosse una mirada fulminante.

—¿Cómo? —Gabrielle le sirvió esa respuesta cortante con una dosis de indignación—. Creí que estaban ustedes en una situación desesperada. Es por eso que lo dejé todo y vine inmediatamente. ¿Hago esto por ustedes y me responden con una ofensa?

LaCrosse le sostuvo la dura mirada.

—*Mademoiselle* Saxe... —le dijo con un tono de tiene-que-entenderme, al tiempo que la miraba fijamente y apretaba la mandíbula.

—El tratamiento correcto es *mademoiselle* Tynte Saxe. —El tono cortante con el que se expresó tenía el propósito de pararle los pies—. La misma familia Tynte que ha donado dinero a esta institución durante casi dos décadas, que ha construido un ala entera para el departamento de informática, que ha recreado el diseño original de este edificio, empleando incluso el mismo tipo de piedras labradas. En los últimos diez años han atentado dos veces contra mi vida, nunca hago un viajo sin seguridad personal, y he corrido el riesgo de hacer este viaje. Le aseguro que la investigación que usted ha realizado de mis antecedentes no tiene ni punto de comparación con los procesos de seguridad que mi familia hace para mi protección. Agradezco mucho su seguridad, pero lo único que me reconfortaría, estando alejada de la seguridad que me da mi casa, sería la compañía de mi guardaespaldas, el señor Delgado, a quien espero le dé la bienvenida de la misma manera que a mí, si es que pretende que yo le ayude. De lo contrario, puedo reservar hospedaje en Carcassonne para los dos y mañana tomar un vuelo de vuelta a casa.

Por la suave piel de la frente de LaCrosse resbalaban unas gotas de sudor.

Maldición. Carlos observaba a Gabrielle con una mirada renovada. Estaba aterrorizada y él lo sabía, pero había dado todo ese discurso con la misma pasión con la que una reina tiraría un guante a los pies de su peor enemigo.

—*Mademoiselle* Saxe…Tynte Saxe, le ruego me disculpe. No era mi intención asustarla. —LaCrosse tragó saliva con dificultad mientras la nuez de su garganta temblaba. Su pálida piel iba adquiriendo un tono verdoso.

Una patada verbal en los huevos provocaba eso en un hombre.

—Bueno. —Gabrielle se dirigió a Carlos con voz firme—. Para usar tu frase favorita, vámonos.

Se dirigió hacia la puerta y Carlos se le adelantó para coger el pomo.

—Espere, por favor —LaCrosse carraspeó—, permítame hacer una llamada.

Se estiró para coger el teléfono y marcó un número pulsando cada tecla con fuerza, pero su mano temblaba. Cuando le respondieron del otro lado, se cubrió la boca y susurró secamente mientras negaba con la cabeza como si la otra persona pudiera verle, y luego suspiró justo antes de colgar el auricular.

—El señor Delgado también será bienvenido.

Había accedido con amabilidad y buen talante, pero no se sentía particularmente contento. Lo tenían con la rienda corta y lo estaban asfixiando.

Carlos estaba esperando a que Gabrielle hiciera la siguiente jugada. Este era su juego y lo había estado jugando como una profesional. No podía encontrar las palabras para describir el respeto que le inspiraba en ese momento. Era una mujer con agallas.

Gabrielle suspiró teatralmente y se dio la vuelta para mirar a LaCrosse.

—Solo si está seguro, tampoco querría ofenderle.

—¿Está usted segura de que podrán terminar y marcharse dentro de cuatro días?

—Puede que incluso antes si las cosas van bien, pero cuatro días es lo máximo que voy a necesitar —le aseguró Gabrielle.

Carlos se apartó a un lado de nuevo, poniéndose en guardia.

LaCrosse avanzó hacia la puerta y la abrió para dirigirse a su asistente.

—Pierre, por favor, enséñales a *mademoiselle* Saxe y a su guardaespaldas las habitaciones donde van a hospedarse.

Un gesto de sorpresa cruzó la cara de Pierre antes de ponerse de pie y de que una máscara de amabilidad se instalara en su pálido rostro.

—Por supuesto. Por favor, síganme.

Mientras caminaba detrás de Pierre, Gabrielle se contuvo para no respirar de forma agitada, pero su presión sanguínea era otra historia. Los latidos acelerados de su corazón eran tan fuertes como para provocar un eco sobre las paredes de piedra y argamasa del corredor y traicionar su falsa seguridad. Apretó el abrigo que llevaba sobre sus brazos para evitar que le temblaran las manos. Lo de la amenaza de irse había sido un farol, pero Carlos no se habría quedado si no estaba ella, y ella no podía estropear esa oportunidad de ganarse la libertad.

Tenía cuatro días para terminar su trabajo en el sistema informático y después de eso encontrar una manera de eludir a Carlos. El solo hecho de pensar en dejarle minaba gran parte de su seguridad en sí misma.

¿Sería capaz de sobrevivir sin él ahora mismo?

¿Qué haría él si Gabrielle intentara huir y él la atrapara?

Pierre se detuvo delante de la puerta e introdujo un código en un panel con el fin de abrirla, luego se volvió hacia Gabrielle.

—Estas serán sus habitaciones.

Gabrielle entró y sus ojos intentaron aprehenderlo todo de una vez. Esta era la primera ocasión en que ponía un pie en el sanctasanctórum donde permanecían los directivos y dignatarios. Era el tipo de estancia en la que ella y su familia se alojaban cuando viajaban, pero en la que ella no había estado desde hacía ya tiempo. El techo se elevaba a una altura de unos tres metros y medio. Una consola dorada de unos dos metros de ancho se encontraba ubicada contra la pared izquierda de la habitación, tenía una cubierta de mármol de Sarrancolin y un espejo a juego de tales dimensiones que haría empequeñecer cualquier salón común y corriente.

Gabrielle había cruzado la habitación hasta llegar a la ventana biselada, y se dio la vuelta a tiempo para ver que Pierre comenzaba a andar y luego se detenía.

Carlos dirigió a Pierre una mirada sombría.

Poderoso en todo aspecto y con una confianza en sí mismo que Gabrielle envidiaba, Carlos simplemente se quedó de pie con una pose intimidatoria.

Pierre tragó saliva y levantó su mano en un gesto que pretendía indicarle a Carlos que tenía que entrar. Se aclaró la garganta, pero su voz sonó en un tono muy alto.

—No sabíamos cuál era su maleta, *mademoiselle*, así que hicimos que le trajeran las dos aquí.

Gabrielle avanzó por la sala de estar decorada con muebles del siglo XVII, ignorando por el momento las puertas de doble hoja que conducían a lo que parecía ser el dormitorio.

Ocultó su sensación de aturdimiento y miró a Pierre con gesto solemne.

—Esto será suficiente, *merci*.

—Su habitación está al otro lado del pasillo —le dijo Pierre a Carlos. Se acercó al equipaje y le preguntó—: ¿Cuál es el suyo?

Carlos se acercó a él como para indicárselo, pero no lo hizo.

—Yo me quedo donde ella se quede. Nos las arreglaremos.

La expresión escandalizada de Pierre no era nada comparada con lo que Gabrielle estaba sintiendo. ¿Acaso Carlos no se daba cuenta de lo que eso parecía y de lo que haría pensar a la administración?

—Pero, *monsieur*, eso no es, eh, no es… —Pierre dirigió su mirada a Gabrielle en busca de ayuda.

—¿Aceptable? —Carlos acabó la frase por él—. El decoro

me tiene sin cuidado, solo me preocupa su seguridad. Su reputación se mantendrá intacta… o yo sabré quién la ha mancillado.

Pierre retrocedió dos pasos, ya que era obvio que no estaba acostumbrado a lidiar con un macho alfa.

Gabrielle tendría que ayudar al pobre hombre si no quería que le diera un ataque.

—Todo está en orden, Pierre. —Se acercó a Carlos y puso la mano alrededor de su fornido bíceps—. Prefiero que se quede —añadió, con la inflexión de voz suficiente para que cualquiera pudiera leer entre líneas que compartían cierta intimidad.

Su cuerpo se estremeció ante la sola idea de intimar con un hombre como Carlos.

—Si usted lo dice… —masculló Pierre confundido. Finalmente recuperó la compostura y les dio el código de cuatro dígitos para abrir la puerta. Se despidió y, sin darles la espalda, se retiró.

Carlos se rio, y luego la miró a través de sus oscuras gafas de sol.

Gabrielle le soltó el brazo y dejó escapar un suspiro de alivio debido a que estaba siendo estrangulada por el nudo de miedo que tenía en la garganta.

—*Mon Dieu*…

Carlos le tapó la boca, y ella se aterrorizó. ¿Qué era lo que andaba mal?

Él se inclinó para susurrarle.

—Deja que active el inhibidor de señales hasta que pueda ver si la habitación está interceptada.

Ella asintió con la cabeza, y esperó mientras él sacaba algo que se parecía a un iPod y presionaba muchos botones. Desvió su mirada hacia la doble puerta que se abría a la habitación donde había una la cama con dosel y cabecera de brocado negro. La cama estaba cubierta de seda negra, y en la cabecera se amontonaban almohadas doradas, burdeos y negras, con bordados de múltiples colores. Probablemente tendría que coger carrerilla para alcanzar el colchón cubierto de raso negro. El único otro mueble que podía ver desde donde se encontraba era una gran cómoda de palo de rosa.

Carlos se interpuso entre ella y la vista de la habitación, hablando con calma.

—Bueno, ahora podemos hablar. ¿De qué iba ese «*Mon Dieu*» de antes?

—LaCrosse estaba a punto de que le diera un ataque cuando lo dejamos. —Ella mantuvo la voz baja para ser precavida—. Esto podría llevarlo al límite. Tuve miedo de haber dicho demasiado.

La sonrisa de Carlos se suavizó. Se quitó las gafas y las metió en el bolsillo de la chaqueta. Tomó la cara de Gabrielle con ambas manos.

—Deja de preocuparte. Lo hiciste muy bien. ¿Siempre usas tu apellido como una almádena?

Su halago fue como un bálsamo para sus miedos, y la calmó.

—No. Nunca antes había usado el poder que tiene mi familia, pero recuerdo cómo actuaba mi madre cuando alguien intentaba abusar de ella. Mi madre era maravillosa, así que intenté comportarme y hablar como ella lo hubiera hecho de estar en mi lugar. Pero me siento un poco avergonzada por intimidar a un hombre a quien respeto tanto.

Su voz se fue apagando junto al recuerdo de la mujer a la que había admirado y perdido a una edad demasiado temprana.

Carlos la cogió de las manos, acariciando su delicada piel con el pulgar. Su corazón volvió a acelerarse, esta vez por una razón completamente distinta.

Se encontraba a solas con ese hombre devastadoramente atractivo, cuyo roce la estaba enloqueciendo. Gabrielle se inclinó hacia delante, su cuerpo tomaba la iniciativa que a ella le aterraba tomar conscientemente.

Carlos inclinó la cabeza hacia abajo con suavidad.

Su sangre pulsaba con violenta anticipación. Por fin iba a besarla. Ella se puso de puntillas y, después de pestañear, cerró los ojos.

Carlos se paró en seco al darse cuenta de que estaba a punto de besar a Gabrielle. Se había sorprendido muchísimo al ver desaparecer su confianza en el momento en que Pierre se retiró, después de esa demostración de fuerza en la oficina de LaCrosse. Carlos había tenido la intención de reconfortarla, sosteniendo sus manos heladas hasta que se relajara.

Gabrielle había estado actuando, y había representado su papel de maravilla.

Sus labios estaban tan cerca que sentía su respiración agitada sobre el cuello.

Deseaba que él la besara. Estaba escrito en su cara, pero besarla no era parte del plan. Despojarla de su sensual traje no era, desde luego, parte del plan, aunque eso significara que ella pudiera compartir más acerca de lo que sabía.

Carlos nunca usaría a una mujer de esa manera.

Bienvenido a cuatro días de infierno.

Ella se movió hasta que sus labios se encontraron con los de Carlos.

Él apretó los dientes y se echó para atrás, susurrando:

—¿Estás lista para empezar a trabajar?

Los ojos de Gabrielle se abrieron de par en par, llenos de decepción. Luego, de reproche. Y, finalmente, del peor de los sentimientos, el dolor.

«Mátame ahora.» Él la deseaba, joder, pero dejar que esto sucediera solo habría complicado las cosas más adelante.

—Cuanto antes termines tu trabajo aquí, antes acabaremos con esto.

Carlos mantuvo una fachada de sólida determinación, sintiéndose como una rata por darle a ella la falsa impresión de que podría recuperar su vida si tenían éxito encontrando un vínculo entre Mandy y Amelia.

No podía decirle que Joe le había mentido.

BAD solía poner a los criminales bajo custodia por un corto periodo de tiempo, y luego se convertían en el problema de otros.

No podía mirarla e imaginarla como delincuente.

Gabrielle se alejó de él de repente, cogió su maleta por el asa y se metió en su habitación dando un portazo.

Efectivamente, cuatro días de infierno.

Carlos suspiró. Utilizó el falso iPod para buscar micrófonos mientras esperaba a que Gabrielle recobrara la compostura y saliera de la habitación. Encontró un micrófono y luego lo devolvió a la base de mármol blanco de una escultura de cristal que estaba en el centro de una mesita de café.

Seguro que el teléfono estaba pinchado también.

Cuando la puerta se abrió de nuevo, Gabrielle salió vestida con unos pantalones azul marino y un jersey blanco escotado. El cabello le caía suelto sobre los hombros en tupidas ondas. Todo había cambiado, excepto el dolor en sus ojos.

Mientras estuvieran aquí, Carlos necesitaba que confiara en él, o de lo contrario no podría protegerla, ya que ninguno de los dos sabía qué peligros les acechaban desde dentro de este antiguo montón de piedras.

Carlos avanzó hacia ella.

Ella se cruzó de brazos y esquivó su mirada.

—Olvidaste ponerte los pendientes —le dijo.

Gabrielle frunció el ceño y se tocó la oreja con la mano.

—¿Qué?

Carlos se llevó el dedo a los labios y luego señaló en dirección a la habitación. Ella regresó al dormitorio y él cerró la puerta y escaneó la estancia rápidamente en busca de micrófonos ocultos. No había ninguno.

Quienquiera que hubiese colocado el micrófono no había tenido en cuenta la posibilidad de que ella tuviera compañía.

Carlos se colocó a su lado, pero ella se alejó de él. Puso las manos sobre los hombros de Gabrielle, manteniéndola quieta mientras se inclinaba para susurrarle:

—Hay un dispositivo de escucha en el área de las sillas, junto al teléfono.

Gabrielle se puso rígida.

—Ahora que sabemos dónde se encuentra el micrófono, andaremos con cuidado. Y acerca de lo de antes, no era mi intención…

—¿Qué? ¿Qué es lo que no era tu intención? —Gabrielle le dirigió la mirada, primero con esperanza en los ojos, y luego esperando ser herida otra vez.

Sus labios temblaban.

Carlos no podía ganarse su confianza si pisoteaba sus sentimientos.

—No era tu intención besarme —continuó ella—. ¿Por qué? ¿Porque no se me da bien?

Ah, joder.

Gabrielle frunció el entrecejo.

—¿O acaso tenías pensado decirme otra cosa? Como que no te agrada tener que estar aquí conmigo o... —Su voz se volvía cada vez más desconsolada—. O que no soy tu tipo...

El trabajo no tenía nada que ver con lo que él pensaba.

—Yo no tenía la intención de... de hacer esto. —Él la atrajo hacia sus brazos y la besó.

Deslizó sus brazos por la espalda de Carlos, los subió por su columna, llevando al límite el deseo que recorría todo su cuerpo.

La primera vez que él la había besado había sido una sorpresa placentera, pero no se comparaba con esto, que la hacía arder de emoción. Su boca se deleitaba con la de ella, tomando todo lo que Gabrielle le daba voluntariamente. Si ella hubiera vacilado o se hubiera contenido, puede que él hubiera podido escaparse del descenso en picado, pero ella le seguía pidiendo más.

La abrazó con más fuerza, deleitándose en la sensación de tenerla cerca. Una mujer con las curvas en los lugares adecuados y con una figura perfecta. Sus dedos le levantaron la parte trasera del jersey de cachemir a la altura de la cinturilla de sus pantalones, y luego él sintió la suavidad de su piel, escondida debajo del tejido vaporoso. Suave, como ella. Él movió sus dedos hacia arriba, lentamente sobre su espalda, nada impedía el avance.

Nada, ni siquiera un sujetador.

Carlos gimió. Ella estaba casi desnuda en sus manos.

Frotó sus caderas contra Carlos, justo allí donde él estaba tan duro como las piedras que rodeaban la residencia en la que se encontraban.

La ola de calor que explotó desde su ingle lo estremeció.

Ella deseaba aquello tanto como él, así que ¿por qué no?

Claramente, era la parte equivocada de su cerebro la que se estaba haciendo cargo de pensar.

Gabrielle colocó sus manos entre los dos cuerpos aferrándose a su camisa, lo que incluso lo excitó más; sin embargo, a veces sus movimientos eran torpes, como si tuviera poca experiencia. Eso decididamente también lo excitaba.

Él había tenido mujeres que conocían todas las maneras de tocar a un hombre.

Gabrielle se comportaba de una manera fresca y ansiosa, que él percibía como inocencia.

Ella le levantó el borde de la camisa. Sus delicadas manos le provocaron escalofríos en toda la columna, por la manera en que acariciaba sus abdominales, primero con suavidad, luego descaradamente. Tiró de la tela de la camisa hacia arriba y bajó su cabeza para besarle el abdomen.

Sus dedos avanzaron, juguetonamente acarició sus pezones y luego se detuvo… a la altura de la cicatriz que tenía en el pecho.

El tatuaje de Anguis.

Si ella descubriera… la poca cordura que aún le quedaba se abrió camino, con dificultad, a través del ardiente deseo. Él todavía desconocía cuánto sabía ella acerca de Anguis. Carlos movió sus manos rápidamente hacia sus hombros antes de que ella le levantara otro centímetro de la camisa. Cuando él la apartó tan gentilmente como pudo, el faldón de su camisa cayó.

Aleluya por la gravedad.

La confusión nubló los ojos de ella.

Alguien llamó a la puerta.

Afortunadamente, ya que él no deseaba responder a las preguntas que se filtraban a través de su mirada. Tampoco quería perder el terreno que había ganado. Carlos bajó la cabeza y le dio un beso rápido, luego susurró:

—Yo abriré. Tú arréglate la ropa.

Ella exhaló, examinándose a sí misma descubrió que lo que más se había arrugado era su blusa de punto. Carlos aprovechó el momento para apartarse rápidamente.

Se metió la camisa por dentro de los pantalones y se puso las gafas de sol mientras se dirigía hacia la puerta. Luego la abrió y dijo:

—¿Sí?

Pierre había regresado.

—¿Está lista *mademoiselle*? —preguntó mientras trataba de mirar por encima del hombro de Carlos.

—Estará lista en un instante. —Carlos cerró la puerta sin

decir una palabra más y se volvió, mientras Gabrielle salía de la habitación, perfectamente arreglada.

Tenía esa mirada de quien desea hablar, pero él le puso el dedo en los labios para ahorrarse una conversación que realmente no deseaba sostener en ese momento. Le dirigió un guiño.

Gabrielle puso los ojos en blanco. Ya estaba lista cuando él abrió la puerta de par en par para dejar ver a Pierre, que todavía se encontraba de pie en el mismo lugar.

—Hola, Pierre. —Gabrielle avanzó un paso, haciendo que el hombrecillo retrocediera—. Me gustaría ver el centro informático y empezar a trabajar.

El eficiente Pierre inclinó la cabeza y se dio la vuelta.

Carlos salió detrás de Gabrielle y cerró la puerta, pero cuando se dio la vuelta para avanzar por el pasillo ella no se había movido.

Gabrielle se cubrió la boca con la palma de la mano y se inclinó hacia Carlos, hablándole al oído.

—Aún tenemos una conversación pendiente, si es que pretendes quedarte en mi habitación conmigo.

Capítulo 16

—*M*e gustaría que nos enviaran la cena a la habitación a las ocho y media —le dijo Gabrielle a Pierre, quien escribía la orden en una libreta de notas mientras ella la dictaba. Gabrielle mantenía el paso ligero, y sus tacones chasqueaban contra el duro suelo mientras regresaba a su habitación.

—*Oui.* ¿Se le ofrece algo más para esta tarde?

—No, muchas gracias. —Miró su reloj. Carlos y ella tendrían poco más de una hora sin que nadie los molestara. Se volvió para ver a su guardaespaldas, que no había cambiado su dura expresión desde que salió de la habitación, siete horas atrás.

¿Qué estaría sucediendo detrás de esas gafas de sol?

En el último de los pasillos que llevaban a la habitación de Gabrielle, Pierre tomó una dirección diferente.

Carlos llegó primero a la puerta, marcó el código y dejó que Gabrielle entrara.

—Quédate aquí mientras reviso todo.

¿Realmente creería que alguien podría estar acechando allí dentro? Esperó que él saliera de la habitación y le hiciera un gesto con la mano, indicándole que entrara.

Ella avanzó, pero él dio un paso hacia atrás, dentro de la habitación, antes de que ella lo alcanzara. Una vez dentro, Carlos tiró de ella acercándola a su cuerpo. Gabrielle puso sus manos con fuerza sobre el pecho de Carlos y colocó su rostro delante del suyo.

—No hasta que hablemos —le advirtió, irritada por sentir cómo cada nervio de su cuerpo se tensaba a gran velocidad, impulsándola a permitir que él se saliera con la suya y la besara otra vez.

Para conseguir mucho más.

A ella todavía le quedaba un poco de orgullo. No habría más besos ardientes hasta que él explicara por qué se había detenido la última vez.

La única razón que se le ocurría era que él se había visto atrapado en el momento, pero que realmente no estaba interesado en algo sexual con ella. Esa posibilidad le dolía casi tanto como recordarlo en la cabaña, gritándole que se pusiera la ropa.

Él no la encontraba físicamente atractiva.

Carlos no dijo una sola palabra, pero tampoco la intimidó. Él nunca le haría daño físico. Lo sabía con una certeza que no había sentido en ninguna otra relación con ningún otro hombre, lo cual pesaba mucho a su favor cuando se trataba de besarlo.

Habían estado a punto de llegar al momento de caer juntos sobre la cama. Ella no había salido con un hombre desde hacía una eternidad y el sexo se había convertido en un recuerdo distante.

Pero quería que él sintiera el mismo deseo que ella.

La idea de dormir con un hombre acerca del cual no sabía nada le había hecho perder todo control sobre su sentido de la moral. No sabía para quién trabajaba, de dónde venía o que podría pasar una vez que todo acabara. Pero se había casado con un hombre acerca del cual creía saberlo todo, solo para ser tratada como una cuenta bancaria con patas. Roberto la había utilizado de todas las maneras posibles, para luego dejarla emocionalmente en bancarrota.

Aunque solo fuese por una vez, le gustaría experimentar la pasión verdadera.

Pero Carlos y ella apenas tenían una hora, así que no había tiempo para discutir. Tendría que ir al grano.

—Tenemos que darnos prisa —empezó a decir en un tono de voz muy bajo.

—En cuanto al asunto del beso… —murmuró él. ¿Acaso había algo de culpa en su tenso tono de voz?

—No tenemos tiempo para eso ahora. —Ella casi sonrió ante su confusión—. Primero tengo que apagar este botón de emergencia. Cuando me acerqué a la consola de comunicaciones zumbó, y todo el mundo se dio la vuelta para ver qué pasaba. No sé por qué sucedió. Luego estuve indagando en el expediente de Amelia, que se supone debe regresar, o al menos eso es lo que dicen los documentos. Encontré los planos de estas instalaciones en los archivos, y el piso en el que está ubicada su habitación.

Los ojos de Carlos mostraban que comenzaba a entender.

—Pega el botón de emergencia a mi bolso. Ponte zapatos con suela de goma. Dime que vas a echarte una siesta y que no quieres que nadie te moleste. Habla lo suficientemente fuerte como para que se te oiga en el salón, y usa otra vez ese tono de esnob.

—¿Esnob? —Ella frunció los labios en un gesto que pretendía ser feroz.

Carlos frunció los ojos, pero no se rio.

—No te estoy criticando, me impresionaste.

El cumplido hizo que se derritiera por dentro. Se alejó de él y discretamente sacó sus zapatillas de la maleta. Después de ponérselas inspiró profundamente para tomar oxígeno antes de hablar lo suficientemente alto como para ser oída por cualquiera que estuviera escuchándola.

—El desfase horario me está afectando. Necesito echar una siesta y no quiero que nadie me moleste.

Carlos se alejó del salón y ella lo siguió. Él cerró la puerta del dormitorio con un golpe fuerte, tironeó de Gabrielle y la condujo hacia el tocador de señoras. Cuando ambos estuvieron dentro, cerró la puerta con suavidad.

—Este lugar es seguro. ¿Qué hay de los planos? —preguntó.

—Cuando construyeron el centro de informática, los ingenieros necesitaban los planos para generar más electricidad y demás. Recuerdo haber escuchado a un trabajador decir que no podían colocar una viga en determinado punto debido a los túneles subterráneos. Así que hoy rebusqué hasta encontrar los planos y descubrí cómo hicieron la instalación subterránea de los cables entre este edificio y la residencia femenina de estudiantes. Creo que optaron por la vía fácil y llevaron los cables a través de los túneles.

—Bien, ¿y eso de qué nos sirve a nosotros?

Ella inclinó la cabeza hacia atrás con aire autosuficiente.

—Mientras tú estabas de pie delante de la ventana del centro de informática, haciéndote el tío bueno y peligroso, yo estaba ubicando el dormitorio de Amelia y creando un bucle para las cámaras de seguridad que deberemos pasar. Ella se encuentra en el área de máxima seguridad de la residencia, la misma en la que estuvimos Linette y yo. Si nos damos prisa podremos revisar la habitación para saber si va a volver, pero si los bucles de la cámara se prolongan demasiado, entonces pueden empezar a sospechar. Puede ser que nos encontremos con algunos estudiantes porque es la hora de cenar, pero cuando cierren el edificio por la noche, la seguridad empezará a patrullar por los pasillos.

—¿Si hay algo extraño en la habitación, serás capaz de darte cuenta?

—Sí. Cuando Linette se fue sin avisar, limpiaron su mitad de la habitación en un día. Si a Amelia se la llevaron en contra de su voluntad, creo que al menos la mitad de la habitación estará limpia.

—Buena idea. Buen trabajo.

—Gracias. —Gabrielle sintió crecer el orgullo en su interior al tiempo que se disponía a abrir la puerta, cuando Carlos dijo—: ¿Peligroso y tío bueno?

Gabrielle lo miró cortante.

—¡Como si no hubieras estado jugando a hacerte el guardaespaldas para las chicas que te estaban comiendo con los ojos!

—Solo estaba haciendo mi trabajo. —Frunció los ojos con buen humor quitándole importancia al severo ceño fruncido que ella le mostraba. Luego su cara se tornó seria—. Dime, ¿cómo llegaremos al túnel?

Le describió la ruta trasera que conducía a las escaleras y a la habitación en donde debería encontrarse el punto de acceso al túnel, si es que todavía estaba allí.

—¿Y qué pasa con el código de nuestra habitación? —preguntó él.

Ella sonrió.

—Lo he arreglado de tal manera que podamos eludir la seguridad tecleando un código secundario que no aparecerá en su panel de control. Pero si alguien más intenta entrar, el código original todavía funciona.

—Estaré atento por si alguien intenta entrar, pero dudo que se atrevan a molestar a *mademoiselle* Tynte Saxe. —Él le hizo un guiño, y a Gabrielle se le disparó la presión arterial.

—Desde el momento en que salgamos de aquí, no digas ni una palabra, y haz todo lo que yo te pida que hagas.

—¿Es que alguna vez hago algo distinto?

Carlos ignoró la pulla y tomó a Gabrielle de la mano mientras abría la puerta. Luego la guio hacia el salón, en donde la ubicó cerca de la puerta de salida. A él no le terminaba de gustar la idea de deshacerse del botón de emergencia, pero tampoco les convenía llamar la atención. De ahora en adelante no permitiría que ella estuviera fuera del alcance de sus manos, lo cual sería un tema de discusión por la noche, pero eso lo afrontaría llegado el momento.

Carlos abrió las puertas de cristal que daban al patio, en donde el viento soplaba, y colocó una revista abierta cerca de la estatuilla de vidrio donde se encontraba ubicado el micrófono. La brisa se encargaría de agitar las páginas intermitentemente.

Colocó su falso iPod sobre la parte de arriba de un gabinete, con un rayo láser preparado para activar la grabación de vídeo de la unidad, si la puerta se abría.

Introdujo el código secundario en la puerta que daba al vestíbulo y luego sacó a Gabrielle detrás de él. Carlos mantenía un paso constante, haciendo que ambos se movieran silenciosamente por el vestíbulo, como una sombra. La puerta que daba a las escaleras chirrió, pero en los siguientes treinta segundos, durante los cuales esperó, nadie apareció por allí, así que descendieron tres pisos hasta el sótano. Carlos encendió una linterna LED y dejó que Gabrielle le guiara a una habitación que olía tan húmeda y mohosa como se esperaba por su aspecto.

—Debería de estar en esta pared. —Su susurro produjo un eco, y ella se quedó congelada.

—Nadie debería escuchar nada aquí abajo, a menos que haya un micrófono, pero no hay razón para que pongan uno en este sitio. Quédate quieta mientras reviso. —Hizo oscilar el haz de luz de un lado a otro sobre la pared, pasando sus manos sobre las piedras. No había grietas evidentes. Las telarañas se extendían desde las paredes y conectaban una serie de baúles con un armario grande, con el que Carlos se golpeó la parte alta del pecho. Movió los baúles con cuidado y revisó detrás de ellos. No había nada. El armario pesaba tanto como una nevera. Lo cogió por detrás y, usando todas sus fuerzas, lo alejó de la pared.

—Allí hay un panel —susurró Gabrielle, esta vez más suavemente.

Él colocó un pie contra la pared haciendo palanca y presionó con todos sus músculos para ensanchar el espacio casi un metro. Suficiente para que ellos pudieran introducirse por la abertura.

Había cuatro pasadores de latón deslustrado que sujetaban el panel a la pared. Carlos los desatornilló, luego colocó el panel ante el armario y con gran esfuerzo metió su cuerpo por la abertura, a través del agujero oscuro. Agitó la mano que mantenía detrás para indicarle a ella que avanzara.

Ella le tocó los dedos haciéndole saber que estaba allí.

Carlos cogió la linterna LED y se puso de pie, golpeándose la cabeza contra el duro techo. Contuvo el taco que quería gritar y agarró a Gabrielle por el hombro, antes de que ella cometiera el mismo error.

—No te pongas de pie demasiado rápido.

Fue un esfuerzo desperdiciado. Ella podía ponerse de pie sin tocar el techo.

—Deben de haber sido un montón de guerreros bajitos los que vivían aquí —refunfuñó mientras tiraba de ella a sus espaldas.

Gabrielle le dijo susurrando que tenían que encontrar dos cruces para llegar a la residencia de estudiantes. Tenía su fría y delgada mano en la de él, y sujetaba sus dedos con toda su fuerza.

Carlos la llevaba a remolque, y quería reírse del rápido vuelco que había habido en su personalidad. Era digna de un estudio acerca de las contradicciones. En un instante estaba tranquila y se ruborizaba de vergüenza, y al siguiente lo increpaba por haber interrumpido un beso.

Seguramente Gabrielle pensaba que ella había hecho algo malo. Él le debía una explicación, o al menos una disculpa por ser un cretino.

O un beso. No le importaría deberle un beso, si no fuera porque eso producía un mensaje equivocado y sobrepasaba todos los límites de una misión. Él nunca se había visto envuelto en este tipo de asuntos con ninguna mujer prisionera.

Pero bastaba con que Carlos escuchara su voz o sintiera el aroma de su perfume o la fragancia de su champú para desearla.

—Aquí es donde debería estar —le susurró ella cuando llegaron a la mitad de un largo pasadizo sin puertas.

En la siguiente esquina, Carlos vio motas de polvo flotando en el aire, iluminadas por un haz de luz que se colaba desde arriba.

—Allí está. —Le soltó la mano a Gabrielle y dirigió su luz hacia arriba, a la abertura que se elevaba a dos metros y medio de altura sobre ellos. Largos haces de luz atravesaban una rejilla en lo alto. Había hileras de pinchos colocadas en la pared a intervalos de unos treinta centímetros desde la rejilla, formando una escalera que corría hacia abajo hasta llegar a la altura de la cintura sobre el piso.

Él la atrajo hacia sí.

—No puedo dejar que tú subas primero hasta que no sepa qué hay al otro lado.

—Ve tú. Yo puedo subir la escalera por mi cuenta.

—De acuerdo, agitaré la mano para avisarte de que subas tan pronto como esté despejado. Quédate con esto. —Le dio la linterna y puso las manos dos travesaños por encima, para que sus pies se afianzaran en los que llegaban hasta abajo. Luego empezó a escalar. Cuando alcanzó la rejilla, le pareció que se abría a una bodega con cuatro calentadores de agua y un equipo de limpieza.

Utilizó una mano para empujar la rejilla hacia arriba, mientras se asía a la escalera con la otra. Con el hombro hizo avanzar lentamente el pesado metal hacia un lado. Se deslizó sobre un riel.

Esas eran las buenas noticias.

Las malas fueron el chirrido que provocó la fricción.

Escuchó atento. No se oyeron pisadas de nadie que acudiera corriendo. Una vez que la rejilla estuvo abierta lo suficiente, subió del todo y se volvió para agitar la mano hacia Gabrielle. Lo único que podía ver era un agujero negro hasta que la linterna destelló dos veces. Una mujer inteligente.

Un ruido de forcejeo fue seguido de un gruñido femenino, luego su cara se hizo visible. La tomó por el brazo y la ayudó a alcanzar el suelo, y luego a ponerse de pie. De inmediato Gabrielle se puso a sacudirse el polvo de los pantalones. Era una dama en cada detalle, hasta que se dio cuenta de que él la estaba esperando.

—¡Ah, sí! —Echó un vistazo a su alrededor—. Tenemos que subir las escaleras.

—Dime ahora cuál es la distribución de la planta de arriba, antes de que lleguemos allí; así no tendremos que hablar.

Ella se lo explicó gesticulando .

—La habitación de Amelia es la 210. Si nada ha cambiado, todos deberían estar en sus habitaciones o en el comedor, porque nunca nos permitían quedarnos en los pasillos. Pero podríamos encontrarnos con alguien que vaya o que venga.

—Tendremos que lidiar con ello si sucede. —Carlos la tomó de la mano y la guio. Cuando tiró de la puerta de salida de madera hacia la segunda planta, las bisagras chirriaron.

Ella contuvo el aliento, luego se acercó un poco para mirar por encima del hombro de Carlos. A unos seis metros de distancia, a la derecha, había una puerta de metal que cortaba el pasillo. A un lado tenía un panel para el código de la alarma. Un letrero sobre la puerta advertía: PROHIBIDA LA ENTRADA.

Gabrielle susurró:

—Esas son las dependencias del personal y la entrada de seguridad de este edificio. Ve hacia la izquierda hasta el primer cruce, luego gira a la derecha, y la habitación 210 debería estar como a la mitad del pasillo, a tu izquierda.

Carlos asintió con la cabeza y avanzó hacia el pasillo, pintado de un polvoriento rosa y blanco, y alumbrado con apliques de vidrio soplado. Cada puerta estaba todavía marcada con números dorados de metal. Ella se mantuvo cerca, detrás de Carlos, con cuidado de no hacer ningún ruido. Cuando cruzaron la esquina, una puerta se cerró con un clic en el pasillo.

Todo su cuerpo se estremeció ante el temor de ser descubierta. A algún nivel profundo, ella todavía era la adolescente que nunca rompía las reglas, ni corría riesgos mientras estuvo allí. Nunca quiso que la llevaran al «edificio especial», en la parte trasera de la propiedad. A ese lugar que ella creía que era para estudiantes excepcionales hasta que un rumor empezó a circular , acerca de alguien que gritaba a través de una ventana.

Podría haber sido un rumor urdido solo para atemorizar a las estudiantes, pero no se había arriesgado a averiguarlo.

Carlos se echó hacia atrás y la cogió de la mano, como si hubiera percibido el terror que ella sentía y supiera que el simple contacto iba a aliviar sus temores. Avanzó, obligándola a abandonar su posición. Al llegar a la puerta de la habitación de Amelia, Carlos aguzó el oído, luego golpeó con los nudillos suavemente. No hubo respuesta. A continuación sacó algo del bolsillo.

Aunque de repente sentía la urgencia de aferrarse a Carlos, se vio obligada a soltarle las manos para que él pudiera forzar el cerrojo mientras vigilaba a ambos lados. Carlos abrió la puerta y ella lo siguió al interior de la habitación.

El dormitorio no había cambiado mucho, aparte de las nuevas sábanas con brocado de flores. Las invaluables antigüedades de la Francia provenzal permanecían elegantes y femeninas. La ropa estaba revuelta sobre una cama, igual que cuando ella y Linette la dejaban así durante los fines de semana, ya que entre semana mantenían el cuarto impoluto. La nostalgia afloró en ella en pequeñas oleadas, recordándole las alegres noches compartiendo sueños y los tiempos tristes cuando Linette desapareció.

Carlos se movió silenciosamente alrededor de la habitación, como un fantasma.

Ambas camas y armarios tenían fotos, libros, esmalte de uñas, cepillos de pelo y otras cosas esparcidas alrededor. Si una cama era de Amelia, el instituto aún esperaba que ella regresara.

El sonido de un tarareo que venía del cuarto de baño llamó su atención. El ventilador estaba encendido, lo cual significaba que...

Carlos retrocedió justo en el momento en el que se escuchó a alguien tirar de la cadena. Gabrielle se encogió ante el sonido.

En medio segundo, él la tenía fuera, en el pasillo. El sonido de alguien que abrió y luego cerró la puerta del baño les llegó a través de la madera de la puerta. Habían salido a tiempo por los pelos.

Carlos empezó a andar en la dirección en la que habían llegado, cuando una puerta de otra habitación ubicada entre ellos y el hueco de la escalera se abrió.

Una mujer joven, con pelo largo, sedoso y castaño salió de espaldas de la habitación y cerró la puerta detrás de ella, pasando luego la llave.

Un susurro salió de la boca de Carlos, y Gabrielle apostó que era un taco. Si se iban por la otra dirección, la estudiante podría reportar la presencia de extraños en el pasillo y la descripción le permitiría a LaCrosse saber inmediatamente de quiénes se trataba.

Si caminaban hacia delante, tendrían que hablar con la chica y cualquier mentira podría perjudicar a Gabrielle si la estudiante se lo contaba a alguien.

Apretó con fuerza la mano de Carlos, conteniendo un ataque de pánico. No hacía falta ser un genio para imaginar que las probabilidades que tenían de escapar sin ser descubiertos eran demasiado exiguas como para que valiera la pena calcularlas.

¿Qué pasaría si LaCrosse se enteraba de esto?

El sudor se le deslizaba cuello abajo.

Carlos empezó a caminar hacia el frente, tirando de ella. El corazón le rebotaba en el pecho. ¿Qué pensaba hacer?

Debió de oír que se acercaban cuando estaban a casi tres metros de ella. La joven se dio la vuelta y los observó con una mirada de alarma que se desvaneció en el momento en que la sorpresa se apoderó de ella.

—¿Gabrielle? ¿Qué haces tú aquí?

Capítulo 17

—¿Yo? ¿Qué haces tú aquí? —preguntó Gabrielle. Babette se lanzó a los brazos de Gabrielle.

—Te escribí un correo electrónico diciendo que me mandaban al exilio. ¿Por qué no me llamaste?

—¿Quién es esta? —preguntó él al mismo tiempo que Babette preguntaba: «¿Quién es este?».

Gabrielle tomó aire, abrazó a su hermanastra y luego miró a su alrededor.

—Oh, cielos, ¿tienes compañera de habitación? —le preguntó a Babette en voz baja.

—Sí, pero se ha ido a cenar hace nada. A mí no me gusta lo que nos ponen en el comedor, por eso escondo comida en la habitación. —Babette hablaba en voz baja, dándose cuenta con rapidez de la complicidad que flotaba en el aire. Gabrielle estaba casi segura de que la resistencia de su hermana se debía más bien al hecho de que era una alumna nueva que a la comida en sí, porque en el colegio había cocineros fabulosos.

—¿Por qué no seguimos hablando en tu habitación? —Gabrielle le dirigió una mirada fugaz a Carlos, que apretaba los labios formando una fina línea, pero que asintió con la cabeza de todos modos.

—De acuerdo. —Babette abrió la puerta y la cerró en cuanto todos hubieron entrado—. ¿Qué pasa entonces? ¿Cómo has conseguido permiso para visitarme? Me habían dicho que hacía falta esperar mil años y aprobar una ley en el parlamento para conseguirlo.

—Babette es mi hermana —le dijo Gabrielle a Carlos, haciendo tiempo mientras intentaba encontrar una respuesta a por qué estaba en los dormitorios. Volviéndose hacia Babette dijo—: Es mi...

—Guardaespaldas —respondió Carlos por ella, lo que le hizo recordar a Gabrielle que tenía que andarse con cuidado con lo que decía.

—¿En serio? —La cara animada de Babette se contrajo de preocupación—. ¿Ha intentado hacerte daño el desgraciado ese?

—No, yo, eh... —Gabrielle miró a Carlos pidiéndole ayuda.

—¿Desgraciado? —preguntó él, lo cual no la ayudaba en lo más mínimo.

—Roberto, su exmarido. Le dije a Gabby que tenía que ser él quien estaba detrás de los ataques. ¿Es que no sabes de quién la estás protegiendo?

Babette miró a Carlos enfadada, quien a su vez le dirigió una mirada a Gabrielle, como si ahora pudiera ayudarle.

Gabrielle se cruzó de brazos y no dijo nada.

—Claro que sé quién es —mintió Carlos, porque Gabrielle no le había contado nada de Roberto a él o a sus colegas de operaciones secretas—: Estoy aquí para asegurarme de que ni siquiera se le pase por la cabeza hacerle daño. Gabrielle ha venido para ayudar al colegio con el sistema informático, y quería volver a ver su antigua habitación, pero hay un par de chicas dentro. La gente de la escuela es muy estirada, así que no queremos que se enteren de que estamos aquí. Seguro que LaCrosse se sulfura.

Era una historia brillante. A Gabrielle casi le temblaron las rodillas de lo aliviada que se sintió.

—Podéis confiar en mí. No se lo diré a nadie, y mucho menos al jefe de los trols. —Babette habló con la sinceridad de una verdadera cómplice. A continuación su mirada se suavizó al contemplar a Carlos, hasta el punto de quedarse boquiabierta.

—No hables irrespetuosamente de *monsieur* LaCrosse. —Gabrielle se irritó al ver a otra chica a quien se le caía la baba por Carlos, pero no podía echarle eso en cara a una adolescente impresionable.

Y de cualquier forma, era culpa de Carlos. Ninguna mujer podía contentarse con dirigirle una sola mirada. Pero a su hermana le habían enseñado mejores modales que los que estaba demostrando. Gabrielle carraspeó, y Babette concentró su atención de nuevo en ella.

—¿Por qué no mencionó LaCrosse que tu hermana estaba aquí? —preguntó Carlos.

Gabrielle se encogió de hombros.

—Creería que yo ya lo sabía.

—¿Conoces a las chicas de la antigua habitación de Gabrielle? —preguntó Carlos con una voz tan suave como un selecto coñac y con la misma cantidad de encanto intoxicante.

Gabrielle le lanzó una cortante mirada de aviso, reprochándole que usara sus facultades con su hermana menor. Carlos le guiñó un ojo, el muy capullo.

—Yo quería que me dieran la habitación de Gabrielle, pero papá solo recordaba que estaba en este piso. —La mirada de Babette no se apartó de Carlos mientras se arremangaba su camiseta gris de manga larga y alisaba las arrugas de sus vaqueros con las manos—. Papá nunca habla mucho de cuando estuviste en este calabozo. ¿Qué habitación era?

—La 210 —dijo Carlos sonriendo, al tiempo que Babette se sonrojaba y miraba a otro lado.

Gabrielle entendía que él quisiera obtener información mientras estuvieran allí, pero le surgían instintos maternales cuando se trataba de su hermana, así que le dio una patada en el tobillo. Carlos apretó la mandíbula, pero no cambió su gesto comprensivo, y se limitó a arquear una ceja.

Babette no se enteró del intercambio no verbal. Estaba perdida en sus pensamientos, mordisqueándose la punta de una uña, hasta que retiró la mano y chasqueó los dedos.

—Beatrice y Amelia. Beatrice y yo vamos juntas a algunas clases. Seguro que si está ahí os deja entrar en la habitación. A Amelia solo la conozco de un par de veces que coincidimos en el comedor. Habla por los codos. Además, siempre tiene que soltar sus opiniones cuando alguien menciona algo de derechos civiles.

Gabrielle ahogó una risa. A Babette tenía que molestarle encontrarse a alguien a quien le gustara opinar más que a ella. A Carlos se le daba mejor el asunto del espionaje, pero Gabrielle retomó el hilo que él había dejado y condujo a Babette de vuelta al tema.

—No, no. No quiero que nadie me vea —le aseguró a su hermana—. ¿Son tus amigas, entonces?

—Beatrice es maja. —Babette, siempre llena de entusiasmo, se retiró el pelo de la cara; después jugueteó con el faldón de su camiseta y, por último, apoyó las manos en la cadera, enganchando los dedos en el cinturón de los vaqueros—. Su madre es duquesa y se acaba de casar otra vez. Por eso la mandaron aquí mientras los tortolitos pasan su primer año a solas. De las dos es la que más tiempo lleva en el centro. Amelia es un poco tontita. Beatrice no la conoce muy bien, porque acaban de ponerlas en la misma habitación. Estoy segura de que a Amelia la habrá echado su compañera anterior. No quiero tener nada que ver con ella.

—¿Por qué? —preguntó Gabrielle.

—Porque la única vez que intenté tener una conversación con ella me dijo que... —Babette corrigió su postura, levantó la barbilla y juntó las manos encima de su regazo, emulando una pose formal que contrastaba con su habitual pose encorvada. Levantó la voz y dijo con un acento exageradamente insolente—: Morderse las uñas es una costumbre horrible e inaceptable en sociedad.

Babette puso cara de desagrado.

—No he echado nada de menos a la Señorita Repipi desde que se fue la semana pasada. Beatrice dice que Amelia no es mala gente, pero que la han educado de esa manera porque su padre es un tío importante de los negocios del café en Sudamérica.

—¿Tuvisteis vacaciones la semana pasada? —preguntó Gabrielle en tono familiar.

—La verdad es que no. Beatrice y Amelia consiguieron más créditos que las demás este semestre y por eso les dieron permiso para marcharse antes, pero a Beatrice le contestaron en casa lo mismo que a mí cuando pregunté si podía volver en las vacaciones: que de ninguna manera. —A Babette se le humedecieron los ojos, pero se le pasó enseguida—. Las dos nos hemos quedado aquí encerradas, pero a Amelia le dieron seis días libres. Se fue con una chica que se ha lastimado o se ha puesto mala ahora que están fuera, así que parece que se les ha fastidiado el viaje.

—¿Sabes si hay alguien más ahora mismo? —le preguntó Gabrielle.

—Todavía no conozco a muchas chicas. ¿Por qué queréis saberlo?

Gabrielle miró a Carlos. ¿Había dicho demasiado?

Carlos respondió a la pregunta de Babette.

—Tu hermana está ayudando al colegio a cruzar las referencias de los archivos. Al parecer, un par de chicas de alto perfil, como Amelia, se han escapado sin permiso; pero eso no significa que Amelia lo haya hecho también. Cualquier cosa que oigas puede ayudar a tu hermana. Ayúdala a que dé una buena impresión y a lo mejor le piden que vuelva a hacer algún otro trabajo aquí.

Gabrielle lo miró con malos ojos por infundirle esperanzas a Babette, pero su truco les aseguraba la cooperación de su hermana.

—Me mantendré alerta de quién entra y quién sale del edificio.

Carlos echó un vistazo a su reloj.

—Tenemos que volver.

Babette perdió todo interés en él y miró a Gabrielle con ojos suplicantes.

—¿Vas a venir a visitarme otra vez?

A Gabrielle se le partió el corazón al darse cuenta de que no sabía si iba a poder visitar a su hermana de nuevo, pero aun así, no quería preocupar a Babette.

—En cuanto me sea posible, pero tengo que intentar no llamar la atención sobre mí misma porque... —¿Qué podía decirle que no fuera a alarmarla?

—Por el desgraciado —dijo Babette terminando la frase, y luego dirigiéndose a Carlos—. Si alguien se le acerca, espero que lo tires de cara al suelo.

La sonrisa de confirmación con que Carlos le respondió era de una perversidad absoluta.

—Si alguien trata de hacerle daño, le haré algo peor.

Babette soltó un suspiro de admiración por Carlos.

Gabrielle le tiró de la manga.

—¿Nos vamos o qué?

—¿Te estás poniendo nerviosa? —le preguntó Carlos.

Babette volvió a lanzarse a los brazos de Gabrielle.

—Vuelve tan pronto como puedas, y llámame.

—No llevo el móvil encima —le dijo Gabrielle. «Porque el tío al que estás mirando atontada lo destruyó.»

—¿Por qué no? —Babette la miró preocupada—. ¿Pero y si tengo que llamarte?

—Usamos el mío cuando viaja —explicó Carlos—. Te doy el número.

—De acuerdo —dijo Babette cogiendo bolígrafo y papel—. Dímelo.

Apuntó el número con rapidez, se metió el papel en el bolsillo y sonrió.

—Tampoco voy a contarle esto a nadie.

—Llama si tienes algún… problema. —Gabrielle quería decir «si alguien intenta secuestrarte», pero ¿quién podría querer secuestrar a Babette?

Pero, de igual manera, ¿quién querría secuestrar a Mandy o a Amelia?

Se le hizo un nudo en el estómago por la preocupación.

—Encantado de conocerte —le dijo Carlos a Babette, que estaba a punto de derretirse por la grata impresión.

Gabrielle nunca hubiera imaginado que la diablilla pudiera comportarse de modo tan femenino.

Carlos abrió la puerta del dormitorio y salió.

Gabrielle se despidió de Babette diciendo adiós con la mano, y salió detrás de Carlos. Habían llegado a las escaleras y la puerta que rechinaba ya se estaba cerrando detrás de ellos cuando, de pronto, se abrió la puerta del personal, al fondo del pasillo.

Una mujer gritó:

—¿Adónde vais? —A continuación se oyeron unos pasos que los perseguían.

Carlos tiró a Gabrielle de la mano y la condujo velozmente por las escaleras, a través de la oscuridad. Gabrielle se resbaló dos veces pero Carlos evitó que se cayera. Al llegar al segundo descansillo la puerta que tenían encima se abrió rechinando.

Carlos empujó a Gabrielle contra la pared con su brazo y ella no podía ver ni los dedos de su mano delante de su rostro.

—¿Quién anda ahí abajo? —gritó una voz de matrona. El haz de luz de una linterna se deslizó por las escaleras, pero el agujero de oscuridad se tragaba la luz. Se oían pasos lentos y pesados en las escaleras mientras la mujer descendía.

—Quedaos donde estáis.

Esa orden era innecesaria. El miedo paralizaba a Gabrielle y la mantenía fija en su lugar.

Carlos abrió y cerró la puerta que daba a las habitaciones de la primera planta, pero no hizo el más mínimo movimiento para salir por ella. Luego levantó a Gabrielle, se la puso al hombro al estilo de los bomberos y bajó los escalones de puntillas.

¿Cómo podía moverse con tanta facilidad y no hacer ruido alguno?

Se detuvo en el descansillo del sótano cuando los pasos que sonaban encima de ellos llegaron a la primera planta. Oyeron cómo se encendía una radio.

La mujer que estaba encima de ellos dijo:

—Estoy en la primera planta. Oí que abrían y cerraban esta puerta, pero no estoy segura de que alguien entrara por allí. Voy a revisar las habitaciones de este piso. Tú revisa todas las escaleras.

Gabrielle se aferró a la cintura de Carlos mientras él se movía por la oscuridad a paso cuidadoso y muy rápido. Él la colocó de pie en el suelo y luego Gabrielle escuchó un sonido como si él estuviera moviendo algo.

—Devuélveme la linterna —le dijo con suavidad.

Ella sacó la cajita de plástico con manos temblorosas.

—Toma.

Carlos la cogió del brazo con una mano y cogió la linterna con la otra.

La puerta en lo alto de las escaleras volvió a chirriar y se cerró de golpe provocando un ruido seco. Oyeron pasos fuertes que bajaban los escalones con bastante más rapidez que los de la mujer de antes.

Carlos encendió la linterna y le enseñó a Gabrielle dónde quedaba el hueco de la rejilla.

—Ve con cuidado. No te apresures.

¿Estaba de broma? «No te apresures». Ella se dio la vuelta y él la levantó por las axilas hasta que sus pies colgaron en el aire tratando de alcanzar alguna de las clavijas. Alcanzó una con la punta de un pie.

La puerta del descansillo del piso de arriba se abrió y un hombre gritó:

—¿Habéis encontrado algo?

La respuesta que recibió fue demasiado ahogada como para que Gabrielle la oyera.

—Cuidado con lo que haces —le dijo Carlos con calma mientras Gabrielle se soltaba de sus brazos y comenzaba a descender paso a paso.

La puerta de arriba se cerró de golpe y los pasos volvieron a bajar con estruendo.

Gabrielle dejaba caer un pie cada vez, sujetándose con fuerza a la clavija que quedaba sobre su cabeza mientras recorría el camino hacia abajo en lo que parecía una escalera sin fin.

Carlos rezó para que tuvieran tiempo suficiente de ponerse a salvo y se guardó la linterna en el bolsillo. Se metió de espaldas por el agujero, colocando el pie en un travesaño. Asiendo la rejilla con una mano, volvió a emplear toda su fuerza para levantarla del riel, a la vez que deslizaba la cubierta metálica hasta colocarla en su sitio. La rejilla se enganchó en algo y se detuvo un par de centímetros antes de lo necesario, pero él no podía desperdiciar tiempo o arriesgarse a que hiciera ruido al encajarla de nuevo en su sitio. Bajó los últimos escalones y saltó al suelo.

La rejilla chirrió con el sonido de metal rozando y en ese momento su perseguidor la deslizó hacia un lado.

Carlos cogió a Gabrielle y tiró de ella alejándola del hueco justo antes de que un haz de luz inundara el agujero. La sostuvo cerca de su pecho deseando que su perseguidor no descendiera.

El ruido de la radio se oyó arriba, pero dudaba de que el sujeto pudiera transmitir desde ese alejado lugar subterráneo.

Carlos apartó a Gabrielle y comenzó a caminar lentamente hasta que escuchó al tío gruñendo y moviendo la rejilla hacia un lado.

Iba a seguirlos dentro del túnel.

—Mantente cerca —le susurró Carlos. Luego la cogió de la mano y corrió. Logró doblar en el primer cruce antes que el rayo de luz que los perseguía por el túnel.

El sujeto tendría que averiguar primero qué dirección tomar.

Carlos esperaba que eso les diera suficiente ventaja como para llegar al edificio de la administración antes de que seguridad los capturara o alertara a la oficina central.

Cuando logró alcanzar el armario del sótano de la administración, se coló a través de la abertura y luego tiró de Gabrielle.

Pasos rápidos y enérgicos que se dirigían hacia ellos llegaron en forma de eco a través del túnel.

Carlos le dio un empujón cargado de adrenalina a la enorme pieza de almacenaje. Esta voló hacia atrás hasta golpear contra la pared con un ruido sordo.

Cogió a Gabrielle de la mano y la obligó a moverse antes de que el pánico se convirtiera en un fuerte golpe y la paralizara. Si pudiera dejarla sola, la hubiese escondido y él se hubiera ido por su cuenta para despistar a su perseguidor. Pero ella conocía el terreno y él no podía arriesgarse a perderla de vista.

Cuando llegaron al tercer piso, Carlos tiró de Gabrielle hasta el resplandeciente pasillo donde pudo recobrar el paso.

Le echó una mirada a Gabrielle.

La cara de ella estaba manchada y su pelo revuelto.

Los ojos le brillaban de emoción, parecía libre y salvaje. Cuando su mirada se cruzó con la de Carlos, sonrió.

No con la sonrisa calculada de antes, sino con una sonrisa en toda regla.

Carlos corrió hacia la puerta de la habitación. El teléfono estaba sonando dentro. Tecleó el código para desactivar el cerrojo. Se escucharon voces y pasos que se aproximaban desde la vuelta de la esquina al final del pasillo, el sonido rebotaba contra las paredes de piedra.

Abrió la puerta de golpe y tironeó de Gabrielle para hacerla entrar en la habitación, luego cerró suavemente.

Gabrielle se lanzó hacia el teléfono, pero este dejó de sonar.

Carlos se frotó el pelo. ¿Quién había tratado de alcanzarlos?

Alguien tocó la puerta.

Él se volvió y le señaló el dormitorio, moviendo los labios dijo «ducha» y se frotó a sí mismo para trasladar el mensaje con rapidez.

Llamaron a la puerta por segunda vez. Ella asintió con la cabeza y salió de la habitación corriendo mientras él se quitaba la chaqueta empolvada de un tirón y la lanzaba contra el suelo.

Animado por el ruido del agua de la ducha cayendo, Carlos ralentizó su respiración y abrió la puerta con cara de pocos amigos.

—Seguridad. —Un sujeto robusto de cuarenta y tantos años estaba allí parado. En medio de la camisa de su almidonado uniforme marrón llevaba bordado el nombre del colegio. Tenía una radio colgada del cinturón y una pistola paralizante metida en una funda.

—¿Han estado ustedes esta noche en el edificio A de los estudiantes?

—No.

—¿Nadie de esta habitación ha estado allí? —insistió el guardia.

Se oyó el sonido de un carrito rodando por el suelo y a continuación apareció el rostro de Pierre, acercándose al personal de seguridad.

—¿Qué sucede?

Carlos percibió un tono demasiado casual en la pregunta de Pierre. Era evidente que estaba actuando, y que no se le daba muy bien.

—Parece que su agente de seguridad está haciendo una revisión en los dormitorios.

Pierre miró a Carlos con curiosidad, luego, dirigiéndose al guardia, le dijo:

—Probablemente solo se trate de nuevas estudiantes poniendo a prueba los límites. Por favor no vuelvan a molestar a *mademoiselle* Saxe.

El guardia de seguridad no pareció tomarse muy en serio la sugerencia, pero a pesar de eso asintió y se marchó.

Pierre llamó con la mano al hombre mayor que empujaba el carrito de la comida, luego se volvió hacia Carlos. Una vez más Pierre lucía una mirada de superioridad que Carlos hubiera querido cambiarle.

—Antes llamé dos veces para avisar que la comida estaba lista. ¿Dónde se encontraba *mademoiselle*?

—Duchándose. No le gusta que la apresuren —respondió Carlos intentando parecer tan aburrido como podía, teniendo en cuenta que el latido de su corazón todavía estaba acelerado por la carrera.

—¿Y dónde estaba usted?

—Aquí mismo.

—¿Por qué no contestó?

—En primer lugar porque mi trabajo no consiste en tomar recados telefónicos. Y en segundo lugar porque si no contesto su teléfono en casa, ¿por qué debería hacerlo aquí? —Carlos posó su mirada sobre el carrito y añadió—: Yo me hago cargo de eso.

Pierre frunció el ceño.

—¿No desea que le sirva?

—No. —Carlos tiró del carrito y lo metió en la habitación mientras le impedía a Pierre entrar tras él. Se volvió y miró fijamente a los dos hombres.

—¿Algo más?

—Prefiero confirmar que *mademoiselle* Saxe encuentra todo satisfactorio antes de irme.

—Eso está muy mal. Yo prefiero que no vea a la señorita Saxe envuelta en una toalla, ya que esa es su forma favorita de sentarse a comer. —Carlos hizo todo lo que pudo para mantener una cara impávida frente a la expresión de asombro de Pierre y los ojos como platos del personal encargado de servir la comida—. Nosotros llamaremos si necesitamos algo. —Carlos cerró la puerta y dejó escapar un suspiro de alivio mientras los pasos se perdían en la distancia.

Demasiado cerca.

Recuperó su falso iPod y entró en el dormitorio en busca de micrófonos ocultos. Todo despejado. Y... la ducha había terminado.

—¿Gabrielle? —dijo en voz alta avanzando hacia el cuarto de baño para hacerle saber que todo estaba bien. La puerta se abrió bruscamente y ella salió de prisa llevando encima nada más que la mencionada toalla.

—¿Se han ido? —preguntó en voz baja.

—No hay nadie merodeando.

Carlos habría mantenido sus manos lejos de ella de no ser porque Gabrielle se echó a reír y se arrojó a sus brazos, susurrando emocionada:

—¡Lo logramos!

Carlos la cogió mientras ella pasaba la mano alrededor de su cuello.

La toalla se soltó y cayó en un charco a sus pies.

¡Oh, Dios! Quería mirar, sentir, besar cada milímetro de su cuerpo.

Pero eso estaba mucho más allá de lo que podía permitirse.

Gabrielle lo besó y él decidió permitírselo por unos treinta segundos, pero el poco control que era capaz de mantener se le escapaba más rápido que arena fina entre los dedos. Al fin él tomó el mando para besar sus suaves labios, logrando que cada razón que asomaba a su mente para intentar detenerse quedara abolida.

Un rayo de luz, que se colaba desde el cuarto de baño a través de la puerta entreabierta, se esparcía dentro de la oscura habitación.

Gabrielle sabía a pasta de dientes y a felicidad.

Hasta el más leve roce de sus dedos decía que quería mucho más de él, mucho más que un beso para celebrar su temeraria carrera.

Gabrielle tomó su rostro entre las manos y lo besó con una dulzura que a él le llegó a las entrañas. Carlos reclamaba su boca una y otra vez. Se había estado manteniendo en un estado de excitación controlada durante tanto tiempo que, cuando Gabrielle, intencionadamente, rozó la parte delantera de sus vaqueros, la sensación que lo embargó no hubiera cedido ni ante una ducha de agua helada.

El gruñido que emitió debería haber servido de advertencia.

La lengua de Carlos se unió a la de Gabrielle en un deslizamiento erótico.

La necesidad de poseerla lo dejó de una pieza. Gabrielle no se parecía a ninguna otra mujer, era apasionada en todo. Él quería sentir esa pasión desbocada. La tomó en sus brazos y ella se acurrucó contra él. ¿Timidez? Dio dos pasos y la dejó caer sobre la cama, listos para empezar el juego.

Gabrielle sacudió las mantas y cubrió su cuerpo con ellas, luego volvió la cara hacia el colchón.

El abrupto cambio en el comportamiento de Gabrielle le golpeó los sentidos y los puso a trabajar en orden nuevamente. ¿Por qué se estaba escondiendo?

El momento había pasado tan de golpe de un «vamos-a-desnudarnos» a un «no-me-mires», que su cabeza tuvo la oportunidad de ponerse al día con su cuerpo. Él no podía hacer eso, y mucho menos con la luz encendida, que le permitiría a ella ver el tatuaje de Anguis que tenía en el pecho. Carlos dio un paso reflexivo hacia atrás.

Su movimiento hizo que ella pusiera toda su atención en él.

—Por favor, no.

Su voz sonó inundada de angustia, y a él se le rompió el corazón. ¿Qué estaba pasando? Carlos se movió lentamente hacia el extremo de la cama y se arrodilló en el borde.

Cuando ella se sentó, la desilusión llenaba sus ojos.

Carlos no quería ser la razón de su mirada herida, pero sabía que tenía que serlo y eso lo estaba matando.

Le acarició la mejilla con la palma de la mano.

—¿Ocurre algo malo?

Gabrielle colocó una mano alrededor de su muñeca, pero al principio no dijo nada. Solo se mordisqueaba el labio, preocupada por algo. De pronto alejó la mirada, y luego por fin miró a Carlos.

—Pensaba que... quiero decir, ya sé que yo no... que no soy como las mujeres que tú probablemente tienes todo el tiempo. No tengo una figura perfecta, no soy atractiva, pero yo simplemente...

Ella creía que no era atractiva. ¿Que él la estaba rechazando?

Su corazón se partió ante la posibilidad de hacer que esa mujer extraordinaria dudara acerca de su capacidad de atracción.

Si ella se acercaba y lo acariciaba, sabría la verdad, pero si lo tocaba ahora dudaba de su capacidad de resistirse.

Ella le sostuvo la mirada en silencio, esperando a ver qué hacía él.

Observar el desánimo en su rostro hizo que su determinación se debilitara poco a poco.

Algunas mujeres jugaban y nunca deseaban exponer lo que sentían en realidad.

Gabrielle acababa de desnudar su alma frente a él.

—Sé que tú no… —dijo ella entre dientes, apartando la mirada, avergonzada.

Con un dedo, él volvió el rostro de Gabrielle hacia el suyo.

—No sé de dónde has sacado la idea de que no eres extraordinaria, porque sí lo eres.

—Sí, claro. —Ella rechazó sus palabras con un delicado bufido—. No tienes por qué mentirme.

—No te miento. —Él le apartó el pelo de la cara.

—Tú no crees que yo sea excepcional. Lo dejaste bastante claro en la cabaña. No estabas interesado en… hacer esto… conmigo.

Él sacudió la cabeza.

—Estaba tratando de hacerte saber que no iba a aprovecharme de ti.

—Cuando salté de la cama esa mañana en la cabaña me gritaste que me fuera al cuarto de baño. —El dolor se colaba en su voz y asomaba a su rostro.

Carlos jugó un poco con su pelo y luego le acarició la mejilla. Esperaba estar equivocado pero a la vez necesitaba saber cuánto daño le había hecho.

—¿Y tú pensaste que no me gustaba el aspecto que tenías medio desnuda? ¿Que no te encontraba atractiva?

—Sí.

La breve respuesta fue para él como sal en la herida de su corazón. Carlos le tocó suavemente la barbilla con un dedo, que luego hizo descender por su cuello para acariciar la delicada piel de su clavícula. Se detuvo justo antes de alcanzar su pecho.

Ella se estremeció.

Sus miradas se encontraron y él no le pudo negar la verdad de la situación.

—Hice que te fueras corriendo al cuarto de baño para poder ponerme los pantalones sin hacerme daño. Estaba demasiado excitado, me estabas matando.

Gabrielle lo miró fijamente con la boca entreabierta.

—¿De verdad?

—¿Cómo puedes ser tan inteligente y tan tonta a la vez? —le preguntó sonriendo. Luego acercó su boca a la de ella.

Ella se alejó.

—No tienes que…

Él sostuvo su rostro colocando una de sus manos a cada lado con cierto pesar.

—Es cierto. No tengo por qué hacerlo, pero quiero besarte. —¿Por qué no decirle la verdad si nadie sabía lo que estaba pasando dentro de las cuatro paredes de esa habitación?—. De hecho, te deseo, y punto. —Cubrió sus labios, besándola tiernamente, ofreciéndole una disculpa. Deslizando una mano alrededor de su cuello, Carlos la sostuvo contra su pecho como el frágil tesoro que era, y lentamente empezó a quitarle las sábanas de seda que cubrían su cuerpo.

Ella lo miró con una confianza que no se merecía pero que él intentaría honrar.

La recostó lentamente sobre su espalda, para poder saborear cada uno de los besos que le daba a lo largo de la cara, del cuello, de los hombros…

Si se tomaba su tiempo, y eso era precisamente lo que pretendía hacer, la habitación quedaría a oscuras antes de que él se quitara la camisa, con lo cual podría evitar una discusión acerca de su maldito tatuaje. Carlos la besaba lenta y suavemente, mientras exploraba su piel. Sus dedos modelaban sus elegantes hombros, planeando a lo largo de una piel tan suave que podría ser la expresión viva de un pastel de nata.

Gabrielle jadeó cuando Carlos rozó ligeramente su abdomen, bajando luego los dedos hasta los rizos de su pubis, para pasearlos por ellos. Ella tembló y su cuerpo, cubierto por el de Carlos, se tensó por la creciente pasión.

Sabía, sin lugar a dudas, que ella lo sorprendería, ya que

nada acerca de esa mujer había sido predecible, desde su primer encuentro.

Y él deseaba esa pasión para sentir a esa increíble mujer en sus brazos, dando rienda suelta a su placer.

Ella estaba con medio cuerpo fuera de la cama. Carlos movió poco a poco sus manos bajo sus sensuales nalgas y la levantó en sus brazos para luego rodar hasta el centro de la cama.

Cuando se detuvieron, ella estaba encima de él.

Gabrielle levantó la cabeza y lo miró fijamente con ojos interrogantes.

¿Estaría teniendo dudas acerca de si hacer o no aquello? ¿Acerca de él?

Ella pertenecía a una familia de la realeza.

Él pertenecía a una familia de asesinos.

—¿Estás segura de que quieres hacer esto… conmigo? —le preguntó, odiando el sentimiento enfermizo que lo golpeaba ante la idea de que ella pudiera cambiar de opinión. Pero estaba resuelto a no juzgarla si ella decidía echarse atrás.

—Yo… no estoy segura —dijo ella entre dientes.

—¿De que quieras hacer esto? —terminó la oración.

—Oh, no. —Ella sacudió la cabeza una vez—. Sé que quiero hacer el amor contigo… si tú estás seguro.

Gracias a esa tensa aceptación, él pudo relajar los músculos del pecho.

¿Todavía no podía creer que él la deseaba?

Carlos le tomó la mano y guio sus dedos hasta el centro de su excitación. Resopló al notar el roce y sintió un fuerte dolor en la ingle.

—¿Aún tienes dudas? —se burló él, con una voz ronca que expresaba deseo.

Los preciosos ojos azul violeta de Gabrielle brillaron con alegría. ¿Por qué algo tan sencillo como verla feliz hacía que su corazón se regocijara?

Gabrielle le masajeó la parte delantera de los vaqueros, acariciándole el pene con los dedos, experimentando con una suave presión hasta que Carlos se estremeció por la dulce sacudida.

Cuando él le retiró la mano, ella sonrió con timidez. Gabrielle le dio pequeños besos, probando, pellizcando, hasta que avanzó hacia su cuello. Su tímida exploración lo enloquecía con cada segundo que pasaba esperando a sentirla hasta el fondo.

A Carlos le costaba mucho comprometerse con las mujeres, solía mantener las cosas a niveles muy superficiales.

Probablemente sería condenado por toda la eternidad, pero no pensaba echarse atrás.

Unos dedos delicados se movieron poco a poco por su clavícula hasta su pecho y cuidadosamente le desabrocharon un botón de la camisa. Su respiración se sobresaltó. Debería detenerla justo en ese momento, pero la curiosidad lo cautivaba. Ella tenía una inocencia que no había encontrado en ninguna otra mujer adulta, una frescura embriagadora en sus movimientos inexpertos.

Pero le parecía que ella deseaba o necesitaba el control para sentir poder sobre él. Carlos apartó las manos de su cintura y dejó caer los brazos a los lados.

¿Qué Gabrielle le sorprendería? ¿La atrevida y valiente que aquella noche había corrido por los túneles, o la recatada y sofisticada mujer que podía llegar a mostrarse extremadamente reservada?

Sus toques, como los de una mariposa, se movían por debajo de su camisa, ignorando los otros botones pero tironeando de la tela para apartarla, antes de pasar las manos suavemente por todo su pecho.

Él tomó aliento y debería haber estado listo, pero cuando sus dedos recorrieron sus vaqueros para acariciarlo otra vez, un golpe de electricidad recorrió todo su ser. Le sujetó firmemente el redondeado trasero, al tiempo que frotaba su miembro contra los inquisitivos dedos femeninos.

¡Aleluya!, era la Gabrielle atrevida la que había hecho su aparición.

Ella le abrió la bragueta, metió los dedos y recorrió todas sus curvas. Carlos se apretó contra sus manos hambrientas e hizo todo lo posible por permanecer inmóvil, hasta que finalmente se abalanzó sobre ella.

La besó; su boca le rogaba que no se echara para atrás ahora.

Ella lo sujetó del pelo y sus cuerpos se acercaron aún más, al tiempo que sus lenguas se encontraron, exigentes.

El calor quemaba el aire y avivaba el olor de los cuerpos calientes, envueltos en una danza primitiva. El fresco aroma a baño y almizcle femenino nublaba sus sentidos hasta el punto de que lo único que él podía oír, ver o sentir era a Gabrielle.

Ahora la habitación estaba oscura como la noche, excepto por una franja de luz que se colaba a través de la puerta del baño, que estaba entreabierta. A él ya no le preocupaba que ella viera el tatuaje de Anguis. Dudaba incluso de que supiera de su existencia.

Solo podía concentrarse en el placer que sentía.

Sus manos la recorrieron por completo, como un escultor ciego veía cada curva y forma suave. Colocó sus dedos entre los muslos de Gabrielle y jugueteó tiernamente hasta que ella se estremeció.

¡Ah, sí! Ella iba a ser como ninguna otra.

Suave y delicadamente le acariciaba los frágiles pliegues.

Su respiración se interrumpió y su cuerpo se curvó. Todavía no.

Gabrielle trataba de recuperar el aliento. Quería pellizcarse a sí misma para asegurarse de que aquello era real. Ese hombre espléndido y sensual la deseaba a ella. Mantuvo a Carlos cerca, deleitándose con la sensación de su abrazo. Él la besó como si fuese la única mujer sobre la faz de la Tierra.

Lo que hizo la animó a tomar todo lo que él le ofrecía. Había crecido convencida de que se casaría con su príncipe azul, pero en cambio se había casado con una serpiente. Sus sueños le habían sido robados junto con la esperanza de una vida normal.

Hasta donde podía recordar había vivido de acuerdo con las directrices de los demás. Incluso su baboso exmarido la había obligado a vivir escondida. ¿No se merecía la oportunidad de intimar con un hombre que realmente la deseara? ¿Alguien que a lo mejor, incluso, se preocupaba por ella?

Carlos la había convencido de que ardía de deseo por ella.

Le había dicho que era extraordinaria. Atractiva.

Ella. Desnuda.

Gabrielle bajó sus manos para empujarse hacia él. Le desabrochó la camisa y trató de quitársela.

Él se incorporó sobre los codos y arrojó lejos la camisa. Luego pasó sus brazos alrededor de la espalda de ella y la acercó hacia él con cariño. Ella tragó saliva tratando de deshacer el nudo que sentía en la garganta. Carlos le enmarcó el rostro con las manos, se tomó una pausa y después la besó tiernamente en las mejillas, los párpados y le rozó apenas los labios.

La trataba como si fuera su bien más preciado.

Gabrielle se derritiría encima de él si volvía a hacer eso otra vez.

Incorporándose sobre sus rodillas, ella se agachó para bajarle los vaqueros hasta quitárselos. Los tiró a un lado.

Él dejó escapar un sonido masculino de pura necesidad.

Nunca se había sentido tan deseada, tan segura.

En uno de esos movimientos suaves, él se puso de rodillas, para mirarla de frente a la cara.

Entonces la empujó hacia delante, manteniéndola siempre cerca. Ella se agarró a él, y el contacto de su piel aterciopelada sobre su erección fue como experimentar la decadencia más pura y sensual. Le agarró el miembro suavemente y movió sus dedos hacia arriba hasta que su pulgar rozó la punta húmeda.

Carlos dejó escapar una frase en español que hubiera hecho arder los oídos de su maestro de ese idioma. Ella se ruborizó debido a su significado erótico.

Gabrielle trató de contener la risa, pero no pudo ocultar su alegría ante aquel placer terrenal.

—¡Dios mío, eres una diablesa que viene a matarme! —Carlos respiró profundamente, la recostó sobre la cama y la cubrió con su vasto cuerpo.

Ella recorrió con sus manos los marcados músculos y las formas definidas de su cuerpo.

Las puntas de sus dedos rozaron la cicatriz del pecho de Carlos, justo encima de su corazón. Reemplazó los dedos por sus labios.

Él permaneció inmóvil.

¿Le preocupaba la cicatriz? ¿Por qué parecía sentirse incómodo? A ella no le importaba en absoluto que tuviera una cicatriz.

Paseó sus labios a lo largo del cuello y la mejilla de Carlos hasta encontrar su boca y perderse en un beso abrasador.

La negra noche la cobijaba, agudizando sus sentidos y derribando el muro que había en sus relaciones con los hombres. Pero ella tenía muy poca experiencia, si es que el sexo con Roberto, nada destacable, podía contarse como experiencia. Se sentía insegura acerca de cómo seguir a partir de ahí.

Así que cuando Carlos le preguntó con voz ronca «¿Qué quieres que haga?», ella entró en pánico y le contestó:

—Sorpréndeme.

Él se rio. Habló con un tono masculino suave y fascinante que contenía una advertencia:

—Creo que no deberías hacerle esa sugerencia a un hombre como yo, princesa.

Capítulo 18

¿*P*rincesa?

Cuando era una niña, Gabrielle nunca le había dado importancia al hecho de que la trataran como a alguien de la realeza, pero en labios de Carlos la palabra «princesa» sonaba de un modo íntimo.

Era una palabra cariñosa.

Había entendido lo que quería decir con eso de «un hombre como yo». Él era un hombre a quien no podía mirar con ojos ilusos, pero eso ya no le importaba.

Deseaba a ese hombre. Durante esa noche él sería suyo.

—¿Qué va a hacer falta para tenerte dentro de mí?

Carlos se quedó de nuevo inmóvil, mientras el silencio se abría paso entre los dos.

¿Había dicho algo inconveniente? Detestaba tener tan poca experiencia. Pero entonces los dedos de Carlos se curvaron alrededor de uno de sus pechos y se llevó su pezón a la boca. Cuando lo lamió, todos sus pensamientos desaparecieron y un calor surgió a través de su piel fluyendo entre sus piernas.

Creía que moriría si Carlos se detenía. Un gemido de anhelo se escapó de lo más profundo de su pecho. Gabrielle se agarró a los hombros de Carlos con una fuerza feroz, asiéndose tanto a él como al resquicio de cordura que le quedaba.

Los dedos de él rodearon su otro pecho, y después llegaron sus labios, torturándola. Ella se retorció. Necesitaba más. Mucho más.

Sus dedos raudos dejaron su pecho y dibujaron círculos en su abdomen, bajando más, jugueteando con los rizos de su sexo.

Ella dobló las rodillas y él deslizó un dedo en su entrepierna, dentro de ella, sumergiéndolo una y otra vez.

Mon Dieu! Gabrielle se estremeció y dejó escapar un grito. Sentía como si se acercase a una llama que amenazaba con quemarla hasta llegar a su centro.

Y de repente Carlos tocó ese punto de su cuerpo en donde todo se interconectaba. Jugaba con él de arriba abajo, tan despacio que era una agonía y Gabrielle sintió que estaba a punto de perder la cabeza. Luego, el movimiento se convirtió en una fricción en espiral.

—Por favor, por favor... —Gabrielle no pudo terminar de formular el pensamiento. Por primera vez en su vida, su mente no le era de ayuda.

Él le susurró dulces palabras en español, asegurándole que le parecía hermosa y la deseaba. Su voz ronca llenaba la habitación; una voz que tocaba algo en su interior. Algo puramente femenino que nunca antes había sentido con aquella plenitud. Su olor masculino, cálido y húmedo por el sudor que le brillaba en la piel, allí donde sus cuerpos se encontraban.

Sus dedos la hacían enloquecer en un húmedo calor.

Gabrielle arqueó la espalda, tensa a causa de una necesidad tan imperante que creía iba a partirla de pies a cabeza.

Carlos se colocó a su lado, con una de sus piernas entrelazada con una de las de ella, separó los muslos de Gabrielle. La boca de Carlos encontró la suya, besándola con fuerza y ardor. Cuando empujó la lengua entre sus labios y alcanzó la de Gabrielle, presionó su dedo dentro de ella y luego lo retiró, volviendo a repetir la misma acción y además imitándola con la lengua.

Su lengua, esa que se había enredado con la de ella, ahora rozaba su punto más sensible, moviéndose hacia delante y hacia atrás. El corazón de ella se aceleró.

El cuerpo de Gabrielle se tensó y luego se estremeció, liberándose de la tensión.

Pudo ver las estrellas.

La lengua de Carlos la presionaba, pidiéndole más.

Incapaz de rechazarlo, ella gritó una y otra vez hasta que sus músculos dejaron de contraerse.

Agotada por una experiencia que sobrepasaba con creces

todo cuanto se podía haber imaginado, no pudo hacer más que yacer en la cama, mientras su pecho se agitaba con respiraciones largas y exhaustas.

Entonces él la abrazó justo de esa forma que ella siempre soñó que la abrazaría el hombre que la amara. Carlos susurró en su oído palabras sobre lo especial que ella era, sobre cuánto lo excitaba y cuánto la deseaba.

Mientras la sostenía pegada a su cuerpo, él no la presionó en busca de algo más, hasta que ella volvió en sí otra vez. Las grandes manos de Carlos la envolvieron y la atrajeron hacia su pecho. Sus dulces labios le rozaron la frente, la mejilla y también la boca.

Gabrielle frotó sus caderas contra él, como la desvergonzada mujer que en aquel momento era.

Él respondió poniendo una mano entre sus piernas desde atrás para provocarla, y luego introdujo dos dedos en ella.

Después de aquello, ¿qué más podía desear?

Ella no lo sabía, pero sí que podía sentirlo.

Carlos la acostó sobre el colchón:

—No te muevas.

—Como si pudiera.

Su risa profunda retumbó hasta el baño, justo antes de que la luz destellara cuando él abrió y cerró la puerta. En ese momento, a Gabrielle se le hizo agua la boca ante la visión del espectacular trasero de su compañero.

Él hurgó en busca de algo, luego apagó la luz.

¿Qué era lo que estaba buscando?

¿Protección?

—¿Tenías un condón? —Ella estaba entusiasmada y a la vez desconfiaba. ¿Habría planeado todo aquello?

—Siempre llevo algunos conmigo —admitió, respondiendo a la pregunta que ella había callado.

Ella percibió el arrepentimiento en su voz, como si pensara que la había ofendido. Ni por asomo.

—Me hubiera sentido profundamente decepcionada si no lo hubieses hecho. —Trató de alcanzarlo a ciegas hasta que sus dedos encontraron su erección, ya enfundada.

El grito que siguió tuvo la ventaja de anunciarle a ella que Carlos no podría contenerse por mucho más tiempo.

Y Gabrielle no quería que lo hiciera.

Estaba más que lista para él.

La besó, llevó los labios hacia su oído y le susurró:

—Decir excepcional es subestimarte. Tendré que buscar una palabra mejor.

Ella cerró los ojos con fuerza, deseando que no se le escapara ninguna lágrima. Ese hombre podría llegar a tocar ese lugar en su interior que había logrado blindar y proteger durante tanto tiempo. Ningún hombre había llegado a estar tan cerca, ni siquiera Roberto. La última vez ella era demasiado joven como para saber la diferencia entre el amor y la lujuria.

Esta vez sí sabía la diferencia.

Cuando Carlos se acomodó entre sus piernas y le besó la parte anterior de los muslos, cualquier pensamiento sensato que aún le hubiera podido quedar, se evaporó.

Gabrielle dio un grito ahogado y apretó las manos, sujetando el edredón entre los puños cerrados. Los músculos del interior de sus piernas estaban tensos, listos para romperse. Él alejó la boca y la movió siguiendo el camino que conducía a su ombligo.

Carlos se apoyó sobre ella y la besó dulcemente primero, luego con pasión. Empujó la punta de su erección contra el cuerpo de Gabrielle, presionando contra su húmeda abertura. Esperó, luego empujó con un poco más de fuerza.

Ella sintió cómo el calor se precipitaba cuando él presionaba más profundamente. Enroscó las piernas alrededor de Carlos y él se sumergió totalmente dentro de ella para luego retirarse hacia atrás.

Junto a cada golpe suyo, deslizándose profundamente dentro del cuerpo de la chica, sus dedos hacían magia y la conducían a ese extremo en el que ella quería abandonarse a sí misma en la nada. Ella lo acompañó en cada movimiento, determinada a que él alcanzara el mismo estado de pérdida de conciencia al que la había conducido.

Carlos movió los brazos para sostener su cuerpo encima de ella. Gabrielle estrechó sus bíceps, que se flexionaron con fuerza bajo sus dedos, y la respiración de él se agitó.

—Te necesito tanto —dijo ella con voz áspera y la respiración crispada. Luego él movió una de las manos para colocarla entre ambos cuerpos y tocar con sus dedos ese punto preciso. Entonces ella perdió el aliento.

El mundo de Gabrielle se partió en mil pedazos. Gritó el nombre de él hasta que no pudo más.

Apoyándose en ambos brazos, Carlos se retiró, y luego empujó profundamente una y otra vez con fuertes golpes. Gritó al sentirse liberado, moviéndose de arriba abajo sin descanso hasta alcanzar el clímax. Ella nunca había vivido nada tan increíble como hacer el amor con él.

Carlos se estremeció, hasta que se derrumbó y rodó hacia un lado, arrastrándola a ella consigo. Se mantuvieron unidos.

La besó tiernamente, rozándole apenas los labios.

—Necesito decirte algo. —Ella movió sus dedos sobre la cara y la frente húmeda de Carlos. Le apartó un mechón de pelo hacia atrás, deseando que las luces hubiesen estado encendidas para poder ver su cara.

—¿Qué? —preguntó él, con un gesto de preocupación.

—Yo no hago esto… quiero decir, no lo he hecho desde mi divorcio. Realmente no he tenido ninguna cita.

Carlos estaba inmóvil otra vez, con la respiración tan serena como sus pensamientos.

—Sé que no eres el tipo de mujer que sale a ligar por ahí, pero ¿qué te ha detenido para, al menos, salir con alguien?

—Una razón. Me retiré después del divorcio de Roberto y no tuve ganas de relacionarme con hombres por un tiempo. Después tuve un par de «accidentes» que me asustaron y no quise arriesgarme a conocer a nadie más.

Además, estaba completamente segura de que jamás habría conocido a nadie que la hiciera sentir lo que había sentido con Carlos, pero eso no se lo iba a decir.

—¿Sufriste atentados contra tu vida por parte de ese desgraciado? —le preguntó Carlos.

—Sí.

—¿Qué te hace pensar que tu exmarido estuvo detrás de esos accidentes?

—El hecho de que cuando nos separamos, él tenía una póliza de seguro a mi favor por un monto de veinte millones de dólares. La contratamos justo después de casarnos, y mientras las primas se siguieran pagando, seguiría vigente. Él me dejó muy claro lo que pasaría si yo trataba de cancelarla.

Carlos la abrazó y murmuró:

—Ese cabrón... pero él debería saber que sería sospechoso, aunque tú murieras en un accidente.

—No, él me chantajeó para que mantuviéramos una póliza como si fuésemos pareja, para que pareciera que los dos estábamos asegurados y habíamos tenido una separación amistosa que nos permitía conservar esas pólizas. Si yo no lo hubiera aceptado, él habría recurrido a los medios para echar toda clase de basura sobre mi familia y sobre mí, lo cual habría resultado devastador para mi padre.

Carlos besó la frente sudorosa de ella, y luego se apartó.

—Estabas tan relajada hace un rato que parecías una gelatina, y ahora en cambio estás tan tensa... ¿Ocurre algo malo?

—No, no es nada.

—Cuéntamelo. —Le dió un beso para suavizar el amable requerimiento.

—A estas alturas yo debería tener más experiencia. Roberto no era un gran amante, y rara vez venía a casa por la noche. Siento como si estuviera estancada con este tema, y odio no ser excelente en lo que hago.

—Estás completamente equivocada —le susurró con una voz tan erótica que a ella se le puso la piel de gallina. Carlos recorrió toda su espalda con las manos, haciéndola estremecerse—. Hacer el amor contigo hace que uno se sienta como si estuviera compartiendo un don. De hecho, hasta me da miedo pensar que puedas ser mejor que esto en la cama.

Ella recuperó el brillo de la felicidad.

Carlos tenía todo lo que una mujer podía desear en un hombre.

Un hombre de honor.

Un hombre capaz de ayudarla a vencer a Durand Anguis.

Carlos cerró los grifos de la ducha y para secarse tiró de la toalla que estaba doblada sobre una repisa encima de su cabeza. El agua caliente no le había ayudado nada a recomponerse después de las últimas horas que había pasado haciendo el amor con Gabrielle. Debería dormir como un muerto esa noche, pero maldita sea, su cuerpo la deseaba otra vez.

Y ella no sería capaz ni de andar si sostenían otro asalto.

El tarareo al otro lado de la cortina le hacía saber que Gabrielle todavía estaba en la habitación con él.

En el instante en que se enfrió la lujuria lo asaltó la culpa. No debió haber traspasado la línea haciendo el amor con ella. No solo por su posición en BAD.

Sino también porque ella no era el tipo de mujer de aquí te pillo, aquí te mato. No es que él hubiera creído en ningún momento que lo fuese, pero tampoco estaba preparado para todo lo que ella había pasado a significar para él. Y deseaba con todas sus fuerzas que nadie pudiera hacerle ningún daño.

Especialmente él mismo.

Antes de que ella le explicara ningún detalle, Carlos ya había adivinado que no había estado con muchos hombres. Solo con uno, para ser exactos, y el desgraciado bien pudo no existir, salvo por las cicatrices emocionales que había dejado en ella.

Carlos sonrió. Ella le había pedido que la sorprendiera. Hubiera podido hacer algo más provocativo si se hubiese tratado de una mujer más experimentada, pero sus instintos habían estado en lo cierto al advertirle de que debía tener cuidado con la manera de hacerle el amor a Gabrielle.

Nunca había esperado que otra mujer pudiera importarle. No después de la mujer que había visto morir dieciséis años atrás.

El dolor y el placer se paseaban por su corazón, golpeando el órgano con el dolor del amor perdido y el deseo por una mujer que había dado la vida por algo peligrosamente cercano a la alegría.

Había disfrutado de muchas mujeres, dulces damas que había conocido y que sin duda no querían nada más que lo que él podía ofrecer, unos pocos días de sexo excitante.

Pero Gabrielle no se parecía a ninguna otra mujer que hubiese conocido. Esa noche con ella había sido diferente en todos los sentidos, de una manera que resultaba difícil de ignorar. Ella era espectacular e ingenua a la vez.

Se estremeció al recordar cómo había pensado lo mismo después de hacer el amor con Helena cuando ella tenía dieciséis años y él diecisiete.

Helena Suárez, la ahijada de Salvatore.

Los años habían ido borrando su rostro, pero no el dolor de su memoria la última vez que Carlos la miró a los ojos mientras la vida se escapaba de su cuerpo.

Y si Helena había muerto había sido por relacionarse con él.

Ahora quería a Gabrielle con el mismo deseo ardiente que había sentido por Helena, solo que esta vez era un hombre que sabía los riesgos a los cuales ambos se enfrentaban.

Gabrielle nunca estaría segura a su lado.

Lo mejor que podía hacer para protegerla era convencerla de que dejara de enviar información secreta a las agencias de seguridad acerca de personas como Durand Anguis, y lograr que Joe la pusiera en el programa de protección de testigos, si es que encontraban una manera de hacerlo sin provocar un conflicto internacional por esconder a la heredera de una dinastía.

Pero todo eso dependía de que Carlos pudiera evitar que BAD la entregara a la Interpol.

—¿Vas a salir de ahí? —preguntó ella. La risa bajita que siguió a la pregunta lo hizo sonreír.

—¿Qué tal si me pasas mi teléfono? —Tenía que conseguir que ella saliera de la habitación para poder ponerse la camisa. Lograr llegar hasta la ducha sin exponer el tatuaje en su pecho había sido ya bastante difícil.

—Ahora mismo, cariño.

Echó un vistazo por encima de la cortina de la ducha. En el minuto en que ella abrió la puerta de la habitación, él ya estaba fuera poniéndose la ropa.

«Cariño.» Esa era una palabra que su tía le hubiera dicho a su marido cuando el tío de Carlos todavía estaba vivo. Él había sido la única figura masculina decente que Carlos había tenido en su vida. Su tío le había dicho una vez que una mujer era un regalo del cielo, y que debía ser tratada como un tesoro.

Gabrielle se merecía muchísimo más de lo que él le podía ofrecer, pero eso no cambiaba el hecho de que él sintiera que ella era su regalo del cielo. Tragó saliva, odiando las decisiones a las que tendría que enfrentarse cualquier día de estos. ¿Qué iba a hacer el día que tuviera que entregarla de vuelta a Joe? Estaba en deuda con Joe y con BAD, que lo habían salvado de perder toda esperanza de vivir su vida como un hombre libre. Había escapado de Durand cuando quedó claro que su padre lo estaba preparando para que se hiciera cargo del negocio familiar, un negocio basado en el asesinato y la tortura. Lo vio todo perfectamente claro el día en que Helena murió.

¿Qué podía hacer para mantener a Gabrielle a salvo y segura y a la vez respetar su compromiso con BAD? Se enfrentaría a esa decisión cuando llegara el momento, pero lo que sí tenía claro era que no permitiría que nadie hiciera daño a Gabrielle.

Pero ella estaría en peligro cuanto más tiempo permaneciera cerca de él, porque cualquier sitio al que Carlos fuera sería una zona de peligro mientras Durand estuviera vivo.

—¿Dónde está tu teléfono? —le preguntó.

Asomó la cabeza detrás de la puerta y esperó a que ella se diera la vuelta para señalarle su bolsa de viaje. Luego se llevó el dedo al oído para recordarle que podrían estarles escuchando.

Ella pronunció un «¡ah!» y se dirigió hacia la bolsa. Cuando regresó, él ya estaba vestido con unos vaqueros y una camiseta gris. Se pasó los dedos por el pelo para peinarse, luego cerró la puerta y abrió el grifo del lavabo, justo antes de marcar el número de Korbin.

Korbin respondió.

—¿Alguna noticia?

—Hemos confirmado que esperan que Amelia vuelva, así que no ha desaparecido todavía. ¿Qué tienes tú?

—La espalda entumecida por haber dormido fuera con una pareja poco servicial.

Carlos se rio.

—¿No pudiste convencerla de que estás dispuesto a dar un paso adelante hacia las R?

—No, le dije…

Alguien le arrebató el teléfono de las manos, porque de pronto Rae estaba en la línea. Gabrielle lo observaba mientras

SHERRILYN KENYON Y DIANNA LOVE

arqueaba un poco la ceja con curiosidad y mantenía los brazos cruzados sobre la camiseta de tirantes que llevaba puesta.

Sin sujetador.

Carlos dirigió la vista hacia el techo para mantener su mente alejada de ella... sin sujetador.

La voz cansada y molesta de Rae se escuchó a través de la línea.

—Si estuviera dispuesta a hacer algo tan estúpido como follar con Korbin, él estaría demasiado muerto como para cumplir con su trabajo. Dudo mucho de que hubiera podido con lo que yo tengo para ofrecer.

Carlos captó algo que parecía ser entre un comentario y un gruñido.

—¿Qué ha dicho Korbin?

—Una tontería acerca de que está preparado para enfrentarse al reto. Debería centar toda su atención en la misión, y eso me hace recordar que Gotthard quiere hablar contigo y con Gabrielle. ¿Qué tal le va con los ordenadores?

—Hasta ahora bien, pero en lo que se lució fue en la manera de conseguir que nos dejaran entrar aquí. Tenía razón con respecto a las estrictas medidas de seguridad. Querían echarme a mí, pero recurrió a la carta del poder de los Tynte y se mantuvo firme. —Él sonrió ante los ojos como platos de Gabrielle.

Ella se sonrojó de vergüenza. Era bella, definitivamente bella. Se merecía el cumplido, y además él esperaba que su éxito en la escuela jugara a su favor cuando llegara el momento de que Joe tomara una decisión acerca de su futuro.

—¿En serio? —Rae parecía impresionada.

—Entraré en acción tan pronto como sepamos cuándo nos vamos.

Después de colgar, Carlos le dijo a Gabrielle que esperara en el cuarto de baño.

Sacó de su bolsa unos auriculares que se dividían para que ambos pudieran hablar con Gotthard.

Cuando tuvo los audífonos conectados al teléfono, llamó a Gotthard.

Antes de empezar a compartir información, Gabrielle preguntó:

—¿Cómo está Mandy?

—Continúa en coma, pero sus signos vitales están mejor. —Gotthard cambió de tema de inmediato y se puso a trabajar—. El acceso remoto que Gabrielle estableció para mí mientras estaba codificando los programas funciona a la perfección.

Carlos miró a Gabrielle, sorprendido de que ella no hubiera mencionado cuántas cosas había hecho para BAD mientras había estado en el área de informática, pero es que no habían tenido oportunidad de conversar mucho desde que salieron de allí.

—Hunter y yo hemos estado investigando la cuestión de los linajes —continuó diciendo Gotthard—. Hasta ahora podemos decir que Linette, Gabrielle, Amelia y otras dos estudiantes que se encuentran actualmente en MIA tienen marcadores similares provenientes de sus ancestros. Gabrielle, ¿alguna vez escuchaste algo acerca de la línea D-ange-ruese en la historia de tu familia?

—No, pero tampoco he investigado nunca. —Se quedó pensando durante un momento y luego chasqueó los dedos—. Tenía que deciros algo a los dos. No sé si esto es importante o no, pero Amelia, Joshua y Evelyn tienen números de identificación de estudiantes que los acreditan como discapacitados.

—Eso aparecía en sus expedientes, pero el dato no es consistente contigo, ni con Mandy, y supongo que tampoco con Linette —señaló Gotthard.

—Eso es verdad —dijo Gabrielle entre dientes—. ¿Había alguna otra conexión, Gotthard?

—Hasta ahora solo el hecho de que todos los que tienen esta anotación D-ange-ruese son hijos primogénitos o hijos únicos.

—¿Qué más has podido averiguar acerca de los adolescentes? —preguntó Carlos.

—Los otros dos que no aparecen son Joshua Williams, hijo de un congresista de Massachusetts, y Evelyn Abrams, la hija de un corredor internacional de bolsa de Israel. Según el horario que figura en línea, está previsto que Amelia regrese mañana; Joshua, según la información que aparece, se encuentra visitando a unos amigos en Alemania, y su pasaporte fue utilizado en el aeropuerto de Frankfurt, lo cual parece coherente. En el caso de Evelyn solo aparece registrado que está visitando a su familia en Israel y su pasaporte fue revisado en el aeropuerto de Tel Aviv. Pero Joshua y Evelyn deberían volver mañana por la mañana. Todos los adolescentes, Linette y Gabrielle, tienen antepasados que pueden rastrearse prácticamente hasta el arca de Noé, todos son estudiantes excepcionales con altos coeficientes intelectuales y todos, los cinco, provienen de familias intachables. Todos, excepto Mandy, que parece ser un demonio y es adoptada. Ella no se ajusta al *modus operandi*.

—¿Qué piensas que significa todo esto? —Gabrielle se quedó mirando fijamente más allá del hombro de Carlos, concentrada, como si su cerebro estuviera procesando la información.

—No lo sé. —Gotthard sonaba como si no hubiera descansado durante días, lo cual probablemente era cierto.

—No contamos todavía con un escenario que tenga sentido, y eso nos preocupa mucho, porque el ataque de Fratelli contra Estados Unidos el año pasado nunca culminó en una amenaza o una demanda. Retter encontró pistas en los ataques en contra del ministro venezolano del Petróleo, pero nunca los creyó.

—¿Por qué no? —Carlos pasó el brazo alrededor de Gabrielle y ella se estremeció.

—Retter dijo que las pistas eran muy fáciles de encontrar y de seguir, como si las hubiesen dejado a propósito; pero el sentimiento local es real y la mayoría cree que alguien de Estados Unidos está financiando los ataques. Podría tratarse de algún plan para incriminar a Estados Unidos, sobredimensionando los problemas del petróleo en América hasta llegar a una crisis en la que sus rivales finalmente caigan cuando los precios del petróleo se disparen hasta el techo y la Bolsa enloquezca, pero ningún escenario tiene sentido hasta ahora. En un momento os enviaré fotos y los expedientes de Mandy, Amelia, Joshua y Evelyn, pero nada sobre Linette, solo por precaución, por si el ordenador portátil de Gabrielle estuviera intervenido. No hemos podido encontrar la manera de dirigir una advertencia a Linette. En diez minutos tendréis toda la información allí.

Gabrielle le dio las gracias a Gotthard antes de que Carlos cortara la comunicación. Él confió en que la esperanza de su corazón no fuera tan vehemente como la que reflejaba su rostro. Probablemente Gotthard tenía tan solo una remota posibilidad de encontrar a Linette en línea, tal como había encontrado a Gabrielle, y odiaba que los esfuerzos de su compañero de equipo engendraran en ella una falsa esperanza.

—¿Por qué no vas a ver lo que el chef ha preparado para su alteza? —Carlos tenía una mirada irónica al decir eso, pero ella se dirigió hacia el salón. Llevaba puesta una camiseta gris de tirantes y unos pantalones negros de chándal. El cabello húmedo le caía suelto sobre los hombros.

Su falta de vanidad sorprendía a Carlos tratándose de alguien de su origen social. Los aristócratas que él había conocido se parecían más a Hunter, que gastaba una fortuna para tener planificado cada detalle a lo largo del día.

Ella estaba tan concentrada husmeando entre los platos que él se acercó a hurtadillas y le dejó caer un beso sobre su hombro desnudo.

Ella dio un bote y casi se golpean las cabezas.

Él la atrapó antes de que ella tirara la comida de la mesa.

—¿Hambrienta, señorita Saxe? —Luego dirigió la vista hacia arriba, en dirección a la estantería en la que brillaba la luz de activación de su bloqueador de señales, que indicaba que podían hablar con libertad.

Cuando ella se dio la vuelta se encontró con una fresa cubierta de chocolate sostenida cerca de su boca. La cogió entre dos dedos y en vez de morderla, deslizó su lengua por encima de la punta y chupó el chocolate de la fresa.

Él se quedó de piedra y le susurró:

—Si quieres comer algo será mejor que dejes de provocarme.

Un brillo malvado se reflejó en los ojos de ella.

Observar su seguridad femenina hizo que él volviera a excitarse. Su exmarido debía de haber sido un completo idiota por buscar algo distinto a aquella mujer. Carlos le habría volteado la cara, solo por haber minado su feminidad y seguridad en sí misma.

Si el bastardo alguna vez osaba acercarse a ella de nuevo, él se encargaría de darle algo más de lo que su cuerpo pudiera soportar.

—Sí que tengo hambre —admitió ella finalmente, después de comerse la fresa y chuparse los dedos.

Si no paraba de lamer cosas con la lengua, él se quedaría sin condones esa misma noche. Solo había traído los cuatro de costumbre.

No es que pensara utilizarlos en ese viaje.

Ella se rio y se soltó de los brazos de Carlos.

—Comamos o me voy a poner… ¿cómo es eso que dices? ¿Malhumorada?

—Sí, así es. —Él no podía creer el cambio que se había producido en ella, de tímida a relajada. Los hombres realmente no se daban cuenta de con qué facilidad sus palabras y acciones podían quebrar el espíritu de una mujer o elevar su autoestima. Gabrielle era brillante, heredera de una fortuna, y ella sola había cuidado de sí misma durante la pasada década.

Pero ¿qué era lo que había estado haciendo durante todo ese tiempo para saber tanto acerca de Anguis? ¿De dónde sacaba información?

—Aquí está lo tuyo. Yo beberé agua, si no te importa. —Ella le pasó un plato lleno de filetes de carne que tenían pinta de derretirse en la boca, un suflé de patatas, verdura verde con almendras, pan y un rábano cortado en forma de flor.

Él cogió una Coca-Cola y una botella de agua del minibar, luego caminó despacio hacia el sofá. Gabrielle dio vueltas alegremente alrededor de la mesa de servicio, evidentemente encantada, como si nunca hubiera cenado así de bien. Luego anduvo haciendo aspavientos hasta el sofá con un plato tan lleno como el de él, y se dejó caer, colocando sobre su regazo su bufé para una persona.

Empezó a comer con ganas.

De pronto hizo una pausa y se lamió los dedos otra vez. Levantó la cabeza y sus ojos brillaron como los de un elfo en medio de una traviesa misión. Sonrió y sus hoyuelos se hicieron evidentes, se cubrió la boca tímidamente con una mano, escondiendo los carrillos llenos de comida.

Pero a él le llegó al corazón el hecho de que no hubiera tenido el menor recato en devorar un plato lleno enfrente de él.

¿Qué iba a hacer con Gabrielle?

No podía conservarla a su lado, pero tampoco podía dejar que Joe y Tee la entregaran a la Interpol. Si decidiera enfrentarse a BAD se quedaría sin ningún refugio en el mundo, porque la organización lo trataría como una amenaza.

Las decisiones difíciles formaban parte de su vida, tanto como respirar. Tomaría esa decisión cuando llegara el momento.

Un zumbido insistente interrumpió su sueño.

Vestavia se despertó e instantáneamente trató de reconocer el lugar donde se encontraba. Era algo que hacía siempre, incluso cuando estaba en su ático de lujo de Miami, tal como ahora. Leyó el identificador de llamadas y levantó el auricular del teléfono para detener el sonido antes de que despertara a Josie.

—¿Qué sucede? —Se llevó el teléfono al oído con una mano y usó los dedos de la otra para juguetear con el pelo de Josie. Ella dormía a su lado, como un ángel. Su contacto en l'École d'Ascension no lo habría llamado a menos que se tratara de una emergencia.

—Tenemos un pequeño problema técnico aquí, Fra Vestavia —le advirtió su contacto.

—¿Qué problema? —preguntó Vestavia en voz baja. Josie se acurrucó a su lado y hundió la cabeza en la almohada. La mirada de él se clavó en el reloj de bolsillo de oro macizo que descansaba sobre un pedestal rectangular de ónix, encima de la mesilla de noche. Un regalo de cumpleaños de parte de Josie. Había encontrado la valiosa antigüedad en Suiza, el año pasado.

—Nuestro sistema informático se ha caído —continuó diciendo su contacto en el colegio—. Ninguno de los miembros del equipo de informáticos ha podido resolver el problema, así que hemos traído ayuda de fuera.

—¿A quién? —Vestavia ignoró a Josie por un momento y miró fijamente hacia la ventana, donde las estrellas brillaban en el cielo negro sobre el océano.

—Esas son las buenas noticias. Se trata de una alumna con la que hemos estado en comunicación durante más de un año, en relación con un programa que ha diseñado para actualizar todos nuestros sistemas sin necesidad de que haya muchas personas implicadas.

—Entonces ¿ella está autorizada para visitar el colegio?

—Por supuesto. Yo personalmente revisé su expediente. De pequeña era una una cría un poco rarita y callada de una familia prominente. En realidad, es una de las de la línea D-ange-ruese, pero la muerte de su madre fue sospechosa, por lo que decidieron no tomar su nombre en consideración. Su padre es un respetado miembro del gobierno francés, y se rumorea que será nuestro próximo primer ministro.

—La idea no me entusiasma demasiado —rezongó Vestavia. Su contacto en l'École d'Ascension era de plena confianza y el colegio había sido uno de los campos de caza favoritos de los Fratelli a lo largo de generaciones debido a su seguridad y exclusividad, pero aquella situación rompía con el protocolo—. Manténgala vigilada e infórmeme inmediatamente acerca de cualquier hecho inusual.

—Por supuesto.

—¿Cuál es la situación de las tres estudiantes? —preguntó Vestavia, llevando la conversación hacia el asunto que más le importaba.

—Todo está en orden. Todas están en la lista como si hubiesen sido autorizadas para salir fuera del campus, con excepción de la última.

—Tan pronto como recojamos a la última adolescente, ustedes recibirán un aviso para ajustar los registros y que así estos reflejen que partió voluntariamente.

—Recibí una llamada de uno de los padres esta semana.

Josie se desperezó y se acercó para acariciar el pene endurecido de Vestavia. Él se tensó y luego se las arregló para responder:

—¿Cuál de ellos?

—Uno de los trabajadores de la propiedad de los Fuentes

preguntó si Amelia se había ido con la autorización del colegio. Yo les aseguré que así había sido, que ella era una estudiante excepcional y que cuando se fue había dicho que visitaría a un amigo en Alemania. Aceptaron la explicación sin hacer más preguntas.

—La próxima chica será la última, y todo deberá haber concluido este jueves —enfatizó Vestavia.

—La economía de Estados Unidos y su infraestructura serán puestas a prueba el próximo martes durante las elecciones presidenciales. Veremos si este país es la superpotencia que se figura ser.

Colgó el teléfono mientras las habilidosas manos de Josie liberaban su cuerpo del estrés persistente. Con el éxito en esta próxima prueba, tendría a los miembros de la hermandad norteamericanos dispuestos a cualquier cosa que él sugiriera.

Pero todavía debía encontrar a ese topo llamado Espejismo. El informante podía ser cualquiera cercano a un miembro de la hermandad, lo cual incluía a las mujeres.

Josie era la mujer de la orden más capaz que él había conocido. Contuvo la respiración cuando los labios de Josie se cerraron alrededor de su erección, y deseó intensamente que ella no fuera la informante.

Capítulo 19

*G*abrielle se sentó sobre la cama con las piernas cruzadas y con su ordenador portátil apoyado sobre una almohada en su regazo.

—¿Quieres ver los archivos otra vez antes de que los borre? —preguntó suavemente dirigiéndose hacia la puerta medio abierta que había entre Carlos y ella. La puerta que comunicaba el dormitorio con el salón estaba cerrada y había música sonando en la otra habitación, pero ambos eran muy cuidadosos tratando de no decir nada lo suficientemente alto como para ser interceptados por el aparato de escucha.

La puerta se abrió y él caminó hacia la habitación abotonándose los puños de la camisa.

Corrección. Caminaba erguido, vestido con una camisa de vestir negra de algodón y unos pantalones negros, se veía muy atractivo, mortífero, y justo como el hombre que había utilizado otros dos condones más la noche anterior.

El hombre del que ella tenía la intención de escapar.

Gabrielle jugaba un juego muy peligroso con su propia cordura cada vez que lo tocaba, a sabiendas de que debería marcharse. Pero si ese era el precio que tenía que pagar por este tiempo prestado con Carlos, pues que así fuera. ¿Es que acaso no se merecía un poco de felicidad, sin importar cuán pasajera pudiese ser? Prefería tomar lo que él le ofreciera ahora en lugar de quedarse sin nada.

Gabrielle se tragó el anhelo que había padecido toda la noche, el deseo ardiente de permanecer con él. Su acuerdo verbal con Joe era tan ligero como el aire sobre el cual se había escrito. Un consejo sano hubiese sido prepararse a sí misma para lo inevitable y empezar a visualizar cómo escapar de Carlos, desapareciendo sin decir una palabra una vez que se hubiese ganado su confianza.

—¿Por qué? ¿Te preocupa dejar los archivos en tu portátil? —Se metió el faldón de la camisa en los pantalones y terminó de abrocharse el cinturón. Cuando sus miradas se cruzaron, Carlos sonrió.

¿Cómo iba a poder alejarse de él?

—Sí, Gotthard me facilitó el acceso al sitio de almacenamiento de datos donde puedo subir y descargar archivos desde el colegio o desde mi portátil. Quiero enviarlos allí antes de cerrar esto.

—Excelente idea. ¿Cuánto tiempo más necesitas para levantar el sistema y poner a funcionar los ordenadores del colegio?

Una vez que hubo subido los datos, utilizó un programa de eliminación segura para sobrescribir los archivos varias veces en su sistema local, removiendo del disco duro todos los rastros de su existencia. Tenía que ser realmente concienzuda cubriendo su rastro cuando se esfumara, pero no hasta que supiera que Babette estaba a salvo.

Gabrielle cerró el portátil.

—Podría terminar en dos horas. Pondré todas las partes necesarias en el sitio de almacenamiento antes de que nos vayamos de Georgia. Todo lo que tengo que hacer es ejecutar las partes que faltan del programa. Y una vez que me haya ido, si Gotthard necesita cualquier cosa más de aquí, estará habilitado para usar un acceso remoto sin ser detectado por el equipo de informática. —Se levantó y caminó hacia él—. ¿Por qué me miras con esa cara?

—¿Hiciste todo eso ayer?

—Por supuesto. No sabía cuándo tendríamos que irnos, pero si hace falta todavía puedo hacer como que necesitamos dos días más.

—Eres un pibón de la informática.

La amplia sonrisa que le brindó Carlos le llegó al corazón. Su estómago se agitó con una súbita felicidad que le hizo temblar las rodillas. Por ahora se olvidó del después o del mañana. Lo único seguro con que contaba en la vida era cada minuto en que respiraba.

—Es mejor que te vistas si no quieres que el director te llame a su despacho por llegar tarde —le advirtió él.

Puso los ojos en blanco.

—LaCrosse ya no me preocupa mucho, la verdad, pero no hay por qué llegar tarde. Así que bien, me vestiré. —Se desató el albornoz y lo dejó caer a sus pies.

Conservó solo la diminuta prenda que llevaba debajo de la bata de toalla. Unas braguitas negras de encaje.

—¡Santa madre de… —Él se cubrió los ojos con la mano—. Solo nos queda un condón.

Ella suspiró lo suficientemente fuerte como para que él la oyera.

—Está bien. Me visto.

Frente al armario revolvió lentamente entre las pocas opciones que tenía. Meneó un par de veces el trasero solo para ver si él la estaba observando.

Desde luego era un gesto vanidoso, pero nunca antes había contado con este tipo de atención masculina.

Sintió el cuerpo de Carlos a su espalda mientras posaba una de las manos en su pecho y la otra la deslizaba hacia abajo sobre su abdomen hasta enredar uno de sus dedos por debajo del encaje de las braguitas y tocarle ese punto, como si lo hubiera dejado señalado desde la noche anterior.

Sus rodillas ciertamente se le doblaron esta vez.

Él la sostuvo y murmuró:

—Te advertí que te vistieras.

—Eso… intentaba… —jadeó.

Le levantó la espalda para apoyarla contra la parte delantera de su cuerpo y caminó hasta sentarse, en una silla con brazos, con ella sobre sus piernas.

—Coge los brazos de la silla y no los sueltes —le susurró.

Ella lo hizo y se estremeció ante la promesa que contenía su voz. Aunque solo le quedara un condón, él la deseaba.

Enganchó las piernas de Gabrielle con uno de sus brazos y las levantó dirigiéndolas hacia su pecho y luego le quitó las braguitas. Las tiró a un lado, le bajó las piernas y se las separó con sus rodillas. Sus labios rozaron el cuello de ella. La mano con que la sostenía ahora jugaba con sus senos. Sus pezones se pusieron tensos y dolorosos.

Cuando los dedos de Carlos empezaron a moverse entre las piernas de ella, su cuerpo se arqueó ante la descarga que lo recorría. Sus nudillos apretaban con fuerza. Sujetó la silla y cada músculo de su cuerpo se tensó. Sus uñas se hundieron en la elegante tapicería.

Él le susurró algo erótico en español, pero ella estaba ajena a todo, excepto a las sensaciones que la invadían y que vibraban entre sus piernas. Toda su atención estaba centrada en los dedos de él. Carlos la llevó hasta el límite y luego la dejó, después metió un dedo dentro de ella y empezó otra vez desde el principio.

Sus dedos abandonaron sus pechos. Ella quería decir algo, pero el siguiente movimiento de él hizo desaparecer cualquier queja, cuando sus dos manos se deslizaron sobre su piel desnuda hasta apartarle gentilmente las piernas. Utilizó los dedos de ambas manos y acarició la parte sensible que ella tenía expuesta. La provocaba tocando sus pliegues, pero esta vez sin ninguna intención de detenerse.

Ella estaba cada vez más excitada, a punto de alcanzar el clímax, y su cuerpo se arqueó buscando la liberación.

Carlos sumergió otro dedo dentro y masajeó el punto preciso más profundamente dentro de ella.

Esta vez estalló con una fuerza que nunca antes había sentido. Dijo su nombre, le rogó que no se detuviera. El poder de su liberación la estremeció hasta lo más profundo de su ser. Cuando la vibración amainó, Gabrielle se recostó relajada y jadeante en los brazos de él.

Carlos la sostuvo envolviéndola con un abrazo protector.

—¿Qué…?

«Toma un respiro», pensó.

Tomó dos.

—¿Qué… me has hecho?

Él hundió su cara en el cabello de Gabrielle.

—Hueles como algo que me gustaría para el desayuno. Yo diría que hemos localizado tu punto G. —La risa contenida en su voz era pura arrogancia masculina, pero a ella no le quedaba más que reconocerle el mérito.

Gabrielle ni siquiera sabía que tenía un punto G, así que él se había ganado el derecho a presumir.

—Ahora sí que llego tarde. —Tarde y sin ningunas ganas de ponerse a mirar ordenadores. Lo que quería era volver a meterse en la cama, quedarse allí y que él la arropara. Peor aún, lo que deseaba era quedarse con él.

Si tan solo hubiera una forma de hacerlo, lo haría.

—Muy bien, o hubiéramos tenido que usar el último condón. Si no terminamos aquí pronto, voy a tener que volverme todavía más creativo.

Eso parecía una idea estupenda, una vez recuperara la sensibilidad en la parte inferior de su cuerpo.

Carlos la levantó, hizo que se sostuviera sobre sus pies y la encaminó al baño, de lo contrario ella se hubiera caído de bruces. Mientras ella estaba allí, de pie, aturdida, se alejó y luego volvió con su ropa interior y alguna ropa colgada en perchas.

Cuando Gabrielle las cogió, él la tomó por la barbilla y le dijo:

—Así que no te enfades esta vez cuando te diga que no salgas hasta que estés vestida. —La besó rápidamente y cerró la puerta.

Se quedó ahí de pie mientras se le partía el corazón. ¿Cómo podía abandonar a ese hombre? Él personificaba todo lo que ella había deseado en un hombre que pudiera llegar a importarle.

Mientras colgaba la percha en el perchero de las toallas, sonrió con tristeza. ¿En qué universo paralelo sería capaz de estar con alguien como Carlos? La primera responsabilidad de él era con su deber, lo cual significaba llevarla de vuelta con Joe tan pronto como aquello acabase.

Si eso iba a suceder, sería mejor conservar sus sentimientos en privado y no dejar que Carlos supiera cuánto empezaba a significar para ella. Él solo estaba haciendo su trabajo, protegiendo el mundo. Nunca la hubiera conocido si ella no se hubiera expuesto a tantos riesgos.

Gabrielle se las ingenió para ponerse la ropa y arreglarse el pelo, pero cuando salió de la habitación hacia el área del salón para encontrarse con Carlos, se sentía como un espagueti con ropa demasiado cocido.

—Tu hermana acaba de llamar —le dijo Carlos—. Se encuentra bien, solo quería hablar contigo. —Carlos presionó un botón y le alcanzó el teléfono—. Está sonando su teléfono y tengo el inhibidor de señales encendido para que nadie pueda escuchar lo que digas.

Gabrielle se llevó el teléfono al oído.

—*Fauteur de trouble* —cantó su hermana a modo de respuesta.

—Espero que no estés comportándote como una revoltosa.

—¿Quién, yo? —Su hermana se rio, y después se puso seria—. Amelia ha regresado.

—¿Cuándo?

—Tarde, ayer por la noche. La he visto en el desayuno. Dice que se fue de viaje con Mandy Massey quien la convenció de que eran amigas y así se sirvió de ella para salir del colegio y conseguir que su padre le permitiera ir a Sudamérica. Después de que las dos llegaran al aeropuerto, Mandy le dijo que tenía billetes para encontrarse con un tío en Sudamérica y la dejó plantada. Según Amelia, oyo que Mandy se había puesto enferma y que sus padres la sacaron del colegio. ¿Te sirve todo esto para tu lista de estudiantes?

—Sí, es de gran ayuda —le dijo Gabrielle, maldiciéndose a sí misma por tener que mentirle a su hermana e involucrarla en eso—. ¿Amelia estaba molesta?

—No, la verdad es que no. Estaba más interesada en presumir de su nuevo corte de pelo y su nueva ropa. Admito que se ve diferente, tal vez un poco más formal, pero nada por lo que hubiera que convocar una rueda de prensa.

Gabrielle le sonrió a su hermana. A Babette le encantaba ser el centro de atención, y apenas consideraba dignos de brillar en su presencia a unos pocos.

—Se vuelve a ir en dos días —agregó Babette.

—¿Por qué?

—No estoy segura. Amelia estuvo peor que nunca, dale que te pego hablando de sus problemas, de la crisis del petróleo y de ser discapacitada. Entiendo que llevar la prótesis de una pierna no debe de ser nada fácil, pero es que puede llegar a ponerse insoportable. Y de la única otra cosa acerca de la que habla es de lo importante que es su padre y de cómo viene gente importante hasta Colombia para verlo y sostener importantes reuniones allí. Venga ya. La chica necesita ampliar su vocabulario. ¿Qué tan importante puede ser un hombre que se dedica a cultivar café?

—No lo sé, pero me alegro de que hayas llamado. Gracias por ayudarme. Voy tarde, así que si no te importa, hablamos después, ¿de acuerdo? —Gabrielle colgó el teléfono y se lo devolvió a Carlos, luego le dijo todo lo que Babette había compartido.

—Tu hermana tiene razón en una cosa —admitió Carlos—. ¿Qué asunto tan importante puede estar sucediendo en una plantación de café? Pero le pasaremos la información a Retter y a su equipo. Además, seguro que esto es más de lo que tú o yo le hubiésemos sacado a Amelia.

—¿Crees que Joshua y Evelyn hablarían con nosotros? —le preguntó Gabrielle.

—Si yo hablo con una estudiante y LaCrosse se entera, sospechará. Me pregunto qué papel juegan los estudiantes discapacitados en todo esto. ¿Son una amenaza o van a ser una amenaza? Es difícil de imaginar. No estoy seguro de que obtengamos algo más al tratar de hablar con esos chicos. Los Fratelli operan de forma muy cautelosa como para adivinar qué es lo que están haciendo. A lo mejor los adolescentes no son más que una distracción.

Si Carlos pensaba que ya no ganaban nada más quedándose, entonces tendría que llevarla de vuelta a Estados Unidos. Gabrielle todavía no estaba lista para afrontar lo que fuera que Joe tuviera en mente para ella. Su mejor oportunidad para liberarse dependía de poder quedarse tan lejos de Estados Unidos como pudiera.

Un golpe en la puerta hizo que pegara un bote. Miró a Carlos para pedirle indicaciones. Él levantó la mano abierta mostrándole la palma en señal de «ten calma», luego alcanzó la puerta de una zancada y la abrió.

—¿Qué? —le soltó Carlos a alguien.

Gabrielle se acercó y escuchó a Pierre decir:

—*Monsieur* LaCrosse supone que *mademoiselle* Saxe estará esperando el desayuno, pero no tenemos ninguna orden para servirle la comida.

—Eso se debe a que… —empezó a decir Carlos.

—Deseo comer en el comedor principal —continuó Gabrielle acercándose hasta ser vista.

Carlos se movió hacia un lado cuando ella lo hizo, lo que le permitió contemplar otra de las expresiones consternadas de Pierre.

—¿Hay algún problema? —le preguntó Carlos en un tono en el que parecía advertir a Pierre que solo había una respuesta correcta a esa pregunta.

—Por supuesto que no. —La mirada de reprimenda de Pierre contradecía sus palabras. Luego se dirigió a Gabrielle.

—Asumo que conoce usted el camino.

—*Oui, merci.* —Cuando Pierre se echó hacia atrás, se dio la vuelta y se alejó, ella se volvió hacia Carlos y se rio—. Creo que a Pierre le parezco un poco decepcionante.

—Si es lo tan estúpido como para hacérmelo saber, se encontrará con un buen puñetazo en la nariz. ¿Por qué quieres comer allá abajo?

Los ojos de ella brillaron.

—Tienes que verlo. Es como un restaurante muy elegante y un campo de entrenamiento para chefs al mismo tiempo. Y los estudiantes se congregan allí, así que a lo mejor nos encontramos a Evelyn o a Joshua.

—Podemos hacer eso y luego seguir adelante y terminar la programación.

Ella sonrió, de manera que él supuso que estaba lista para hacer justamente eso.

Carlos aseguró la habitación a su satisfacción y luego ella lo condujo hacia abajo a través de dos largos pasillos hasta una escalera que se partía en dos hacia los lados y convergía en el área del comedor principal.

—Parece uno de esos sitios en los que necesitas reservar con seis meses de antelación —le murmuró él.

Gabrielle sonrió, mientras recordaba que ella y Linette siempre se sentaban en una de las mesas redondas para cuatro, cubiertas con manteles blancos, dejando las mesas rectangulares para ocho personas para los grupitos de estudiantes populares. El centro de las mesas seguía teniendo rosas dentro de estrechos floreros de cristal y especieros de plata.

Colgando del elevado techo, lágrimas de cristal tallado a mano destellaban en seis gigantescas arañas de luces.

—Mi familia donó esas tres piezas enmarcadas, pertenecientes a artistas del siglo XV. —Señaló cada una de ellas, todas colgadas de las paredes de piedra.

—Gracias al olor del tocino, los huevos y el pan en el horno, empiezo a pensar que esto ha sido una gran idea. —Carlos bajó los últimos dos escalones hasta llegar a la planta—. ¿Cómo es que aquí no tiene sobrepeso todo el mundo?

—Se les exige que reciban clases de educación física. —Ella se detuvo cerca de él, examinando detenidamente la habitación. Inhaló el aroma de deliciosas salsas flotando en el aire y sus glándulas salivares empezaron a despertar. Esta noche pediría *cassoulet*, que prácticamente era el plato nacional francés.

—¿Cuál es el protocolo aquí? —preguntó él.

—Escogemos una mesa y ellos nos traen la comida.

Gabrielle lo guio por el camino, mientras Carlos permanecía a su lado. Cuando prácticamente se había dado por vencido en cuanto a encontrar a uno de los adolescentes, vio a un chico pelirrojo sentado solo frente a una mesa redonda.

—Allí está Joshua —dijo ella en voz baja—. Le preguntaré si podemos compartir mesa con él.

Esperó mientras Carlos valoraba su sugerencia. ¿Confiaría él en que ella contactara con el chico?

—De acuerdo.

Disfrutó del aumento de confianza que él estaba depositando en ella y se movió hacia Joshua.

—¿Podemos compartir la mesa contigo? —le preguntó al muchacho.

Él levantó la cabeza. Las pecas cruzaban su nariz achatada. Sus ojos, demasiado tristes para ser de un niño, miraban por debajo de una mata de pelo rojo dorado. Comía con modales perfectos, solo dejaba a la vista su mano derecha.

—Sí, por supuesto. —Joshua los miró fugazmente—. ¿Vosotros sois profesores nuevos?

—No, somos huéspedes. —Gabrielle sonrió, con la esperanza de romper el hielo—. Estoy instalando un programa informático nuevo. —Ella buscó algún tema de interés común—. También fui estudiante aquí.

Joshua no dijo nada mientras ellos se sentaban y un camarero les tomaba nota, luego les trajo café y té. Joshua echó un vistazo alrededor, como quien está buscando a alguien o para ver si alguien le estaba mirando.

—¿Llevas aquí mucho tiempo? —Gabrielle le puso miel a su té y mantuvo un tono casual.

—No mucho.

—¿Dónde vive tu familia?

—En Estados Unidos. Mi padre es congresista.

Gabrielle se dio cuenta de que estaba prestando atención a la inflexión que ponía en las palabras. Sonaba como si estuviera recitando información, sus respuestas eran muy rápidas y automáticas.

—¿Es esta la primera vez que estás en Francia? —Gabrielle sonrió, tratando de pensar en algunas otras preguntas mundanas que no lo asustaran. Eso le había parecido más simple cuando venía con la idea de tratar de encontrar a los adolescentes.

—Sí, es mi primera vez. Me encanta este país. El colegio es excelente. —Se detuvo de repente como si ese fuese el final de la respuesta. Estaba claramente nervioso.

—Conozco a algunas personas en el Congreso —dijo Carlos mientras ponía mantequilla sobre un *croissant*—. ¿Cómo se llama tu padre?

Joshua se puso blanco como el papel. Miró a Gabrielle, que no terminaba de entender por qué el chico estaba tan nervioso.

—Voy a llegar tarde —dijo Joshua entre dientes—. Por favor, perdónenme. —Se puso de pie, levantó el plato que aún estaba medio lleno y se dio la vuelta para retirarse. Fue entonces cuando ella vio su brazo izquierdo. Utilizaba torpemente una prótesis del antebrazo y la mano, lo cual favorecía su lado derecho.

—Gracias por permitirnos sentarnos contigo —le dijo Gabrielle. Él le contestó algo que ella no pudo escuchar y luego se alejó rápidamente.

Ella se volvió hacia Carlos.

—Me sentí fatal haciéndole todas esas preguntas. Creo que lo atemorizamos. Ni siquiera se terminó la comida.

—Algo no ha ido bien con él, y no creo que hayamos sido solo nosotros. —Carlos se inclinó hacia delante y habló en voz baja—. Ahora entiendo aún menos qué papel juegan los chicos en todo esto.

—Yo tampoco lo entiendo. —Ella se mantuvo vigilante sobre la mitad de la habitación que podía ver detrás de Carlos y terminó de comerse una tortilla a la francesa.

Ella no era muy buena para esto de la investigación, y tendría que esforzarse mucho más si quería encontrar una manera para evitar tener que regresar a Estados Unidos.

—Allí está Evelyn, a tres mesas de distancia —le dijo suavemente Carlos, con la mirada fija sobre alguien que estaba más allá del hombro de Gabrielle—. Está hablando por el móvil y amontonando la comida como si estuviera lista para irse.

Dándose la vuelta lentamente, Gabrielle abarcó la habitación con el rabillo del ojo.

—Ya la veo. —Tenía otra oportunidad para tratar de averiguar algo, pero no estaba completamente segura de lo que necesitaba preguntar.

Carlos colocó su servilleta sobre la mesa.

—Vamos.

Ella se había levantado y caminaba junto a él. Se encontraban a diez mesas de donde estaba sentada Evelyn, junto a otras dos estudiantes. Evelyn llevaba puestas unas gafas rectangulares y angostas, con montura de carey, que contrastaban mucho con su piel pálida y su pelo corto, castaño claro, al estilo paje.

A Gabrielle le llamó la atención una mujer atractiva de pelo corto, rubio, que llevaba puesto un chándal color aguamarina y que se aproximaba desde la dirección opuesta a donde ella se encontraba. Parecía tener unos treinta y pico y se movía con una gracia atlética.

Conforme se acercaban a la mesa de Evelyn, la rubia caminó más lentamente y se detuvo detrás de la chica, quien se dio la vuelta y le sonrió.

Pero Gabrielle identificó la sonrisa de Evelyn como una

de esas que se ensayan y que parecen tener todos los adolescentes en un colegio lleno de gente extraña. Una sonrisa gentil que se aprendía desde el momento en que se es capaz de entender la palabra protocolo y lo que los deberes familiares significan.

Gabrielle redujo el ritmo de su paso para no pasar de largo ante la mesa de Evelyn antes de que ella estuviera lista para irse.

—Eso lo confirma —murmuró Carlos cuando la rubia retiró un jersey que estaba colgado en el respaldo de la silla de Evelyn y la ayudó a ponérselo.

Evelyn utilizaba una silla de ruedas. La rubia condujo la silla de ruedas entre las mesas, pero algo de la silla de metal se enganchó en uno de los manteles y tiró de la mantelería. Los vasos se cayeron.

Carlos se adelantó y sacó a relucir una sonrisa llena de encanto.

—Déjeme echarle una mano. —Se puso en cuclillas y desenganchó el mantel.

La asistente rubia entrecerró los ojos en señal de impaciente aceptación.

No era la respuesta usual hacia Carlos.

Cuando él terminó de desenganchar la silla, la rubia le mostró una sonrisa superficial y le dio las gracias antes de que Carlos se echara hacia atrás y se apartara del camino.

Gabrielle miró a Carlos, que se alejaba. De hecho, se volvió alejándose de la mujer e inclinando la cabeza hacia Gabrielle para indicarle que interviniera.

—Hola, soy Gabrielle Saxe. —Ignoró el ceño fruncido de Carlos y avanzó hacia la rubia—. Estoy trabajando en el departamento de informática.

El tono de enojo pareció incrementarse en la frente de la mujer antes de sacar a relucir una sonrisa ensayada.

—Soy Kathryn Collupy y ella es Evelyn. Es un placer conocerla.

Le dijo eso de forma seca y precisa y con un acento británico que no sonaba natural. Parecía solo poder revelar su rango y número de serie.

«Mon Dieu», Gabrielle hubiera deseado ser mejor en estos asuntos. Dio un paso largo y ladeó la cabeza para hablar con Evelyn.

—Yo asistí a este colegio hace mucho tiempo, así que estoy disfrutando mucho al poder conocer a algunos estudiantes. ¿Es este tu primer año?

—Llevo aquí tres meses. —Evelyn tenía las manos sujetas entre sí, apoyadas sobre su regazo, la postura perfecta. Sobre las piernas llevaba una manta que colgaba hacia abajo, hasta donde aparecían las puntas de unos zapatos de piel marrón.

—¿De dónde eres? —le preguntó Gabrielle.

—De Israel —le respondió Evelyn sin mostrar ningún entusiasmo por la conversación.

Kathryn empujó la silla en dirección a los ascensores.

«¿Y ahora qué?», se preguntaba Gabrielle, mientras su mente volaba en busca de algo que le permitiera mantener la conversación, en tanto se puso a caminar junto a Kathryn.

—¿Has escogido ya alguna asignatura optativa, algo que te guste especialmente? —Gabrielle volvió a inclinar la cabeza en dirección a la estudiante.

Con la mirada puesta en sus manos sobre el regazo, Evelyn no le respondió.

Kathryn se aclaró la voz y dijo:

—Toca el violín. —Y luego agregó—: Bellísimamente.

Gabrielle le sonrió a Kathryn, quien la ignoró.

—¿De verdad? A mí me encanta el violín. ¿Cuándo tienes clase de música, Evelyn? Me encantaría pasarme por allí y escucharte tocar. —Estaba tratando de aferrarse a algo, pero no sabía qué otra cosa hacer dado que Kathryn nunca había disminuido la velocidad de su andar.

—Evelyn no puede tocar esta semana —dijo Kathryn—. Su violín ha tenido que ser encordado nuevamente y necesita una pequeña reparación. Ella solo toca su propio instrumento. Puede revisar el boletín del colegio para saber cuál será el próximo recital.

Gabrielle sabía cuándo estaban tratando de deshacerse de ella, pero Espejismo nunca hubiera alcanzado su fama si ella no hubiese sido tenaz en la búsqueda de información.

—¿De dónde eres tú, Kathryn?

La asistente de Evelyn se detuvo delante de los ascensores y presionó un botón rápidamente.

—He vivido por toda Europa. El trabajo de mi padre exigía que nos mudáramos a menudo.

—¿En serio? ¿Qué hace tu padre? —Gabrielle sonrió alegremente, ignorando la tensión creciente que demostraba Kathryn.

Las puertas del ascensor se abrieron con un zumbido. Gabrielle hubiera jurado que Kathryn dejó escapar la respiración que había estado conteniendo.

—Por favor, discúlpenos. No quiero que Evelyn llegue tarde.

Carlos caminó hasta las puertas que se cerraban silenciosamente.

—¿Qué te parece?

—Necesito ir al centro de informática. —Gabrielle no podía decirle más en ese momento, pero los dos adolescentes se habían mostrado retraídos y nerviosos. ¿Cuál sería la historia de Kathryn Collupy? Gabrielle quería indagar en el expediente de Collupy, mientras todavía tuviera acceso, sin que nadie la molestara.

Con los ojos puestos en todo lo que tenían a su alrededor, Carlos inclinó la cabeza hacia la izquierda, indicándole a Gabrielle que se fuera. No dijo ni una palabra mientras ella se dirigía en dirección al centro de informática.

LaCrosse la estaba esperando en el pasillo junto a las ventanas de vigilancia.

Capítulo 20

—*Bonjour*, Gabrielle.

—Buenos días tenga usted, *monsieur* LaCrosse. —Esperaba que su sonrisa no pareciera tan rígida y plástica como ella la sentía. Al otro lado de las ventanas de vigilancia el equipo de informática se movía con dedicación, haciéndose cargo de sus responsabilidades individuales de trabajo, cerca de donde ella se había detenido, en el pasillo.

Con las gafas de sol de aviador en su sitio y los brazos cruzados, Carlos hacía su rutina de guardaespaldas-tipo-duro.

Ella quiso sonreír cuando LaCrosse le lanzó una mirada cautelosa a Carlos y murmuró:

—*Monsieur*.

Carlos le devolvió un medio guiño de reconocimiento. Ninguna sonrisa.

Realmente le encantaba la forma en que Carlos intimidaba a este grupo de gente que le había hecho temblar las piernas cuando era una adolescente, aunque LaCrosse solo representaba una amenaza si sacabas malas notas. Él esperaba excelencia, y solo se preocupaba del futuro de sus estudiantes.

—Entiendo que el trabajo avanza bien. —Los hombros de LaCrosse estaban tensos, al igual que la mayoría de músculos de su rostro demacrado. Su frente parecía más marcada por la preocupación que el día anterior. ¿Estaría el rector presionándolo para que la sacara de allí rápidamente?

—Sí, estoy agradablemente sorprendida por lo bien que va todo. —Le infundió a lo dicho un aire de naturalidad que desde luego no sentía—. Creo que es el testimonio del excepcional trabajo que ha estado haciendo su equipo de informática. Veo incorporadas aquí muchas de las sugerencias que he hecho en el pasado en artículos sobre el tema.

Él levantó con orgullo sus hombros cuadrados. Las líneas de su rostro se relajaron.

—Esas son excelentes noticias. La dejo para que pueda seguir con su trabajo. —Hizo un gesto cortante con la cabeza, les dio la espalda y se alejó caminando.

Mientras ella se movía más allá de donde estaba Carlos para entrar al centro de informática, él le dijo:

—Espera un minuto. —Varios miembros del equipo de informática, que estaban del otro lado de las ventanas de vigilancia, detrás de él, habían dejado de trabajar hacía un momento para observar el intercambio entre ella y LaCrosse.

Los estudiantes estaban igualmente interesados en ella y Carlos.

Él hablaba en voz baja, apenas movía los labios.

—Sonríe como si estuvieras contenta de escuchar lo que te estoy diciendo.

Lo hizo y mantuvo los ojos sobre él.

—Hoy debes ser muy cuidadosa —le advirtió Carlos—. No te arriesgues. Evidentemente LaCrosse sospecha que alguien está tramando algo aquí. —Carlos dejó caer su mirada protegida por las gafas de sol sobre el rostro de Gabrielle.

—Lo haré, pero había algo muy raro en el comportamiento de los chicos y de esa tal Kathryn Collupy. Evelyn parecía estar esperando su ayuda para que hablara por ella. Quiero ver el expediente de Kathryn.

Carlos tensó los labios.

—Como te he dicho, ten cuidado. No confío ni un ápice en LaCrosse.

Carlos sostuvo la puerta a Gabrielle para que entrara en la sala, delante de él. Ella miró por encima de su hombro y esperó, tal y como él le había indicado. Una vez que él colocó el falso iPod en su sitio para bloquear la recepción del micrófono, movió la cabeza hacia abajo para indicarle a ella que podía empezar a hablar.

—No pude encontrar nada nuevo acerca de los chicos. Pero Kathryn Collupy es interesante. Encontré un informe acerca de ella. Hace poco que acaban de aprobarla como asistente de reemplazo para Evelyn, solo porque Kathryn ya estaba en la lista aprobada para empezar a trabajar aquí como instructora de fisioterapia, más adelante este año. Cuando la última asistente de Evelyn renunció sin previo aviso, el colegio le pidió a Kathryn que entrara a trabajar por sesenta días.

Carlos se rascó la mandíbula.

—Partiendo de lo que tú has dicho de la autorización de seguridad de este grupo, no parece tan raro.

—No, pero lo que sí parece raro es que la última asistente de Evelyn renunciara de forma tan abrupta después de cuatro años de estar juntas. Le envié un mensaje a Gotthard para que él pudiera investigarla. Él me dejó un mensaje en el sitio para el almacenamiento de datos indicándome que prosiga y termine la instalación, y ya lo he hecho. Dijo que Joe envió instrucciones para ti. ¿Qué hacemos ahora?

Carlos no tenía ningunas ganas de enfrentarse a aquel momento.

—Joe quiere que volvamos a Estados Unidos. —Temía que llegara este momento, en el que tendría que decidir si iba a entregar a Gabrielle a Joe para que él lo hiciera a la Interpol.

—¿Qué? —Todo su entusiasmo se desinfló como un globo de fiesta abandonado—. Tienes que estar bromeando. Todavía no tenemos nada sólido.

»No hagas esto, Carlos. —Retrocedió un paso—. ¿De verdad crees que él me dejará en libertad?

No, era aún peor. A menos que a Carlos se le ocurriera algo que le sirviera para negociar con Joe, y hasta ahora no tenían nada, él la iba a entregar a la Interpol, la Policía Criminal Internacional, organización apoyada por 180 países y ubicada en Francia. Solo la ONU era más poderosa.

—Entiendo que el que no digas nada significa o que no le crees a él o que no me lo puedes decir. —Ella se alejó, luego se volvió y volcó toda su decepción sobre él—. Solo dime lo que quieres que haga y yo lo haré.

Gabrielle lo estaba matando.

—Has hecho una labor estupenda, pero… —Él tenía un

deber que cumplir. En su cabeza eso nunca había parecido tan frío.

—Entonces, no me dejes de lado, sentada por allí esperando Dios sabe cuánto tiempo hasta que alguien decida mi destino. No creo que Joe vaya a dejarme en libertad. —Su voz dio una vuelta de tuerca junto con su miedo.

—La Interpol sí que quiere reunirse contigo. —Carlos le pintó el asunto menos amenazante de lo que realmente era. La Interpol no era tolerante frente a los delitos informáticos y podía convertir un simple interrogatorio en una investigación de cinco años con todos los trámites burocráticos que eso significaba.

—¿Me vas a entregar a ellos? —La incredulidad en la voz de Gabrielle lo acuchilló justo después de la mirada de traición que le lanzaron sus ojos—. Si ellos encuentran cualquier prueba de lo que he hecho y lo consideran delictivo, iré a prisión y mi padre quedará destrozado. Nunca le permitirán permanecer en la posición que ocupa ahora.

Carlos quería encerrarla bajo llave en algún lugar seguro, pero no bajo la custodia de otros.

—Yo… —Su teléfono móvil sonó con la entrada de un mensaje de texto. Carlos lo sacó, leyó el mensaje, cerró el teléfono y miró a Gabrielle.

—Gotthard quiere que bajemos un mensaje del sitio de almacenamiento de datos, está marcado como URGENTE.

No preguntó por qué, solo corrió hacia la habitación, donde se encontraba su portátil encima del tapete de encaje que cubría la superficie del tocador. Carlos la siguió esperando a que se conectara y accediera al sitio de almacenamiento para leer detrás de ella.

El mensaje de Gotthard decía:

Ha tenido lugar otro intento de asesinato contra el ministro del Petróleo de Venezuela.

Todo apunta a la familia Salvatore, pero Retter encontró al francotirador, que fue asesinado al estilo de una ejecución.

Carlos frunció el ceño.

—Dominic Salvatore prefiere estar en Suiza cuando se

trata de batallas políticas o conflictos con el gobierno. Tiene gente dentro del gobierno para hacer lo que se le antoje. ¿Por qué habría de atacar al ministro?

—No lo sé. —Gabrielle hizo avanzar el mensaje en la pantalla.

Continúan los rumores con respecto a que Venezuela y Estados Unidos están tratando de formar una asociación para la producción de petróleo. Según Retter, lo que se dice a puerta cerrada en Sudamérica es que Venezuela se va a salir del trato, porque piensan que Estados Unidos está detrás de los ataques contra el ministro del Petróleo y de un posible golpe de Estado en contra del gobierno. El ministro del Petróleo cree que su país está siendo utilizado en una guerra política en el marco de nuestras próximas elecciones presidenciales, la próxima semana. La OPEP no está nada contenta y se ha retirado de las discusiones con los representantes de Estados Unidos. Si Venezuela puede probar que EE. UU. está detrás de los ataques, la OPEP se verá forzada a montar un espectáculo de apoyo para apaciguar a sus miembros.

Carlos inspiró profundamente y luego soltó el aire.

—Los Fratelli tienen que estar detrás de esto.

—¿Qué esperan ganar? —preguntó Gabrielle.

—No lo sé. La preocupación es que la OPEP se sienta acorralada, porque entonces podrían hacer algo que tenga un efecto catastrófico sobre la economía de Estados Unidos. Los analistas especulan que podría ser algo parecido a la crisis del año pasado, pero elevada a la décima potencia, sobre todo si esto se convierte en un conflicto de carácter internacional. Los ataques virales lanzados por los Fratelli el año pasado afectaron a otros países, tal y como sucede ahora con esta situación de los combustibles. Yo creo que cualquier cosa que puedan estar tramando será mucho más grande que tan solo provocar el caos en Estados Unidos, aunque eso ya sea lo bastante malo.

Gabrielle se frotó los brazos y le echó un vistazo a Carlos por encima del hombro.

—¿Te das cuenta de lo grande que tendría que ser una operación si ellos estuvieran detrás de todo eso?

—Sí, y lo que más me asusta es que apuesto a que nuestras estimaciones no están ni siquiera cerca de la realidad.

Ella puso la siguiente parte del mensaje a la vista, en la pantalla.

Retter piensa que hay algún tipo de reunión organizada en Colombia o en Venezuela con el fin de calmar un poco los ánimos, pero Joe no ha podido averiguar quién irá desde Washington como enlace por parte de Estados Unidos.

Carlos buscó mentalmente algunos posibles candidatos.

—El enlace obvio sería alguien que tenga buenas relaciones con todas las partes, que tenga una participación exitosa en la asociación. Lo que primero me viene a la cabeza son las refinerías de petróleo y los grupos de distribuidores. Podría ser alguien del Departamento de Estado o del gabinete del presidente.

La última asistente personal de Evelyn desapareció dos días después de haber renunciado, lo que resulta sospechoso. Joe envió a alguien local para registrar la casa de la familia de Linette, pero no pudieron pasar más allá del ama de llaves. Quiere toda la información que Gabrielle tenga acerca de la familia de Linette que pueda ser de ayuda. Él discutirá acerca de la situación de Gabrielle cuando ella vuelva.

Gabrielle bajó el cursor, pero allí terminaba el mensaje. Cuando se dio la vuelta para mirar a Carlos, sus brillantes ojos azules se nublaron con un pensamiento.

—Si Joe quiere información acerca de la familia de Linette, llévame a Bérgamo.

—Probablemente eso no es lo que él tenía pensado —repuso Carlos.

—En cuanto yo regrese, perderé toda posibilidad de probar mi inocencia en todo esto. No hice nada malo, Carlos, y Joe lo sabe, pero no quiere que yo sea su problema.

Las cosas no se ponían más fáciles. Carlos estaba en una encrucijada: tenía que decidir entre hacer el trabajo que había jurado hacer y mantenerla a salvo de todos. ¿Valdría la pena ir a ver la casa de los padres de Linette? Él lo dudaba, pero tampoco quería tener que llevarla de vuelta todavía.

—Escríbele a Gotthard y que le diga a Joe que me has convencido de que podemos encontrar algo si vamos a ver a los padres de Linette a Bérgamo. Si Joe está de acuerdo, me mantendré en contacto después de que aterricemos en Milán.

Ella saltó hacia sus brazos y le besó en la mejilla.

—*Merci.*

—No me lo agradezcas hasta que tengamos noticias de Joe. —Carlos la abrazó estrechamente, deseando que no fuera un error del cual tuviera que arrepentirse. Joe probablemente accediera. Durand mantenía la recompensa por la cabeza de Gabrielle todavía, pero nadie había podido encontrar al piloto que pudiera identificarlos a ellos.

Abandonó los brazos de Carlos, dio una vuelta en redondo y se puso a teclear a la velocidad del rayo. Él hizo la maleta mientras ella se quedó mirando fijamente el portátil por varios minutos, luego tecleó rápidamente un par de veces y lo cerró.

Cuando terminó y se volvió hacia él, la confianza estaba claramente escrita en sus ojos. Su primer, su último y su único pensamiento era proteger a Gabrielle.

—Gotthard dice que Joe ha aprobado el viaje.

Dentro de nada recibiría un mensaje de Joe, confirmándoselo.

Carlos levantó la mano para pasarse los dedos sobre la mejilla.

—Vas a llamar a LaCrosse para decirle que has terminado. Le pedirás que nos envíe un coche. Nos encargaremos de los billetes en el aeropuerto.

—De acuerdo. —Se dio prisa en salir al salón, desde donde la oyó marcando un número de teléfono y dándole a LaCrosse las buenas noticias en voz baja.

Carlos odiaba tener que exponerla todavía más, pero había un grupo con una agenda que podría rivalizar con la del más temido terrorista y estaba amenazando la seguridad de todo el mundo. BAD y Estados Unidos necesitaban a Gabrielle si es que querían tener la esperanza de dejar al descubierto el plan de los Fratelli.

Una vez que eso estuviera hecho, encontraría la manera de liberarla, incluso si eso significaba la posibilidad de no volver a verla nunca más.

Gabrielle entró en el dormitorio y se dirigió al armario, mientras él pasaba a su lado de camino a recoger su cámara de observación. Cuando tuvo todo colocado en su posición original, Carlos caminó hacia el dormitorio.

La cama estaba hecha. La maleta de Gabrielle estaba lista y colocada al lado de su bolsa de viaje, el armario abierto y vacío, y el baño tan limpio como los chorros del oro. Él debería haber estado sorprendido de lo rápido que ella había recogido todo, pero no lo estaba.

Gabrielle se detuvo delante de la ventana, mirando fijamente hacia afuera; su perfil era calmo, triste y distante.

Había vivido ocultándose durante los últimos diez años. No había llevado la vida mimada de la mayoría de las mujeres de su posición y poder adquisitivo. Era fuerte hasta la médula, algo que él solo había encontrado en los agentes con los que había trabajado en BAD. Gabrielle no había sido entrenada para hacer este tipo de trabajo, pero tenía agallas y era decidida cuando se trataba de cumplir con su misión.

Puso a funcionar el reproductor de CD para encubrir cualquier conversación que mantuvieran en voz baja y caminó hacia ella. Gabrielle no se dio la vuelta. Carlos puso sus manos sobre los hombros de ella y le besó la parte posterior del cuello, que estaba rígido por la tensión. Si no estuviera perfectamente vestida, en diez minutos la hubiera hecho relajarse. Probablemente lo haría de todas formas. Pero si iba a gastar el último de sus condones, no quería que fuese deprisa y corriendo.

De hecho, la próxima vez que le quitara la ropa hasta dejarla desnuda, pensaba tener una caja entera de condones bien a mano.

—También le envié a Gotthard un par de cosas nuevas que encontré antes de terminar la instalación —murmuró Gabrielle.

Carlos le besó el cuello y ella se estremeció.

—¿Qué más?

—No… —Gabrielle hizo una breve pausa y suspiró—,

no he podido encontrar el itinerario de Amelia para cuando se vaya de nuevo, así que estoy preguntándome si finalmente se va a quedar aquí. Pero sí que encontré que está programado que Evelyn y Joshua viajen a Estados Unidos, más tarde en el día de hoy, junto a un grupo de estudiantes. Los padres de ambos también están ahora en Estados Unidos. Es posible que Amelia también vaya, pero su itinerario no ha sido registrado. Babette dice que el grupo de estudiantes que se van esta tarde harán escala en diez países distintos en donde mantendrán conversaciones con líderes políticos en relación con el impacto de la crisis del petróleo para los discapacitados. La primera parada es en Estados Unidos, luego Brasil. Es posible que exista una relación entre los adolescentes que van a Brasil y la reunión que según tu gente está teniendo lugar en Sudamérica con el ministro del Petróleo.

—Sería una pista que podríamos seguir, si el padre de Amelia estuviera involucrado en el negocio de la perforación de pozos o la distribución de crudo, pero él se dedica a la producción de café en grano.

Gabrielle se encogió de hombros.

—Es todo muy extraño, pero confío en Linette, y tengo este mal presentimiento de que los chicos están siendo utilizados para algo peligroso. A lo mejor después de todos estos años, el padre de Linette se ha suavizado un poco y permitirá que su madre hable conmigo.

—¿Qué crees que puedes averiguar? —Carlos se quedó mirando fijamente por encima del hombro de ella hacia las calmadas colinas y los apacibles árboles, deseando poder detener el tiempo lo suficiente como para disfrutar de un paseo con ella.

Otro amable encogimiento de hombros.

—No lo sé, pero tal vez haya algo que arroje luz sobre lo que realmente sucedió con Linette. Ella está involucrada de alguna manera con la gente que está detrás de todo esto, y creo que es de forma involuntaria.

Carlos se reservó cualquier comentario, ya que no podía cuestionar la fe puesta en alguien a quien nunca había conocido, pero la confianza de Gabrielle le hacía inclinarse a pensar que ella estaba en lo cierto.

Él la arropó con sus brazos, acercando a esta increíble mujer hacia su pecho. Se sentía tan bien al tenerla así, se sentía tan natural, como si siempre hubieran estado juntos.

Ella suspiró profundamente.

—¿Qué pasa? —preguntó él.

—Lo de Italia solo es un pequeño desvío, ¿verdad? De todas manera Joe me va a entregar a la Interpol.

Él cerró los ojos, deseando encontrar una respuesta que calmara la ansiedad de ella, pero no podía mentirle. Eso sería cruel.

—Tal vez no. —Eso fue lo mejor que le podía ofrecer, por ahora.

Gabrielle guardó silencio por un largo rato.

Carlos hizo que le mirara.

—¿En qué estás pensando?

La mirada de preocupación de Gabrielle se encontró con la de él.

—Es una locura, pero tenemos que volar a Milán, y Roberto vive allí. Lo conocí la primera vez cuando estaba buscando a Linette. Él pasa la mayor parte de su tiempo allí.

—Milán es una ciudad enorme y dejaremos el aeropuerto de inmediato para irnos al norte, a Bérgamo. Pero no tienes que ir, si no quieres.

Dudó antes de admitir:

—Tienes razón. Él no puede enterarse de que estoy allí. Incluso dudo mucho de que cualquier *paparazzi* todavía se acuerde de cómo soy, después de todos estos años de vivir escondida.

Ella le respondió demasiado rápido. La idea de estar cerca de Roberto claramente asustaba a Gabrielle. Él cerró sus ojos por un segundo, maldiciendo el miedo que ese hombre le había metido en el cuerpo.

—No permitiré que se te acerque.

—¡Oh! No, él no es ningún problema —dijo ella en tono burlón—. Roberto nunca se arriesgaría a salir herido, no en tanto un rasguño podría hacer disminuir su valor de estrella de la pantalla. Sin embargo, sí que podría enviar a alguien más a hacer su trabajo sucio.

—Entonces no vas a venir.

Ella se echó hacia atrás.

—Por supuesto que iré. No estoy preocupada por mí. No quiero ponerte en riesgo a ti. No sabrías a qué debes estar atento. Ni siquiera vas armado.

—Si eso es lo que te preocupa, olvídalo. —Pasó un dedo sobre la cara de ella—. Me he enfrentado con cosas peores que a cualquiera persona que él pudiera enviar, y soy igual de peligroso con una pistola que sin ella. Es un aficionado y, además, no tiene por qué saber que has estado aquí o que vamos para Milán.

—Tienes razón. —Ella le ofreció una lánguida sonrisa.

Algo en su interior le decía que no llevara a Gabrielle a Bérgamo, pero tenía que descubrir qué era lo que estaban planeando los Fratelli.

El ataque viral del año pasado parecía ser algún tipo de prueba.

Lo que estaba sucediendo podía ir en serio. Pero ¿qué era?

Un golpe en la puerta puso fin al debate. Tenían que irse. Carlos y Gabrielle siguieron a un Pierre rígido y a un bedel que llevaba su equipaje hacia la limusina que los estaba esperando.

LaCrosse se hallaba de pie cerca de la puerta abierta del coche.

—Por favor, reciba nuestro profundo agradecimiento por sus conocimientos y por venir a ayudarnos, *mademoiselle* Tynte Saxe. —Le ofreció un sobre.

Gabrielle iba a aceptar el dinero, luego hizo una pausa y vio a LaCrosse con ojos adultos. Lo admiraba por su dedicación al colegio y los estudiantes. Estaba convencida de que él estaría dispuesto a gastarse ese dinero en los estudiantes si ella se lo pedía.

—Tengo una idea acerca de cómo utilizar este dinero —le dijo, mientras retiraba la mano—. Conserve el dinero y construya una fuente con un área de descanso en donde los chicos puedan estudiar al aire libre.

—Eso es muy generoso de su parte. —LaCroee dijo eso con una mirada cálida que hizo que Carlos se preguntara si este sujeto era tan auténtico como Gabrielle creía que era—. Presentaré su solicitud a la junta directiva.

—¿No podría usted sugerir que ese dinero fuera para un fondo fiduciario en vez de dedicarlo a algo tan frívolo? —inquirió Pierre. Su pregunta era pura crítica a la idea de ella, no una sugerencia hacia una mejor manera de utilizar la donación.

LaCrosse dejó caer una mirada controladora sobre Pierre.

Carlos apretó con fuerza el bolso del ordenador, valorando cuál sería la mejor manera de poner en su sitio al pequeño bastardo llorón, por haber insultado la generosa idea de ella.

Pero Gabrielle manejó la situación: se dio la vuelta y fulminó formidablemente a Pierre con la mirada.

—No, no creo que el fondo fiduciario necesite engordarse más. Esos cofres los llenan anualmente los alumnos y sus familias. Creo que este fabuloso colegio se merece una fuente espectacular con un área para sentarse. —Volvió a ver a LaCrosse de manera más suave—. Por favor, comprenda que esto no es una solicitud. Estoy donando estos fondos para que sean utilizados de conformidad con mi deseo. Hay dinero más que suficiente para completar el proyecto. Espero ver la fuente cuando vuelva.

Carlos sonreía de oreja a oreja, le importaba un bledo lo que cualquiera de ellos pensara. Él adoraba verla a en acción.

LaCrosse asintió y pareció satisfecho con su oferta.

—Por supuesto. ¿Cuándo planea volver?

Carlos les dijo a LaCrosse y Pierre:

—Compartir esa información con ustedes interferiría con su seguridad. Lo mejor que puede hacer es ponerse manos a la obra y construir esa fuente. —Curvó una de las comisuras de la boca, solo para hacerle saber a Pierre que disfrutaba viendo cómo rechazaban al escuálido mequetrefe.

—Tenemos que irnos —le dijo Carlos a Gabrielle, y ambos subieron al asiento trasero.

LaCrosse cerró la puerta sin decir nada más y el coche avanzó. Una vez que estuvieron en la carretera, el conductor recibió una llamada, habló en voz baja y luego cortó. Sus ojos llenaron el espejo retrovisor.

—*Mademoiselle*, tengo un mensaje acerca de su vuelo.

Carlos todavía no había hecho reservas de vuelo. No quería que nadie supiera por adelantado cuál sería el itinerario de Gabrielle. ¿De qué demonios se trataba todo esto?

—¿Sí? —preguntó Gabrielle amablemente mientras cogía una libreta y un bolígrafo de su bolso.

—Su *jet* privado ha llegado. El piloto quiere que usted sepa que han terminado de repararlo antes de lo esperado y que por lo tanto no tendrá que coger un vuelo comercial.

—Excelentes noticias, *merci.* —Ella sonrió hasta que los ojos del conductor desaparecieron del espejo, luego golpeó la libreta con el bolígrafo para llamar la atención de Carlos y que leyera lo que ella había escrito: «Yo no tengo piloto ni *jet* privado».

Capítulo 21

—Aparque aquí —le dijo Carlos al conductor de la limusina cuando llegaron al aeropuerto de Carcassonne. Trató de enviar mensajes de texto a Korbin y Rae para ponerles al día, pero siempre le daba señal de ocupado. ¿Estarían reparando otra vez las malditas torres caídas?

Cuando el coche se detuvo, Carlos agregó:

—Mantenga las puertas cerradas con llave y permanezca con la señorita Saxe mientras yo hago una revisión de seguridad.

—¿Piensa que el avión es peligroso? —preguntó el conductor.

—No necesariamente. Es solo un procedimiento operativo de rutina.

Carlos se acercó y le apretó la mano a Gabrielle para hacerle saber que debía permanecer sentada y quieta. No le gustó sentir su piel fría como el hielo.

—Estaré bien —le dijo ella en una voz tan baja que a él le hizo odiar la idea de dejarla sola.

Pero le había escrito algunas instrucciones en su libreta para que le ordenase al conductor que se fuera de inmediato si algo sucedía o si él no volvía al coche para recogerla.

Si la llamaba hacia el avión agitando la mano, esa sería la señal para partir.

Carlos salió del coche y caminó hacia las escaleras del avión, a la espera de pasajeros. Los motores zumbaban y el fuselaje blanco del Learjet brillaba como una perla pulida.

Subió lentamente por las escaleras, deseando tener la oportunidad de alertar a Korbin y Rae o de tener un arma en la mano, pero ir hacia el aeropuerto, tal y como estaba planeado, sería lo único que no provocaría sospechas entre la gente del colegio, algo que no quería motivar.

Ya en la puerta, asomó la cabeza dentro.

Lujoso y elegante. Un juguete volador corporativo.

Caminó dentro del avión para inspeccionarlo todo, cuando la puerta de la cabina se abrió. Carlos se dio la vuelta, listo para pelear.

Jake Malone, uno de los agentes más versátiles de BAD, estaba allí, de pie con las manos en jarras y una sonrisa que le llegaba de oreja a oreja. Su corte al cero estaba escondido debajo de la gorra de capitán que llevaba un poco torcida hacia un lado. Había embutido su amplio cuerpo en un traje oscuro de pantalón y chaqueta de piloto de aerolínea: estaba perfectamente ataviado, incluidas la camisa blanca y la corbata.

—Un viaje sin contratiempos, ¿apetece?

Jack sonrió. Se le veía tan cómodo llevando ese uniforme de oficial, con las barras doradas sobre los hombros de la chaqueta, como en vaqueros y sandalias.

—¿Qué estás haciendo aquí? —Carlos estaba aliviado, pero molesto a la vez.

—Joe ganó algo de tiempo haciéndole creer a la Interpol que la CIA está investigando a Gabrielle y no que la tiene bajo custodia. Pero la Interpol obtuvo una orden de arresto esta mañana para que Gabrielle sea interrogada. Joe no quiso arriesgarse a que alguien reconociera la foto del pasaporte, y menos con un nombre falso. Pensó que a nadie del colegio le extrañaría que Gabrielle tuviera un *jet* privado.

—Buena idea. Ha terminado el trabajo de informática en el colegio justo esta mañana. ¿Ya pusieron a Korbin y Rae al corriente?

—Gotthard les envió un mensaje informándoles de que vosotros dos ibais a Milán. Korbin ha tenido problemas con su móvil hoy, por eso me ha llamado a través de un teléfono vía satélite para hacerme saber que os habían visto partir hace cuestión de media hora. Él y Rae deben de estar llegando a la terminal comercial del aeropuerto ahora.

—Hubiera estado bien saber que no había alguien peligroso detrás de todo esto —le dijo Carlos poniendo cara de pocos amigos.

—Eh, hace un par de horas que recibí una de esas órdenes que Joe acostumbra a dar: que encontrara un avión privado de lujo, que llegara aquí antes que vosotros y que os contactara tan pronto como todo estuviera listo. Envié un mensaje de texto. Dos de tres no está mal. Es como batear por encima de seiscientos.

—Recordaré eso la próxima vez que tenga que cubrirte las espaldas en mitad de un tiroteo.

—Al no recibir una respuesta de confirmación de tu parte, envié un mensaje a través del colegio. Sin duda recibiste ese mensaje o de lo contrario no estarías aquí. Sabía que al menos vendrías a ver quién te había enviado un *jet*.

—Menuda lógica retorcida, pero encaja, considerando la fuente. —Carlos se detuvo, entrecerrando los ojos para pensar—. Has dicho «nosotros». ¿Quién es tu copiloto?

Jake agitó la cabeza.

—No lo quieras saber.

La puerta de la parte de atrás de la cabina se abrió, dejando a la vista una cama. Jeremy Sunn entró tranquilamente, parecía un surfista disfrazado de piloto en su vistoso traje.

Se estiró mientras bostezaba. El pelo descolorido por el sol se le rizaba alrededor del cuello de su almidonada camisa blanca que brillaba en contraste con su bronceado. Carlos nunca había visto a Jeremy, que siempre vestía vaqueros, ataviado con pantalones azul marino o una camisa planchada, de vestir y manga larga.

—¿Cuándo te has sacado el permiso de piloto? —le preguntó Carlos.

Jeremy se levantó, dejó a la vista su reloj de submarinista y encogiéndose de hombros dijo:

—No lo sé. A lo mejor hace como una hora, dependiendo de en qué zona horaria te encuentres ahora.

Dejó relucir una brillante sonrisa.

¡Oh Dios, no! Carlos se frotó la frente justo cuando esta le empezó a latir, luego miró a Jake.

—Te dije que no querrías saberlo —le recordó Jake.

—Iré a buscar a Gabrielle mientras os preparáis para alejarnos de aquí tan rápido como podáis —le dijo Carlos a Jake, luego se volvió hacia Jeremy—. Y tú, no toques ni un botón, ni una clavija, ni siquiera en el baño.

Jeremy levantó las manos en señal de rendición.

—Solo estoy aquí como elemento decorativo. —Se dio media vuelta y se dirigió hacia un sofá que estaba frente a dos sillas laterales acolchadas.

Carlos le detuvo con un:

—No lo creo. Necesitamos que alguien cargue las maletas de la señorita Saxe.

—¿Qué, te has roto el brazo? —le soltó Jeremy.

—No, el mío está estupendamente. El tuyo probablemente termine partido si no vienes aquí y actúas como alguien al servicio de una mujer que es heredera de una fortuna.

Jeremy puso mala cara, pero se levantó y pasó furioso al lado de Carlos, que ya había comenzado a estirar el brazo para cogerlo y aclararle de nuevo cuál sería su papel en esto.

Pero en el minuto en que Jeremy puso un pie sobre las escaleras para bajar, se convirtió en un camaleón y empezó a marchar delante de Carlos con una postura firme, militar. Eso ya era mucho, si se toma en consideración que Jeremy nunca ha estado ni siquiera cerca de los militares y ellos nunca habrían reclutado a este sabueso del surf debido a sus antecedentes en prisión.

Ya en el coche, Carlos le tocó la ventanilla al conductor para que levantara los seguros y luego ayudó a Gabrielle a salir del vehículo. Sin decir nada, ella entendió que todo iba bien.

Jeremy recogió las maletas del coche y caminó hasta ponerse frente a Gabrielle:

—Es un gusto tenerla a bordo de nuevo, señorita Saxe.

—*Merci*. Es un placer conocerle. —Ella se dio la vuelta para ver a Carlos, pero mantuvo la farsa mientras él cerraba el maletero del coche.

Cuando Carlos se alejó, detrás de la limusina, Jeremy le estaba diciendo a ella:

—Estoy a su disposición en cualquier momento, del día… o de la noche.

En el instante en que la limusina se alejó, Carlos se inclinó y dijo:

—Que ni se te ocurra actuar de conformidad con lo que veo en tus ojos, si es que quieres regresar a casa con todas tus partes en su sitio y funcionando. —Después Carlos le dijo a Gabrielle—: Este es Jeremy, uno de nuestros hombres, a quien no verás nunca más después de que aterricemos.

—Es un placer conocerte, Gabrielle. —Jeremy dejó escapar una sonrisita y cargó las maletas hacia el avión.

Gabrielle se rio.

—Me parece dulce.

—No, él no es dulce. —Carlos quería retorcerle el cuello—. Jeremy es tan peligroso como cualquier otro miembro operativo de este equipo, probablemente más, ya que nunca tenemos ni idea de lo que va a hacer. Joe tiene que haber estado desesperado por un copiloto, como para haberlo mandado a él.

—Entonces ¿él también es piloto?

La admiración que denotaba la voz de Gabrielle le dio otra vuelta de tuerca a la irritación de Carlos.

—No, no es ningún piloto. Jeremy es tan útil en esa cabina como podría serlo una muñeca hinchable. La verdad es que lo que he dicho no es justo, ya que una muñeca hinchable podría utilizarse como airbag.

En el extremo de las escaleras, Jake tenía la puerta de la cabina del piloto abierta. Carlos presentó a Gabrielle a Jake diciendo:

—Este es el único piloto de verdad a bordo.

—Así que ¿no necesita un copiloto? —Gabrielle sonaba preocupada.

—Para nada.

Los hombros de la chica se relajaron.

—Tengo el piloto automático para cuando necesite echarme un sueñecito.

—¿Qué? —Ella le clavó la pregunta a Carlos.

—Aunque odie tener que admitir esto delante de él, porque apenas tenemos espacio para su enorme ego en la cabina del piloto, él es el piloto que podrías querer para volar en cualquier situación.

Jake le ofreció una sonrisa rebosante.

—Sí, señorita. No se preocupe por nada. Estaremos aterrizando en Milán a tiempo para comer.

Carlos la condujo hacia el área de pasajeros. La Interpol había dejado caer un nuevo golpe sobre sus planes, pero BAD había respondido jugando con sus propias reglas, y la Interpol no tenía ni idea de con quién se estaba metiendo.

Dio las gracias a Joe en voz baja por el rápido plan que había urdido para proteger la identidad de Gabrielle, por ahora, pero eso no duraría mucho.

Vestavia se paseaba sobre el suelo de mármol del pasillo entre la cocina y el salón de su propiedad en Miami. A las cuatro de la mañana este sitio resultaba desgraciadamente solitario sin Josie.

Su teléfono móvil sonó. Vestavia echó una mirada en la dirección del sonido, anticipándose a la llamada del arrogante gilipollas de Sudamérica. Tenía que encontrar a Espejismo antes de que Durand lo hiciera. Pero cuando revisó el identificador de llamadas, resultó ser su contacto de l'École d'Ascension, que le llamaba para decirle que la señorita Saxe había terminado de reconvertir sus programas informáticos al nuevo sistema.

—¿Terminó la reconversión del *software* tan rápido? —Vestavia se sentía tan satisfecho como suspicaz.

—*Oui*. Ella y su guardaespaldas se acaban de ir.

—¿Adónde los han llevado?

—Al aeropuerto de Carcassone, pero no tomarán un vuelo comercial como habíamos supuesto, ya que llegaron por esa vía. Recibimos una llamada avisando de que habían terminado de reparar su avión y que les estaban esperando en el aeropuerto.

—Quiero saber cuál era su destino —demandó Vestavia.

—No hay problema, tengo un sobrino que es controlador aéreo. Van rumbo a Milán, pero no tengo ni idea de cuál será su destino final.

—Eso es más que suficiente —le aseguró Vestavia, y luego se puso a considerar cuál sería el próximo movimiento—. ¿Su personal de informática está satisfecho, entiende el programa y no la necesitarán otra vez?

—Totalmente. Les ha dejado un manual de instrucciones

en línea para poder resolver cualquier cosa que pueda surgir y especificaciones de lo que deben hacer en caso de que deban reinstalar alguna de las partes.

—Muy bien, me parece aceptable.

Un sonido de alivio silencioso se sintió a través de la línea.

—Estoy muy satisfecho. Estaba preocupado de que su acceso a los ordenadores pudiera significar un problema.

—No. Sigue adelante y mantenme informado, Pierre.

—Por supuesto, Fra.

Vestavia cerró el móvil de camino hacia el sofá de piel plateada, en el salón. Se dejó caer, le dio la vuelta a un expediente y lo abrió sobre su mesita de cristal para el café. Todo lo que cualquiera quisiera saber acerca de Gabrielle Saxe estaba allí, incluyendo lo relacionado con la única persona que podría ponerla en su lugar.

No había sobrevivido todo este tiempo siendo descuidado. Permitirle a alguien con su nivel de conocimiento informático el acceso a los registros del colegio podría ser peligroso, o no. Había demasiado en juego con esos adolescentes como para correr el riesgo de permitir que una *friki* de los ordenadores caminara por allí libremente, teniendo acceso a esos archivos.

El colegio era solo un campo de caza fructífero, entre los cientos que habían encontrado a través de las conexiones de D-ange-ruese, pero Vestavia odiaba perder un recurso valioso.

Si la chica Saxe era capaz de programar todo eso, podía infiltrar el programa para alguien más, voluntaria o involuntariamente. No podía arriesgarse a que eso sucediera.

Escudriñando el expediente de la chica Saxe, se detuvo en una página con una lista de todas las personas significativas con las que ella estaba relacionada, desde que había entrado en el colegio, hasta que lo había dejado. Saxe se había convertido en una reclusa, después de estar a punto de morir como consecuencia de dos accidentes sospechosos. Las autoridades habrían podido averiguar quién estaba detrás de esos accidentes si ella los hubiera denunciado, pero nunca se quejó de nada ni dijo una palabra acerca de las pólizas de seguro.

Si se le daba la oportunidad, su exmarido podría terminar el trabajo.

Vestavia sonrió. A él le gustaba darle una oportunidad a las personas.

—¿Así que la familia de Linette tiene grandes propiedades? —Carlos dividía su atención entre el nerviosismo de Gabrielle y la conducción del coche de alquiler que llevaba a través de caminos sinuosos que habían empezado a ascender una vez que habían dejado Bérgamo. Ella había estado muy silenciosa, hablando solo para darle indicaciones.

—Tienen una casa en la cima de una colina y tierras que abarcan probablemente unas quinientas hectáreas.

Gabrielle miró fijamente a través de la ventana; el paisaje había cambiado a lo largo de los últimos tres kilómetros, pasando de ser un valle exuberante a una zona en la que predominaban las rocas.

—La mayor parte de la gente no posee tanta tierra, pero esta propiedad ha estado en manos de la familia de su padre desde el siglo XVI.

Gabrielle jugueteó con un pequeño relicario de oro que parecía tan viejo como la casa de la familia de su amiga. Se había reído de su propia preocupación por ser reconocida por alguien, considerándola falsa vanidad.

Carlos consideraba que había razones para preocuparse, después de haber hablado por el móvil con Rae mientras Gabrielle se refrescaba en el servicio de un restaurante, después de haber aterrizado. Ahora tenía algo más de qué preocuparse, además de que Gabrielle intentara escapar.

La había estado vigilando durante todo el viaje, pero estaba bastante seguro de que ella no se apartaría de él, ahora que sabía que su hermana Babette estaba en el colegio. De no ser por eso, Gabrielle intentaría fugarse a la primera oportunidad que tuviera. Él haría lo mismo si estuviera en su lugar, pero ella no se arriesgaría a que BAD utilizara a su hermana como una forma de presionarla.

Lo que Gabrielle no sabía era que Carlos no le había dicho ni una palabra acerca de Babette a nadie de BAD.

—¿Seguro que recuerdas cómo llegar hasta allí? —le dijo él bromeando—. No hemos visto ningún coche desde el último cruce, hace como veinte minutos.

—Eso es porque la mayor parte de ese tiempo hemos estado en la propiedad de Tassone. —Gabrielle estudió el paisaje por un momento y luego dijo—: Linette acostumbraba a decirme lo aislada que se sentía allá arriba. Era bastante atlética, buena para correr y escalar, ya que esa era la única manera que tenía de encontrarse con otros críos para jugar con ellos.

—Ya tiene que haberse sentido sola como para subir y bajar estas montañas —susurró Carlos—. ¿Qué hay de la casa de los Tynte? ¿También ha sido propiedad de una familia por mucho tiempo?

La sonrisa desapareció primero de los ojos de Gabrielle.

—Efectivamente, mi madre fue la última heredera Tynte, antes que yo.

Fue. Quitó los ojos del camino por un momento y preguntó:

—¿Qué le pasó a tu madre?

—Murió… en un accidente. Yo tenía once años.

—Lo siento mucho, no quería abrir viejas heridas.

Él había perdido a su madre el día que había nacido, aunque realmente ella no había muerto sino hasta diez años después, así que Carlos no podía sentir afinidad por la pérdida de la madre de Gabrielle.

Si algo le sucediera a su tía María, entonces sí.

—No, no pasa nada —dijo Gabrielle—. Es solo que no pienso en ello a menudo.

Al ver que ya no añadía nada más, decidió cambiar de tema, para intentar que se sintiera más tranquila.

—Pareces tener recursos sólidos en Sudamérica. —Miró cómo ella apretaba fuertemente los dedos—. Gabrielle, no estoy pidiendo que me digas nada acerca de tus contactos. Solo me gustaría escuchar qué más sabes acerca de Anguis. Cualquier cosa que puedas decirme sobre Durand y sus hombres podría ser útil en esta misión.

Sus manos se relajaron y se mordió el labio.

—Odio decir esto de manera que suene halagador, pero

Durand es realmente bueno en lo que hace. Él espera un cien por cien de lealtad de parte de su gente.

—¿Tienes idea de cómo es alguno de sus hombres?

El camino que seguían subía a través de unos paisajes impresionantes. Un cielo azul servía de telón de fondo a cada una de las curvas que zigzagueaban a través de la montaña.

—Durand marca a su gente.

—¿Cómo?

Carlos sujetó el volante con fuerza.

—Con un tatuaje… sobre el pecho.

Los latidos de su corazón se aceleraron.

—¿Qué tipo de tatuaje?

—No lo sé. Solo sé que lo graba en el pecho. Mis contactos tampoco lo saben, o quizá tienen miedo de revelarme tanto.

Él exhaló lentamente, aliviado al tener esa respuesta.

—Muchos hombres tienen tatuajes en el pecho… incluso yo.

—¿En serio? ¿Cómo es el tuyo?

—Una serpiente y una daga. Me lo hice cuando era muy joven —dijo él restándole importancia—. ¿Qué te llevó a investigar a Anguis la primera vez?

—Nada en particular.

Ella respondió muy rápido. Gabrielle estaba escondiendo algo, pero presionarla más ahora podría ser una mala jugada táctica que podría volverla más cautelosa a la hora de hablar con él.

Redujo la velocidad conforme se fueron aproximando a dos muros bajos a cada lado de un camino hecho con piedras amarillas y blancas. Vides desnudas se entrecruzaban atravesando las barreras. Enfrente de las paredes crecían hierbas gruesas y retoñaban entre las piedras del camino.

—Esa es la entrada formal a la propiedad. —Sus ojos se iluminaron expectantes, luego se apagaron—. Linette decía que su padre era obsesivo acerca de mantener el paisaje perfecto, hasta el punto de que ella tenía que pasar sus domingos haciendo jardinería.

Carlos atravesó la entrada, conduciendo lentamente, mientras Gabrielle señalaba los árboles que flanqueaban el camino, que eran pinos piñoneros. La impresionante estructura de tres plantas, con paredes de piedra gris pálido y tejado de terracota, había estado colocada en la ladera de la colina durante tantos años que la casa parecía ser parte del terreno. El sol de la tarde proyectaba largas sombras por debajo del arco de una pasarela que abrazaba uno de los laterales de la casa.

Pero una vez más, la falta de mantenimiento de las contraventanas que se encontraban a la intemperie y la oxidación del hierro forjado a lo largo de las ventanas de dos aguas y de los balcones no encajaban con los recuerdos de Gabrielle acerca del obsesivo padre de Linette.

Gabrielle permanecía en silencio otra vez.

Carlos aparcó cerca de una fuente de tres alturas, con querubines echando agua de una vasija a otra, pero el agua no corría por la fuente. Enredaderas invasivas trepaban a lo largo de una estatua. Dio la vuelta al coche y ayudó a Gabrielle a salir.

Cuando llegaron a la parte alta de la decadente escalera, Carlos levantó la pesada aldaba con forma de cabeza de león que no había sido pulida en mucho tiempo y tocó tres veces.

Gabrielle se dijo a sí misma que debía concentrarse en la misión que tenían, y no en la inquietante condición en que se encontraba la propiedad. Pero la preocupación acerca del padre de Linette le provocaba pensamientos retorcidos.

La puerta se abrió y apareció una mujer de baja estatura y regordeta con más pelo cano que negro y cara redonda que se encontraba alrededor de los sesenta años.

—*Bon giorno. Come stai?*

—*Parla inglese?* —preguntó Gabrielle.

—*Sí.* Hablo bien el inglés.

—¿Usted es...? —le dijo Gabrielle.

—El ama de llaves.

Eso no podía ser cierto, pero Gabrielle siguió adelante.

—Estoy buscando a la familia Tassone.

—El señor Tassone y su esposa están de viaje.

—¿De verdad? ¿Adónde fueron? Me gustaría contactar con ellos.

A Gabrielle le costaba imaginar a los padres de Linette

gastándose dinero en viajar a algún lugar lejano cuando su amiga se lamentaba con frecuencia de la actitud excesivamente parca de su padre.

—A un crucero por el Mediterráneo. El señor Tassone dio órdenes estrictas de que no se les molestara.

—¿Sabe usted cuándo van a volver? —Gabrielle echó un vistazo más allá de la mujer, pero pudo ver muy poco de la habitación oscura, detrás de la puerta a medio abrir.

—¿Quién sabe? —El ama de llaves mantuvo la mirada esquiva y se encogió de hombros—. Algunas veces tardan semanas, otras unos meses. Se fueron esta semana.

Carlos cogió a Gabrielle del brazo.

—Bien, nosotros deberíamos volver a la carretera si queremos regresar a tiempo al aeropuerto para tomar ese vuelo.

—Sí, vámonos. *Grazie* —le dijo Gabrielle a la mujer, y luego se dio media vuelta para irse.

—*Signora…*, ¿cuál es su nombre?

Gabrielle se detuvo y se dio la vuelta para contestar a la mujer, Carlos le cogió la mano y se la apretó con fuerza. Ella entendió el mensaje de no decir su nombre.

—Mi madre era *madame* Gervais. Ella conoció a la *signora* Tassone en un crucero y me pidió que pasara a verla cuando viniera a Milán, pero mamá murió hace seis meses. Solo quería saludar a la *signora* y contarle que mi madre disfrutaba conversando con ella. *Grazie. Buon giorno.*

Carlos tenía el coche con la marcha puesta y conducía alejándose de la casa cuando dijo:

—¿Qué está pasando?

—El padre de Linette mantenía un presupuesto familiar muy ajustado. Su madre rara vez visitaba a Linette porque se mareaba cuando viajaba en coche por mucho tiempo, también se ponía mal al subir en aviones y tenía mucho miedo al agua como para hacer un crucero. No tengo ni idea de quién sería la mujer que nos ha abierto la puerta de la casa, pero evidentemente no conoce a la familia Tassone.

Carlos redujo la velocidad mientras cruzaban la entrada y empezó a desandar el camino, lo que les llevaría alrededor de una media hora hasta bajar la montaña. No le gustaba esta ruta con un carril de subida y otro de bajada, pero eso podría ser solo paranoia de su parte por tener a Gabrielle con él y ningún apoyo adicional cerca.

—El padre de Linette nunca habría dejado esa casa —agregó Gabrielle, frotándose las manos nerviosamente. Después se detuvo y miró a Carlos—. Una vez Linette dijo que le había preguntado a su padre si podían mudarse a una casa nueva, y él le respondió que la única forma en que dejaría esa casa sería en un ataúd. ¿Crees que están muertos? —dijo susurrando.

—No lo sé. —Siguió conduciendo, bajando lentamente alrededor de una curva cerrada que se prolongó a lo largo de un kilómetro.

Ella se dio cuenta de la tensión en los músculos de la cara de Carlos.

—¿Qué va mal?

—Nada, pero me voy a sentir mejor cuando lleguemos al camino principal. Rae y Korbin tendrán ya un sitio ubicado en Milán para que nos quedemos esta noche. Le daremos esta información a Gotthard y veremos qué puede averiguar al respecto.

Gabrielle se recostó en el asiento y pensó en los padres de Linette, tratando de encontrar una razón lógica para que hubiesen cambiado tanto.

Carlos maniobró con el coche por una curva a la derecha que bordeaba un muro de roca y de arbustos que colgaban sobre el camino y que no permitían ver a través de la curva. En el otro lado había otro largo tramo del camino con hondonadas en las colinas que bordeaban el lado derecho y una escarpada pendiente de decenas de metros que caía por la izquierda.

Un coche deportivo italiano de color rojo se había salido del camino, bloqueándoles el paso un poco más abajo. La puerta del conductor estaba abierta por completo y un hombre se hallaba desplomado sobre la rueda.

Disminuyendo la velocidad, Carlos aparcó a una distancia equivalente a cuatro coches.

—Parece como si el conductor estuviera herido. —Gabrielle movió la mano para abrir la puerta.

—No salgas del coche.

Carlos abrió su portezuela y salió del vehículo.

—Dame tu teléfono móvil. Necesitamos una ambulancia.

Gabrielle extendió la mano abierta hacia él esperando que le diera el teléfono.

Se dio cuenta de por qué él había dudado. Si le dejaba el teléfono ella podría alejarse y llamar a alguien para que la ayudara a escapar. Darle su teléfono sería una muestra de confianza en ella, algo que dudaba que ese hombre se hubiera permitido anteriormente con nadie.

Él no se movió para desenganchar el teléfono del clip sobre su cinturón.

Gabrielle bajó la mano, dolida más de lo que hubiera deseado por su falta de confianza en ella.

—Aquí lo tienes. —Carlos desenganchó el móvil, marcó un botón y se lo lanzó. Ella lo atrapó en el aire, impactada y animada por la confianza que él le demostraba.

—Está listo para marcar —le dijo, y se marchó.

Ella marcó el número de emergencia, sin embargo en el instante en que la operadora contestó, la llamada se cortó. Gabrielle revisó la señal. No había señal.

¿Cómo podía haberse quedado sin señal sin moverse de sitio?

Uno de los grandes misterios de los teléfonos móviles.

Refunfuñó y alcanzó el ordenador portátil antes de salir del coche. Podría utilizar su blusa para hacer algún vendaje si era necesario, ya que hacía bastante calor como para usar solo la blusa de seda de tirantes que llevaba y sus pantalones de lino.

Cuando se volvió otra vez, Carlos ya casi había llegado hasta el otro coche.

El conductor se sentó y pegó un bote desde el coche, corriendo por un valle entre las colinas que bordeaban el camino.

Carlos se dio la vuelta rápidamente y se alejó de allí corriendo a toda velocidad. Su cara cambió de furiosa a aterrorizada cuando la vio:

—¡Corre!

Ella lo hizo tan rápido como pudo. Él la alcanzó y la cogió por la cintura tirándola con fuerza al suelo, echándose hacia una hondonada en la colina que estaba a su lado.

La explosión hizo que volara por los aires.

Ella cayó de golpe contra el suelo, de costado, envuelta en los brazos de Carlos. La compresión provocada por la onda expansiva cruzó el espacio abierto como un tsunami invisible cargado de una presión que golpeó sus cuerpos nuevamente.

Una segunda explosión hizo temblar el suelo debajo de ella. El ruido de cosas rompiéndose una y otra vez se escuchó detrás del impacto de la primera explosión.

No podía respirar. Gabrielle resollaba, luchando por respirar.

—Todo está bien, trata de calmarte. —La voz de Carlos se escuchaba muy lejana. Su pecho y pulmones le dolían horriblemente—. Te has quedado sin aire —le dijo.

Carlos se sentó, sosteniéndola entre sus brazos. Su cara tenía arañazos y cortes, pero estaba vivo. Oh, santo Dios, Carlos podría haber muerto.

Ella trató de hablar, pero no pudo.

—Shhh. Solo concéntrate en respirar.

Cuando por fin ella pudo sentir sus pulmones, respiró de forma entrecortada, luego asintió para dejarle saber que estaba bien por el momento. La ayudó a que se pusiera de pie. Se dieron la vuelta.

El coche de alquiler había desaparecido.

Se había esfumado. Puf. No había coche.

—¿Dónde está? —dijo ella con voz ronca.

Carlos la condujo a un lado del camino por donde su precioso Mercedes había rodado hasta terminar en el fondo del barranco. Seguramente la explosión lo había echo volar fuera del camino.

—Si me hubiera quedado en el coche, estaría muerta ahora —murmuró. A Gabrielle se le doblaron las rodillas.

—Eh, no te desmayes. —Carlos la sostuvo en sus brazos y la llevó hacia un espacio en la colina en donde encontró un sitio con sombra y se sentó.

—Debo suponer que no nos van a disparar o no se hubieran tomado tanto trabajo para hacer que pareciera un accidente. El otro coche debía de estar cargado de combustible de avión para haber explotado así.

Escucharon unas aspas de helicópteros por encima de sus cabezas.

—Oh, dios. ¿Ya están de vuelta? —dijo Gabrielle horrorizada.

—No, esa debe de ser mi gente.

—¿Cómo lo sabes?

—Hice una llamada de emergencia a Jake antes de darte el teléfono. Jeremy tiene un dispositivo de rastreo en su coche para asegurarse de encontrarnos si algo sucedía.

—¿Y el helicóptero?

—Te dije que Jake es el hombre con quien hay que contar cuando se trata de pilotar algo. También es el que puede confiscar cualquier cosa que vuele en cualquier momento. Antes de que se fuera, localizó un aeropuerto pequeño que queda cerca de aquí y dijo que estaría preparado.

Cuando llegaron al aeropuerto de Milán y salieron del helicóptero, Gabrielle echaba mucho de menos su casa alquilada del lago en Georgia.

—¿Quieres volar a algún otro sitio esta noche? —le preguntó Jake a Carlos. Luego entregó a Jeremy las maletas que había guardado hasta ese momento.

—No. Rae y Korbin han hecho ya reconocimiento en la ciudad. Prefiero quedarme aquí donde hay cuatro personas que pueden ayudarme a proteger a Gabrielle mientras informamos a la oficina y se nos ocurre adónde ir a partir de ahora.

—De acuerdo. Me ofrezco voluntario en el primer turno para proteger a Gabrielle esta noche.

Jeremy hizo su oferta con voz de *boy scout*, pero Gabrielle dudaba de que lo hubiera sido en algún momento.

Carlos se acercó a Jeremy y le dijo algo en voz demasiado baja como para que ella pudiera escucharlo, pero ya le había visto furioso una vez ese día cuando se había dado la vuelta y le había gritado que corriera.

Y en el colegio solo había jugado a mostrarse intimidante con Pierre y los demás.

Este no era el lado juguetón de Carlos. Se le resaltaban las venas del cuello. Sus manos estaban apretadas en sendos puños.

Jeremy dio un paso atrás. Probablemente era una decisión saludable.

Carlos terminó de decir lo que fuera que estuviera diciendo y se quedó ahí de pie, mirando de forma fulminante a Jeremy, que levantó las manos al cielo en un movimiento confuso.

—No quieres que nadie se presente voluntario. Está bien, me voy a la cama.

Se tumbó después de dar otro par de pasos para atrás.

Jake estuvo atento a todo lo que sucedía entre Jeremy y Carlos sin decir una palabra, pero tenía las cejas levantadas, interesado.

Carlos cogió aire y se rascó la barbilla. Luego le dijo a Jeremy en una voz más calmada:

—Gracias por ofrecerte, de todas formas.

Jake dejó escapar una risita.

Carlos le lanzó una mirada capaz de mutilar, y luego le dirigió a Gabrielle una llena de ternura.

—¿Lista para darte una ducha?

—*Oui.* —Anduvo con él hasta llegar a otro coche, una copia idéntica del sedán plateado que habían perdido—. ¿De qué iba todo eso?

—Le dejé claro a Jeremy cuál es su papel en la misión. —Carlos llevó su mano a la frente de Gabrielle, sus dedos le rozaron con suavidad una zona delicada—. ¿Qué tal estás?

—Ay. Bien, hasta que me has hecho darme cuenta de que me he lastimado la cabeza. —Gabrielle sintió con los dedos que tenía un bulto. La adrenalina debía de haber estado mitigando el dolor. Ahora sentía palpitar toda la cabeza.

—Korbin y Rae ya nos han reservado una habitación en el hotel. Ellos van a estar en otra al lado de la nuestra.

—Me encuentro bien, en serio. No me rompo con tanta facilidad.

Al menos no físicamente, pero no podía garantizar nada de su corazón.

Una vez subidos al coche, Carlos se estiró por encima de ella y le abrochó el cinturón de seguridad. Después le dio un beso en la mejilla y se puso recto.

—En quince minutos estamos allí.

—¿Crees que ha sido Durand? —preguntó ella, articulando la preocupación que la había estado acosando.

—No es su estilo.

Meditó por un momento hasta darse cuenta de quién tenía que estar detrás del ataque. Roberto. Pero ¿cómo se había enterado de que ella estaba allí? Y... ¿por qué lo iba a intentar de nuevo?

Una vez llegaron al hotel, Carlos la había llevado a la habitación y la había metido en la ducha antes de que ella se diera cuenta. Sin embargo, el alivio que había sentido solo duró hasta que Carlos rehusó a ducharse con ella.

¿Qué era lo que había cambiado desde esa mañana?

Carlos cerró la puerta del cuarto de baño, que era bastante modesto comparado con el que habían dejado atrás en Francia, y entró en la sala de estar, amueblada con un estilo moderno y con un sofá de color crema con demasiado relleno y una silla a juego.

Le dio al interruptor de la pared y encendió el par de lámparas que colgaban de unas cadenas en el techo, de unos tres metros de alto, por encima de unas mesas de metal y cristal.

Llamaron a la puerta de la suite dos veces. Carlos la abrió y vio a Rae y a Korbin; ambos vestían vaqueros y parecían algo cansados. El estar de acampada no había sido una delicia para ninguno de los dos.

—¿Dónde está Gabrielle? —preguntó Rae, mientras entraba a la habitación y miraba, escrutador, a su alrededor. Todavía tenía el pelo mojado de la ducha y llevaba el estuche de un portátil.

—En la ducha. Volveré en un par de horas.

Carlos aceptó la pistola de nueve milímetros que le ofreció Korbin al entrar en la suite y se la colocó detrás en la espalda, entre los vaqueros, cubriéndola con la camisa vaquera de manga larga que dejó sin abrochar.

—¿Adónde vas entonces? —preguntó Rae a Carlos, pero dirigiendo la mirada sombría a Korbin—. ¿De qué habéis estado hablando vosotros dos?

Carlos no le respondió de inmediato. Miró a Korbin, que se encogió de hombros y le dijo a Carlos:

—Tienes hasta el amanecer antes de que tenga que contactar con Joe.

—Gracias. Te debo una.

Carlos le pagaría la deuda a Korbin sin rechistar en un futuro por haberle brindado un poco de tiempo para desmarcarse del equipo esa noche. Y por mantener a Gabrielle a salvo mientras él no estuviera. Carlos se dio la vuelta para mirar a Rae.

—Voy a prevenir futuros accidentes y a eliminar a la persona que intenta matar a Gabrielle.

—Así que con esas estamos, ¿eh?

Los ojos de Rae destellaron comprensivos y con un brillo de tibieza que Carlos no había esperado ver en esa operativa tan dura. Carlos podía negar lo que ella había insinuado, que ahora se trataba de un asunto personal para él, pero no iba a desperdiciar su saliva si Rae había armado ya las piezas del rompecabezas. Esa era su especialidad. Seguro que había revisado el informe de Gotthard, en el que probablemente se incluía la historia de Roberto y las residencias que había tenido desde que se casara con Gabrielle. Luego habría juntado esa información con el hecho de que Gabrielle apenas si escapara a los dos anteriores y misteriosos accidentes que había tenido y que la habían llevado a esconderse; Rae habría relacionado todo eso con las pólizas de seguros que Gotthard sin duda habría encontrado.

Sí, Rae sabía adónde se dirigía Carlos, pero era extraño que no estuviera encima de él replicándole que lidiar con Roberto no tenía nada que ver con la misión de BAD.

—Simplemente decidle a Gabrielle que volveré más tarde esta noche.

A Carlos le habría gustado llevar esa misión a cabo sin involucrar a otras personas, pero los agentes de BAD se apoyaban los unos a los otros en cualquier situación. Esa era otra de las razones por las que no había otros equipos como ellos.

—Sé que no es justo de mi parte que os lo pida, pero apreciaría mucho que esto quedara entre nosotros tres.

Rae sonrió.

—Por supuesto, cariño. Admiro a los hombres que luchan por lo que les pertenece —dijo, y le dirigió una mirada bastante evidente a Korbin.

La cara de Korbin mostraba una mezcla de humor y confusión. Carlos tardó algo en reaccionar a lo que Rae había dicho, porque nunca la había escuchado hacerle a un agente masculino un comentario tan abiertamente femenino, y mucho menos durante una misión.

—Gracias, pero ella no me pertenece.

Carlos se dio la vuelta para marcharse.

—Y yo que te iba a dar crédito por no soltarme una cursilería —añadió Rae—. Ten cuidado. Nosotros cuidaremos de tu chica.

Carlos suspiró y se marchó.

Gabrielle no le pertenecía, no podía quedársela, pero estaba decidido a asegurarse de que Roberto no volviera a molestarla nunca más.

Gabrielle salió del cuarto de baño con un albornoz del hotel. Se estaba secando el pelo con una toalla cuando se detuvo en seco en medio del salón de estar.

—¿Y dónde está Carlos? —le preguntó a Korbin y a Rae.

—Está ocupado, cariño.

Rae hojeaba la revista en su regazo. Korbin no cambió su postura reclinada. Cabeza echada para atrás, ojos cerrados y respiración casi imperceptible. ¿Estaba dormido?

¿Así que Carlos no solo rehusaba a ducharse con ella, sino que también se marchaba sin decir ni media palabra? ¿Qué le estaba ocurriendo? Gabrielle retorció la toalla entre las manos con fuerza, harta de escuchar respuestas evasivas y taimadas.

—Eso no es una respuesta, cariño —le soltó Gabrielle.

Rae dejó de hojear la revista un momento, levantó la vista con curiosidad, suspiró, y continuó mirando la puñetera revista.

—¿Dónde... está... Carlos? —exigió saber Gabrielle.

—Está ocupado —dijo Korbin sin abrir los ojos—. Es todo lo que podemos decirte ahora, pero debería volver por la mañana.

Abrir la caja fuerte de un banco era más fácil que sacarle algo a esos dos.

—De acuerdo.

Gabrielle odiaba tanto la decepción que sentía algo espeso en la garganta, como si se le atragantaran las palabras. Se volvió a la habitación y cerró la puerta.

Para cuando hubo acabado de ponerse los vaqueros y un jersey blanco, Gabrielle oyó lo que debía de ser alguien sirviendo la comida. ¿Quedarse en la habitación malhumorada porque Carlos pasaba de ella o salir de la habitación y ver qué podía sonsacarles a esos dos mientras comía?

De cualquier manera, tenía la mente más clara con el estómago lleno.

Gabrielle abrió la puerta y se encontró con el suculento aroma de platillos destapados y colocados en una mesa con cuatro sillas. Rae y Korbin ya estaban zampando.

Gabrielle se sentó delante del único plato del que no se habían apoderado.

—¿Esperáis que Carlos vuelva a tiempo para comer?

Korbin se embutió un trozo de bistec en la boca, eludiendo la conversación de manera conveniente.

—No estamos seguros. —Rae separaba las distintas comidas de su plato para que no se tocaran—. Pero nos gustaría hablar de un par de cosas mientras no está.

Eso venía bien para lo que Gabrielle tenía pensado.

—Claro. Yo tengo una par de preguntas que quería hacer.

Rae terminó de organizar su comida y levantó su vívida mirada hacia Gabrielle.

—Te doy un par de puntos por tu persistencia, pero has perdido unos cuantos por ser un poco lenta enterándote de las cosas. Nosotros no respondemos preguntas. Las hacemos. Para comenzar, háblame de Babette Saxe.

La boca de Gabrielle se abrió de par en par. A lo mejor se había ganado la confianza de Carlos, pero él había perdido la suya al exponer a Babette frente a este grupo.

Carlos caminaba despacio por las habitaciones ostentosas y sumidas en la penumbra a causa de las luces que se filtraban por la pared de cristal que daba a la ciudad de Milán. La seguridad de Roberto era muy vistosa, pero solo en apariencia.

¿Qué clase de idiota se quedaba en un sitio tan vulnerable?

Uno arrogante.

Si Carlos se hubiera encontrado con más de un guardaespaldas a la hora de entrar en el ático de lujo, podría haber descendido un piso en *rappel* desde el balcón perfectamente.

Qué demonios, probablemente habría podido saltar desde el techo.

Cuando alcanzó la cama, intentó por todos los medios no soltar una carcajada. El pelo castaño de Roberto era grueso, le llegaba justo por debajo de las orejas, y estaba peinado y fijado con gomina a la perfección. El tipo estaba tumbado con los brazos y piernas extendidos encima de las sabanas de seda roja. Estaba vestido tan solo con ropa interior negra.

¿Era eso un tanga? Puaj.

Eso facilitaría la ejecución de lo que Carlos tenía pensado.

La figura de Roberto era demasiado ligera para ser uno de esos cuerpos musculados de esos carteles que Carlos había visto de camino. Suponía que por eso utilizaban dobles y especialistas.

Pero esa noche no había ningún doble que pudiera interpretar la caída por Roberto.

Carlos se aproximó y encendió la lamparilla que estaba al lado de la cama. La luz era roja. Puso los ojos en blanco. Se imaginaba que la luz era para poner en situación a las mujeres que el idiota llevara allí.

—Despierta, Roberto —le ordenó Carlos con una voz normal.

Roberto balbució algo así como «márchate».

Carlos sacó su navaja y la abrió. Usó la hoja afilada para retirar un mechón de pelo de la frente del actor. Roberto le dio un manotazo, pero se pegó a sí mismo en la cara, despertándose mientras gruñía.

Le echó un vistazo a Carlos y gritó:

—¡Bruno!

—Tu guardaespaldas está como un tronco.

—¿Quién eres? ¿Qué es lo que quieres? —Roberto le

hizo esas preguntas mientras se apartaba un par de centímetros hacia atrás.

Carlos presionó la punta de la navaja contra la frente de Roberto, haciendo que la comadreja se frenara en seco.

—Quédate muy quietecito o voy a tener que reducirte, ¿entendido?

Roberto asintió como un muñeco de ventrílocuo.

—Bien. Estoy aquí por una razón y no tengo mucho tiempo como para desperdiciarlo. Sé de los tres ataques a Gabrielle y tengo la certeza de que tú estás detrás de ellos. Eso se va a acabar ahora.

—No sé de qué…

Carlos tocó con la navaja los labios de Roberto, deteniendo su negación de los hechos.

—¿Recuerdas que te he dicho que tengo prisa?

Carlos retiró la navaja de la cara de Roberto y esperó a que este asintiera una vez más antes de continuar. Bajó la navaja hasta que esta llegó a una de las tiras del tanga de Roberto.

—Oh no… por favor, no.

Roberto tragó una bocanada de aire, temblando. Sus ojos se anclaron en el lugar en el que la navaja estaba a un pelo de rebanar al Gran Jim.

O en el caso de este tío, de cortar a Junior.

—No tenía ni idea de que podían fabricar tangas masculinos tan pequeños.

—¿Quién eres?

—El nuevo guardaespaldas de Gabrielle. Y me tomo mi trabajo muy en serio.

—¿Qué demonios quieres? —gritó Roberto. El poder de su voz estaba alimentado de una buena dosis de miedo.

Así estaba mejor. El cabrón pagaría por lo que le había hecho pasar a Gabrielle durante los últimos diez años… y por casi haberla matado ese mismo día.

—¿Que qué es lo que quiero? —repitió Carlos—. Muy simple. No vuelvas a molestar a Gabrielle nunca más. Ni siquiera se te ocurra pensar en ella en el futuro. No te acerques a ella y no envíes a ninguno de tus imbéciles a intentar lastimarla de nuevo.

—Vale, vale. No estoy admitiendo nada —añadió Roberto con rapidez—, pero te juro que no voy a volver a tener nada que ver con Gabrielle nunca más.

El color en su cara estaba retornando demasiado rápido para el gusto de Carlos.

—No pensarás que voy a creerte solo porque me lo has dicho, ¿verdad?

—Venga. Ni siquiera sé de qué me estás hablando.

Carlos deslizó la navaja aún más cerca, arañando la piel.

Roberto gimió como si le hubieran cortado la pierna de cuajo. Era un error muy grande eso de hacerle saber a tu enemigo lo fácil que es hacerte sangrar.

—Cierra la boca o sí que voy a cortarte algo.

Silencio. Bueno, los sollozos eran más silenciosos que Roberto chillando como un criajo que quiere su biberón.

—Voy a darte una elección. —Carlos esperó hasta acaparar toda la atención de Roberto—. Puedo dejarte una cicatriz que vaya desde la cabeza, pasando por la nariz, por debajo de la mejilla hasta llegar a la oreja, o puedo quitarte el huevo izquierdo.

—¿Estás loco? —Roberto estropeó el insulto al llorar—. Te daré dinero, lo que sea. Dile que lo siento. Le daré dinero. Nunca quise hacerle daño…

Carlos puso los ojos en blanco esperando a que se le pasara el histerismo.

Roberto se sorbió los mocos, sus ojos hinchados estaban llenos de lágrimas, le temblaba el cuerpo descontroladamente y, si esto duraba mucho más, lo más seguro era que fuera a necesitar un tanga limpio.

Cuando se calmó de nuevo, Carlos le dijo:

—Es una decisión fácil, en realidad. Si pierdes un huevo, sangrarás un poquito, pero todavía podrías hacer películas. Por otro lado, puede que afecte a tu vida amorosa, pero por lo que puedo ver… —le echó una mirada al saco de nervios del tanga de Roberto—, basándome en ese paquetito tan mono, más te valdría conservar tu cara en el mejor estado posible.

Roberto comenzó a jurar otra vez que no iba a tocar a Gabrielle nunca.

Carlos trasladó la navaja a la mejilla de Roberto con rapidez. Eso le cerró la boca.

—No me voy a ir de aquí hasta no estar convencido de que de verdad me crees cuando te digo que si tengo que volver aquí, no voy a darte ninguna elección.

Capítulo 22

Cuando Carlos abrió la puerta de la habitación del hotel esperaba que Gabrielle estuviera dormida, Korbin dormitando en el sillón y Rae probablemente conectada con Gotthard a través de Internet.

Realmente contaba con que Gabrielle estuviera dormida para poder deshacerse de Rae y de Korbin y darse una ducha con agua muy caliente para limpiarse la porquería de la noche. Luego se deslizaría en la cama y le haría el amor a Gabrielle.

Pero en lugar de eso la encontró de pie en medio del salón con los brazos cruzados.

—¿Tú has matado a Roberto? —preguntó Gabrielle a quemarropa.

Ahí estaba esa fantasía.

Carlos miró con odio a Rae. Arrojó el papel que llevaba en la mano a una esquina cerca de la puerta y se cruzó de brazos.

—Antes de que te lances, no es culpa mía. —Rae, de pie, miró hacia Korbin, que se levantó del sillón donde estaba sentado.

Korbin deambuló hacia la puerta con una de esas miradas del tipo «no-puedo-ayudarte-con-esto-amigo». Se acercó a Carlos lo bastante para hablarle en voz baja:

—Gabrielle lo averiguó por su cuenta, pero eso no es lo único que la tiene cabreada. Sabe lo que sabemos acerca de Babette.

—¿Cómo? —soltó Carlos, pero manteniendo la voz baja para que solo Korbin y Rae pudieran oírlo.

Rae también se había acercado. Se puso detrás de Korbin mientras este abría la puerta y le hablaba a Carlos.

—Eso fue culpa mía. Gotthard me envió una lista de las estudiantes y averigüé que había una conexión entre Gabrielle y Babette, a pesar de que tu chica había eliminado los archivos de Babette.

Ah, diablos. Carlos vio que lo esperaba una larga noche por delante.

—Ella cree que yo te lo conté, ¿verdad?

—Traté de convencerla de que no era así, pero nos lo debías haber dicho. —La mirada de cabreo de Rae no era nada comparada con la ira que bullía en los ojos de Gabrielle.

—Pretendía hacerlo en cuanto tuviera una oportunidad. —Cuando hubiera acabado por fin con su misión y Gabrielle se hallara a salvo en un lugar seguro.

Rae se burló.

—Esto te va a traer problemas.

—Ya es demasiado tarde para evitarlo.

—¿Cómo te ha ido esta noche? —preguntó Korbin—. ¿Necesitamos cubrir ese frente durante más tiempo?

—No. —Carlos negó con la cabeza—. Todo está bajo control. No nos volverá a molestar.

Korbin asintió y tras cruzar el umbral de la puerta se volvió para esperar a Rae. Ella se detuvo ante Carlos y miró por encima del hombro a Gabrielle, que ahora daba golpes en el suelo con el pie.

—Me parece que vas a tener que pasar una larga noche durmiendo en el suelo, pero por el momento te he ahorrado un dolor de cabeza.

Carlos casi odiaba tener que preguntarlo.

—¿Qué?

—No le he dicho a Gabrielle por qué el nombre de Babette estaba en nuestro radar. Figura en la lista de los adolescentes y esta noche no ha aparecido para la cena.

A él se le encogió el estómago. Babette, no. Carlos miró los ojos enfadados de Gabrielle y se preguntó cuánto debía explicarle. Le susurró a Rae:

—Tal vez Babette esté jugando fuera del recinto. Si no ha aparecido mañana por la mañana estoy seguro de que Gabrielle se pondrá a buscarla.

—Llámanos —dijo Korbin, y luego hizo pasar a Rae.

Cuando la puerta se cerró, el silencio se apoderó de la habitación.

—¿Piensas que soy un asesino a sangre fría que ha acabado con Roberto mientras dormía? —Carlos encararía los problemas de uno en uno.

Gabrielle se encogió, pero las arrugas de preocupación continuaban en su frente.

—No... ¿pero qué le has hecho?

—Convencí a Roberto de que sería muy mala idea volver a molestarte otra vez.

Sentía transcurrir cada segundo mientras ella lo juzgaba, tratando de decidir si mentía o no. Carlos avanzó unos pasos hacia ella con cuidado y una enorme necesidad de abrazarla. Había querido matar a ese bastardo por estar a punto de asesinar a Gabrielle.

Pero Roberto todavía respiraba, de momento.

—Para. —Ella levantó la mano con la palma abierta cuando él estaba a unos seis pasos—. ¿Por qué debería creerte después de saber que has expuesto a Babette a todo esto?

—Yo no les conté nada acerca de tu hermana.

La lucha para escoger si debía creerle o no marcaba más profundamente las líneas de ansiedad de su rostro lleno de preocupación.

Carlos dio otro paso.

—No puedo demostrártelo hasta mañana, pero no les conté nada. Lo último que querría es que alguien involucrara a Babette o la usara contra ti.

A Gabrielle le temblaban los labios.

—¿Me estás diciendo la verdad?

—Sí. No te estoy usando. —Ahí estaba, había puesto la verdad sobre la mesa. Ella quería saber que no se había acostado con ella para manipularla.

Otra razón por la que no debería haber roto esa regla, pero ahora era un poco tarde para preocuparse por eso.

—¿Tienes idea de lo preocupada que he estado por ti? —preguntó, en contraste con todo lo que había dicho antes.

Fue suficiente para que él supiera que la frágil confianza que existía entre ellos no había sido destruida.

—Siento no haberte dicho que iba a salir. No quería preocuparte. —Carlos abrió los brazos, y eso fue todo lo que hizo falta para que ella fuera corriendo hacia ellos.

Su corazón comenzó a latir otra vez al sentirla apretarse contra su pecho. Le tomó la cabeza entre las manos y frotó una mejilla a lo largo de su pelo.

Hacía tan solo un minuto estaba tratando de convencerse de que mantenerse alejado de ella era lo mejor que podía hacer.

Pero ahora, no. No podía dejar que Gabrielle se marchara, ni siquiera aunque su propia vida estuviera en juego.

Ella lo abrazó con fuerza, aferrando las manos a su espalda.

Hacía mucho tiempo que no había en su mundo nada tan bueno como Gabrielle. En algún momento, el deseo de protección que ella le inspiraba se había convertido en un sentimiento de posesión que no debería permitirse.

Pero se estaba dando cuenta de cuánto podía llegar a importarle una mujer. Esa mujer.

Ella alzó la cabeza y le sostuvo la mirada durante un largo momento.

—Te creo y confío en ti. No hagas que me arrepienta.

No era mucho pedir para un hombre con una vida normal, pero él vivía a muchos kilómetros del reino real. Sin embargo, lo sentía con todo su corazón y toda su alma cuando dijo:

—No quiero hacerte ningún daño y no quiero que jamás pienses que hice el amor contigo por alguna otra razón que el simple hecho de que te deseaba.

Ella se puso de puntillas y rozó sus labios. Él le devolvió el beso con suavidad y luego la apartó.

—No me arrepiento de nada de lo que hemos hecho —le dijo—. Pero si no quieres volver a acostarte conmigo nunca más... lo entenderé.

—¿En serio? —Ella levantó una mano hasta su mejilla, y él fue incapaz de leer lo que ardía detrás de esa intensa mirada.

Él tenía que dejarle espacio para que descubriera lo que deseaba hacer. Justo ahora no era el mejor momento para tocarla puesto que todavía tenía que deshacerse de la furia que le había quedado dentro después de tratar con Roberto. Si no retrocedía sería capaz de poseerla como un hombre salvaje.

—Necesito una ducha. —Carlos se soltó de sus brazos y ella lo dejó. Cuando se alejó unos pasos, ella se cruzó de brazos y bajó la mirada.

Hacía un rato había estado a punto de volar en pedazos, había vencido el nudo de miedo en el estómago al pensar que podía no haber llegado a tiempo para salvar a Gabrielle.

Pero la imagen del rostro de Gabrielle abatido lo golpeaba con la fuerza de unos puños de acero. Hasta ahora no tenía ni idea de cuánto le iba a doler perderla.

Carlos cruzó la habitación para recoger la bolsa de papel con un caja de condones que no había sido más que un derroche de dinero y tiró la bolsa cerca de su macuto de camino al cuarto de baño. Se quitó la ropa y se metió en la ducha, poniendo la temperatura tan alta que el vapor le impedía ver a través.

El agua caliente relajaba sus músculos, pero la imagen del rostro de Gabrielle aterrorizado tras la explosión continuaba alimentando sus oscuros pensamientos. No se dio cuenta de que estaba estrujando la pastilla de jabón hasta que se le partió por la mitad.

Si alguien volvía a hacerle daño a Gabrielle...

Carlos tomó aire y movió los hombros, tratando de no pensar en lo que sería capaz de hacer.

Ya la estaba echando de menos desesperadamente. ¿Cómo la iba a dejar marchar cuando todo aquello terminara? Desde el dormitorio una música se filtró hasta el cuarto de baño. La cortina de la ducha tenía una franja de color más claro por arriba a través de la cual él pudo ver que la puerta se abría y las luces se apagaban.

La luz de una vela brilló al otro lado de la ducha. Su visión se ajustó al mismo tiempo que adivinaba lo que estaba pasando. Lo que deseaba desesperadamente que estuviera pasando.

La cortina de la ducha se abrió ligeramente y entró Gabrielle. Gloriosamente desnuda.

Su corazón se llenó de esperanza.

—Me quedaba una pequeña vela del carro de la comida

que probablemente no dure mucho —dijo ella, con la voz justo al volumen necesario para que él pudiera oírla por encima del ruido del agua que golpeaba su espalda—. ¿Te parece bien?

Carlos la examinó, con el deseo de poder verle los ojos, que tan bien transmitían sus emociones.

—¿Esto significa que has tomado una decisión?

Ella se rio.

—No, me he quitado la ropa y me he metido aquí dentro para decirte que no voy a hacer el amor contigo. Para usar tus propias palabras, «para ser tan inteligente, puedes llegar a ser muy tonto». Estaba enfadada, pero no soy estúpida.

—¿Qué quieres decir?

—Los dos sabemos que mi futuro está en el aire. No pienso renunciar, por nada del mundo, ni a un solo minuto que pueda pasar contigo.

La sonrisa que él sintió arder en su pecho asomó pronto a sus labios.

—¿Y qué planeas hacer con todos esos minutos?

Ella se adelantó hasta que él pudo ver el brillo blanco alrededor de sus iris a través del vapor.

Pasó los dedos alrededor de su erección.

Carlos contuvo la respiración.

—Cuidado, mujer, o vamos a necesitar todos esos condones que compré cuando estaba fuera.

—¿En serio?

El entusiasmo que expresó con esas escuetas palabras le resultó conmovedor.

—Y creo que por aquí... tengo el único que nos quedaba —le dijo mientras enfundaba su miembro.

Él ahogó un jadeo ante la sacudida de placer que sintió con su roce. El agua le caía sobre los hombros y formaba un canal entre los dos cuerpos. La cogió entre sus brazos.

—Eres increíble.

—Lo curioso es que sí me siento increíble cuando estoy contigo —le susurró ella.

—Nunca lo dudes. —Quería ser cuidadoso con ella esa noche, y no permitir que se soltara la bestia que aún rondaba en su interior. Bajó la cabeza para besarla y ella le rodeó el cuello con los brazos, amándolo con cada pellizco de sus dulces labios.

Ella sabía a miel. Cuando él pasó los dedos sobre su cuerpo suave y lentamente se puso a jugar con sus pechos, ella gimió complacida.

Carlos la levantó del suelo y ella pasó las piernas en torno a su cintura.

Su dura erección le dolía por la tensión del deseo, pues quería contener la urgencia de penetrarla hasta que solo pudiera sentirla a ella. Nada de rabia por lo que había tenido que afrontar, nada de furia por lo cerca que ella había estado de morir.

Quería sentirla solo a ella.

Tenía las manos debajo de ella e introdujo un dedo en su sexo. Ella se apretó contra él.

—¿Carlos?

—¿Qué, cariño?

Se frotó contra él.

—Estoy preparada. Ahora.

Él la levantó un poco más, colocándola suavemente sobre la punta de su erección para penetrarla lenta y cuidadosamente. La necesidad de hundirse en su interior lo desgarraba.

Ella meneó su culo, y él tuvo que luchar con todas sus fuerzas para no perder el control.

—Carlos, deja de ser tan cuidadoso. No soy de cristal. No quiero que sea lento y relajado. Esta noche no quiero que te contengas.

La furia enterrada rugió entonces despertando a la vida.

Durand abrió la sólida puerta de metal y entró en el cobertizo de la propiedad, que se veía desde la casa. Lo llamaba el *granero*, y allí era donde llevaba a sus hijos en el pasado para disciplinarlos. Cuando tenía hijos de los que enorgullecerse. Pero aquel no era como los otros cobertizos. Construido a juego con la casa, con el mismo acabado estucado, aquel edificio tenía veinticinco metros de largo por quince metros de ancho, con habitaciones para extraer la verdad.

Únicamente él y Julio tenían permitido el acceso al interior. Julio, el hombre que era la mano derecha de Durand, se hallaba de pie junto a un cuerpo ensangrentado sujeto por unas cadenas que colgaban del techo.

Durante el último año Julio había hecho un trato con un hombre desconocido en la región perteneciente a un grupo local que combatía contra la droga. En nombre de Durand, Julio le había ofrecido a ese hombre una gran cantidad de dinero a cambio de convencer al grupo secreto de que creara un equipo especial para tomar las armas en contra de Anguis. Había entregado al hombre una bolsa llena de dinero para que demostrara a sus seguidores que tenía soporte financiero.

Los hombres se fueron desenmascarando lentamente hasta que un soldado de Anguis apareció la noche que el líder llamó a todo el mundo a las armas.

Durand se acercó para mirar al hombre que había caído en la trampa.

—Dios, Julio. Huele a muerto. ¿Lo está?

—No. —Julio empujó el cuerpo con un palo afilado.

—Por favor. —El ruego salió flotando del cuerpo como si hablara un fantasma. Para ser un hombre de cincuenta y ocho años, Ferdinand era un tipo robusto, todavía fuerte y en forma. O al menos lo había sido hasta antes de pasar las últimas veinticuatro horas con Julio.

Ahora sus párpados estaban cerrados, hinchados y rojos. Su piel inflamada y amarillenta parecía la de un alien.

Durand respiró por la boca y avanzó hacia el cuerpo.

—Ferdinand, evita que a tu hijo le ocurra lo mismo. Dime lo que sabes acerca de Espejismo.

—Ya se lo... he dicho... a él. —Le costaba articular las palabras.

Julio negó con la cabeza.

—No nos ha dicho nada.

¿Por qué algunos hombres eran tan estúpidos? Durand se encogió de hombros.

—Trae a su hijo.

—¡No! —gritó desesperado el hombre.

Julio alcanzó una cadena que terminaba en un gancho que

estaba colgada del techo. Puso el gancho en el extremo de una caja metálica de unos dos metros cuadrados. Cuando se abrió la caja, puso el gancho dentro, haciéndolo encajar en una pieza metálica, luego caminó hacia la pared y apretó un botón.

Un gemido salió de la caja donde estaba metido el hijo de Ferdinand, de veintinueve años.

—Qué derroche —dijo Durand a Ferdinand—. Podía haber usado a un chico como el tuyo en mi ejército. Tú trabajaste para mí... cuánto... ¿quince años? ¿Por qué me traicionas así?

Durand sacudió la cabeza, disgustado.

Elevado sobre la caja, el hijo de Ferdinand aulló de dolor desde el momento en que Julio tensó la cadena hasta que la soltó lo bastante cerca como para que sus pies desnudos tocaran el suelo de cemento. El hijo fue colocado de espaldas a su padre. Llevaba tan solo unos calzoncillos manchados por haber estado en la caja durante veinte horas. Tenía rayas de mugre y de sudor seco por todas partes, pero ya no le quedaba agua en el cuerpo como para seguir transpirando.

Durand se puso delante del joven y arrugó la nariz por su olor acre.

—Agua —imploró el joven con voz ronca.

—Julio es quien controla tu agua —le explicó Durand—. Primero dime lo que tú y tu padre le habéis contado sobre mí a Espejismo.

—No sé... de qué hablas. —La voz sonaba áspera, como unas uñas arañando un metal oxidado.

—Julio, dale la vuelta para que pueda ver que somos hombres muy ocupados y no tenemos tiempo para jueguecitos.

Julio hizo girar al hijo de Ferdinand, que entrecerró los ojos para enfocar a su padre.

—¡Papá, papá! ¿Qué le habéis hecho?

—Los párpados de tu padre, igual que el resto de sus orificios, están cerrados con pegamento. Excepto la boca, de la que de momento no ha hecho un buen uso —respondió Durand con tono paciente—. Tal vez podríamos pegarte a ti los ojos para que estén abiertos y puedas ver lo que ocurre si no nos dices la verdad.

Ferdinand seguía colgado en silencio.

Su hijo gritó y se sacudió las cadenas.

Julio caminó hasta la mesa y cogió una jeringa para luego clavarla en la cadera del chico. Al retirarse, se volvió hacia Durand.

—Tendrá efecto durante una media hora. Suficiente para preparar su cuerpo para el interrogatorio.

—Saca fotos. Quiero que mis hombres sepan lo que significa traicionarme.

—Sí.

Durand salió del edificio. Nuvarrones negros procedentes del norte cubrían el cielo. El viento agitaba las hojas de los árboles que revestían el paseo hacia la hacienda.

María se dirigió hacia él, empujando la silla de ruedas de su hijo inválido a través de los jardines. Se detuvo cuando se encontraron.

—¿Cómo está hoy mi sobrino favorito? —preguntó Durand, ocultando su repugnancia. Su hermana tendría que haber dejado que el chico muriera años atrás cuando estuvo en el hospital después de resultar herido. Ningún hombre quiere pasar la vida como un lisiado.

Fue un desafortunado daño colateral de la bomba que atentó contra la vida de Salvatore. Esa era otra de las deudas que se cobraría de Alejandro cuando al fin lo encontrara.

—Bien, tío. —Eduardo mantenía los ojos fijos en el libro que llevaba en el regazo. Siempre leyendo. Siempre la misma respuesta.

El chico nunca lo miraba a los ojos. Probablemente le resultaba demasiado duro mirar a los hombres todo el tiempo.

—¿Está todo preparado para mañana? —preguntó Durand a María.

—Sí. Gracias por dejarnos usar tu *jet*. —Los ojos de su hermana también lo evitaban.

Lo hacía sentirse culpable por los problemas de su hijo. No era culpa de él. La culpa la tenía Alejandro.

Ella lo sabía.

—No tienes que darme las gracias por todo, hermana. La sangre cuida de la sangre. —Durand suspiró. Ella pedía tan poco, y solo por Eduardo. Esa era tan solo una de las pocas razones por las que no podía negarle nada de lo que pidiera.

Ella asintió.

—También te damos las gracias por el techo que nos cobija y por los tratamientos médicos.

—Sí, gracias, tío —murmuró Eduardo entre dientes, haciendo eco a su madre.

Durand reprimió la oleada de culpa que subía por su columna. Había cuidado bien de ellos, había sido un hermano cariñoso para ella y un tío cariñoso con su sobrino mutilado.

No tenía ninguna razón para avergonzarse.

—Espero que esta cirugía sea la última para ti, Eduardo —dijo Durand, cambiando de tema.

—Gracias. —La mirada del muchacho continuaba fija en el libro que llevaba en el regazo. ¿Qué era lo que le resultaba tan interesante?

—Gracias por encontrar un nuevo médico —añadió María.

Dios. Durand quería decirle que dejara de darle las gracias. Pero en lugar de eso se acercó a ella y la abrazó.

—Te veré esta noche. —Durand se alejó, decidiendo que ya era hora de que Julio encontrara un lugar donde cuidaran de Eduardo a todas horas. Tal vez convendría dejarlo en Estados Unidos, para que su hermana pudiera por fin rehacer su vida. María se opondría a eso, pero en definitiva era él quien controlaba el talonario para los cuidados de Eduardo, y aquella sería desde luego su última operación.

Justo cuando estaba a punto de encontrar a Espejismo.

En cuanto Julio terminara con el hijo de Ferdinand.

Los brazos de Carlos eran un lugar seguro donde nada podía ocurrirle.

Gabrielle suspiró, sintiéndose feliz aunque tal vez estuviera viviendo tan solo un sueño. Se acurrucó de espaldas más cerca de su cálido pecho masculino. Después de todos aquellos años sola y sin ser amada rechazaba enfrentarse a la posibilidad de que ella y Carlos no pudieran estar juntos. ¿Qué haría Joe cuando todo hubiera acabado?

¿Qué haría si descubría que Carlos y ella habían intimado? ¿Rae y Korbin se lo contarían? Ella creía que no después de haber visto cómo trabajaba el equipo.

Pero había tantas cosas que ella no sabía…

Por ejemplo, para quién trabajaban Carlos, Joe y toda esa gente. Qué era esa organización llamada Fratelli que intentaban detener y qué era exactamente lo que trataban de impedir. Dónde estaba Linette y qué tenía que ver su amiga con todo aquello. Y también tenía otra gran pregunta.

¿Habría averiguado Durand la verdadera identidad de Espejismo?

Ignoraba muchas cosas, pero había algo que creía en lo profundo de su corazón. Puede que Carlos no fuera el tipo de hombre que se involucraría seriamente con una mujer, pero ella sentía que era importante para él. Aunque eso no cambiaba el hecho de que tuviera la orden de entregarla.

Carlos le besó la cabeza. Le pasó una mano por el pelo, acariciándola.

Ella sonrió. Era tan cariñoso que podría enamorarse profundamente de un hombre como él. Pero ¿acaso no estaba ya enamorada?

Mon Dieu. Su mente podía negarlo, pero su corazón no.

—¿Por qué no estás dormida? —preguntó él con la voz espesa por el cansancio.

—No lo sé. Estaba pensando.

—¿Cómo te puede quedar todavía energía después de las últimas tres horas?

—Las mujeres Tynte están hechas de un material más fuerte que las otras mujeres —bromeó ella.

—Sí, eso parece, y además son bellas, dulces y muy inteligentes.

Su cuerpo entero suspiró de placer.

—¿Qué te preocupa? —le preguntó él.

—En realidad, nada. Incluso durante un rato ha dejado de preocuparme que Durand Anguis me encontrara.

Él respiró más despacio, y luego su pecho se movió con una inspiración profunda.

—¿Por qué te obsesiona tanto Anguis?

Ella había eludido algunas de sus preguntas hacía un rato. Eso había sido antes de que él le salvara la vida otra vez. Carlos y su gente luchaban contra grupos peligrosos como el de Anguis, así que no había ninguna razón para que contaran a nadie su historia o la hicieran quedar expuesta. Ella había querido contarle su historia a alguien durante mucho tiempo, pero no podía. Carlos sabía exactamente quién era ella, ¿qué podía haber de malo entonces en sincerarse con él?

—He sido el blanco de Anguis durante mucho tiempo —comenzó—. Mi madre pretendió ser algo más que la figura decorativa de una dinastía. Era un poco rebelde para su época. Sus padres no entendían la profundidad del compromiso humanitario de mi madre. Tampoco lo entendía papá. Contraviniendo sus órdenes, ella se escapó y viajó a Sudamérica de incógnito con un grupo de maestras que querían abrir una escuela en Venezuela, pero su verdadero plan era ayudar a escapar a una amiga muy querida que se había casado sin saberlo con un hombre muy peligroso.

Carlos dejó de acariciarle el pelo, y parecía intensamente concentrado en su historia. Ella valoró su interés y el hecho de que no soltara el típico «déjalo en manos de las autoridades» que tantas veces había oído al contar la historia años atrás.

—La amiga de mamá vivía en la ciudad de Venezuela donde las maestras iban a abrir la escuela —continuó Gabrielle—. De camino hacia allí el autobús atravesó un pequeño pueblo cerca de Caracas. Los informes dicen que había un sedán negro que las adelantó y se detuvo porque había cabras en la carretera. Justo cuando el autobús alcanzó al coche, los testigos dicen que varias granadas fueron arrojadas contra el vehículo desde un tejado. La explosión levantó el coche por los aires y partió el autobús en dos. —Llevaba tanto tiempo guardando eso dentro que ahora no podía compartirlo sin sentirse estrangulada por el dolor.

»Todas las maestras murieron —continuó, recitando los acontecimientos que había repasado una y otra vez en su memoria—. Mamá le había dejado a la criada una carta que debía entregar a papá dos días después de su partida, para que no se asustara cuando regresara de un viaje y comprobara que ella no estaba en casa. Papá envió inmediatamente en su busca a un profesional altamente cualificado, para que encontrara a mamá y la trajera de vuelta a casa. Ese hombre la encontró, pero después de que ocurriera lo de la bomba. Papá quedó destrozado al recibir la noticia. —Gabrielle vaciló—. Todos quedamos desolados. El hombre que papá envió a Venezuela era como tu gente, tenía muchos recursos. Organizó los documentos que demostraban que el cadáver era el de su esposa, algo difícil de saber porque el cuerpo de mamá... había quedado irreconocible.

Carlos le frotó el brazo, pero guardó silencio.

Ahora que había empezado quería que continuara hasta el final.

—Papá no me dejó contarle a nadie lo que había ocurrido realmente porque mamá había entrado en el país de forma ilegal. Él decía que los medios se centrarían en eso y no en el hecho de que Durand había matado a mujeres inocentes al atacar a un competidor que trataba de introducirse en su territorio. Papá decía que Durand sería castigado por matar a mamá y a las maestras. Le contamos a todo el mundo que mamá había muerto en un accidente de coche, y la enterramos junto a su secreto.

Eso había ocurrido hacía una eternidad. Pero Gabrielle todavía recordaba estar de pie bajo la lluvia en el cementerio, calada hasta los huesos, mientras esperaba que todo regresara a la normalidad.

Como si no hubiera sido más que una pesadilla.

—Entonces ¿empezaste a ir detrás de Anguis? —preguntó Carlos suavemente.

—No exactamente. Me fui frustrando a medida que los años iban pasando y se hacía evidente que nadie iba a pedirle cuentas a Durand. Nadie podía demostrar que él estaba detrás de la bomba a pesar de que había testigos que juraran haber visto a sus hombres en el lugar. El mundo olvidó el asunto de la bomba, pero yo no. No me tomé del todo en serio la posibilidad de hacer algo hasta que me gradué, me casé con Roberto y luego me divorcié de él y tuve que esconderme. Fue entonces cuando comencé a pasar muchísimo tiempo delante del ordenador.

—Porque tenías miedo de Roberto —murmuró Carlos.

—*Oui*. Entonces descubrí que buscar información me procuraba algún consuelo. Usé mis habilidades para descubrir todo lo que pude acerca de Durand y los bombardeos.

—¿Y qué descubriste exactamente?

—Que Durand Anguis estaba definitivamente detrás de los bombardeos. Quiso hacer una demostración para que otros no se atrevieran a entrar en la zona. Mató a mucha gente inocente, no solamente a mi madre.

Carlos se quedó rígido como una estatua al oír eso, y ella lo interpretó como una muestra de su naturaleza protectora con una mujer. Considerando su línea de trabajo, Carlos probablemente estaba más al corriente que ella de las atrocidades de Durand.

—Con el tiempo, establecí un contacto de confianza —continuó Gabrielle—. Gracias a esa persona tengo el nombre del hijo a quien Durand encarga la mayoría de los asesinatos.

La habitación permaneció por un momento tan silenciosa que Gabrielle podía oír el aire circulando.

—¿Quién? —preguntó Carlos con una voz tan débil que ella sintió cómo se le erizaba el vello de la nuca. Cuando ella se estremeció, él levantó las sábanas para cubrirla y la atrajo más cerca de su pecho.

Sentía el corazón de Carlos latiendo poderosamente. El corazón de un guerrero que luchaba para proteger el mundo.

—Alejandro Anguis, el hombre que espero ver algún día muerto por sus crímenes.

Capítulo 23

—¿*P*or qué no le haces una llamada a Babette? —Carlos puso su móvil encima de la cama para Gabrielle, que estaba de pie al otro lado abotonándose la blusa. Visto de forma retrospectiva, debía haberle dicho que tratara de contactar con su hermana la pasada noche, pero confiaba en que recibirían noticias de Babette.

Gabrielle alzó los ojos, todavía soñolientos.

—¿Por qué? Si no son ni las cinco de la mañana. ¿Te ha enviado algún mensaje de texto?

—No. Simplemente hazle una llamada para ver si está bien. —No estaba preparado para decirle a Gabrielle que su hermana había desaparecido. Después de la última noche, con cualquier cosa que dijera o hiciera corría el riesgo de tropezar en un campo de minas.

Ella conocía el nombre de Alejandro, pero no sabía que el tatuaje de Anguis era una serpiente y un puñal. Si BAD o la Interpol la liberaban finalmente descubriría lo del tatuaje y...

¿En qué había estado pensando? ¿De verdad creía que llegaría un día en que realmente se vería libre de su pasado? ¿Que habría una oportunidad de que su vida fuera algo más que una caja de recuerdos guardada en un lugar seguro de su casa?

«Acéptalo. La única posibilidad que tienes para seguir vivo es permanecer sin vínculos que te comprometan para poder huir y esconderte... y también matar cuando sea necesario.»

La mejor perspectiva que se abría ante él era la de asegurar la libertad de ella. Luego debería desaparecer en el abismo sin fondo de la red de BAD, convertirse tan solo en un agente completamente clandestino.

La familia lo era todo, y él debía permanecer vivo para asegurarse de que la suya estuviera a salvo y de que en el futuro por fin llegara el día en que María y Eduardo fueran libres.

Gabrielle lo miró con curiosidad, pero finalmente cogió el teléfono y marcó un número. Mantuvo el teléfono pegado al oído, divertida por algo que escuchó antes de hablar.

—Muy bueno el mensaje, Babette. Soy Gabrielle, solo quería saludarte. Llámame. —A continuación cortó la llamada y soltó el teléfono.

—¿Por qué no le escribes también un mensaje de texto? —sugirió Carlos.

El buen humor desapareció de los ojos de Gabrielle.

—¿Qué es lo que pasa?

Demonios, la sutileza no era lo suyo.

—No debemos preocuparnos hasta que Gotthard nos ponga al día, pero la tarjeta de seguridad de Babette no fue activada por el escáner del sistema de seguridad de la escuela la pasada noche.

—¡Oh, *mon Dieu*! —Gabrielle agarró el teléfono para escribir frenéticamente un mensaje de texto, y luego alzó la vista hacia él—. Le he dicho que hay una emergencia y que me llame inmediatamente. ¿Qué vamos a hacer?

El pánico aumentaba en sus ojos, al tiempo que se preguntaba por qué él habría tardado tanto en hablarle de su hermana. Él avanzó hacia ella y le puso las manos sobre los hombros.

—No tenemos la seguridad de que haya ocurrido nada malo. Tal vez simplemente haya perdido la tarjeta.

Gabrielle estudió su rostro, y luego frunció el ceño.

—Anoche Rae ya lo sabía, ¿verdad?

Estaba a punto de llegar el momento en que las cosas pasaban de estar mal a ponerse fatal.

—Sí, y probablemente se ha pasado la noche entera trabajando en esto.

—Lo cual significa que tú lo sabías también —lo acusó Gabrielle, ignorando el resto de lo que él le había dicho.

—Sí, pero...

—Pero ¿creíste que yo no necesitaba saberlo anoche?

—No. No había nada que pudiéramos hacer hasta estar seguros de que Babette ha desaparecido.

El pánico fue sustituido por la furia.

—Noticia relámpago: ¡ella ha desaparecido! Entonces ¿qué vais a hacer?

Él quería hablarle abiertamente de la frustración que sentía al saber que había otra adolescente en peligro, pero no podía cuando sabía la preocupación que había detrás del tono ácido de Gabrielle.

Alguien llamó a la puerta. Carlos fue a abrir, agradeciendo el pequeño momento de alivio. Podía manejarse con la ira, pero se retorcía por dentro al oír el tono de decepción de su voz. Al sentir que le había fallado.

Cuando abrió la puerta, Rae entró a grandes pasos en la habitación seguida por Korbin, cuya mirada parecía muy cansada.

—¿Una noche larga? —le preguntó Carlos.

Korbin movió la vista en su dirección.

—Sí, y no por agotamiento físico. Rae se pone como una maniática cuando hay algo que no puede resolver.

—¿Por qué no me contaste lo de Babette? —gritó Gabrielle a Rae.

Rae dirigió a Carlos una mirada aguda.

—Ponle una correa hasta que haya tomado un café o voy a tener que matarla.

Gabrielle se lanzó contra Rae, pero Carlos la sujetó por la cintura antes de que cometiera una locura.

Rae no movió ni un músculo mientras Gabrielle agitaba los brazos y lanzaba patadas, gritando:

—Suéltame. Tengo que volver a la escuela.

—En cuanto te calmes te soltaré. —Carlos se esforzaba por mantenerla quieta sin hacerle ningún moratón.

Cuando cedió ante aquella oferta, él al fin la soltó.

—Haz el equipaje y nos iremos.

—Mala idea. —Korbin se rascó la sombra de la barba que había en su rostro.

—¿Por qué? —soltó Gabrielle.

—Podría ser una trampa. Alguien podría haber averiguado lo que Gabrielle hizo en el sistema informático y os podría estar esperando.

—Nadie puede saber lo que hice en el centro de informática —argumentó Gabrielle.

—Alguien siguió tu rastro hasta Peachtree City y dejó que tu ex supiera que ibas a estar en Milán —le recordó Rae.

—No me importa. Yo voy a ir a buscar a mi hermana.

Del móvil de Carlos salió un sonido que indicaba que había entrado un nuevo mensaje de texto. Gabrielle se precipitó al dormitorio y cogió el teléfono, le dio a las teclas y leyó. Cuando Carlos llegó a su lado, ella soltó un suspiro de alivio.

—Babette me ha enviado un mensaje de texto.

—Llámala. —Carlos no iba a aceptar con tanta facilidad que el mensaje de texto era de su hermana.

La preocupación atravesó la mirada de Gabrielle cuando captó su insinuación de que el texto podía ser de otra persona. Pulsó las teclas y esperó; finalmente sus ojos se iluminaron.

—Babette, ¿estás bien? —El rostro de Gabrielle recorrió toda una gama de emociones: alivio, preocupación y enfado—. ¿Faltaste a clase? ¡No! No faltes a clase ni vuelvas a salir sin permiso. —Pausa—. Bueno, te mereces la sanción. Me asustaste. No sabía dónde estabas. —Pausa—. Estaba verificando algo en el ordenador para el sistema de seguridad y vi que figurabas como desaparecida.

Gabrielle miró a Carlos al decir esa mentira.

Él tuvo ganas de decirle «lo ves, a veces una pequeña mentira es mejor que una verdad complicada». En lugar de eso, fue de vuelta al salón para que ella terminara de hablar con su hermana.

—Ahora que el drama ha terminado continuemos con la misión. —Rae se sirvió una taza de café de la cafetera que llevaba un buen rato preparada. Debía de estar derrotada. Que bebiera algo distinto a su acostumbrado té era una señal de la tensión bajo la cual estaba actuando.

—Gabrielle simplemente estaba preocupada por su hermana y no está acostumbrada a manejar estas situaciones —la defendió Carlos.

—Ella es un riesgo para ti y para esta misión. —Mientras

tecleaba en el ordenador portátil, Rae bebió un sorbo de café, retorciendo la boca al sentir el sabor.

—Yo me ocuparé de esos dos riesgos. —Carlos añadió eso a la lista de todo lo demás, que incluía no poner en juego la seguridad de su equipo.

Cuando Gabrielle entró en la habitación, Carlos dirigió a Rae una mirada de «déjalo correr». La agente pareció considerarlo brevemente y luego se encogió de hombros.

—Babette está bien, y me he asegurado de que no violará ninguna regla ni desaparecerá durante el próximo mes.

Korbin, que estaba de pie ante la ventana, mirando hacia abajo, preguntó:

—¿Cómo has conseguido que te prometa eso?

—Le he dicho que la visitaré pronto —murmuró Gabrielle, y luego dirigió una mirada a Carlos, que no podía darle la garantía que ella deseaba.

—Tengo a Gotthard en la pantalla —murmuró Rae, y luego se dirigió a todos con voz clara—. Colocaos detrás de mí si queréis hablar con Gotthard.

Korbin se quedó junto a la ventana. Carlos y Gabrielle se situaron detrás de Rae dentro del área de alcance de la cámara. El rostro de Gotthard apareció en la pantalla.

Retter dice que el Departamento de Seguridad ha estado en Colombia hasta muy tarde ayer por la noche. Alguien de Estados Unidos definitivamente se está reuniendo con el ministro del Petróleo en suelo neutral para asegurarle que nuestro gobierno no está tras los atentados contra su vida y posiblemente le esté ofreciendo ayuda para dar caza a los asesinos. Puede que hayamos conseguido una fecha, o al menos una idea de lo que está pasando.

—¿Cómo? —preguntaron al unísono Carlos y Rae.

Gotthard dijo:

—Seleccionamos el correo de Gabrielle desde la caja satélite que ella usó en Peachtree City.

—¿Qué? —Gabrielle fulminó a Carlos con la mirada.

—Yo no lo hice —respondió Carlos impulsivamente, aunque no se sorprendía lo más mínimo. A BAD no se le pasaba nada.

—Lo hizo tu gente —contraatacó ella.

—Gabrielle —la interrumpió Gotthard.

—¿Qué? —Ella miró con furia la pantalla.

—Es el protocolo, y tú deberías entenderlo mejor que nadie —continuó Gotthard, sin disculparse lo más mínimo.

—¿Por qué? —Gabrielle se cruzó de brazos.

—Si no hubiéramos interceptado tu correo no nos habríamos enterado de que has recibido otra postal de Linette.

Ella palideció.

—¿Otra? ¿Y qué es lo que dice?

Carlos levantó un brazo para pasarlo alrededor de Gabrielle, luego lo dejó caer a un lado. El hecho de no saber cuál era la situación de su amiga la estaba matando, pero consolarla delante de miembros del equipo no lo ayudaría cuando llegara la hora de suplicar a su favor delante de Joe.

—Linette indica que al menos uno de los adolescentes es clave para algo que va a ocurrir al final de esta semana, y el único lugar que ha oído mencionar en conversaciones separadas es Venezuela, pero no está segura de que tenga relación. Está preocupada por los adolescentes. No sabe qué va a pasar ni cómo encajan ellos en el plan, pero hay una clínica en Zúrich involucrada. Se disculpa por no tener más información, pero espera que pases estos datos rápidamente a alguien que pueda ser de ayuda, puesto que cree que los Fratelli están concentrándose en Estados Unidos.

—¿Dijo algo más? —preguntó Gabrielle.

Carlos se encogió ante la nota de esperanza en su voz.

Gotthard bajó la mirada.

—Solo que... bueno, al final dijo que no esperaras otra postal de ella. Que es demasiado peligroso. No quiere que corras un riesgo si los Fratelli averiguan que ella ha contactado contigo.

—¿No habrá más postales? —La voz de Gabrielle se quebró.

A la mierda todo. Carlos deslizó un brazo en torno a cintura de Gabrielle y la abrazó. Se imaginó que Gabrielle había puesto esperanzas en la posibilidad de que finalmente localizaran a Linette.

El hecho de que no hubiera más postales hacía volar por los aires esa posibilidad.

—Estoy trabajando para encontrar a Linette —la consoló Gotthard.

—¿Cómo? —preguntó Gabrielle, con la esperanza asomando de nuevo a su voz.

—He estado enviando mensajes a foros colectivos con algunas palabras clave en mi firma extraídas de tu código.

—Oh. —Gabrielle se hundió—. Yo he intentado lo mismo durante diez años, pensando que pueda estar conectada en alguna parte, pero nunca conseguí nada.

—¿Lo intentaste en páginas web que te parecía que podían ser de su interés? —Gotthard le hablaba a Gabrielle con una calma y comprensión que él nunca le había visto. Normalmente era bastante más brusco.

—*Oui* —respondió Gabrielle.

Los ojos de Gotthard brillaron.

—Yo no. Y tengo acceso a ordenadores que pueden con cincuenta veces más capacidad que el tuyo. Tengo unas trescientas firmas enviándose a una enorme sesión de foros y *blogs* cada seis horas. Mis probabilidades de localizarla son mucho más altas y tengo programas que la pillarán si responde al código.

Gabrielle no parecía confiar en su plan.

—Pero aun así es como encontrar una aguja en un pajar.

—Cierto, pero es lo que podemos hacer para empezar. —El rostro de Gotthard recuperó su expresión habitual cuando dijo—: La escuela tiene tres grupos diferentes que salen hoy de viaje, unas sesenta chicas.

—De eso se quejaba Babette cuando llamó —intervino Gabrielle—. Dijo que Amelia y algunas otras formaban parte de un mitin sobre la paz internacional, y que por eso Amelia debía viajar con Joshua y Evelyn.

Los ojos de Gotthard brillaron en dirección de Rae.

—Joe quiere que Rae y Korbin vayan a Zúrich y vean lo que pueden averiguar en cuanto os dé el nombre de la clínica.

—Listo. —Rae tomaba notas en un trozo de papel improvisado—. Si el viernes es todavía nuestra fecha señalada, ¿qué crees que va a pasar mañana?

Gotthard respondió:

—Los contactos de Retter han descubierto que el recinto de los Fuentes ha doblado su seguridad. Los empleados se preparan para una visita muy importante, pero todavía no les han dicho de quién se trata. Joe y Retter creen que ese puede ser el sitio de Colombia donde va a celebrarse la reunión, y probablemente este viernes.

—¿Ellos piensan que Estados Unidos va a enviar gente? —Rae daba golpecitos con un dedo sobre el escritorio, pero Carlos casi podía oír los engranajes de su mente jugando con las piezas del rompecabezas.

—Estamos trabajando en eso. —Ni un músculo del rostro de Gotthard revelaba sus pensamientos.

Carlos captó su vacilación al valorar si compartir o no cierto dato y se imaginó que su reticencia tenía que ver con el hecho de que no todos los presentes fueran agentes de BAD.

—¿Puedes traer mi teléfono? —le pidió Carlos a Gabrielle.

—Claro. —Ella lo miró con extrañeza, y luego abandonó la habitación. En cuanto lo hizo, Carlos se volvió hacia la pantalla—. ¿Por qué creemos que va a ser en Sudamérica?

—Tal vez alguien del consejo de ministros.

Gabrielle se apresuró para ponerse detrás de Rae y darle a Carlos su teléfono. Él lo cogió, tocó un par de teclas y luego lo guardó en su bolsillo, como si ya hubiera encontrado lo que fingía buscar.

—Rae me informó del fracasado viaje a Bérgamo ayer. Estoy buscando a los padres de Linette, pero basándonos en lo que Gabrielle ha compartido no tengo muchas esperanzas de encontrarlos. Hay una mujer que por lo visto tiene el poder otorgado por un abogado para encargarse de los gastos de la casa, a través de una cuenta local donde se recibe dinero procedente de una cuenta suiza que no se puede rastrear.

—¿Cuánto tiempo lleva esa cuenta? —preguntó Gabrielle.

Gotthard le dio una fecha de diez años atrás.

—Eso fue una semana después de que yo fuera por allí para preguntarles por Linette y me dijeran que había muerto —susurró Gabrielle conmocionada por esa noticia.

—Continúo trabajando en ello —dijo Gotthard, leyendo algo que tenía delante—. Joe quiere saber... —levantó la mirada— si Gabrielle todavía tiene contacto electrónico con la gente de Sudamérica.

Gabrielle se enderezó, y luego se volvió hacia Carlos.

—Localizarlos por Internet es un problema, porque incluí una píldora venenosa en el último correo que mandé pidiendo información sobre Mandy. Les dije que cerraran su servidor IP tan pronto como contestaran y se mantuvieran escondidos, porque estábamos corriendo un gran riesgo al comunicarnos.

—¿Cómo pensabas volver a transmitirles información? —preguntó Carlos.

—Ellos estarían atentos hasta que yo colgara un artículo sobre informática con determinado seudónimo en un foro, y la primera letra de cada frase serviría para deletrear la nueva página web donde ellos podrían escribir usando de nuevo el código. Normalmente llevaría una semana.

—Maldita sea —murmuró Rae—. Así que hemos llegado a un punto muerto.

—No necesariamente —corrigió Gabrielle, frunciendo el ceño por encima de la cabeza de Rae.

Carlos tomó la barbilla de Gabrielle y la miró a los ojos.

—¿Qué quieres decir?

Gabrielle vaciló.

—Conozco las identidades y direcciones de mis contactos, pero no se las voy a decir a Retter.

Capítulo 24

Vestavia levantó un archivo de su escritorio para la primera fase del renacimiento.

Ningún país podía ser una superpotencia. No para siempre.

La única forma de que Estados Unidos se volviera manejable consistía en agrietar primero la infraestructura para determinar cuáles eran las áreas más fuertes dentro del país y luego socavar cada una de esa áreas.

¿Y qué mejor manera de tender una trampa que usando su insaciable sed de petróleo?

—¿Estás segura de que las cuatro están preparadas? —preguntó a Josie, que holgazaneaba en el enorme sofá que su decorador había colocado en el despacho de Miami para las noches largas.

Ella dejó de toquetear la pantalla de su iPhone y una mata de pelo castaño cayó sobre sus hombros cuando levantó la cabeza. Entre todas las exquisitas obras de arte internacionales que había en su oficina del sur de Florida, ella era sin duda la más hermosa adquisición.

—Los adolescentes están un poco nerviosos, pero solo necesitamos uno con seguridad —le respondió, dando unos golpecitos al iPhone con su dedo índice—. Como las otras dos están solo de refuerzo y en realidad no tendrán que hacer nada, creo que todo irá bien. Y Kathryn continúa pensando que trabaja de manera clandestina para proteger a Evelyn, así que no nos causará ningún problema.

—Continúa. —Vestavia salió del escritorio y se apoyó contra el borde con los brazos cruzados. Se embriagaba con cada centímetro de Josie, con su falda roja y blanca y su blusa de seda.

—Todos los adolescentes se creen la historia que les hemos contado. Y esto —levantó un teléfono móvil que hacía juego con su iPhone— está programado para enviar tres transmisiones diferentes al mismo tiempo.

Muy consciente de lo que hacía ese aparato electrónico tan especial, Vestavia sonrió.

—Has hecho un trabajo excelente, Josephine.

Ella se sintió orgullosa con ese cumplido. Esa mujer era capaz de blandir un arma y derribar puertas a patadas, pero se convertía en azúcar líquido en sus manos.

—Esta acción afianzará mi posición como alguien digno de ser escuchado entre los Fratelli norteamericanos —dijo—. Nadie debería votar en contra del siguiente plan que proponga después de este. Es irritante tener las manos atadas por esa ridícula costumbre de los Fratelli de tomar las decisiones en asamblea, pero podemos manejarlos.

—Todos somos muy afortunados de contar contigo —dijo con una voz llena de admiración.

—¿Qué lograste sonsacarle al piloto de Turga?

Una arruga de preocupación perturbó las lisas líneas de su belleza clásica.

—Todo lo posible antes de que tuviera el infarto. El piloto tendría veintipocos años y parecía estar en buena forma. Los exámenes médicos previos al interrogatorio no mencionaban ningún soplo en el corazón. El médico ha sido relevado de su cargo. —Su mirada se endureció—. De manera permanente. Pero cuando el piloto paró de lloriquear hablando de su esposa y de su bebé enfermo y todo eso nos dio el nombre del hombre que Turga había capturado. Tuve que recordarle que si su mujer y su bebé dejaban de vivir bajo un paso elevado estarían mejor que con él... a menos que yo perdiera la paciencia y los trajera conmigo. Eso lo hizo soltarse. Eso y un método de extirpación de la piel que me parece muy persuasivo. —Josie exhibió una sonrisa de orgullo—. Dijo que el hombre que Turga capturó se llamaba Carlos, pero no oyó ningún apellido ni tampoco el nombre de la mujer que lo acompañaba, su novia.

—¿Eso es todo?

—Sí. Eso y algunos buenos bocetos de Carlos y la mujer

que he introducido en nuestro programa de imágenes. El boceto de la mujer no es extraordinario, pero pronto sabremos si hay algún rasgo relevante en sus rostros. —Se llevó una uña pintada de rojo escarlata a los labios—. Lo interrogé yo personalmente.

No había duda de que el piloto de Turga lo había contado absolutamente todo.

—Miraré las noticias nacionales mañana por la mañana. —Cuando Josie se puso de pie, Vestavia abrió los brazos para recibirla. Ella brilló, ardiente de excitación, cuando se precipitó hacia él. La besó profundamente—. Es una lástima que tengas que coger un avión, porque si no cerraría las puertas de la oficina por un par de horas.

Los labios de ella se curvaron con pícaros pensamientos. Se estiró para alcanzar el control remoto que estaba sobre el escritorio, que cerraba las puertas de la oficina. Luego le desabrochó la cremallera.

—Usaré el helicóptero en lugar de un taxi, si tú lo apruebas. —Susurró esas palabras mientras se dejaba caer de rodillas.

—Desde luego.

Esa mujer tenía todo el valor de un *angeli*.

Si no fuera tan competente en el trabajo de campo, la tendría dentro permanentemente. Tal vez en un par de años. El único momento en que ella se permitía mostrar sus sentimientos era cuando estaba con él, tal como ahora, cuando alzaba sus ojos llenos de amor hacia él.

Le pasó la mano por el suave cabello.

Ella bajó la cabeza, poniendo inmediatamente en uso esa sorprendente boca. Él se agarró al escritorio que tenía detrás.

Era un verdadero ángel de misericordia.

Carlos se despidió de Joe y cerró el móvil. Despejó de su frente el pelo empapado por la humedad y guio a Gabrielle por la calle llena de árboles de Caracas. En una hora oscurecería y tendrían que quitarse las gafas de sol. Ambos habían elegido camisetas de manga corta y tejanos para no llamar la atención, pero él hubiera preferido que Gabrielle no fuese a Venezuela.

Ella se había negado a contarle a nadie cómo localizar a los informantes, y eso era algo que él entendía. Joe no la había engañado cuando accedió a aceptar el trato tan fácilmente. Gabrielle utilizaba todas las tácticas de distracción que se le ocurrían para evitar a Joe y a la Interpol; además, ella tenía razón cuando afirmaba que nadie más sería capaz de convencer a Ferdinand de que hablase una vez lograran encontrarlo. La fecha límite del último envío de Linette había sido «el fin de esta semana», lo que Joe interpretaba como mañana, viernes, y por eso había aceptado que Gabrielle viajara a Venezuela.

El tiempo era la única parte de esa misión que no se podía negociar.

Y ese viaje se estaba convirtiendo en otro callejón sin salida, algo que podría resultar literal si alguien llegara a reconocerlos.

—¿Qué dijo Joe? —preguntó Gabrielle en voz baja, mientras movía los ojos con nerviosismo de un lado a otro.

La gente estaba demasiado cerca para que Carlos se sintiera tranquilo, y la oscuridad ya empezaba a cubrir el final de otro día de negocios en Caracas.

—Te lo diré en un minuto. —La llevó hasta una fuente cerca de la plaza Bolívar, donde el agua les permitiría hablar y el aire fresco de la neblina ofrecía un descanso del calor.

—Al parecer acertó con su opinión —contestó Carlos una vez que estuvieron de espaldas a la fuente para poder vigilar las calles, atestadas del tráfico de la hora punta—. El último mensaje de Retter confirmaba que la reunión secreta que se va a celebrar en Colombia el viernes por la tarde será en la finca de Fuentes. Joe se inclina a pensar que esta reunión ha sido organizada por alguien más, desconocido, que tiene planes de hacer algo como lanzar un ataque sobre la reunión. Si es así, significa que alguien está intentando involucrar en un conflicto a Estados Unidos y Sudamérica.

—¿Quién va a representar a Estados Unidos en la reunión?

Carlos mantuvo sus ojos atentos ante cualquier amenaza y contestó:

—Joe ha podido confirmar que tanto el presidente como

el vicepresidente permanecerán en Estados Unidos. El gabinete sigue sin decidir a quién enviar, pero Joe sabrá la decisión de inmediato. Retter tiene un informe sobre Amelia, así que está buscándola por si no volviera a Estados Unidos. Además, aparte de la intensa seguridad, su equipo va a vigilar la casa de Fuentes durante la reunión en busca de cualquier cosa insólita.

—Todo esto es demasiado extraño —dijo Gabrielle con asombro—. ¿Qué pueden estar haciendo a los adolescentes? ¿Lavarles el cerebro para que cometan algún tipo de crimen?

—No lo sé, pero la experiencia me ha enseñado a estar siempre preparado para lo inesperado.

Gabrielle respiró hondamente y se masajeó la frente.

—Me preocupa la idea de no encontrar a Ferdinand ni a su hijo.

Ya tendrían que haberlos encontrado. Jake, que era un hombre de infinitos recursos, confiscó un *jet* aún más grande cuando estaba atrapado en tierra en Milán. El de ahora era un Lear híbrido que volaba a velocidades Mach y los había llevado a Venezuela en un tiempo récord, pero las tres horas que habían pasado buscando a los contactos de Gabrielle fueron en vano.

Ella tenía un aire pensativo.

—Pasé un año siguiéndolos y tendiéndoles trampas para estar segura de que eran de plena confianza y para poder localizarlos en cualquier momento si fuera necesario. Detesto pensar en lo que puede haberles pasado. No logro encontrar a Ferdinand, y Linette podría estar en cualquier lugar del mundo si está con ese grupo de los Fratelli... Estoy tan harta de perder a la gente...

Carlos tendió una mano y le levantó la barbilla con los dedos.

—No te voy a prometer que encontraremos a Linette, pero nuestra gente es la mejor. En cuanto a tus contactos, quizás haya una buena razón para explicar su ausencia. —Vaya mentira le estaba contando. Lo más probable era que Ferdinand y su hijo estuviesen muertos, pero Carlos quiso borrar durante un rato la tristeza que estaba carcomiendo a Gabrielle, al menos hasta tener noticias seguras.

—Alguien debe de saber dónde están —murmuró ella, pensando en voz alta—. ¿Por qué iba el hijo de Ferdinand a cerrar la casa de empeños durante varios días de la semana? —No le resultaba creíble—. Esta es una comunidad pequeña. La gente que trabaja en las tiendas de al lado estaban sorprendidos por su ausencia. Esto no me gusta nada.

A Carlos tampoco le gustaba, sobre todo porque estaban a tan solo una hora en coche del recinto de Durand. Algo iba mal.

Pero quería sacar a Gabrielle del país. De inmediato.

—Estoy de acuerdo. —Carlos cambió de tema y se puso a hablar de algo más productivo—. Joe dijo que Korbin y Rae encontraron la clínica en Zúrich, pero que todo el lugar está lleno de adolescentes.

—¿Por qué será?

—Fisioterapia. Todos son adolescentes discapacitados. Rae cree que reconoció una de las fotografías del archivo, la de Evelyn. Ella y Korbin están buscando la forma de entrar en la clínica para inspeccionar mejor.

—Entonces, ¿qué vamos a hacer nosotros? —preguntó Gabrielle con todo el entusiasmo de un condenado a muerte. Se había quedado sin opciones y lo sabía.

—Le dije a Joe que terminaríamos aquí e iríamos enseguida a Zúrich para ayudarlos en la identificación de los adolescentes. —Eso había provocado una discusión acalorada, pero al final Joe lo aceptó, aunque recordándole a Carlos que en algún momento Gabrielle tendría que regresar a Estados Unidos.

Su respiración agitada confirmó que Gabrielle no esperaba una nueva oportunidad de evitar a Joe.

—Qué buena idea. —Luego frunció el ceño—. Pero no quiero irme sin encontrar a Ferdinand y asegurarme de que está bien.

—Cuanto más tiempo pasemos preguntando por él, más sospechas vamos a despertar. Retter y su equipo los buscarán sin llamar la atención. Es posible que Ferdinand se haya enterado de tus preguntas, y que se esté escondiendo.

—No había pensado en eso. —Al ver que no continuaba discutiendo, Carlos supo que estaba aceptando la decisión de partir.

La tomó de la mano y caminaron en dirección hacia el coche, que estaba aparcado a dos manzanas de distancia. No habían comido nada desde que habían llegado. Él encontraría un restaurante, luego llamaría a Jake en el camino hacia el coche para darle un aviso de treinta minutos antes de partir.

—Hay algo importante que no vemos, y tengo la sensación de que está aquí mismo, ante nuestras narices —se quejó Gabrielle—. ¿Por qué está tardando tanto tu gente en resolver todo esto?

Carlos no hizo caso al tono agresivo. Se sentía tan frustrado como ella.

—Mi gente está haciendo todo lo humanamente posible en estos momentos. Vamos a comer algo antes de regresar.

Ella le dirigió una sonrisa irónica.

—¿Estás intentando aplacarme? Puedo pensar en maneras más interesantes de mejorar mi humor.

—¡Eres insaciable! —Carlos esbozó una sonrisa para ocultar el sentimiento de angustia que surgía de sus entrañas cada vez que recordaba lo que ella le había contado la noche anterior.

¿Cómo podría volver a hacerle el amor sabiendo lo que ahora sabía? Hacerlo sin revelar su verdadera identidad sería realmente como usarla. Jamás.

Ella se rio y suspiró exageradamente. Estaba contenta caminando tranquilamente a su lado.

Carlos había olvidado lo íntimo que podía llegar a ser el simple hecho de caminar con alguien cogidos de la mano. Era un gesto sencillo, pero no lo había vuelto a compartir con nadie después de perder a Helena.

Las estrellas no quisieron que sus destinos se cruzaran. Ahora que el suyo había irrumpido en el de Gabrielle, no podían continuar sin hacer daño a la gente que él quería.

Entre ellos, a Gabrielle.

Ella hacía aflorar sentimientos dispersos que él había mantenido ocultos durante años siguiendo su instinto de supervivencia.

Gabrielle era un rayo de sol que calentaba su gélida existencia. Quería sostenerla en sus brazos durante el resto de sus días y despertarse con su perfume cada mañana de su vida.

Pero lo más importante de todo, ella era la mujer que él tenía que conseguir proteger para siempre de Durand y los Fratelli, y que luego tendría que abandonar para que estuviera a salvo. Era difícil no captar la ironía de la situación. Gabrielle había trabajado para encontrar a Alejandro Anguis y llevarlo al juicio con el mismo esfuerzo con que Carlos había trabajado para sepultar secretos familiares como la identidad de Alejandro.

Perder a Gabrielle significaría romper su alma en pedazos y dejar atrás a un canalla sin corazón que ni el propio Joe sería capaz de salvar.

—¿Qué te parece este sitio? —Gabrielle se detuvo ante el escaparate de un bar deportivo.

—Me parece bien. —Carlos la condujo al interior del bar, donde una pequeña muchacha de pelo negro, con una falda de todos los colores del arco iris y una blusa de campesina, los condujo a través de un salón lleno de humo en el que había varios televisores colgados del techo. Carlos pidió una mesa en un rincón para poder vigilar el lugar. Un camarero les llevó dos botellas de cola y apuntó lo que querían.

Gabrielle fingió que todo estaba bien mientras se despachaba su quesadilla, antes de que Carlos terminara lo suyo. Le dirigió miradas inquietas una y otra vez. Se estaba portando de manera tan atenta como siempre, pero ella sentía que había una distancia entre los dos que por algún motivo no había dejado de crecer desde que salieron de Italia. ¿Qué le estaba ocultando? ¿Algo que tenía que ver con la misión?

Carlos se echó atrás en la silla, abarcando con su mirada todo el espacio.

Y sin mirarla a ella.

Los demás clientes hablaban, comían y miraban los televisores que en ese momento emitían un canal estadounidense de noticias durante las veinticuatro horas con subtítulos en español. Ella entendía el idioma a duras penas, pero logró captar la idea general.

Durante el tiempo que ella y Carlos habían estado corriendo por el mundo, muy poco había cambiado en Estados Unidos. La crisis del petróleo mantenía a los adversarios políticos en un estado de tensión febril. Los candidatos luchaban con ferocidad por los votos en la elección presidencial que tendría lugar la semana siguiente.

El tema del petróleo había dividido a los dos partidos políticos y se había convertido en la manzana de la discordia, lo suficientemente poderosa como para llevar incluso a los ciudadanos estadounidenses más apáticos a votar el martes siguiente.

Cuando las imágenes en la pantalla mostraron las entrevistas a los adolescentes, Gabrielle se inclinó hacia Carlos para decirle que mirara.

Se limpió la boca con una servilleta y levantó la mirada hacia el monitor. Ella siguió leyendo la traducción.

En términos generales se decía que adolescentes de diversos niveles de ingresos y de todas partes del mundo estaban viajando a distintos países para hablar como un grupo unitario y pedir a las naciones que ofrecieran ayuda a las personas discapacitadas. Su punto de partida era Estados Unidos, y estaban contando cómo la crisis del petróleo afectaba a sus vidas.

Los adolescentes entrevistados decían que pocos se daban cuenta de la carga experimentada por las personas discapacitadas, que solo podían conducir una gama reducida de vehículos, entre ellos camionetas lo suficientemente grandes para llevar sillas de ruedas. Pedían que todas las naciones ayudaran con créditos para la gasolina y ofrecían una lista de otras sugerencias.

—Dios mío. —Los ojos de Gabrielle se le salían de las órbitas cuando la cámara mostró la imagen de tres adolescentes muy familiares y una adulta: Amelia, con sus rizos negros, caminaba con paso torcido sobre su pierna protésica; la rubia Kathryn Collupy, que empujaba a Evelyn en su silla de ruedas; y el pelirrojo Joshua, que movía su brazo ortopédico como si quisiera protegerlo... o evitar tener que usarlo.

El subtítulo al pie de pantalla señalaba que eran tres de los diez estudiantes que ofrecerían una presentación esa tarde a los miembros del Congreso sobre la carga adicional que suponía la crisis del petróleo a los discapacitados.

—Ya sé lo que me preocupaba de Joshua —dijo Gabrielle en voz baja.

—¿Qué?

—El último informe que Gotthard envió incluía información sobre las lesiones. Joshua perdió el brazo hace seis años en un accidente de coche. Su brazo quedó aplastado. —Al darse cuenta de lo que decía, Gabrielle sintió los latidos de su corazón—. Los niños se adaptan enseguida. Después de tanto tiempo, debería manejar su prótesis sin problemas... o al menos con comodidad, pero se le ve torpe, como si fuese reciente. Amelia tuvo cáncer y perdió su pierna hace ocho años, pero camina como si ahora mismo estuviese acostumbrándose.

La comprensión se registró de inmediato en el rostro de Carlos. Se levantó de un salto, lanzó una cantidad excesiva de dinero sobre la mesa y la tomó del brazo.

—Vámonos.

—¿Tú qué crees que está pasando? —preguntó ella, sin aliento.

—Acabas de ver lo que todos los demás hemos sido incapaces de ver. Nos hemos equivocado por completo —respondió él en voz baja mientras la guiaba con paso tranquilo hacia la calle, y luego con paso apresurado hacia el aparcamiento donde habían dejado el coche de alquiler.

—Llamaré a Joe desde el coche.

Apenas paró antes de cruzar la calle, dejó que varios coches pasaran y luego siguió el camino. El aparcamiento tenía el suelo cubierto de gravilla y estaba lleno de coches y unas cuantas motos. El automóvil de alquiler estaba en un rincón al fondo, al lado de un edificio.

Había una camioneta aparcada al lado de la puerta del conductor y un deportivo junto a la puerta del pasajero.

Carlos se detuvo y se dio la vuelta rápidamente, arrastrando a Gabrielle.

Tres hombres hispanos de aspecto violento, con vaqueros y botas, avanzaban hacia ellos. Carlos era más alto y más musculoso que dos de ellos, pero el tercero era una bestia. Todos llevaban camisas sin mangas, sin abotonar y sueltas por fuera de los pantalones. Salieron de la sombra del suelo de tres plantas adyacente a uno de los lados del aparcamiento. El viento levantó la camisa de uno de los tres hombres y dejó ver un arma de fuego insertada entre la dura panza y la cinturilla de sus vaqueros.

Carlos podría haberse enfrentado a los tres, pero no conocía ninguna forma de defensa contra la pistola.

Gabrielle sentía tanto miedo que apenas lograba respirar.

Carlos miró sobre su hombro y soltó una maldición. El viento levantó el pelo de Gabrielle en un abanico cuando ella también se volvió a mirar. Dos hombres más se acercaban desde atrás, haciendo crecer su sensación de pánico.

Cuando volvió a mirar al frente, los tres primeros se habían detenido delante de ella y de Carlos. La bestia con el arma dijo:

—Estamos aquí para escoltarlos hasta la finca de Anguis.

—Hemos perdido el contacto con Carlos —dijo Tee a Gotthard y a Hunter por la línea de videoconferencia que había establecido en la suite del hotel que ella y Joe usaban como cuartel para la misión en Washington. Gotthard y Hunter estaban en el despacho de Joe, que tenía vistas sobre el centro de Nashville desde el edificio AT&T, conocido por los locales como la Torre de los Murciélagos debido a las dos puntas que sobresalían del último piso como las orejas en una máscara de Batman.

—Y el contacto con Retter también. —Al otro lado del monitor, Gotthard se restregó los ojos inyectados en sangre. Parecía que llevaba la noche entera sin dormir.

—¿Retter? Se supone que su equipo está en posición en torno a la casa de Fuentes. —Tee golpeó el inocuo escritorio marrón del hotel con una larga uña de color púrpura.

¿Qué diablos estaba pasando en Sudamérica?

Hunter apareció junto a Gotthard en la imagen, apoyándose contra una pared con su gesto indiferente de siempre.

—Retter recibió noticias de alguien dispuesto a vender información sobre la operación de Salvatore. Dijo a su equipo que siguieran con la reunión en la finca de Fuentes mientras él lo corroboraba en persona.

Tee apoyó su mano sobre la mesa y empezó dar golpes con cada dedo, sucesivamente, arriba y abajo. Retter era su mejor agente, el que ella y Joe enviaban a cualquier misión sin cuestionarse las probabilidades de éxito. ¿En qué se había metido Retter?

—¿Qué tenemos sobre esos adolescentes?

Hunter respondió:

—Mandy ha salido del coma y su pronóstico es positivo, pero no tiene ni idea de por qué la secuestraron. La única información interesante que nuestra gente ha conseguido de ella es que, según dice, no abandonó a Amelia, sino que fue esta quien la abandonó a ella para reunirse con alguien en Alemania. Por eso se separaron en el aeropuerto.

Tee interrumpió:

—Amelia está aquí en Washington con el viaje de estudios multinacional de unos sesenta estudiantes, entre ellos Evelyn y Joshua, los dos que confirmamos como presentes ayer en su colegio de Francia. Todo forma parte del circo mediático que va a haber hoy en el Congreso. —En unas pocas horas más.

—¿Qué tipo de amenaza podrían constituir los adolescentes? —preguntó Hunter.

—Ninguno de ellos es particularmente atlético, ninguno ha sido difícil o peligroso en el pasado. —Tee movió la cabeza y se echó la melena sobre el hombro—. Maldita sea, son estudiantes modélicos.

—Es difícil ignorar una advertencia —dijo Gotthard, señalando las tarjetas postales de Linette.

—Aunque no deberíamos olvidar —interrumpió Hunter— que estamos trabajando con información suministrada por una mujer desconocida, vinculada con los Fratelli, pero a quien, aparte de Gabrielle, nadie ha conocido.

—Tiene razón —reconoció Tee, aunque ella nunca había dejado de creer que esa Linette era tan real como Gabrielle aseguraba—. Tenemos un contingente completo de agentes de BAD que van a estar conmigo y con Joe asistiendo al evento para poder vigilar a los dos partidos políticos y a los niños. Con nosotros y el servicio secreto todo el mundo en ese edificio va a contar con la seguridad necesaria.

Tee no se perdió la mueca de Gotthard ante el intento de Hunter de desacreditar la información de Linette. Tan excepcional en su faceta de informático como peligroso en su trabajo de agente, Gotthard no había dejado de buscar en la red a esa mujer misteriosa desde que Gabrielle explicara el código que ella y Linette empleaban.

Hasta entonces Linette les había ofrecido la única pista que tenían sobre los Fratelli, pero debían proceder con cautela siempre que se tratara de información no confirmada.

Tee continuó.

—Yo estoy de acuerdo con Retter. Creo que los adolescentes son una forma de distraer nuestra atención de la reunión de mañana en el recinto de Fuentes, pero no podemos simplemente ignorar la amenaza contra ellos. Una vez que se haya terminado todo este espectáculo esta noche, enviaremos a toda la gente disponible para buscar a Carlos, Gabrielle y Retter.

Gotthard se rascaba la mandíbula, un gesto que —como Tee había descubierto hacía mucho tiempo— significaba que el corpulento agente estaba rumiando algo.

—¿Qué te pasa, Gotthard?

—Estoy jugando al abogado del diablo. ¿Y si Gabrielle es mejor de lo que todos nos hemos imaginado y ha tendido una trampa a Carlos? ¿Y quizás a Retter también?

Tee no dudó un segundo.

—Si cualquiera de mi gente recibe daños por culpa suya, me importa un comino que sea princesa, cavadora de zanjas o cualquier otra cosa que la Interpol quiera. No volverá nunca a ver la luz del día.

A través de la puerta entreabierta Carlos veía el escritorio del despacho de Durand. Esa habitación no había cambiado desde los tiempos en que Carlos vivía allí. Era el mismo pesado escritorio, tallado a mano y enviado en barco desde Sudáfrica, que él y otros tres muchachos habían llevado al despacho cuando llegó. La parte interior de la hacienda había cambiado bastante con nuevos y más exóticos adornos. Recordaba perfectamente la distribución de la casa, y sería capaz de moverse por todo el recinto con los ojos vendados.

La desventaja era que no tendría la oportunidad de poner en práctica esos conocimientos.

Este no iba a ser un feliz reencuentro familiar. Su padre jamás perdonaba un desprecio, sobre todo por parte de alguien de la misma sangre.

Carlos tiró los nudos de cable que lo sujetaban a la silla, pero los hombres de Durand habían puesto cuatro gruesas correas de plástico negro sobre cada brazo para atarlo a una silla que estaba clavada contra la pared. Estaba en la sala de espera para las entrevistas con Durand. Con su mullido asiento de cuero y el respaldo de metal pulido en forma de escalera, a primera vista no parecía tan complicado levantarse de esa silla.

Habría tenido alguna posibilidad si sus piernas no estuvieran ancladas con igual precisión.

Gabrielle estaba sentada a su lado en una silla idéntica, y estaba atada de la misma manera. No dejaba de mover la cabeza para mirarlo, como si esperara a que él se levantase para salvarla.

Prometió que la protegería.

Y ahora era una prisionera de la persona que más temía.

La puerta que llevaba del despacho de Durand al vestíbulo se abrió y se cerró de golpe.

—¿Qué pasa? —preguntó la voz de Durand desde la habitación de al lado. Cruzó por delante de la brecha donde la puerta estaba parcialmente abierta con un móvil en la mano, sin prestar atención a Carlos y Gabrielle, que seguían esperando en la sala mal iluminada.

Hasta entonces nadie había reconocido a Carlos, y Durand no sabía —aún no sabía— que había capturado a Espejismo, pero eso iba a cambiar muy pronto.

Por lo que había entendido Carlos en el coche que los llevó a la finca, su padre debía de haber apresado a Ferdinand y a su hijo, y luego había instalado a alguien para vigilar la casa de empeños, con la orden de detener a cualquier persona que pareciera excesivamente curiosa. Nadie habría imaginado que Espejismo, un informante electrónico, iba a emerger de las sombras para establecer contacto físico con una fuente.

Si no fuese por BAD, ella no estaría allí.

Carlos dio a Gabrielle un máximo de tres horas para buscar sus contactos, pensando que podrían entrar y salir sin llamar la atención.

Pero Durand lo había sorprendido, incluso a él.

—Perdí a gente tomando a esos críos para ti —dijo Durand en voz baja al teléfono, con ese tono que ponía los pelos de punta—. Es indudablemente un asunto mío cuando estás poniendo en peligro a mi familia. ¿Qué hacen esos chicos en Estados Unidos? ¿Qué hacen saliendo en la televisión?

Durand siguió con la misma tranquilidad, e incluso más.

—Si no puedes contestar eso, entonces explica la reunión en la finca de Fuentes. Yo creía que el sentido de los ataques era mantener los países distanciados.

Hubo un largo silencio, luego Durand respondió con un susurro propio del demonio que era.

—Sé de la reunión con Fuentes porque me he encargado de que todo lo que sucede en estas tierras sea asunto mío. —Pausa—. ¿Por qué no me lo puedes explicar ahora? ¿Qué va a pasar mañana a mediodía? —Hubo una larga pausa a continuación—. Te doy de plazo hasta entonces, pero me debes una, Vestavia. Aún no me has entregado a Espejismo.

¿Vestavia? ¿Esa podría ser la conexión de Durand con los Fratelli?

Carlos percibió que Durand había cerrado su móvil. Oyó el sonido de un encendedor, luego vio el humo de un puro flotando por la abertura de la puerta. El olor acre de un tabaco de clase superior entró en la sala donde Carlos por fin había logrado entender las cosas a partir de la conversación de Durand.

En medio de tanta prensa negativa relacionada con la crisis del petróleo y con la elección presidencial a unos pocos días, todo el mundo iba a asistir al espectáculo que se había organizado en el Capitolio esa tarde. Una impresionante muestra del poder político estaría presente.

¿Qué mejor lugar para atacar en esos días, cuando casi todo el mundo estaba pendiente de Sudamérica?

Los Fratelli podrían estar planeando dos ataques.

Carlos no había resuelto el plan entero, pero Joe y Tee necesitaban esa información.

Cuando Durand contestó una llamada en el teléfono de su escritorio, que aparentemente tenía que ver con una cuenta de uno de sus negocios legales, Carlos susurró a Gabrielle:

—Escucha...

Ella fijó la mirada en él y esperó.

—Creo que hay un ataque programado en Washington hoy.

Gabrielle asintió.

—Sí, pero todavía no entiendo bien de qué se trata.

—Yo tampoco lo entiendo todo, pero creo que la reunión en Colombia sirve para distraer la atención del mundo y la preocupación de la seguridad nacional del espectáculo mediático en Estados Unidos. Piénsalo. Todos los políticos estarán presentes en el Capitolio esta tarde, entre ellos ambos candidatos a la presidencia, además del presidente y su gabinete. Y luego habrá niños que pertenecen a familias de mucho poder, aliados de Estados Unidos.

Gabrielle abrió los ojos de par en par, al comprender lo que decía.

—Yo te puedo sacar de aquí. —Llevaba todo el tiempo, desde que los detuvieran, formulando un plan.

—No. Quiero quedarme contigo.

Sabía que se estaba refiriendo al momento presente, pero el tono de desesperación en sus palabras superó la férrea defensa, la barrera que había construido para evitar desear una vida que jamás iba a poder tener. Él también quería quedarse con ella. Despertar cada día y ver a esa mujer junto a él, oír su risa, estrecharla entre sus brazos.

Nunca iba a ocurrir. En ese momento especialmente parecía más lejos que nunca, cuando tenía una sola oportunidad para sacarla de allí. Darse cuenta de que la iba a perder lo hundía, acuchillaba sus entrañas con el dolor salvaje de un animal herido.

Había pasado la vida entera mintiendo, pero la mentira de ahora tendría que ser excepcional para poder convencerla de que debía partir sin él.

—Para mí será más fácil escapar si tú no estás. Necesito que te comuniques con Joe y Retter, que les digas que esos niños y el presidente corren peligro.

Los ojos de Gabrielle se llenaron con lágrimas de preocupación.

—¿Y tú?

—Retter entrará aquí para ayudarme a escapar.

Para eso a Retter le haría falta llevar consigo un ejército, pero se dejó engañar con esa fantasía, la de que Retter entraba allí con un ejército para aplastar a Durand.

—¿Cómo vas a sacarme de aquí?

—La hermana de Durand vive en el recinto. —Carlos rezó para que aceptara ayudarlo—. Puedo confiar en ella para sacarte de aquí.

Siempre que estuviese allí.

—¿Cómo sabes que puedes confiar en ella?

—Porque sí. No tiene nada que ver con él.

Gabrielle abrió la boca como si estuviese a punto de decir algo, pero luego la cerró y movió la cabeza. Aceptó su comentario sobre la hermana de Durand sin hacer preguntas. Él sabía por qué. Ella confiaba en él, y lo quería.

Eso no iba a durar mucho.

Sintió cómo el ácido le carcomía el estómago al pensar en lo que muy pronto iba a tener que hacer.

—No sé cuánto tiempo tenemos antes de que Durand venga a por nosotros, así que aquí tienes lo que quiero que hagas. —Carlos le dio el número directo de Joe, que estaba disponible las veinticuatro horas del día. Le contó exactamente lo que tenía que decir a Joe, y a través de él a Retter, Korbin y Rae, para que hubiese una esperanza de evitar el ataque contra los adolescentes, el presidente y los miembros del Congreso.

—¿Y tú? —preguntó—. No me has dicho lo que tengo que decirles sobre ti.

—Dile a Joe que estoy en el recinto de Durand, y que se trata de un código negro.

—Entendido.

No, ella no lo entendía, pero era mejor así. Acababa de pedirle que comunicara a Joe que estaba muerto para todo el mundo, porque ya lo estaría cuando ella lograra salir del recinto.

Durand terminó su llamada, luego apretó un botón y dijo:

—Julio, ven aquí.

—Una cosa más —dijo Carlos a Gabrielle.

—¿Qué? —Ella lo miró fijamente, atenta a cualquiera instrucción que le diera.

—Pase lo que pase... prométeme que no me odiarás.

Cada línea en el rostro de Gabrielle se suavizó.

—Jamás podría odiarte. Te quiero. —Lo contempló con ojos llenos de amor verdadero.

Carlos no podía creer que hubiera encontrado a una mujer tan milagrosa como Gabrielle solo para perderla tan pronto. Oír su declaración de amor era casi imposible de aguantar. Había tenido la intención de no volver a decir esas palabras a una mujer, pero esta sería su única oportunidad.

—Yo también te quiero a ti, Gabrielle. Tienes que creerlo. Por favor, prométeme lo que te he pedido.

«Para que pueda morir en paz.»

—Haré algo mejor. Te prometo que te querré para siempre. Sé que hay cosas que no me has contado, pero confío en ti.

Dios. Sería mejor que se lo contara todo ahora antes de que supiera la verdad delante de otros. Carlos abrió la boca para hablar, pero lo detuvo el sonido de pasos pesados entrando en la oscura habitación desde el despacho de Durand.

Apareció Julio con cuatro hombres armados.

—Vamos a desataros —dijo a Carlos—. Un solo movimiento en falso y este tipo os vuela la cabeza —añadió señalando a un hombre alto de gesto y bigote graves—. ¿Entendido?

—Entendido. —Carlos tenía una mano para jugar. En cuanto estuvo de pie y libre de las ataduras, se apresuró a ayudar a Gabrielle.

Se oyó el sonido de martillos y de armas.

Carlos retiró las manos, levantándolas en el aire. Gabrielle se puso en pie y se frotó los brazos. Su miedo podía palparse.

Julio los guio hasta la oficina y los hizo colocarse frente a Durand, que estaba sentado ante su escritorio.

—¿Quién sois vosotros? —preguntó Durand a Carlos.

—¿Turistas?

Carlos obtuvo por respuesta un golpe en los riñones con

el arma. Murmuró y ahogó un grito de dolor. Estaría orinando sangre durante un día o dos, si sobrevivía.

—Sería una lástima que esta joven tuviera que pagar las consecuencias de las tonterías que dices. —Durand exhaló el humo de su puro, mirando fijamente a Carlos—. Julio dice que tú eras el líder de los agentes de negro que asaltaron el castillo de Saint Gervais. Él estaba escondido en el sótano cuando asesinasteis a mis hombres.

Justo como Carlos le había dicho a Joe años atrás, Durand Anguis operaba de manera distinta a cualquier otro criminal. Carlos se jugaba la cabeza a que ni siquiera los hombres de Durand sabían que Julio se hallaba dentro del castillo mientras estaban agonizando. Nunca hubiera levantado un dedo para ayudar a sus hombres.

Durand circuló alrededor del escritorio, fumando su puro y estudiando a Carlos.

—Te conozco, ¿verdad?

En lugar de responder a eso, Carlos dijo:

—Tengo un trato para ofrecerte.

Durand sonrió con desprecio.

—¿Debo recordarte que no estás en posición de negociar?

—Querrás escuchar esta oferta.

—¿En serio? —Durand se echó a reír. Regresó a su sillón, se echó hacia atrás y colocó los pies sobre el escritorio—. Estoy intrigado. Así que dime cuál es esa oferta.

—No sin que esté presente tu hermana María.

Durand pateó el suelo con los pies al mismo tiempo que se levantaba sobrecogido por una emoción inclasificable.

—¿Qué sabes de ella?

—Que María es una buena mujer —dijo Carlos lentamente—. Fue amable conmigo en una ocasión. Confío en ella y estoy dispuesto a hacer un trato contigo que te proporcionará algo que tienes mucho afán por conseguir.

Gabrielle ahogó un grito.

Carlos no era capaz de dirigir una mirada a Gabrielle. No estaba preparado para ver el dolor en sus ojos ante lo que suponía que él iba a hacer: entregarla como Espejismo. Debería haberlo insultado, pero ella lo miró con una expresión que iba más allá del dolor.

—No estoy dispuesto a hacer ningún trato. —Durand miraba a Carlos como una serpiente decidiendo cuándo atacar—. Puedo lograr que me digas todo lo que quiero sin darte nada a cambio.

Julio y sus hombres se rieron por lo bajo.

Carlos siguió adelante.

—Puedes intentarlo, pero estás suponiendo que podrás forzar a alguien entrenado como yo, y además siempre existe el pequeño problema de que puedo mentirte.

—Hablarás si es ella la que sufre.

Gabrielle estaba de pie tan inmóvil que Carlos creyó que se quebraría si la tocase.

—Yo creía que Anguis no hacía daño a mujeres inocentes. —Carlos observó a los ojos a los hombres de Durand, que miraron a su líder pidiendo confirmación. Cuando el silencio continuó, Carlos lanzó el cebo que sin duda Durand tendría que tragarse—. ¿Qué te cuesta oír mi oferta? Sé lo de los otros adolescentes secuestrados además de Mandy, y que está siendo manipulado por un grupo muy poderoso.

Los oscuros ojos de Durand mostraron preocupación.

—¿A qué estás jugando? Háblame de ese grupo.

—Solo voy a demostrarte que estoy dispuesto a cooperar si aceptas un simple trato en presencia de tu hermana, porque es la única manera de saber que cumplirás con tu palabra.

—¿Estás poniendo en duda mi palabra? —Cuando Durand bajaba la voz era más peligroso que cualquier otro hombre dando rienda suelta a la expresión de su rabia.

—No, pero sé que respetas la sangre por encima de cualquier otra cosa. —Carlos estaba dispuesto a utilizar todo lo que sabía acerca de ese hombre para salirse con la suya.

Los ojos de Durand brillaban con interés.

—¿Has dicho que mi hermana fue buena contigo una vez? Entonces te conocerá. —Se volvió hacia Julio—. Trae a María.

Cuando Julio se marchó, Durand hizo que sus hombres movieran a Carlos y Gabrielle para sentarse en sillas como si fueran invitados. Carlos mantenía un rostro inexpresivo y la mirada lejos de Gabrielle. Tenía que creer que ella mantendría su palabra y contactaría con Joe, pasara lo que pasase. Se inclinó hacia delante, apoyando los codos en las rodillas y sosteniendo la barbilla entre ambas manos.

Sabía que María no le fallaría. Su tía había sido la única persona fiel de su vida, la única persona a la que realmente le importaba su existencia.

Pero la última vez que se habían visto él era un adolescente... y había sido antes de su cirugía facial. ¿Qué ocurriría si no lo reconocía?

Carlos había pasado muchas noches en la casa de sus tíos, donde su tío desempeñaba el rol masculino de un hombre íntegro que amaba a su familia. Pero su tío murió demasiado joven. Cuando Carlos conoció a Helena se imaginaba un matrimonio como el que su tía y su tío habían compartido. Siempre había considerado a su tía como su única madre. Ella le vendaba las heridas, lo alimentaba como si fuera su propio hijo y fue quien lo abrazó la única vez en su vida que había llorado... después de perder a Helena. Aquel mismo día Carlos había hecho un pacto con María para ocultar la verdad sobre la bomba, y luego se alejó para que su tía y Eduardo estuvieran a salvo.

Cuando María entró en el despacho de Durand, Carlos sintió dolor físico ante la imposibilidad de abrazarla. Los años no la habían cambiado, pero la cálida mirada castaña mostró confusión al reparar en Carlos y Gabrielle.

—Hola, querida María —dijo Carlos poniéndose en pie. Usando la expresión con la que siempre la saludaba de adolescente pretendía revelar a su tía de inmediato su identidad sin descubrirse ante Durand.

María se llevó a la frente unos dedos temblorosos. Debía de estar tratando de reconciliar aquella voz y ese saludo familiar con un rostro desconocido.

Durand le preguntó:

—¿Conoces a este hombre?

Antes de que pudiera responder, Carlos hizo que todos regresaran al motivo de la reunión.

—Ahora que tu hermana está aquí, discutamos mi oferta.

Durand lo ignoró, esperando la respuesta de su hermana. La lucha por saber qué decir se reflejaba en la mirada de

María. Carlos contuvo la respiración, rogando que su respuesta no socavara el trato que estaba tratando de conseguir.

Ella asintió.

—Sí. Él me es familiar, pero quisiera oír la oferta que desea hacerte.

Durand miró a María con dureza. Carlos contaba con que el vínculo que existía entre ellos evitara que Durand la obligara a decir nada más.

—¡Habla de una vez! —exigió Durand.

—Te entregaré a Espejismo... —Carlos se estremeció cuando oyó cómo Gabrielle ahogaba un grito— y también a Alejandro Anguis.

Durand se limitó a observarlo completamente enmudecido.

Se hizo un silencio total hasta que Carlos comenzó a oír los sollozos de María. Ahora ella lo sabía seguro. Su mirada llorosa suplicó a Carlos que la dejara hablar, pero habían hecho un trato, y ella había dado su palabra.

—¿Puedes hacerlo? ¿Puedes entregarme a Alejandro y a Espejismo? —preguntó exigente Durand, con una mezcla de asombro y excitación.

—Sí, pero quiero algo a cambio. —Carlos esperaba que las siguientes palabras le sirvieran como pequeña redención—. Deja libre a esta mujer —pidió señalando a Gabrielle—. Su único error ha sido salir conmigo. No sabe nada de todo esto y una vez libre jamás se arriesgaría a decir una palabra a nadie.

—¿Dejarla libre? —Durand lo miró con absoluta incredulidad—. No.

—Durand —dijo María suavemente—. Él te ha ofrecido algo que no puede procurarte nadie más, y pide mucho menos que lo que otro exigiría en su lugar.

—¿Conoces a este hombre, María? —preguntó Durand.

—Eso creo.

—¿Y quién es?

—No te lo diré a menos que aceptes su oferta.

—¡Dios! Tú eres mi familia. ¿Cómo puedes estar de su lado? —Durand luchaba por mantener su calma de hielo. Aplastó el puro en un cenicero de cristal.

—Te lo explicaré más tarde, pero primero dile que aceptarás ese trato. No es pedir demasiado. —Su hermana se cruzó de brazos y alzó la testaruda barbilla de los Anguis.

—Esta mujer puede causarme problemas —dijo Durand señalando a Gabrielle.

Carlos dejó escapar una risa triste.

—Échale un vistazo. ¿Crees que ella quiere tener algo que ver con esto o que alguien la creería si lo contara? No tiene pruebas de nada de lo que ha ocurrido aquí, y en este momento siente tantas ganas de cortarme el cuello como tú.

Durand miró a Carlos con curiosidad.

—Entonces ¿por qué te preocupas por su seguridad en lugar de la tuya?

—Porque yo la usé como tapadera para buscar a un informante y ahora debo hacer que regrese sana y salva a casa.

Nadie habló ni se movió en el minuto siguiente, mientras Durand estudiaba su dilema.

—¿Quién es tu informante? —Durand se cruzó de brazos. Era claro que no estaba preparado para hacer un trato.

—¿Cómo es que no has conseguido todavía esa información en tu granero? —Carlos no quería revelar el nombre de Ferdinand, pero apostaba a que el padre y el hijo se hallaban en algún lugar del recinto. Lo más probable es que estuvieran vigilados en el granero. O si no ya enterrados.

—¿Cómo es que sabes tanto de mis operaciones? La mirada de Durand se dirigió a Julio, que alzó las cejas con curiosidad, pero no dijo nada.

—Haz el trato y te lo explicaré. —Carlos se echó hacia atrás en la silla con los brazos cruzados.

Durand finalmente señaló a Carlos con su cigarro.

—Aceptaré tu trato, pero si no me entregas a Alejandro y a Espejismo encontraré a tu mujer y pagará por todas tus mentiras.

—Eso ya lo sé. —Carlos se volvió hacia Gabrielle, cuyo horror era visible a los ojos de cualquiera. Ella sabía, como todos los demás en aquella habitación, que Durand le daría caza en cuanto Carlos estuviera muerto y su hermana regresara a casa. Carlos rogaba que para entonces Joe y Tee ya tuvieran a Gabrielle a salvo—. Vete con María.

Gabrielle se limitó a quedarse sentada allí, y Carlos añadió con firmeza:

—Ahora.

Ella se puso de pie y avanzó insegura hacia María, mirando a todas las personas de la habitación mientras lo hacía.

Carlos le dijo a su tía:

—Ve con ella al aeropuerto y asegúrate de que coge un vuelo a Estados Unidos. En cuanto me llames y me digas que está a salvo, se lo contaré todo a Durand.

—Lo haré —le aseguró su tía—. Tengo que salir muy pronto con Eduardo, que va a ver a un médico en Estados Unidos.

Carlos sonrió.

—Nadie irá a ninguna parte hasta que me des como mínimo una prueba de algo —ordenó Durand.

Carlos suspiró.

—¿Puedo levantar las manos sin que me dispares?

Durand asintió.

Carlos se abrió la camisa, dejando expuesto el tatuaje de Anguis con la cictariz.

—Yo soy Alejandro Anguis.

Capítulo 25

Gabrielle contemplaba fijamente el diseño de tinta que mostraba a una serpiente enrollada alrededor de un estilete sobre el corazón de Carlos, con una cicatriz.

—¿Alejandro? —La conmoción de Durand lo había dejado sin aliento. Luego soltó un gemido—. ¡Alejandro! —Su rostro se contrajo mientras avanzaba hacia Carlos, con el cuerpo temblando. Extendió hacia él las manos temblorosas, con los músculos de sus dedos rígidos mientras tocaban la cara de Carlos. Durand sacudía la cabeza de un lado a otro, y la incredulidad se traslucía en su violenta voz—. ¿Por qué te volviste contra tu familia?

A Gabrielle se le doblaron las rodillas. Carlos era Alejandro Anguis, ¿el hombre que mató a su madre?

¿Qué había ocurrido con todo el aire de la habitación?

María se cubría la boca, sollozando. Los hombres de Durand apretaban sus armas, con todos los músculos tensos y preparados.

Durand agarró el rostro de Carlos, hundiendo los dedos en la suave piel. Todo su cuerpo temblaba con furia. Su voz era cruda.

—Tú eras de mi misma sangre. Mi sangre.

En cualquier otra situación, Gabrielle se hubiera sentido conmovida por la forma en que a Durand parecía desgarrársele el corazón ante la visión de su hijo durante tanto tiempo perdido.

Pero no podía sentir ni una pizca de compasión por ese hombre.

Carlos no dijo nada, y se mantenía quieto como una estatua. Durand lo soltó de repente como si tocarlo le quemara las manos, y retrocedió. Había dejado marcas rojas en las mejillas de Carlos.

Los ojos negros que Durand fijó en su hijo mostraban una locura salvaje, y su voz cruda sonó más amenazante que nunca cuando susurró:

—Asesinaste a tu propia sangre. Mi hermano estaba en ese castillo.

—Entonces fuiste tú quien asesinaste a tu propia sangre, porque no fui yo quien lo envió a una trampa mortal —replicó Carlos con una voz tan letal y tan suave como la de Durand.

Entonces Durand y Carlos eran padre e hijo. Gabrielle se sintió enferma.

Durand había sido el monstruo de sus pesadillas durante años. En la habitación reinaba un silencio rotundo, que hacía pensar que el mundo se había detenido, congelándose en aquel mismo momento.

Después de una larga y tensa quietud, Durand pareció recobrar su compostura y preguntó con tono exigente:

—¿Quién es Espejismo?

—Te lo diré en cuanto María llame comunicando que han subido al avión —repitió Carlos sin mirar a nadie.

A Gabrielle le dolía el pecho como si le hubieran arrancado el corazón. ¿Cómo podría ser Carlos el hombre que ella amaba? Había matado a gente inocente con una bomba. A mujeres. A su madre.

Su cerebro gritaba por encontrar argumentos en su favor. Él no podía ser esa persona. Él nunca haría daño a una mujer ni mataría sin razón. Pero él mismo lo había admitido. Su tía lo había reconocido. ¿Realmente él confiaba en su tía?

¿Carlos se estaba ahora preocupando por su seguridad o solo le estaba dando a Gabrielle una ventaja antes de decirle a Durand que ella era Espejismo?

La cabeza le latía con fuerza ante el intento de asimilar lo inconcebible: que había intimado con el hombre que le había arrebatado la vida a su madre. Que se había enamorado de un verdadero espejismo. El corazón le sangraba como si tuviera mil cortes. Aquel era el hombre que había jurado que no permitiría que nadie la hiriera.

Suponía que Carlos no se había incluido a sí mismo en la lista de posibles amenazas.

—No estás en posición de negociar, Alejandro —le advirtió Durand en un tono letal.

—Por eso pedí que estuviera aquí María —dijo Carlos, estoico ante la idea de enfrentarse a una muerte segura. No miraría a Gabrielle. Su mirada aterrizó sobre su padre y allí se quedó.

Durand no estaba satisfecho con la posición en la que se hallaba, pero ya no podía echarse atrás respecto al trato. Gabrielle había aprendido de Ferdinand que el poder de Durand residía en la fuerza de su palabra.

—María, prepara a tu hijo para el viaje —ordenó Durand con tanta calma como si le estuviera pidiendo que fuese a preparar una taza de té. Sus ojos reflejaban una decepción con su hermana que Gabrielle no podía entender—. Julio, que mis hombres lleven a esa mujer con María y Eduardo para volar en mi *jet* cuando mi hermana esté preparada.

—¿Qué vas a hacer con él, Durand? —preguntó María, señalando a Carlos.

—No te metas en mis asuntos —fue la respuesta de su hermano.

Gabrielle miró a María, que estaba junto a ella. La mujer volvió hacia Carlos unos ojos suplicantes. ¿Qué es lo que quería su tía?

Cuando Carlos evitó su mirada, María suspiró y salió de la habitación. Durand ordenó a Julio que vigilara a los prisioneros, y luego hizo una seña a los otros hombres para que lo acompañaran.

Julio escogió un lugar de la habitación, cerca del escritorio. Una posición estratégica desde la cual podía observarlos a los dos.

Gabrielle se quedó totalmente quieta, tratando de respirar a pesar de la tensión que sentía en el pecho. Carlos, o Alejandro, estaba sentado igual de inmóvil al otro lado de la habitación, evitando mirarla.

Durand lo mataría. Ella luchó por respirar. Sentía sobre el pecho el peso de un elefante. La idea de Carlos agonizante desató sus emociones. Debería estar encantada de que Alejandro Anguis se enfrentara a la muerte, pero su corazón traidor clamaba por salvar a Carlos.

Al menos hasta que pudiera hablar con él, averiguar por qué le había mentido. ¿Y entonces qué? ¿Lo llevaría ante las autoridades para que lo juzgaran sus iguales?

En su caso, esas personas serían también asesinos.

Carlos quería que ella le entregara un mensaje a Joe.

Ahora ella tenía que cuestionarse a quién representaban Joe y su grupo de agentes letales.

Carlos finalmente alzó la cabeza para enfrentarse a ella por primera vez desde que habían entrado en el despacho de Durand. El sufrimiento que ella vio en sus ojos le retorció el corazón.

La había hecho jurar que no lo odiaría.

Él estaba esperando un signo de esa promesa.

Pero ella no podía darle ese signo a un hombre que libremente admitía ser un asesino que ella llevaba una década tratando de ajusticiar.

Él apartó la vista, pero no antes de que su rostro serio se tiñera de desesperación.

Gabrielle no podía hacerlo. No podía limitarse a dejarlo allí para que muriera. Como si él hubiera leído sus pensamientos, sus ojos volvieron a buscar los de ella. Hizo un pequeño gesto con la cabeza y ella supo que le estaba pidiendo que no traicionara el trato que habían hecho. Desvió la mirada hacia Julio, que la observaba fijamente. Desde su ángulo él no podía ver el rostro de Carlos tan bien como ella. Cuando ella volvió a mirar a Carlos, él movió los labios diciendo sin voz las palabras «Por favor, sálvalos».

Él quería saber que ella trasmitiría a Joe su mensaje, la idea de que algo les ocurriría a los adolescentes en el Congreso, dentro de unas pocas horas.

No suplicaba por él, sino solo por los demás.

¿Quién era ese hombre?

Durand entró de nuevo en la habitación.

—Llévala al coche, Julio.

—No, yo... —Gabrielle avanzó unos pasos hacia Carlos.

—Vete de aquí —ladró Carlos a Gabrielle—. No me estoy disculpando por haberte metido en esto porque te necesitaba como tapadera, pero no voy a cargar todavía con más de tus quejas. Vete a casa. Mantén la boca cerrada y él te dejará seguir viva. ¿Qué parte es la que no entiendes?

Gabrielle se quedó allí de pie, aturdida por el arrebato de rabia, hasta que Julio cruzó la habitación y le tocó el brazo. Ella se sobresaltó. Por dentro se retorcía de indecisión. No podía aceptar aquello.

Carlos la miró a los ojos, y su agonía le hizo una petición clara. Ella retuvo las lágrimas. No tenía que haber sido así. Él esperaba su aceptación.

Ella asintió, incapaz de negarse o de hablar.

El alivio que se reflejó en el rostro de él le mostró que confiaba en que ella no iba a fallarle. Que entregaría el mensaje a Joe y salvaría a los adolescentes.

Pero ¿quién salvaría a Carlos? Oh, Dios, no podía hacer eso.

Julio la agarró del brazo. El rostro de Carlos se enfureció. Ella no podía permitirse ponerlo en una situación de mayor peligro.

¿Qué mayor peligro podía haber?

—Me voy. —Gabrielle se dio la vuelta y se dirigió hacia la puerta, luchando por controlarse a cada paso. Trataba de respirar, de decirse a sí misma que no debía volver a entrar corriendo a esa habitación para suplicarle a Durand que soltase a Carlos. Durand sin duda la usaría contra su hijo.

Pero si ella se marchaba, Carlos no podría entregar a Espejismo, a menos que la traicionara. ¿Eso haría?

Él había dicho que Joe y Retter podrían sacarlo de allí, pero ¿su tía permitiría que ella contactara con alguien cuando bajaran del *jet*? ¿Cuánto tiempo tardaría en encontrar a Joe?

Fuera, Gabrielle dirigió una mirada a la impresionante casa de color amarillo pálido, con una pared estucada de seis metros de alto coronada con una verja de hierro acabada en pinchos que rodeaba todo el recinto.

¿Cómo podría entrar allí Retter lo bastante rápido para ayudar a Carlos?

Cuando llegaron ante una furgoneta equipada con una plataforma hidráulica de elevación en la parte trasera, Julio se sacó el arma del hombro y la apuntó con ella. Gabrielle subió dentro y ocupó un asiento que había frente a una silla de ruedas. Un hombre con el cabello negro a la altura del hombro, de la edad de Carlos, la miraba fijamente y en silencio.

Gabrielle se volvió hacia el conductor, que ya estaba sentado ante el volante.

—¿Dónde está María?

Él la ignoró.

Lo mismo hizo el hombre de la silla de ruedas.

Ella se lanzó hacia la puerta, pero se activaron los cerrojos.

Carlos no podía apartar los ojos de la puerta cerrada del despacho de Durand. Nunca volvería a ver a Gabrielle. Sentía apartarse en torno a su pecho tiras de acero con cada segundo que pasaba.

¿Realmente había creído que Gabrielle no lo odiaría?

No, pero rogaba para que no lo hiciera.

Era injusto esperar de ella comprensión sin explicarle todo lo que había sucedido el día de la muerte de su madre. El hecho de que Gabrielle hubiera vacilado al salir de la habitación le demostraba que todavía sentía algo por él en algún rincón de su corazón. En algún lugar profundamente enterrado debajo de todo el dolor y la decepción que ella había tenido que soportar, todavía sentía algo por él.

Él necesitaba creer eso para poder enfrentarse a lo que Durand querría hacer con él en cuanto María llamara para decir que estaban en el avión.

Durand jamás se limitaba simplemente a matar. Él creía que había que dar castigos ejemplares cuando alguien infringía de cualquier forma la lealtad. Haría primero todo lo que pudiera para sonsacarle información a Carlos. Él dejaría que lo intentara.

Carlos echó un vistazo al único guardia que quedaba, cuyos ojos estaban desenfocados como los de un maniquí, y lo hacían sentirse tan invisible como se había sentido de niño en aquella casa. Pero solo hacía falta un guardia dado que el otro había atado fuertemente a Carlos a la silla, usando cables, antes de abandonar la habitación.

La puerta del despacho de Durand se abrió silenciosamente y luego volvió a cerrarse. Carlos no se sorprendió al ver a María. Contaba con eso.

María le dijo al guardia:

—Déjame con Alejandro.

Cuando el guardia vaciló, ella añadió:

—Durand ha enviado la orden. Está en el vestíbulo si quieres ir a preguntárselo.

Eso evitó cualquier discusión por parte del guardia, que salió inmediatamente.

En cuanto la puerta se cerró, María cruzó la habitación hasta Carlos y se inclinó para abrazarlo. Su cuerpo se sacudía con sollozos silenciosos.

Ella le trajo el olor del pasado.

Los ojos de él se llenaron de lágrimas. Esa era su verdadera madre, la mujer que lo había acunado por las noches y le había dado un refugio seguro frente a la casa de Durand. Su tía lo había amado como a un hijo propio, mientras que su madre biológica ni siquiera podía tolerar estar en la misma habitación con él.

Ójala pudiera rodear a su tía con los brazos una vez más antes de morir.

—Alejandro, por favor, déjame decírselo a Durand —le rogó.

Carlos volvió su rostro hacia la mejilla de la mujer y besó la suave piel. Luego susurró:

—No. Todo irá bien, solo mantén tu palabra y no se lo digas a Durand. Nunca.

—Él ya no es el chico con el que crecí. —Años de angustia y decepción se colaban a través de su voz. Abrazó a Carlos una vez más, y luego se sentó en una silla junto a él, inclinándose para entrelazar los dedos con los suyos—. Ya no puedo mirarlo a los ojos porque vería mi odio.

A él se le encogió el corazón ante el entrañable contacto de sus dedos.

—Mi hermano no le haría daño a Eduardo —razonó ella. Dio un profundo suspiro que contenía años de sufrimiento—. Puedo hacerle entender a Durand que mi hijo era un chico tonto que intentó matar a Salvatore para impresionarlo y que tú cargaste con la culpa sobre tus hombros para protegernos. Él ve que Eduardo paga diariamente su propio error con su columna rota. Has llevado esta carga tú solo durante demasiado tiempo. Salvatore no regresará a vengarse. No haría daño a un chico en una silla de ruedas y a su madre. Eduardo suplica que te haga saber que siente muchísimo lo que hizo y que quiere decirle a mi hermano la verdad.

Carlos no podía permitir que lo hiciera. Salvatore perseguiría la venganza por la muerte de su ahijada hasta el fin de los tiempos.

—No puedes confiar en que Durand o Salvatore no tomarían algún tipo de represalia.

—¿Y qué pasa contigo? ¿Confías en que no te matará?

Durand le haría algo mucho peor que eso.

—Estaré bien cuando los tres estéis a salvo y mi gente aparezca —dijo Carlos tranquilamente.

Ella alzó las cejas sorprendida.

—¿Qué quieres decir? —Mantuvo su voz igual de suave.

—Os hubiera sacado de aquí hace mucho tiempo de haber podido hacerlo sin que Durand se volviera contra vosotros, pero ahora tenéis una oportunidad de escapar de él. —Porque Carlos confiaba en que Joe y Tee moverían todos los hilos que fuese necesario para poner a María y a Eduardo en el programa de protección. BAD se encargaba de cuidar de los suyos, y eso es lo que ocurriría si Gabrielle mantenía su palabra y les avisaba. Carlos esperaba que Gabrielle usara la información que debía compartir sobre los adolescentes para negociar sus propios términos, y no la culpaba por eso.

—¿Cómo podemos escapar y quién es esa mujer? —preguntó María.

—Se llama Gabrielle. Va a contactar con personas poderosas que pueden protegeros a ti y a Eduardo. Una agencia que contactó conmigo años atrás y me dio la oportunidad de hacer algo bueno con mi vida. —Carlos luchaba contra el miedo de que algo pudiera salir mal. Había confiado su vida a BAD cientos de veces. Tenía que confiar en ellos ahora.

Continuó:

—Tan pronto como lleguéis al aeropuerto, Gabrielle debe hacer una llamada al Estado. Pueden morir niños si no consigue hacerle llegar un mensaje a tiempo a mi jefe. En cuanto puedas hablar con ella sin que nadie os escuche, dile a Gabrielle que quiero que Joe os acoja a ti y a Eduardo bajo custodia protegida. Él se asegurará de que estés a salvo y de que Eduardo reciba las atenciones médicas que necesita. Dale a Joe toda la información que puedas sobre las operaciones de Durand. Cuando llames a Durand para decirle que estáis en el avión, dile que te permita hablar conmigo y dime las palabras «todo está arreglado» para que yo sepa que Gabrielle ha podido contactar con Joe antes de subir al avión.

María y Eduardo por fin se liberarían de Durand. Hacía mucho tiempo que Carlos había nombrado a Joe administrador de su testamento, que asignaba sus ahorros y el dinero de un seguro de vida a María tras su muerte. Joe y Tee ocultarían a María y a Eduardo con el programa de protección y tendrían suficientes fondos para vivir holgadamente toda la vida.

En cuanto Retter supiera lo que le había ocurrido a Carlos —lo cual ocurriría rápido, porque Durand se jactaría de su hazaña para demostrar su poder—, Joe podría soltar a Gabrielle, si es que estaba dispuesto a hacerlo. Carlos había dejado una nota con Jake por si le ocurría algo, donde le pedía a Joe que al menos considerara la idea de mantener a Gabrielle en BAD, puesto que ella era una baza tan valiosa.

En cuanto Carlos enterrara a Espejismo para siempre, Gabrielle estaría a salvo de alguien como Durand, y también de su exmarido.

—¿Y qué ocurrirá contigo? —preguntó María.

—En cuanto ella contacte con mi amigo Joe, él enviará un equipo en mi busca. —En realidad Carlos esperaba que Joe aceptara la señal de código negro y no se arriesgara a enviar agentes. Respiró tratando de reunir fuerzas. Tal vez debería terminar ya con sus mentiras—. Cuanto antes salgas de aquí mejor será para mí.

María se santiguó.

—Gracias a Dios que tienes a alguien que puede ayudarte. Yo no te sirvo para nada. —Le apretó los dedos.

—Tú eres lo mejor de mí —susurró él, casi incapaz de hablar, y luego se aclaró la garganta—. Por favor, no te enfades con Gabrielle si te dice que... me odia. Le he hecho daño, a pesar de que no quería hacerlo. —Tragó saliva por el nudo de emoción que se agolpaba en su garganta—. Y dile a Eduardo que lo perdoné hace mucho tiempo. Tenemos la misma sangre. La familia cuida de la familia. Te quiero. Y ahora vete antes de que Durand se enfade más contigo.

—Te quiero como a un hijo. —Lo abrazó otra vez, lo besó en la mejilla y salió.

Julio entró en la habitación con tres hombres más.

—Veo que has ascendido en el pozo de las serpientes —le dijo Carlos a Julio—. Has pasado de soldado a asesino de masas. Muy bonito.

—Simplemente me puse a ayudar a Durand cuando su propio hijo se volvió en contra de su familia.

—Yo puedo dormir por las noches. ¿Y tú?

Julio ignoró la pregunta.

—Tienes tiempo hasta que suban al avión, Alejandro, luego vendrás conmigo al granero. Recuerdas el granero, ¿verdad?

En el aeropuerto internacional de Caracas, Gabrielle bajó de un coche deportivo aparcado cerca del hangar donde estaba el *jet* privado. Estaba aturdida por todo lo que había ocurrido, y el viento le despeinaba el pelo suelto mientras esperaba instrucciones.

Las nubes negras reunían fuerzas y se acercaban desde el oeste, advirtiéndoles que si no volaban pronto tendrían que quedarse en tierra.

El guardia armado que había viajado en la parte trasera de la furgoneta junto a Eduardo dio uno pasos y levantó el cañón de su pistola automática para señalar un lugar a pocos metros de distancia. Gabrielle siguió sus instrucciones silenciosas y se plantó en la posición designada. Satisfecho con su obediencia, el guardia regresó a la furgoneta y comenzó a bajar al hijo de María.

María avanzó para colocarse junto a Gabrielle. La mujer ni siquiera le había dirigido la palabra durante todo el camino. Tan pesadamente armado como el otro guardia, el conductor atravesó la pista de asfalto para ir junto a ellas. Se dirigió a María en español, pero Gabrielle captó lo suficiente para entender que le estaba preguntando si necesitaba un arma para impedir que Gabrielle huyera.

La tía de Carlos no respondió enseguida, sino que mantuvo un silencio glacial hasta que el guardia se movió incómodo. Entonces ella le dijo que era una Anguis, y que por lo tanto se creía capaz de mantener en su lugar a aquella débil mujer. Cuando él inclinó la cabeza en señal de respeto, ella le recordó que su preocupación inmediata debía ser encargarse de Eduardo y su silla de ruedas. Arqueó una ceja y alzó la mirada más allá del conductor para señalar al guardia, que luchaba con la silla de ruedas y una maleta que arrastraba hacia el avión.

El conductor se apresuró a ayudarlo.

Gabrielle se sorprendió cuando la mujer le puso un teléfono en la mano y le susurró en un inglés claro:

—Haz tu llamada ahora, antes de que regresen los guardias.

—¿Tú sabes lo que...? —Gabrielle quería preguntarle qué era lo que Durand haría con Carlos.

—Llama ahora y sigue sus instrucciones —insistió María, volviendo la mirada hacia su hijo. Probablemente atenta a cualquier fallo que pudiera producirse al cargarlo en el elegante *jet* privado de color blanco.

Dando la espalda al avión como si ella y María estuvieran conversando, Gabrielle marcó los números y subió el teléfono hasta su oído, ocultándolo con el pelo.

—Gracias —le susurró a María mientras esperaba que atendieran la llamada.

—No pienses que hago esto para ayudarte a ti. Si no fuera por ti, Alejandro todavía estaría a salvo de Durand.

Gabrielle no sabía qué era lo que le resultaba más duro de soportar... el hecho de que fuera culpa suya que Carlos estuviera en peligro o la constatación de que tan solo había una posibilidad muy mínima de poder ayudarlo. Puede que pronto ella no estuviera en una posición mejor. Subirse al avión privado de Durand con sus guardias armados y una hermana enfadada que claramente le echaba a ella la culpa de que Carlos hubiera sido capturado no le producía la menor tranquilidad.

¿Debería tratar de salir corriendo en cuanto acabara la llamada? ¿Serían capaces de disparar en un aeropuerto público?

María se inclinó hacia ella.

—Regresan los guardias.

Oyó al oído una serie de pitidos y luego se estableció por fin la conexión.

—¿Hola? —dijo ella rápidamente.

—¿Gabrielle? ¿Dónde estáis Carlos y tú?

En alguna parte cercana al infierno.

Durand entró en su despacho.

—Vamos a dar un paseo, Alejandro.

Julio dio varias órdenes. Un soldado deshizo los nudos de los cables. Los otros guardias permanecieron en su sitio apuntando con sus armas la cabeza de Carlos mientras el que lo había desatado le colocaba unas esposas en las muñecas.

—¿Sabe María para qué se usa el granero? —preguntó Carlos, sin sorprenderse de que Durand no esperara a recibir la llamada.

El hombre que lo había engendrado le sonrió con arrogancia.

—Ella cree que en el edificio se esconde la droga. Está tan volcada hacia ese chico que no se da cuenta de nada.

Carlos se puso de pie y lo siguió hasta la puerta, pero se detuvo un momento junto a él.

—Al menos María tiene alma y se preocupa de su familia.

—No deberías hablar. —La sonrisa de Durand desapareció tras una máscara de disgusto—. Ya es bastante malo que fallases en el atentado contra Salvatore, pero además huiste en medio de la noche y traicionaste a tu familia. Yo he estado protegiendo a esa familia desde entonces. —Durand hizo a los guardias un gesto con la cabeza y todos salieron del despacho y atravesaron el vestíbulo hasta la puerta trasera, donde los jardines separaban la casa del ominoso edificio anexo.

Carlos advirtió una cosa... Durand tenía pocos soldados. ¿Dónde estaban sus hombres?

—Puede que tengamos la misma sangre —dijo Carlos, arrastrando los pies detrás de Durand, pero tú y yo no somos familia. En cuanto a Salvatore, enviaste a un chiquillo a colocar una bomba. Eduardo no sabía lo que estaba haciendo. Yo intervine para que no se manchara las manos de sangre. —Esa era la mentira que había sostenido durante todos aquellos años y que ahora moriría con él, pero al menos María y Eduardo estarían a salvo.

Durand se detuvo y se volvió hacia Carlos.

—No. Tú rompiste a tu primo en pedazos y yo me he gastado una fortuna tratando de repararlo. Y conseguiste que Salvatore supiera que yo había enviado la bomba. Si tú no hubieras fallado, Salvatore habría culpado a Valencia de la muerte de su ahijada. En lugar de eso, esos dos perros se unieron en mi contra. Yo lo había planeado muy bien, sabía que ese día estarías en Cagua y ayudarías a Eduardo. No tenía previsto que me fallaras.

—¿Cómo podías saber que yo iba a estar en Cagua ese día? —La mente de Carlos retrocedió a través de los años, tratando de recordar los detalles—. Le dije a todo el mundo que iba a Maracay.

—Mis hombres siguieron la pista a Salvatore y se enteraron de que Helena acompañaría a su padrino a recoger un paquete a Cagua. —La mirada inexpresiva de Durand era de una estudiada paciencia.

Los detalles de la semana en que había muerto Helena acudieron a la mente de Carlos. Miró hacia atrás, observando en la distancia mientras reunía los acontecimientos de aquel día.

Su padre comenzó a asentir con la cabeza.

—Sí, yo sabía que te veías con Helena a mis espaldas. Era una distracción para ti y una enemiga de esta familia. ¿En qué estabas pensando cuando comenzaste a relacionarte con la ahijada de Salvatore? —Durand se movió y reanudó el paso hacia el granero.

Un guardia dio un codazo a Carlos para que se pusiera en marcha, mientras trataba de organizar la nueva información acerca de la bomba.

Carlos y Helena habían creído que podrían encontrar una forma de arreglar la ruptura entre las familias que se había producido tras la muerte de su madre. Era un sueño imposible, porque Carlos era demasiado joven para darse cuenta de la locura de su padre.

Durand había pretendido que la culpa de la muerte recayera sobre la familia de Valencia, para que Salvatore emprendiera la guerra contra ellos.

—Tú no... —murmuró Carlos en un tono letal al reunir todas las piezas. Clavó la mirada en Durand, incapaz de creer la idea que se abría paso en su mente.

—¿Qué? —Durand lo miró con odio por encima del hombro—. ¿Si yo maté a Helena? Sí. Era necesario. Asesinar a la ahijada preferida de Salvatore era la clave para conseguir su apoyo.

Carlos contuvo la náusea que ascendió por su garganta. Durante todo aquel tiempo había creído que de haber llegado antes podría haberla salvado. Pero aunque hubiera sobrevivido aquel día, Durand habría encontrado otra manera de matarla y usar su muerte en beneficio propio.

Solo porque ella tenía una relación con Carlos.

—Tú cargaste con la culpa de la muerte de Helena y el problema cayó sobre nuestra familia desde entonces —añadió Durand—. He construido un ejército fuerte para proteger a nuestra familia, pero habríamos sido aún más fuertes si tú no nos hubieses fallado.

Carlos aceptó que su alma no tenía redención posible cuando comenzó a tener visiones de las dolorosas formas en que querría matar a su propio padre.

Un guardia se adelantó para abrir las dobles puertas del granero, que no había cambiado mucho con el paso de los años. La apariencia inocente del exterior del edificio de dos plantas escondía paredes a prueba de sonido y los secretos más oscuros de Durand.

Cuando Carlos entró siguió las miradas asombradas de los silenciosos guardias. Dos cuerpos espantosamente hinchados estaban colgados en el interior de una caja de vidrio completamente llena de escarcha. Carlos había oído historias del infame granero tras abandonar la casa. Los cuerpos colgados emanaban el residual olor a muerte que nada podría limpiar.

Los guardias hicieron avanzar a Carlos hasta un grueso gancho de metal que colgaba de una cadena sujeta al techo.

—Levantadle las manos —ordenó Julio. Cuando los guardias cumplieron, Julio metió el gancho entre las esposas e hizo un gesto con la cabeza para que otro guardia encendiera un motor, el cual levantó la cadena hasta que los pies de Carlos apenas tocaron el suelo.

Sonó el teléfono de Durand. Respondió y dijo «bien». Apretó un botón para accionar el altavoz.

—Aquí tienes tu llamada, Alejandro.

—Estamos a bordo y... todo está arreglado —dijo María, empleando el código para hacerle saber que Gabrielle había hecho la llamada—. Que Dios te proteja.

«Que Dios te proteja a ti.»

Carlos dudaba de que Dios quisiera unirse con él allí.

—Y a ti.

—Hecho —dijo Durand, colgando el teléfono—. Ahora dime quién es Espejismo.

—Soy yo. —Carlos se esforzó por reunir en su mente todo lo que había aprendido sobre los Anguis en el pasado, y se concentró en salvar a Gabrielle—. ¿Quién más podría saber tanto sobre los Anguis?

Durand se dirigió a Julio:

—¿Tú qué crees?

—Es posible. —La mirada de Julio señaló la caja con los dos cuerpos—. Puede que él supiera cómo contactar con Ferdinand.

Carlos se puso de puntillas para aliviar un poco la tensión de soportar todo el peso de su cuerpo y el dolor que le provocaban las heridas causadas por las esposas en las muñecas. Eso confirmaba que los dos hombres muertos eran Ferdinand y su hijo, pero obviamente no habían delatado a Gabrielle.

—Conoceremos la verdad muy pronto. —Durand atravesó la habitación para coger un cuenco con fuego como el que Carlos había visto en el patio de fuera. Aquel desprendía calor, lo cual le hizo pensar que contenía brasas encendidas.

Durand levantó un palo de metal y cruzó de nuevo la habitación. El final de la barra era un círculo metálico con una línea en el medio. Un hierro de marcar.

El símbolo que tenía grabado estaba ardiendo.

—No necesitas eso —dijo Carlos—. He aceptado contártelo todo.

—Esto no es para hacerte hablar, Alejandro. Ya no puedes seguir llevando el símbolo de Anguis en tu cuerpo. Esto te marcará como el traidor que eres para que todos lo vean cuando cuelgue tu cadáver junto a Ferdinand y su hijo.

Carlos apretó los dientes con fuerza, preparado para sentir una quemadura desde la piel hasta los huesos.

La radio de Durand sonó y una voz dijo:

—Don Anguis, hay una llamada de emergencia para usted en la línea del despacho.

Le entregó la marca de hierro a Julio y levantó la radio, apretando un botón para hablar.

—¿Quién llama?

—Vestavia. Dice que necesita contarte quién es Espejismo.

—Pasa esa llamada a mi móvil. —Durand se volvió hacia Carlos—. Ambos sabremos muy pronto si has dicho la verdad o si tu chica ha de morir.

¿Alguien habría descubierto que Gabrielle era Espejismo?

Capítulo 26

—*H*ola, Vestavia —respondió Durand, y luego tocó un botón del teléfono para poner el altavoz y accionar la videocámara. Prefería ver a aquel hombre a la cara mientras hablaban.

—Tengo una pista sobre Espejismo. —El rostro de Vestavia llenaba la pantalla.

—¿En serio? ¿Cuál?

—Creemos que es el hombre que mató a tu gente en Francia. La fotografía que finalmente envió Julio —Vestavia hizo una pausa, permitiendo que se notara su molestia por el retraso de Durand— concuerda con un tipo detrás del cual iban tanto Baby Face como Turga.

—¿Cómo estás tan seguro? —Durand debería estar agradecido a Vestavia por corroborar la afirmación de Alejandro, pero aquel hombre era tan poco fiable como una serpiente de cascabel.

—Llevó algún tiempo, pero mi gente pudo comprobar todos los vuelos que salían de Europa cada día después del rapto de Mandy. Nuestro ordenador finalmente extrajo imágenes de las cámaras de seguridad. Sabemos quién es. Carlos Delgado.

Durand daba crédito a Vestavia en cuanto a eso, pero todavía tenía asuntos pendientes con él.

—Eso está muy bien. Ahora explícame la razón de esos secuestros.

—Acordamos que te lo explicaría mañana. —Vestavia sonaba irritable, pero añadió—: Mandy servía para un propósito: sacar a la luz a Espejismo, y funcionó. Espejismo no se ha conectado a Internet desde entonces y es evidente que está huyendo. Si Mandy pudiera identificar a alguno de tus hombres, las autoridades ya te habrían visitado. ¿Has enviado hombres suficientes para supervisar la reunión de Colombia, tal como acordamos?

Durand meditó sobre la respuesta evasiva de Vestavia. La información de ese maldito cabrón era impresionante.

—Te dije que no me interrogaras. Yo estaba de acuerdo con enviar esos hombres, así que allí están.

—No te preocupes —lo reprendió Vestavia—. Todo esto acabará muy pronto. Encontraremos a Espejismo en cualquier momento.

—No pierdas más tiempo. —Durand sonrió a Vestavia por la pequeña pantalla de su teléfono móvil—. Espejismo está colgado delante de mí.

El silencio se alargó hasta que Vestavia dijo:

—Envíame una foto de ese hombre.

—Haré algo mejor. —Durand movió el teléfono para enfocar a Carlos, cuyos ojos primero se cerraron y luego se abrieron sorprendidos.

Mierda, Carlos conocía a Vestavia.

Durand volvió a mirar la pantalla del teléfono lo bastante rápido como para alcanzar a ver la conmoción de Vestavia, que le hablaba a gritos:

—¿Cómo se te ocurre mostrarle mi cara, idiota?

—Mucho cuidado con tus palabras, Vestavia. Eras tú quien quería ver a Espejismo —le advirtió Durand tranquilamente, dejando que un matiz amenazante se filtrara en sus palabras. La alimentación de vídeo desapareció, dejando el habitual «llamada desconocida» en su lugar, indicando que el teléfono estaba todavía activo.

—Quiero que mi gente interrogue a Espejismo, así que no lo mates —ordenó Vestavia.

—Espejismo me pertenece —respondió Durand con voz tensa, al tiempo que juraba en silencio que un día mataría a Vestavia con sus propias manos—. Haré con él lo que me plazca. Como te dije antes, podrás tomar lo que quede cuando yo termine, pero dudo que un cadáver sin cabeza pueda hablar. —Durand colgó, maldiciendo a Vestavia.

Carlos no podía creer la cara que acababa de ver por la

pantalla del teléfono. Vestavia era el antiguo agente de la Brigada Antidroga Robert Brady, un fugitivo que según sospechaba BAD estaba relacionado con los ataques de virus del año pasado, y posiblemente también con los Fratelli. Carlos acababa de tener la confirmación. Tenía que decírselo a Joe, pero hacerlo sería condenadamente difícil considerando su actual situación.

La única cosa positiva de esa llamada de teléfono era que Vestavia había confirmado lo que Carlos le había contado a Durand sobre Gabrielle. No tenían ninguna razón para ir tras ella.

—Te han estado controlando —comenzó Carlos, tratando de ganar tiempo para ver si lograba encontrar algún brillante plan de huida.

Tenía derecho a soñar, ¿verdad?

—¿Qué sabes de Vestavia? —dijo Durand, haciendo un gesto a Julio para que alejara la plancha de hierro—. Vuelve a poner eso en el fuego.

Por lo menos Carlos había logrado despertar la curiosidad de Durand.

—No es alguien con quien convenga hacer negocios. Usa a la gente, y luego se deshace de ella. ¿No te has preguntado por qué ha hecho que secuestraras a esos adolescentes que ahora están en Washington?

Durand guardó silencio durante un rato, sin duda preguntándose cuánto sabía realmente Carlos.

—¿Cómo sabes eso?

—Mandy no puede señalar a tus hombres, así que él no se equivoca cuando dice que ella no representa una amenaza. —Carlos no quería que Durand tuviera ninguna razón para ir detrás de Mandy. La chica ya tendría bastantes pesadillas que superar cuando recuperara la conciencia—. Los otras tres tienen que ver con un ataque que él ha planeado en Washington.

—¿Qué tipo de ataque?

Carlos solo podría seguir dándole pedazos de datos y detalles mientras Durand no alcanzara a sospechar que estaba tratando de ganar tiempo.

—No sé exactamente qué es lo que tiene en mente. Yo era

tan solo un conducto de información. Envié todo lo que descubrí acerca de él a personas que están tratando de proteger a los adolescentes y al consejo presidencial.

Durand alzó las cejas.

—¿Para quién trabajas?

—Para nadie. Soy un contratista independiente.

—Entonces ¿quién te paga por esa información?

—Mucha gente, pero no hay forma de rastrear el dinero para llegar hasta ellos, así que no tengo ningún nombre para darte.

—¿Por qué debería creerte? —Durand mantenía su ira bajo control, pero la rigidez de su mandíbula mostraba claramente que creía que Vestavia había jugado con él.

—¿Por qué crees que Vestavia se mostró preocupado cuando me vio? Él sabe que yo sé que estuvo detrás del ataque vírico de Estados Unidos el año pasado y que planea convertirte en la cabeza de turco de ese ataque. No creas que alguno de los grandes planes que te ha contado incluye a la organización de Anguis. Ese hombre es más mercenario de lo que se podría esperar.

Algo más se le ocurrió a Carlos mientras intentaba esa jugada.

—Y Salvatore no estará contento cuando descubra quién le echó a él la culpa por el golpe a vuestro ministro del Petróleo.

El rostro de Durand estaba bastante sorprendido como para confirmar lo que Carlos había adivinado. Vestavia probablemente le había pagado a Durand para que cometiera atentados fallidos contra el ministro del Petróleo de forma que las sospechas pudieran recaer sobre Salvatore. Pero ¿por qué atentados fallidos?

—¿Qué es lo que sabes acerca de la organización de Vestavia? —preguntó Durand.

Carlos sacudió la cabeza disgustado. Durand estaba tan hambriento de poder que se dejaría engañar por un hombre peligroso.

—No estoy seguro —contestó Carlos, sin estar dispuesto a compartir ninguna información innecesaria sobre los Fratelli—, pero creo que forma parte de un grupo altamente or-

SHERRILYN KENYON Y DIANNA LOVE

ganizado que tiene capacidad financiera y política capaz de borrarte de la superficie de la tierra.

El rostro de Durand cambió de un tono gris enfermizo a varias sombras de rojo, pero le respondió en voz baja:

—Estás mintiendo.

—No miento. Comprueba mi historia. —Era poco probable que Durand hiciera eso. Carlos aceptó que había consumido su límite de tiempo.

—Dame la maldita plancha —ordenó Durand en voz baja sin mirar a Julio, que se apresuró a ir a la chimenea y recuperar el hierro.

El ruido de una sirena resonó a través del edificio.

Las radios crepitaron en las caderas de Julio y sus hombres. «¡Nos están atacando!» Se oyeron disparos en los alrededores.

El rostro de Durand cobró un intenso matiz púrpura. Cruzó la habitación y cogió la plancha de hierro candente de las manos de Julio.

—Ve a ver qué ha pasado y llévate a los hombres. Puede que sea alguien intentando capturar a Alejandro. Quizás ese cerdo de Vestavia.

Julio pasó corriendo ante Carlos para salir por la puerta que había a su espalda, gritando órdenes a sus hombres, que lo siguieron.

Carlos se preparó para recibir la plancha de hierro al rojo vivo que venía hacia su pecho.

Durand avanzó hacia él con la arrogancia relajada de un hombre que siempre ha tenido el control.

Cuando Durand ya estaba cerca, Carlos se dio impulso hacia arriba con los pies y agarró la cadena con las manos sudorosas. Entonces lanzó una patada con la bota contra el hierro candente. El extremo del hierro le dio en la pierna y le quemó un trozo de piel antes de caer al suelo. Dio un gruñido de dolor y lanzó una segunda patada directamente contra la barbilla de Durand.

Una explosión fuera hizo temblar el edificio. Carlos perdió el equilibrio y cayó con fuerza al suelo, sintiendo un tirón en las muñecas. Trató de darse la vuelta para ver si entraba alguien, pero no pudo.

Si Vestavia había enviado hombres en su busca, Carlos tendría una oportunidad de luchar otro día.

Durand se tambaleó hacia atrás, recuperó el equilibrio y luego fue a la izquierda para recuperar el control de la cadena. Le dio a un botón y consiguió que Carlos cayera al suelo, desde donde no podía tomar impulso para saltar una segunda vez. Levantó del suelo el hierro candente y avanzó hacia él.

—Solo iba a dejarte la marca de un traidor, pero ahora haré que este hierro te queme hasta alcanzar tu corazón negro.

Durand avanzó, sujetando la vara de hierro candente y acercándola directamente al pecho de Carlos.

La puerta que había detrás de Carlos se abrió de golpe. Durand miró por encima de él, con una expresión de conmoción en el rostro. Un disparo estalló en la habitación. La bala alcanzó a Durand entre los dos ojos, lanzándolo hacia atrás cuando el hierro estaba tan solo a un centímetro del pecho de Carlos.

Carlos dio un par de respiraciones rápidas y luego esperó hasta que una pesadas pisadas se acercaron a él.

Dominic Salvatore sostenía una Magnum 357 con el cañón apuntando a la cabeza de Carlos.

—¿Quién eres tú? —Luego su fiera mirada reparó en el tatuaje y la cicatriz que Carlos tenía en el pecho. Frunció el ceño, pensativo.

—El hermano de Durand murió... y no queda más familia... —De pronto pareció comprender—. ¿Alejandro?

El zumbido leve de la conversación llenaba la habitación, que albergaría fácilmente unas cien personas. Voces respetuosas de adolescentes en su primera visita y adultos que los protegían susurraban palabras que se filtraban en el aire.

Joe se apartó de Dolinski, el agente del servicio secreto a cargo de las operaciones del día, deseando poder contarle al presidente de los servicios de protección la verdad sobre su equipo. Puesto que nadie sabía que BAD existía, al presidente se le había aclarado personalmente que el equipo de

Joe era un grupo de seguridad contratado para vigilar un posible intento de secuestro de tres adolescentes físicamente amenazados durante sus viajes internacionales. Y Joe habría compartido más información si hubiera tenido alguna evidencia firme de amenaza, más allá del aviso en una postal de una mujer desconocida sobre adolescentes que no tenían a sus espaldas ninguna historia de violencia.

El servicio secreto no le creería ni aunque jurase sobre la Biblia.

Tal como lo veía Joe, los niños, el presidente del consejo de ministros y los miembros estimados del Congreso estaban tan a salvo como podían estarlo con el servicio secreto y doce agentes de BAD en la habitación, incluidos él y Tee. Hablando de su codirectora, Tee estaba acabando de escribir un mensaje de texto en su móvil mientras él avanzaba hacia ella. La chaqueta y los pantalones color azul marino que habían escogido para esa misión habían sido confeccionados a medida para su pequeña figura y encajaban con su imagen de ejecutiva agresiva. El cabello liso le caía sobre los hombros en finos mechones de color negro.

Él envidiaba lo cómoda que parecía con aquel atuendo mojigato que encajaba con el suyo. Ojalá le dieran algún día unos tejanos y una camiseta.

—Esto no me gusta nada. —Tee le dirigió una mirada severa—. Parece demasiado fácil.

—¿Qué quieres decir? —Joe inspeccionó la habitación, observando a su gente en cada sector. Dos agentes de BAD estaban de pie a escasos metros de los tres adolescentes. Joe había destinado cuatro de sus agentes como refuerzo de los agentes del servicio secreto por si algo ocurría, y los otros dos se movían entre los adolescentes. No recibirían disparos de los hombres de Dolinski.

—Todo el mundo está aquí. ¿Qué mejor manera de congregar a tanta gente poderosa en un solo lugar que usando puntos clave de la política? —gruñó Tee, pensando en voz alta más que señalando algo obvio—. Que la habitación esté llena de niños no significa que este sea un lugar seguro para el presidente, la mayor parte de su gabinete y un número alarmante de miembros del congreso. —Sonó el teléfono de Tee.

Le dio a una tecla y leyó un mensaje de texto, luego frunció el ceño—. Corrección. Ambos candidatos a la presidencia y sus parejas están aquí. Es el sueño de cualquier terrorista.

Joe señaló:

—Pero ningún grupo de espionaje ha notificado ningún movimiento terrorista en las últimas dos semanas, nadie sospechoso ha entrado en Estados Unidos, nada ha saltado en ningún radar o en BAD nos habríamos enterado. Y el servicio secreto ha hecho una barrida para detectar bombas. —Frunció el ceño, pensativo. ¿Se les podía haber pasado algo por alto?—. No podemos depositar el cien por ciento de nuestra fe en una maldita postal de una mujer por la que nadie responde excepto Gabrielle.

—Lo sé. —Dos pequeñas arrugas verticales aparecieron en la fina tez exótica de Tee, que era en parte vietnamita. El pequeño cambio era un signo serio de su frustración—. Gotthard ha entrado en el sistema para revisar la lista de todos los que estaban en el registro y también de los que pasan por seguridad y no estaban en la lista.

—Colarse aquí sin ser detectado sería difícil hasta para un ingeniero.

—No si se trata de una persona que pertenecía al servicio secreto o a cualquier otra agencia de seguridad nacional.

—¿En quién estás pensando? —Joe dirigió ahora toda su atención a Tee. Tenía la sorprendente habilidad de pensar sin poner límites a las posibilidades.

—No descubrimos hasta después de los ataques virales del año pasado que un agente de la Brigada Antidroga había estado trabajando como topo.

—Brady. ¿Tú crees que está involucrado? —preguntó Joe, tratando de seguir el razonamiento de Tee, que era como tratar de guiarse con un rayo de luz a través de la noche.

—No necesariamente, pero nosotros somos los únicos que sabemos algo sobre los Fratelli y sabemos que él puede estar involucrado con ellos. Deberíamos considerar posibles sospechosos a todo el mundo, incluso a los servicios secretos.

—Bien visto.

Hunter avanzó hacia ellos, escudriñando con los ojos la multitud y colocándose luego junto a Joe y Tee.

—Acabo de entrar. Gotthard también está aquí. Korbin y Rae están dentro de la clínica en Suiza, esperando instrucciones para moverse. Han localizado a tres adolescentes que coinciden con los que estamos buscando.

Tee levantó una ceja color carbón perfectamente perfilada.

—¿Cómo es posible que haya dos juegos de los mismos adolescentes? Revisamos todos los informes. No existe la posibilidad de gemelos y ni siquiera de hermanos del mismo sexo.

—La pregunta más dura es cuáles de esos tres adolescentes son los reales y cuáles son los falsos. —Joe miró su reloj—. Solo tenemos treinta minutos antes de que se dirijan a la comisión de energía. ¿Quién está de refuerzo por Rae y Korbin? —Joe tenía a los mejores agentes de BAD disponibles en Estados Unidos cubriendo aquella reunión desde el interior y desde el exterior.

—Retter dejó con ellos cuatro contratistas antes de desaparecer. —Hunter escribía un mensaje en su móvil mientras hablaba—. Se moverán para detener a los adolescentes de la clínica en cuanto des la orden. —Miró a Joe.

—Todavía no. Esos adolescentes están a salvo por el momento. Tenemos que determinar qué está pasando con ese trío antes de hacer nada que haga saltar la alarma para quien sea que esté detrás de esto, aunque no sepamos de quién demonios se trata. —En aquel momento Joe sería capaz de matar por contar con algún tipo de información sólida. Carlos había trasmitido el mensaje de que los adolescentes definitivamente corrían peligro y de que aquella reunión era el verdadero blanco, y no la de Sudamérica. Solo que no sabía cuál era el peligro, únicamente afirmaba que la reunión de Sudamérica era un señuelo.

Y Carlos a esas alturas ya debía de estar muerto. Y Retter también, por haber ido tras él a Sudamérica.

—Ya no podemos ayudar a Retter y a Carlos —dijo Tee suavemente, leyendo la mente de Joe con tanta facilidad que él se sorprendió—. En cuanto termine esta reunión o comprendamos lo que está pasando aquí, tú y yo iremos tras ellos. Pero por ahora... —Su mirada se deslizó hacia un lado y frunció el ceño—. ¿Qué hace ella aquí?

—¿Quién? —preguntaron Joe y Hunter al unísono, volviendo sus cabezas en la misma dirección.

—Silversteen, la agente de la Brigada Antidroga encargada de buscar a Brady. ¿Por qué tendría que estar aquí ahora? O incluso... ¿por qué tendría que estar en Washington?

—No lo sé. —Joe estudió la elegante silueta de Josie Silversteen, que se deslizaba a través de la multitud.

—Vamos a averiguar qué función oficial está cumpliendo. —Tee levantó su teléfono móvil y sus diminutos dedos marcaron la teclas a toda velocidad. Esas manos que sabían cómo matar a un hombre de más maneras que las que Joe quería contar. Se detuvo, marcó varias teclas otra vez y alzó una mirada suspicaz hacia él—. Se supone que Silversteen está hoy de permiso. En su oficina consta que se encuentra en Miami.

—Me pregunto si sabe algo que no ha compartido con nadie más —dijo Joe suavemente—. Tiene la reputación de no jugar limpio con los demás.

—Yo tampoco lo hago —murmuró Tee, al tiempo que lanzaba a Joe una mirada atrevida—. Voy a descubrir lo que sabe. ¿Crees que puedes arreglártelas sin mí?

Joe suspiró.

—Te diría que tengas cuidado, pero me estaría refiriendo a que tengas cuidado de no matarla.

Tee le dio unos golpecitos en la mejilla.

—Ya te compensaré con una noche en el Ryman cuando volvamos a casa.

Ella tiró de la parte inferior de su chaqueta como si enderezara su armadura para la batalla.

Joe ignoró la broma acerca del edificio que albergaba su programa de entretenimiento favorito en Nashville y agarró a Tee del brazo. Ante el destello de ira de sus ojos por ser detenida, le susurró:

—Ten cuidado. En serio.

Su codirectora asintió y luego se alejó, moviendo el cuerpo con desenvoltura.

Hunter dijo:

—Todo el mundo en su sitio. Veinte minutos para ir.

—Esperemos que esta Linette no nos haya dado indicaciones equivocadas. —Joe escudriñó la habitación una vez más, hasta fijar la mirada en los tres adolescentes y en esa mujer llamada Collupy. ¿Han regresado Jake y Jeremy?

—Sí, les dije que esperaran en el aeropuerto de Reagan. Imagino que cuando esto haya acabado nos llevaremos a nuestros mejores agentes a Sudamérica.

—Ese es el plan. —Aunque la verdad era que Joe dudaba de que pudieran encontrar a Carlos y a Retter antes de que los mataran.

Josie mostró su documento de identidad a uno de los guardias de seguridad armados que supervisaban la corriente de gente y adolescentes que entraban y salían de la reunión.

—Siento que tengáis que tratar con tantos chicos con deficiencias físicas. Debe de ser una pesadilla tener que registrarlos a todos. Merecéis un sueldo extra.

—Como si eso fuera a pasar... —El guardia de seguridad más cercano, con un corte de pelo militar y un físico que contribuía a darle una apariencia peligrosa, se permitió sonreír. Revisó su documento y la buscó en la lista acreditada por las fuerzas de la ley. La dejó salir y la saludó con la mano—. Que pase un buen día.

Ella sonrió, pues planeaba tener un día excelente. Ahora que había corroborado que los tres adolescentes y Kathryn Collupy estaban allí, Josie se dirigía a un lugar bastante cercano para observar la explosión pero sin ser afectada. Al teclear tres números de su teléfono móvil apretaría los detonadores de explosivos C-4 de los estrechos tubos que los adolescentes habían pasado sin saberlo a través de la barrera de seguridad.

Científicos de los Fratelli habían probado con éxito los sólidos tubos de C-4 en escáneres de seguridad para comprobar que no eran detectados. Luego esos tubos fueron integrados en las prótesis y las estructuras de las sillas de ruedas. El detonador había sido camuflado en el mecanismo ortopédico y en el interior del diseño de la silla de ruedas.

En menos de una hora, la estructura de poder de Estados

Unidos quedaría lisiada sin remedio. Nadie había considerado la posibilidad de perder al presidente, al vicepresidente, a los cuatro miembros siguientes en la línea de la presidencia y a los otros candidatos a la presidencia una semana antes de la votación del martes.

Ese país tendría que dirigirse al número seis en la jerarquía del gobierno, el secretario del tesoro, un hombre hispano con informes impecables que quedaría aterrado al enterarse de su nueva posición. Su oportuno viaje a Colombia sería catalogado de milagro por aquellos que creyeran que era un simple bastardo con suerte. Desde las cenizas de un país caótico y desesperado por un nuevo presidente, se haría con el liderazgo provisional y demostraría ser el mejor candidato cuando las elecciones fueran retomadas.

A pesar de los veintidós años de carrera política maniobrando para hacerse con la posición alcanzada en la actual administración, el hombre que ocuparía el lugar del presidente no era en realidad ni de izquierdas ni de derechas.

Josie sonrió al pensar en el brillante plan de colocar a un *Fratelli* en la Casa Blanca.

Tee siguió de cerca a Josie, que se alejó dos manzanas de la reunión del congreso. Entró en un edificio de oficinas y en lugar de usar el ascensor subió por la escalera.

Al llegar al tercer piso, Josie cruzó el umbral de una puerta conducía a un pasillo que se veía demasiado vacío para pertenecer a un edificio de oficinas de Washington. Tee tomó nota mental de que alguien debía investigar las oficinas alquiladas en ese pasillo, pero apostaba que todas pertenecerían al mismo arrendatario, que sería inexistente cuando consiguieran localizar la dirección.

Tee repasó mentalmente toda la situación. El secuestro no parecía probable con tantos medios de seguridad como había en el edificio de la reunión. ¿Y por qué Josie había abandonado el lugar si era parte de la operación? Y si Josie no tenía que ver con lo que estaba ocurriendo, ¿por qué iba a mentir a su oficina y aparecer en un evento como aquel?

Tratando de ponerse en la piel de Josie, Tee se dio cuenta

de que la única razón que podía haber para que ella abandonara el lugar de la operación era que algo iba a ocurrir en ese lugar... Como una bomba.

Tee comenzó a enviar a Joe un mensaje de texto frenéticamente.

Delante de ella, Josie abrió una puerta y desapareció en el interior de una oficina.

Joe leyó el mensaje de texto de Tee y luego se retiró unos pasos del lugar desde donde estaba observando a la multitud para hablar en voz baja a través del transmisor, dirigiéndose a todo el equipo.

—Pedid a los tres canales de televisión que corten y pongan anuncios en cinco segundos. No me importa lo que tengáis que hacer para conseguirlo. —Se dirigió hacia Dolinski.

No era exactamente el rescate que Carlos había esperado. Durand yacía en el suelo tumbado, con una mirada vidriosa fija en su rostro. Carlos debería sentir algo parecido al remordimiento, pero la única sensación que lo inundaba era la de alivio por saber que ese monstruo ya nunca podría hacer daño a Gabrielle, ni a María, ni a Eduardo.

Salvatore no se había movido desde el momento en que se detuvo frente a Carlos, que seguía colgado del gancho.

—Hola, Salvatore. —Carlos no pensaba negar que él era Alejandro, puesto que mentir en una situación así no lo ayudaría. Al menos Salvatore probablemente lo mataría con otra bala entre ceja y ceja en lugar de torturarlo.

—Tú eres el que iba a encontrarse con Helena el día de la bomba —constató Salvatore.

—Sí. Ya sé que no me crees, pero nunca quise hacerle daño —le dijo Carlos, con la voz espesa.

La puerta se abrió de golpe otra vez. Carlos mantuvo la mirada fija en Salvatore, puesto que no podía imaginar una amenaza mayor que aquella a la que se estaba enfrentando.

Entonces apareció Retter, llevando más artillería que Rambo. Excepto que Retter era mucho más alto que Stallone. Tenía grasa negra en el rostro. En sus brazos se marcaban músculos protuberantes que sostenían un arma automática de calibre 50. Dos cinturones cargados de munición cruzaban su pecho. Su pantalones militares negros estaban desgarrados y sucios como si se hubiera arrastrado por el barro. Y estaba salpicado de sangre.

Para Carlos nunca había tenido mejor pinta.

Salvatore ni siquiera pestañeó. De hecho ignoró a Retter completamente.

¿Qué demonios ocurría? Carlos iba a preguntárselo a Retter pero Salvatore comenzó a hablar.

—Ya sé que tú no mataste a Helena ni trataste de matarme a mí. Durand trató de convencerme de que la familia Valencia puso la bomba y de que su familia también había sufrido por la explosión. Cuando eso no funcionó, dejó escapar que tú habías cometido un atentado fallido contra mi vida. Te culpó a ti de las heridas que habían convertido a su sobrino en parapléjico. Buscamos el diario de Helena para hallar una pista de quién podía desear su muerte. Yo no era el único blanco, pero fui advertido de que no debía salir del almacén.

El dolor que sentía Carlos en las muñecas por las heridas de las esposas no era nada comparado con la angustia que reflejaban los ojos de Salvatore.

Bajó su arma.

—Ella escribió que los dos confiabais en poder poner fin a la guerra entre vuestras familias. Esto por sí solo no hubiera bastado para convencerme, pero uno de mis guardias de seguridad me contó lo que oyó en su radio. Revisó los canales de trasmisión de ese día y te encontró a ti diciéndole a tu primo: «No, Eduardo, no hagas daño a Helena. No lo hagas». Luego oyó que tú le gritabas a Helena a través de la radio, pidiéndole que saliera huyendo.

Carlos quería decir algo, pero lo único que podía hacer era tratar de respirar a través de su garganta constreñida.

Retter registraba la habitación y encontró el control de la cadena que elevaba a Carlos del suelo. Se hizo también con un par de tenazas para abrir cerrojos y lo liberó de las esposas.

—Gracias. —Carlos se quedó de pie, frotándose las muñecas—. ¿Quieres decirme qué demonios está pasando aquí?

—Los hombres de Salvatore me capturaron —soltó Retter como si eso fuera una explicación.

Salvatore se burló.

—Porque tú los dejaste.

—Cierto. —En el rostro de Retter apareció una sonrisa capaz de cautivar a cualquier mujer, a pesar de haber pasado toda la noche a la intemperie y de llevar ropa sucia—. No podía dejar pasar la oportunidad de encontrarme con Salvatore. En cuanto lo hice, supe que no era él quien estaba detrás de los ataques del ministro del Petróleo. Le expliqué que pensaba que alguien estaba tratando de señalarlo a él como culpable de los atentados contra la vida del ministro del Petróleo y justo entonces recibió una llamada de un tal...

—Vestavia —apuntó Carlos.

—Sí, ¿lo conoces? —preguntó Retter.

—Más o menos. Continúa.

—Este tipo le dijo a Salvatore que Durand estaba detrás de los atentados, y que si no lo detenía ahora se arriesgaba a perder sus vínculos políticos cuando fuera acusado de asesinato. Vestavia le dijo también a Salvatore que si quería terminar con los asaltos contra el ministro era el momento, ya que Durand estaba ahora falto de soldados. Salvatore tenía hombres vigilando a los Anguis, así que para él no era un problema mobilizarlos rápidamente. Por tanto aquí estamos.

Así que Vestavia había enviado a Salvatore a hacerse cargo de Durand, pero probablemente no había contado con que Durand tuviera a Espejismo.

O más bien la persona que Durand tomaba por Espejismo.

—¿Dónde nos deja esto ahora, Salvatore? —Carlos necesitaba saber si Salvatore todavía tenía ansias de venganza—. ¿La lucha termina aquí?

—Quiero al hombre que mató a mi Helena —fue la respuesta.

Carlos negó con la cabeza.

—Puedo jurarte que el único responsable perdió su vida también ese día.

Salvatore lo miró fijamente un momento, y luego asintió.

—He matado la cabeza de la bestia. Su sangre ya no podrá seguir haciendo daño a mi familia.

Carlos se pasó las dos manos por la cara y por el pelo, y luego miró a Retter.

—¿Qué pasa con los adolescentes?

—¿A qué te refieres? —preguntó Retter—. Yo no he hablado con nadie. Salvatore me ha dicho que si dejo que sus hombres y él sigan vivos me dejará marchar, y a ti también.

Salvatore intervino:

—Los dos sois libres. Os debo un agradecimiento por vuestra ayuda.

—¿Quieres recompensarnos ahora? —preguntó Retter.

—¿Cómo?

—Teléfonos móviles, ropa, dinero... ¿un avión?

Tee giró el pomo de la puerta y luego la empujó para abrirla, apuntando a Josie con su arma. La agente de la Brigada Antidroga estaba tan concentrada tratando de hacer algo con su teléfono móvil que tenía todavía el arma enfundada.

—¿Qué demonios estás haciendo aquí?

—Suelta el teléfono. —Tee movió el haz de luz láser de su arma apuntando el centro de la frente de Josie.

Josie bajó las manos con calma y miró a Tee.

—Soy agente de la Brigada Antidroga, idiota. —Sus dedos todavía trataban de apretar los botones del teléfono.

Tess dirigió el haz de luz hacia la mano de Josie y apretó el pulgar. Josie soltó el teléfono, gritando de dolor.

Hunter y Gotthard entraron a toda velocidad, apuntando con sus armas.

—Ponedle las esposas y registradla. —Tee esperó a que Gotthard vendara la mano herida de Josie y le pusiera en las muñecas unas esposas flexibles. Mientras él la registraba, Tee recogió el teléfono de Josie y vio que la llamada no había sido conectada.

Eso debía de ser porque Joe había hecho que el agente Dolinski del servicio secreto invalidara todo el servicio de telefonía móvil en el radio de dos kilómetros alrededor del edificio del Capitolio en cuanto recibió el mensaje de texto de Tess. En aquel momento, los salones ya debían de estar prácticamente vacíos, y lo primero que se había hecho era sacar de allí al presidente y a su gabinete. Joe ya tendría a los tres adolescentes y a Collupy encerrados en algún sótano de las instalaciones.

Hunter contactó con Rae y Korbin mediante un teléfono por satélite y dio instrucciones de que tomaran en custodia para protegerlos a los otros tres adolescentes de Suiza. En el plazo de una hora sabrían cuáles eran los reales y cuáles los falsos.

—Vosotros no sois de la policía ni del FBI. Ni siquiera me habéis leído mis derechos —ladró Josie.

Tee dio unos pasos hacia ella.

—Aquí están tus derechos. Abre la boca otra vez y estiraré tu lengua para que te llegue hasta la nuca. —Tee dio indicaciones a sus agentes para que se movieran—. Vamos a llevarla ante las autoridades a las que quiere ver.

Fuera, Gotthard y Hunter cogieron a Josie cada uno de un brazo. La agente de la Brigada Antidroga los miraba con rabia a pesar de que la conmoción hubiera dejado inexpresivo su rostro, pero no dijo ni una palabra más.

Tee los seguía varios pasos atrás, atenta a cualquiera que pudiera pretender ayudar a Josie.

—¿Tienes el blanco a la vista? —preguntó Vestavia, mirando a través de la ventana del décimo piso de un edificio de oficinas de Washington vacío.

—Sí, señor. Estoy listo —confirmó su francotirador, esperando la orden de disparar. Transcurrió otro segundo—. ¿Señor?

Vestavia lanzó otra mirada por encima del hombro del francotirador.

—Dispara.

La explosión prácticamente desgarró a Vestavia por la mitad. Su cuerpo entero se contrajo cuando vio la hermosa cabeza de Josie destrozada como un melón maduro golpeado por un mazo.

Deseaba ordenar también la muerte de la mujer asiática y de los dos hombres que iban con ella, pero el francotirador era un *fratelli*. Vestavia no podía arriesgarse a que los miembros de la hermandad supieran que había habido muertes innecesarias.

El grupo gobernante de los once miembros de la hermandad norteamericanos habían ordenado esa sanción si Josie era arrestada.

Y la eliminación de Pierre en Francia. Como si su muerte importara.

Vestavia nunca hubiera creído que alguien pudiera hacer caer a Josie.

Luchó por mantener el control, a pesar de lo mucho que le costaba respirar. Su Josie estaba muerta. Haría que todo el mundo pagara por ello. El corazón le golpeaba en el pecho con cada doloroso latido.

Su dulce Josie. Muerta.

Tendría que enfrentarse a los Fratelli y explicarles lo que había salido mal, pero no esta noche. No ahora que estaba en carne viva.

El francotirador había bajado su arma y estaba de pie a su lado.

—¿Listo?

Vestavia se negó a revelar ninguna emoción. Contuvo la bola de angustia que sentía en el estómago y le dio al hombre unas palmadas en la espalda.

—Buen trabajo.

—Gracias.

Vestavia solo encontraba una razón para el fracaso de hoy. Tenía que haber un topo en el interior de la organización de los Fratelli.

Estaba claro que no era Josie, pero descubriría de quién se trataba y esa persona lo pagaría muy caro.

Epílogo

Carlos entró en la oficina de Joe, en el último piso de la Torre Murciélago de Nashville, dispuesto a hacer daño.

—¿Dónde está ella?

—¿Te refieres a Gabrielle? —Joe se levantó, detrás de su escritorio. Llevaba pantalones deportivos grises y una camisa azul celeste, con el cuello abotonado.

Tee apareció por la puerta que comunicaba sus despachos. Sostenía en brazos a su peludo y pequeño perro de raza Pomeranian, *Petey*, acurrucado contra el suéter color canela que llevaba en combinación con una falda de cuero negra.

—Se ha ido, Carlos. Llamó cuando aterrizaron para decirnos el aeropuerto en el que estaban y cuando llegamos a recoger a tu tía y tu primo ya se había marchado. No sabemos dónde está.

Él los miró fijamente a los dos, queriéndolos llamar mentirosos por intentar hacerle creer que Gabrielle se había desvanecido en el aire.

—Sabías que podía hacerlo —le señaló Joe.

Carlos se pasó una mano por la cabeza y se agarró la nuca.

—Tal vez Gotthard pueda encontrarla.

—No lo creo. —Tee sacudió la cabeza—. Por lo visto no es fácil. Está impresionado con su habilidad para manipular cualquier aparato informático, y eso ya te dice mucho.

Aquello no podía estar pasando. Carlos solo quería una oportunidad para explicarse ante ella, para decirle que había quedado para siempre libre de Durand, de su ex, de todos. Que él no quería dejarla y que nunca la había utilizado.

Pero ¿qué otra cosa podía pensar ella tras descubrir que

había estado acostándose con la persona que, según creía ella, había matado a su madre?

—¿Cómo está la quemadura de tu pierna? —preguntó Joe.

—Bien. —Carlos hizo un gesto de desdén, tratando de imaginar cómo funcionar ahora que lo único que le importaba en el mundo se había ido para siempre.

—Acabamos de llegar. ¿Qué noticias hay? —preguntó Korbin, entrando en la habitación seguido de Rae.

Carlos se apartó y se apoyó contra la pared, para que Korbin y Rae pudieran sentarse frente al escritorio de Joe.

La idea de desaparecer comenzaba a sonar atractiva.

—Los adolescentes que rescatasteis en Suiza son los verdaderos McCoys —comenzó a explicar Joe.

—Habían dicho en la clínica que esos tres adolescentes estaban seriamente deprimidos y desilusionados —añadió Korbin dirigiéndose a todos—. Tenían mucha documentación sobre eso, que por supuesto no llevaba a ninguna parte.

Joe continuó:

—Los adolescentes de Washington eran doblar. Todo el mundo pensó que habían sido escogidos para servir como señuelos de los adolescentes reales, y Collupy creía que era una empleada de la CIA y trabajaba escoltando a Evelyn. Los tres adolescentes eran vagabundos o huérfanos afectados por accidentes de tráfico de diferentes países ocurridos el año pasado. Cuando despertaron en el hospital, cada uno de ellos tenía un daño físico que se correspondía con el de uno de los adolescentes reales. Les sometieron a cirugía plástica, se les dijo que era necesario por el resultado de sus heridas, y luego recibieron fisioterapia y logopedia.

Rae se inclinó hacia delante, horrorizada.

—¿Quieres decir que los Fratelli hirieron intencionadamente a esos chicos, condenando incluso a uno de ellos a una silla de ruedas de por vida, y usando a los miembros de los otros para hacer dobles?

—Sí, eso es exactamente lo que imaginamos que ha pasado —respondió Tee—. Todos los adolescentes han reconocido una foto de Josephine Silversteen como la persona de contacto. Después de la cirugía les dijo a cada uno de los chicos que la organización que representaba protegía a los niños y pagaba todas sus facturas médicas, pero que su gente quería que ayudaran a otros niños, que al parecer iban a ser el blanco de un secuestro, reemplazando su lugar durante una semana. Les aseguró que ellos estarían protegidos todo el tiempo, y a cambio todos sus gastos hospitalarios y de educación serían financiados.

Joe añadió:

—La habilidad para encontrar niños abandonados que fueran tan parecidos físicamente y en el habla a esos adolescentes y la capacidad de infiltrarse en la Brigada Antidroga demuestra que los Fratelli son una amenaza aún mayor de lo que imaginábamos. Kathryn Collupy era simplemente inocente. La planificación que hay detrás de todo esto es extraordinaria, ya que todos ellos pasaron por cirugía, rehabilitación e instrucción vocal durante los últimos seis meses.

—¿Qué va a pasar con ellos ahora? —preguntó Rae.

—Ya hay informes de todos los adolescentes y están ahora en el programa de protección —explicó Joe—. Serán colocados con buenas familias en el programa y recibirán como mínimo lo que les fue prometido. Ahora sabemos por qué Silversteen nunca cogió a Brady y por qué la asesinaron. No se arriesgan a dejar con vida a nadie que pueda hablar.

—Acabo de terminar de redactar un informe. Brady es conocido como Vestavia, y forma parte de los Fratelli —intervino Carlos.

Todos guardaron silencio y se volvieron hacia él.

Carlos habló de la llamada telefónica que Durand había recibido y contó que había visto el rostro de Vestavia. Pretendía añadir su conexión con Durand en el informe, pero Retter lo había detenido diciéndole que él y Joe eran las únicas dos personas que necesitaban saber eso. Retter había rechazado la dimisión de Carlos esa mañana, diciéndole que Joe no la aceptaría hasta que al menos se hubiera tomado un descanso.

Pensaban que iba a quedarse. ¿Podría hacerlo? No era capaz de contestar a esa pregunta ahora.

—Así que Vestavia sabe cuál es mi aspecto —concluyó Carlos.

—No creo que eso sea un problema si no te colocamos en algún lugar público o de alto perfil —intervino Tee—. Salvatore quemó el complejo de Anguis hasta los cimientos después de que os marcharais y juró que mataría a todos los soldados de Anguis, incluyéndote a ti. —Tee dirigió a Carlos una mirada valorativa—. Te construiremos un nuevo perfil.

—Está bien. —Carlos tenía que salir de allí—. ¿Dónde están mi tía y mi primo?

—En el Shepherd Spinal Center de Atlanta. —Tee levantó una pequeña caja del escritorio de Joe y avanzó hacia Carlos—. Esta es toda la correspondencia que encontramos en la oficina de correos de Gabrielle en Peachtree City.

Carlos la cogió, le dio las gracias y se dirigió hacia la puerta.

—¿Te vas a tomar algún tiempo libre? —preguntó Joe.

Carlos no podía mirarlo a los ojos y mentir, así que se limitó a decir:

—Sí.

—¿Cuándo volverás? —añadió Rae a la pregunta de Joe.

—No lo sé. —Carlos salió.

Gotthard se frotó los ojos cansados y miró la tercera llamada perdida de su teléfono móvil. Las tres eran de su esposa, que solo querría quejarse de que siguiera en el trabajo después de medianoche.

Como si ella estuviera siempre en casa cuando él iba. Salir de compras, sus amigas y las jornadas de gimnasio siempre tenían prioridad antes que una cena decente con él.

La única luz en la sección de oficinas de informática de BAD provenía del brillo de las múltiples pantallas de ordenador que él llevaba días manejando.

Siete entradas aparecieron de repente, respuestas a mensajes que había enviado, en busca de Linette. Aparecían constantemente, pero ninguna llevaba su firma. Pasó de largo las cinco primeras y luego se detuvo en la número seis, paralizado.

Leyó la breve respuesta otra vez y decodificó la firma tres veces más hasta que dio una palmada sobre el escritorio.

—¡Bingo!

La firma codificada era «Jane of Art».

Linette había respondido.

BAD tenía ahora contacto con el topo que había dentro de los Fratelli.

Carlos conducía su BMW carretera abajo hacia su refugio seguro de Hiawassee, en Georgia. El otoño había llegado y se había ido sin él, salpicando las montañas de tonos naranjas, rojos y marrones. El viento barría las hojas caídas y las había apilado a lo largo de la entrada pavimentada.

Todos los sistemas de seguridad estaban despejados sin luces de alarma.

Agarró la caja con la correspondencia de Gabrielle que ya había ido revisando durante el camino, esperando encontrar alguna pista de dónde podía haber ido.

No hubo suerte. La única pieza significativa que encontró fue un sobre de papel manila con el seguro de vida al que había contratado la póliza que beneficiaba al canalla de su ex-marido. Un documento adjunto indicaba que la póliza había sido cancelada y ellos habían recibido una carta de Roberto afirmando que cualquier póliza futura que lo citara a él como beneficiario sería un documento falso contra el cual él testificaría voluntariamente.

Esa carta era el fax que Roberto había enviado la noche en que Carlos lo visitó. El tipo había perdido su oportunidad de obtener una fortuna, pero todavía tenía la suerte de conservar sus cojones y su cara intacta.

Y Carlos tenía una confesión firmada de Roberto.

Bajó del coche y fue a buscar sus cosas.

Tenía siempre reservada una maleta con ropa para una semana, y dos cajas de cartón guardadas en el almacén de abajo contenían todo el resto de sus posesiones.

Tenía suficiente dinero para encontrar un lugar donde alojar a su tía y a su primo una vez terminaran con los tratamientos. Con Durand muerto y Salvatore aplacado nadie los molestaría.

¿Y qué haría él? Carlos no lo sabía, y tampoco le importaba. ¿Qué era la vida sin Gabrielle?

Marcó el código de seguridad, y esperó un segundo zumbido para teclear otra serie de números. Dentro de la casa, tiró la chaqueta a un lado y se dirigió al dormitorio para buscar primero la maleta.

Cuando entró a la habitación, oyó un movimiento en el baño y sacó su arma.

La puerta se abrió lentamente y apareció un cuerpo envuelto en una toalla. Gabrielle.

No era posible.

—No dispares —ordenó ella—. Te vi venir por el camino desde el monitor del baño y entraste antes de que me diera tiempo a vestirme.

—¿Qué haces aquí? —Él no pretendía sonar arisco, pero el cabreo había sido su estado natural durante las últimas veinticuatro horas.

—Obviamente me estaba dando una ducha. ¿Puedes bajar esa maldita pistola? —Ella apretaba la toalla tirante, cubriendo la mitad de su cuerpo. La toalla beis a juego que le cubría el pelo se cayó hacia un lado cuando inclinó la cabeza.

Él dejó el arma sobre la mesilla de noche.

—¿Cómo has entrado aquí?

—Oh, ¿eso? —Se encogió de hombros y se envolvió de nuevo el pelo con la toalla—. Me metí en el ordenador central de la casa y bajé los códigos de seguridad cuando Gotthard me dejó revisar el correo en mi ordenador. Lo preparé todo para poder entrar sin ser detectada, tal como hice con nuestra habitación de la escuela. Lo hice para tener una manera de escapar si tu gente me traía aquí otra vez. Cuando fuimos camino del aeropuerto grabé el rastro de la ruta.

Nadie, ni siquiera Gotthard, había considerado la posibilidad de que Gabrielle pudiera entrar en el sistema de seguridad de la casa cuando ella y Gotthard habían estado trabajando desde allí para acceder a los ordenadores de la escuela.

—¿Y tú qué estás haciendo aquí? —preguntó ella.

—Vengo a buscar mis cosas. —Fue una respuesta automática, en realidad no estaba procesando lo que ocurría. Gabrielle estaba allí—. Creí que habías desaparecido.

—Eso hice, pero necesitaba un lugar donde pasar unos pocos días hasta conseguir ropa y un coche nuevo. Salí de

Sudamérica sin nada, a excepción de algo de dinero que me dio tu tía y que usé para llegar hasta aquí. Este era el único lugar donde estaba segura de hallarme a salvo.

Era ahora o nunca. Tenía una oportunidad antes de perderla otra vez.

—Si te vistes, me gustaría decirte algo.

—Dímelo ahora. —Ella enderezó su postura, como si se preparara para oír una lección.

Carlos soltó un chorro de aire y se impulsó con ambos pies.

—No le dije a nadie que tú eras Espejismo, y no sabía lo de tu madre cuando hicimos el amor. Yo no te estaba usando.

Su rostro se suavizó, dándole esperanzas, hasta que negó con la cabeza y dijo:

—No, dime el resto de la verdad.

Maldita sea. Ella no le creía.

—Acabo de hacerlo.

—No, no lo has hecho. —Gabrielle dio un paso hacia él, luego otro, avanzando lentamente alrededor de la cama—. Cuéntame la verdad acerca del día en que murió mi madre.

—Yo no quería herir a nadie cuando detoné la bomba —dijo él en un tono monótono, repitiendo la historia que ya había contado tantas veces—. Yo no sabía que la bomba causaría tanto daño.

Gabrielle continuó acercándose.

—Eso tampoco es verdad. —Ella se detuvo a un paso de distancia, tan cerca que a él le dolió reconocer el aroma familiar de ella.

—Es la única verdad que sé. —La amaba tanto que le costaba creerlo, pero no traicionaría a Eduardo, dejando que ella tuviera a otra persona a quien dirigir su cólera.

—Dime cómo has fingido durante todos estos años que eras el único detrás de la bomba cuando fue Eduardo el único que realmente la hizo detonar —dijo ella suavemente—. Dime cómo has llevado la carga de todas esas muertes y casi pierdes tu propia vida por ocultar la verdad. Dime cómo volviste a mostrar esa serpiente de tu pecho para proteger a aquellos a los que amas... y cómo le mentiste a Durand para protegerme a mí.

A él se le aceleró el corazón.

—¿Cómo puedes...?

—Tu tía me lo contó todo cuando estuvimos a salvo. Yo creía que ella iba a entregarme a los hombres de Durand al final del vuelo, pero ella es como tú. Lucha para proteger a los suyos. Me hizo muchas preguntas, y luego me contó la historia de un joven al que crio como su propio hijo.

Gabrielle levantó una mano hacia su mejilla.

—¿Creías que yo querría hacerle daño a Eduardo? Ella me dijo que había hecho el juramento de no decirle a Durand la verdad, pero imaginaba que yo necesitaba saberla. Eduardo estaba con nosotros cuando su madre compartió la historia. Él lloró y me dijo que sentía muchísimo lo de mi madre. Ha tenido que vivir con eso y con la culpa de saber que tú has cargado con esas muertes durante todos estos años y que has vivido huyendo para protegerlos a él y a María. Ese día él también perdió su futuro. Mi madre lo perdonaría, así que yo no puedo hacer menos.

—Siento mucho lo de tu madre. —Carlos no podía creer el enorme alivio que lo inundaba ahora que Gabrielle sabía la verdad.

—También lo siento por Helena. —Sus ojos se nublaron—. Todos perdimos ese día, incluyendo a María. ¿Qué te parece si construimos una nueva vida juntos? Ahora, dime que me amas.

—Te amo más que a mi vida —susurró él, tomándola en sus brazos y besándola. Al volver a respirar dio las gracias por aquel milagro.

Gabrielle lo apretó contra ella.

—Me daba mucho miedo que no lograras escapar de Durand, pero cuando hablé con Joe me dijo que Retter había logrado infiltrarse y te había encontrado. Si no, yo hubiera vuelto en el siguiente vuelo.

Carlos agradeció a Joe esa mentira, pues ella habría sido asesinada si volvía a Sudamérica.

Ella le pasó las manos por la espalda y por el pelo. Él la besó con todo el amor que sentía en su corazón.

—Ahora ya sabes de qué sangre provengo —le advirtió él.

—Sí, lo sé. —Ella se apartó, y sus ojos brillaron llenos de

una admiración que él no esperaba—. No todos los hombres de tu familia son como Durand. Lo sé porque rastreé el linaje de los Anguis una vez. Tienes la sangre de un guerrero en tus venas. El tipo de hombre que protege a los suyos y los ama sin medida. Yo quiero ese amor y te quiero a ti.

—Ese amor es todo tuyo. —La besó, asombrado de poder abrazarla otra vez. Al terminar el beso le hizo una última advertencia—. No vas a sacar mucho de este trato, ya que todo lo que poseo es lo que llevo en las dos manos.

Ella puso las manos sobre las suyas. Acercó los labios a su oído.

—Estupendo. Eso quiere decir que decoraré la casa como quiera. —Se rio hasta que la toalla se le soltó y se deslizó al suelo.

—Decora lo que quieras, princesa, empezando por el dormitorio. —Carlos la levantó en brazos, intentando mostrarle cuánto significaba para él. La tendió sobre la cama y se quedó de pie a su lado, desabrochándose lentamente la camisa.

Lo que estaba contemplando era su futuro, algo que nunca había esperado tener.

Agradecimientos

De Sherrilyn Kenyon

Gracias, Dianna, por ser tan comprensiva y hacerme sonreír siempre. Nunca creí que pudiera escribir con alguien, pero como a menudo compartimos un cerebro en común (reímos en voz alta) tú has hecho no solo que sea fácil, sino además placentero. Muchas gracias por todo el apoyo.

Gracias a Kim, Jacs, Tina, Brenda y Retta, por leer todos mis manuscritos y hacer estupendos comentarios. Y no me olvido de Tina, Carl, Eddie, Aimee, Brynna, Kim, Judy, Soteria y todos los demás que convirtieron la bandeja de entrada de mi correo en una comunidad viva donde todos son bienvenidos. Gracias, admiradores, por estar ahí día tras día. ¡Sois los mejores!

Para mi marido por ser mi refugio en la tormenta. Eres mi roca y doy las gracias cada día por haber aceptado ir al cine contigo cuando me propusiste una película que no podía soportar. Para mis hijos, que son siempre mi consuelo y mi mayor fuente de orgullo. Que Dios os bendiga a todos.

De Dianna Love

Ha sido estupendo escribir una segunda historia sobre la agencia BAD con Sherrilyn. Ella es una de las personas más creativas y generosas que conozco. Gracias, Sherri, por todo lo que haces y por ser una maravillosa amiga.

Quiero dar también las gracias a mi marido, Karl, que me apoya en todo lo que hago y apoya también a todos mis compinches de escritura (su cocina se está volviendo tan legendaria como el ingenio que comparte con nosotros).

Gracias especialmente a todos los fans que han dado a nuestra colaboración una oportunidad y han escrito notas tan maravillosas acerca de *El fantasma de la noche*. Vuestro entusiasmo y excitación por esta serie significa mucho. Su Walker y Leiha Mann, gracias por las risas y el apoyo permanente, a los próximos martinis invito yo. Un fuerte abrazo para mis queridos amigos Walt y Cindy Lumpkin, y Dave y Gail Akins, por estar siempre ahí para mí y por las numerosas cenas. (Una nota por si alguien viaja a mi zona de Peachtree City, allí encontraréis uno de mis restaurantes favoritos mencionados en esta historia. Su dueño se llama Pascal, y os contará detalles sobre Francia.) Gracias también a toda mi superfamilia: James (mi hermano) y Teri Love (mi cuñada, que también me lee) y a mis sobrinas Ashley y Tiffany, que lo entienden sin quejarse cuando me pierdo eventos familiares y estoy tecleando durante las vacaciones.

De las dos

Agradecemos el apoyo de Lauren McKenna y su fe en nuestra habilidad para escribir juntas este libro. Además de ser una estupenda editora es también maravillosa como animadora, pues siempre tiene a punto una palabra positiva.

Gracias también a Merrilee Heifetz por todo el duro trabajo en nuestra representación y sus sorprendentes habilidades como agente.

Muchísimas gracias a la autora Mary Buckham, que siempre está dispuesta a leer la primera versión (llena de baches) y hace sus críticas con la precisión de un cirujano, habilidad que apreciamos profundamente. Y gracias también a su marido, Jim, cuyo conocimiento de información rara y de elementos italianos todavía nos sorprende. La talentosa Cassondra Murray está siempre dispuesta a leer y compartir sus observaciones sobre nuestro trabajo cuando lo necesitamos, además de hablarnos sobre armas desde una perspectiva femenina. Su marido, Steve Doyle, nos ha procurado información experta sobre las operaciones de las fuerzas especiales y sobre armas, además de hacernos buenas observaciones sobre nuestra aventura romántica desde una perspectiva masculina. Keith Morgan ha compartido con nosotras su extenso conocimiento de electrónica forense con una jerga que resultara comprensible incluso para Dianna.

Pascal Le Corre fue una entusiasta fuente para nosotras en Francia. Él creció allí y regresa cada año. Después de ver ese país a través de sus ojos, queremos ir. Una lectora voraz de varios géneros y una querida amiga, Manuella Robinson, lo abandonó todo para leer las páginas finales en poco tiempo y realmente nos ayudó a cumplir con nuestro plazo de entrega. Kim Newman, profesor de inglés en Sudamérica, es un amigo y una valiosa fuente, que ha revisado gentilmente las páginas para asegurarnos de ciertas cosas, como que el español regional que usamos es correcto.

Hope Williams una vez más nos hizo una lectura temprana y también algunas de las mejores galletas que hemos comido en la vida. Ella es siempre de gran ayuda. Wes Sarginson, que se jubiló recientemente después de trabajar cuarenta y seis años como periodista en la NBC, es una fuente ilimitada de información. Es un buen amigo que nos ayudó con detalles sobre los eventos mediáticos del Congreso. Gracias a Annie Oortman, que nos ha proporcionado estupendas reseñas para los lectores. Esperamos no habernos dejado a nadie. Si algún detalle es incorrecto, es culpa nuestra. Fuentes estupendas y unos primeros lectores fantásticos forman una parte muy importante en la creación de una excitante historia de suspense romántica.

A las mujeres de RBL, gracias por toda la ayuda, las risas y los martinis. ¡Sois tan divertidas! Felicidades a Kathryn Collupy, que ganó el sorteo para que su nombre saliera en nuestro libro.

¡Amamos a nuestros lectores! Vosotros sois la razón por la que trabajamos tan duro para crear una historia en la que podáis perderos durante horas. Gracias enormes a todos los que nos habéis enviado notas para animarnos, nos entusiasma este esfuerzo en colaborar, y gracias a los que leéis nuestros libros, permitiéndonos hacer aquello que amamos: escribir historias. ¡Sois los mejores!

Sherrilyn Kenyon

Sherrilyn Kenyon ha sido número uno en la lista de ventas de *The New York Times* en muchas ocasiones. Sus libros se han traducido a más de treinta idiomas y de ellos se han vendido más de veinte millones de copias. Aclamada por el público tanto como Sherrilyn Kenyon como con su pseudónimo, Kinley McGregor, los libros dedicados al BAD, una reputada agencia de inteligencia, se han convertido en lectura obligada para todos sus seguidores. Actualmente vive con su familia en Nashville, Tennessee.

www.sherrilynkenyon.com.

Dianna Love

Dianna Love no sabe muy bien explicar cómo comenzó a escribir. Su vida ha girado alrededor de murales publicitarios y de la construcción de proyectos tridimensionales. Le apasiona trasladar al papel las historias que surgen en su cabeza y en sus libros destacan personajes comunes que consiguen hacer cosas improbables para salvaguardar a las personas que más quieren.

En la actualidad vive junto a su marido en Atlanta, aunque viaja por todo el país a lomos de su moto para encontrar nuevas ideas para sus libros. De su amistad con Sherrilyn Kenyon surgió la serie BAD.